ANNE PÄTZOLD
A Night of Promises and Blood

ANNE PÄTZOLD

A NIGHT OF PROMISES AND BLOOD

Roman

LYX in der Bastei Lübbe AG
Dieser Titel ist auch als E-Book und Hörbuch erschienen.

Die Bastei Lübbe AG verfolgt eine nachhaltige Buchproduktion.
Wir verwenden Papiere aus nachhaltiger Forstwirtschaft und verzichten darauf,
Bücher einzeln in Folie zu verpacken. Wir stellen unsere Bücher in Deutschland
und Europa (EU) her und arbeiten mit den Druckereien kontinuierlich
an einer positiven Ökobilanz.

Originalausgabe

Copyright © 2023 by Anne Pätzold
Copyright Deutsche Originalausgabe © 2023 by Bastei Lübbe AG
Dieses Werk wurde vermittelt durch die
Michael Meller Literary Agency GmbH, München.

Textredaktion: Silvana Schmidt
Covergestaltung: Jeannine Schmelzer
Coverabbildung: © Shutterstock (Phatthanit; Rawpixel.com;
Tanya Antusenok; Victoria Bat)
Illustration: © Paulina Klime
Satz: Greiner & Reichel, Köln
Gesetzt aus der Adobe Caslon
Druck und Einband: GGP Media GmbH, Pößneck

Printed in Germany
ISBN 978-3-7363-1772-7

1 3 5 7 6 4 2

Sie finden uns im Internet unter: lyx-verlag.de
Bitte beachten Sie auch: luebbe.de und lesejury.de

Liebe Leser:innen,

dieses Buch enthält potenziell triggernde Inhalte.
Diese sind:
Skin Picking, depressive Verstimmungen/Depressionen, Blut

Wir wünschen uns für euch alle
das bestmögliche Leseerlebnis.

Eure Anne und euer LYX-Verlag

Für Mama und Papa und André.
Ich euch auch. ♥

PLAYLIST

My Chemical Romance – Vampires Will Never Hurt You
Loveless – Middle of the Night
ENHYPEN – Drunk-Dazed
Charlie Puth – Light Switch
Imagine Dragons – Bones
SawanoHiroyuki[nZk], mizuki – Avid
Eve – Yuseiboushi
Belle – Lend Me Your Voice (English Version)
Yu-Peng Chen, HOYO-MiX – Another Hopeful Tomorrow
Ado – 永遠のあくる日 (Eien No Akuruhi)
League of Legends – Star Guardian 2022 – Official Orchestral Theme
SawanoHiroyuki[nZk]:Yosh – scaPEGoat
ON OK ROCK – Save Yourself
RADWIMPS, Taka – IKIJIBIKI
Loveless – Running Up That Hill
Eversolitude – 劣夏 (Withered Summer)
Evan Call – On That Fateful Night

PROLOG

Blut.
Es war alles, was ich sah, als ich die Augen aufschlug. An meiner Kleidung, meinen Händen. Auf dem Boden neben mir in einer großen Lache. Die flackernde Deckenbeleuchtung spiegelte sich darin.
Meine Haut klebte. Lautes Surren bohrte sich in meinen Kopf.
Mein Hals brannte, und je mehr ich mich darauf konzentrierte, desto schlimmer wurde es.
Unter mir ein Bettlaken – vollgesogen mit Blut. Ich stieß mich davon weg, rollte über den Boden, meine Arme gaben unter mir nach. Das Surren wurde lauter.
Ich drückte meine Stirn auf den Boden, presste mir die Hände gegen die Ohren. Alles war laut. So unendlich laut. Ein Rauschen, ein Pochen, ein Husten, Atem, Schritte, Motorgeräusche. Ich hörte Gespräche, aber sie flossen zusammen zu einer Kakophonie, der ich nicht entkam. Meine Hände halfen kaum.
Ich riss an meinen Haaren, lenkte mich mit dem Schmerz ab, bis ich die Schritte näher kommen hörte. Tack, tack, tacktacktack.
Das Knarzen der aufschwingenden Tür kratzte an meinem Trommelfell.

Das Licht wurde heller. Ich kniff die Augen zusammen, aber da war dieses Pochen. Das Rauschen, viel lauter. Das Brennen in meinem Hals war unerträglich, und dann, dann war da ein Körper, das Rauschen noch viel näher, das Pochen unendlich anziehend, und ich spürte einen Herzschlag, flatternd unter meinen Fingern, und endlich, endlich verschwand das Brennen in meinem Hals, und das Rauschen wurde leiser, immer leiser, bis es völlig verschwand.

Etwas schob sich in mein Blickfeld. Ich hob den Kopf an, sah ein Handtuch, eine blasse Hand, die es hielt, und ein Gesicht, das mich anlächelte.

»Willkommen in deinem neuen Leben.«

PART 1

Winnie

1

Ich hatte meine Augen gerade zugemacht.

Nein, vergesst das.

Ich hatte sie vor genau drei Stunden zugemacht und mich seitdem in meinem Bett hin- und hergeworfen.

Das Kissen fühlte sich mittlerweile an, als wäre es nur dafür da, mir Nackenschmerzen zu bereiten. Ich drehte mich probeweise auf die andere Seite und hörte mehrere Knochen in meinem Rücken knacken.

Das konnte nicht gesund sein. Nicht mit Mitte zwanzig. Ich war noch nicht bereit für Rückenschmerzen, Knieprothesen und eine künstliche Hüfte. Ehe ich es mich versah, würde sich mein Rücken krümmen, meine Haare würden grau und strohig werden und ich würde auf all die Jahre zurückblicken, in denen ich auf meinem verdammten Schreibtischstuhl gesessen und absolut nichts für meine Gesundheit getan hatte, weil es mich rasend machte, dass nichts so lief, wie ich es mir vorstellte.

Möglicherweise lag es aber auch daran, dass ich den gesamten Tag über auf meine Bildschirme gestarrt und mich gefragt hatte, wie oft man die Lösung für ein Problem beim Programmieren im Internet suchen und nicht verstehen konnte, bis es erlaubt war, den Computer aus dem Fenster rauszuwerfen.

Mein Hirn hatte sich so daran festgebissen, dass ich mittlerweile in Frage stellte, ob ich überhaupt wusste, wie man Software programmierte. Oder ob ich mir das letzte Jahrzehnt, in dem YouTube-Tutorials und wikiHow meine treuesten Lehrer gewesen waren, nur eingebildet hatte.

Ja. Vermutlich war es das.

Mit einem genervten Stöhnen drehte ich mich auf den Rücken. Die Decke anzustarren war das Allheilmittel für schlaflose Nächte. Durch das offene Fenster direkt neben meinem Bett wehte ein kalter Wind über meine Arme. Ich schob sie unter die Bettdecke und rieb meine Füße aneinander, um sie aufzuwärmen. Der dünne Vorhang verdeckte kaum die Lichter, die von draußen auf mein Bett strahlten.

So still erlebte man Brooklyn selten. Die Zeit, kurz vor Tagesanbruch, zu der selbst die motiviertesten Nachteulen schon müde nach Hause getorkelt waren. Kurz bevor die ersten Leute in der Stadt wieder aufwachten und Sirenenheulen, Motorgeräusche und ein Wirrwarr aus Gesprächen ein unangenehmes Hintergrundrauschen verursachten, das wie ein wütender Bienenschwarm in meinen Ohren brummte. Selbst das Pärchen über uns, das bis spät in die Nacht auf der Feuertreppe gesessen und offensichtlich viel Spaß gehabt hatte, bis dieser schließlich ins Schlafzimmer verlagert worden war, war wie ausradiert.

Mit einem Seufzen setzte ich mich in meinem Bett auf und lehnte mich quer über die Matratze, um das Fenster zu schließen. Die kalte Luft half mir normalerweise dabei, besser einzuschlafen, aber heute lenkten mich selbst die kleinsten Geräusche ab, die von draußen in mein Zimmer drangen.

Eine Gänsehaut breitete sich bei dem kühlen Luftzug auf meinen Armen aus. Bevor ich allerdings dazu kam, die Außenwelt komplett auszusperren, hielt ich inne.

Zwei leise Stimmen. Sie unterhielten sich direkt unter meinem Fenster. Obwohl ich mit meiner Schwester in der ersten Etage des kleinen Wohnhauses lebte, konnte ich die Worte nicht ausmachen. Ich lehnte mich mit dem Rücken an die Wand neben dem Fenster. Es jetzt zu schließen, kam nicht infrage. Ich wollte keine Aufmerksamkeit auf mich ziehen und vor allem nicht mitten in der Nacht.

Die Digitaluhr auf dem Schreibtisch stand genau in meinem Blickfeld. Zwei Minuten vergingen. Dann fünf. Meine Neugier ließ mich den Vorhang ein Stück beiseiteziehen und einen Blick auf den Gehweg direkt vor dem Haus werfen.

Zwei Personen standen dort im Halbschatten. Eine war in einen Mantel gewickelt und hatte kurze Haare. Ihr Gesicht lag im Dunkeln. Die andere trug einen schwarzen Pullover, in dem ich längst erfroren wäre, beide Hände in die Bauchtasche geschoben. Sie wäre mit der Nacht verschmolzen, wären nicht die knallroten Haare gewesen, die selbst im Dunkeln einem Warnsignal glichen. Sie wehten ihr ins Gesicht und verdeckten den größten Teil davon. Ohne meine Brille konnte ich nicht viele Details ausmachen.

Aber es reichte, um zu sehen, wie sie den Blick nach oben richtete.

Wie die Person mit dem Mantel es ihr gleichtat.

Und wie beide genau in mein Zimmer schauten. Wie sie mich anschauten.

Ich zuckte zurück. Ließ den Vorhang vors Fenster fallen, bevor der logische Teil meines Hirns übernehmen konnte.

Meine Gänsehaut hatte plötzlich nichts mehr mit der Kälte zu tun.

Ich legte mich vorsichtig in mein Bett, zog die Decke bis zum Kinn hoch und steckte sie an meinem Körper fest.

Das hatte ich mir eingebildet, richtig? So dunkel wie es in meinem Zimmer war, konnte man von draußen nichts erkennen. Selbst wenn, hatten sie im Zweifelsfall nur aus den Augenwinkeln eine Bewegung wahrgenommen.

Mein Fenster blieb die ganze Nacht über offen. Und ich ignorierte das mulmige Gefühl in meinem Magen. Das Flüstern in meinen Träumen, als ich es doch endlich schaffte, in einen unruhigen Schlaf zu fallen.

Nur ein Zufall. Es war nur ein Zufall.

»Wenn der Anblick mal nicht für gute Laune sorgt«, begrüßte mich meine Schwester, als ich ins Wohnzimmer taumelte.

Sie legte den Kopf in den Nacken, um mich über die Sofalehne hinweg sehen zu können. Ihre braunen Haare waren ein wildes Durcheinander, das sie notdürftig in einen Zopf gequetscht hatte, und ihre hellrosa Haut war im Gesicht selbst im Winter von Sommersprossen übersät, um die ich sie insgeheim beneidete.

Ich schlurfte quer durch das Wohnzimmer zu ihr, setzte mich neben sie und nahm mir eins der Kakistücke mit Zimt von dem Teller, den sie auf ihren Oberschenkeln balancierte. Beim Kauen starrte ich auf den Fernseher, in dem die Nachrichten liefen. Gerade wurde zu einer Journalistin geschaltet, neben ihr ein Schild mit der Aufschrift »NEW YORK – Botanical Garden«.

Ihre Stirn war in Falten gelegt, ihre Stimme ernst: »*... wo eine junge Studentin tot aufgefunden wurde. Eine weitere wird derzeit noch vermisst. Die Polizei hat sich zu den Umständen und der Todesursache bisher noch nicht geäußert, in einem Gespräch wurde uns aber mitgeteilt, dass allein in diesem Jahr zwei Mordfälle mit ähnlichem Muster stattgefunden haben ...*«

Die Journalistin wurde von Frank Martin in *Transporter* abgelöst. Dann von einer Backsendung. Von einer Reality-TV-Show. Sasha zappte sich gelangweilt durch die Sender, bis sie eine Doku über das alte Ägypten fand, die sie vorerst zufriedenstellte.

»Du bist heute früher wach als sonst«, merkte sie nach ein paar Minuten nachdenklich an. »Wirst du jetzt ein Morgenmensch?«

Den Kopf in ihre Richtung zu drehen wäre zu anstrengend gewesen, daher sah ich sie nur aus den Augenwinkeln an. Mein Körper war schlapp und schrie nach Schlaf, aber meine Träume hatten die Nacht über zu real gewirkt. Das Flüstern zu echt. Im Bett zu liegen machte mich unruhig.

»Es ist kurz nach zwölf.«

»Eben. Normalerweise stehst du am Wochenende nicht vor eins auf. So wie gestern.«

»Gestern war Samstag.«

»Heute ist Sonntag.«

Ich nickte zustimmend, als würde unser Gespräch irgendeinen Sinn ergeben, und rieb mir über die Arme. Ich hatte keine weiteren Stimmen vom Gehweg gehört. Niemanden, der einbrechen wollte und den besten Weg in unsere Wohnung suchte. Mein Hirn wollte mir die Stille als falsche Ruhe verkaufen, bis es kurz nach Sonnenaufgang endlich aufgegeben und mich hatte schlafen lassen.

»Tja, mich hat heute Morgen der Einzug unserer neuen Nachbarin geweckt«, beklagte sich Sasha. »Ich dachte immer, Sonntage sind heilig.«

»War sie so laut?« Sashas Zimmer war dem Treppenhaus am nächsten, und zwischen unseren Räumen lag das Wohnzimmer. Trotzdem hätte ich in meinem unruhigen Halbschlaf sicher gehört, wenn jemand lautstark durch die Wohnung direkt nebenan gepoltert wäre.

»Nur einmal. Hat sich angehört, als wäre es auch genau auf der anderen Seite der Wand gewesen, an der das Kopfteil von meinem Bett steht. Vermutlich hat jemand was fallen lassen – das Fluchen klang zumindest danach.« Sie schob den restlichen Zimt auf dem Teller mit dem Zeigefinger zu einem kleinen Häufchen zusammen.

Ich rutschte auf der Couch nach unten, lehnte meinen Kopf an die Rückenlehne des Sofas und legte meine Füße neben Sashas auf dem Couchtisch ab. Sie stieß sie mit ihren an und versuchte, meine vom Tisch zu rangeln, gab aber auf, als sie sich ihren kleinen Zeh an der Kante stieß.

»Ich dachte, die Wohnung sollte erst renoviert werden, bevor sie neu vermietet wird«, sagte ich.

Sasha zuckte mit den Schultern. Ihr Blick war auf den Fernseher gerichtet.

Eine halbe Stunde blieb ich neben ihr sitzen und gab mein Bestes, nicht direkt wieder einzuschlafen. Neben Sasha wurde das Rauschen in meinen Ohren leiser.

Sie rüttelte mich unwirsch aus meinem Halbschlaf, als sie einen Anruf entgegennahm, von dem ich vermutete, dass es Moms regelmäßiger Check-in war, und in ihrem Zimmer verschwand. Und dann direkt noch einmal, als es etwas später klingelte und Sasha in ihrer Eile, zur Wohnungstür zu kommen, über irgendetwas im Flur stolperte.

Ich drückte mich vom Sofa hoch, schaffte es aber nicht, mich in mein Zimmer zu verziehen, bevor Sasha die Tür aufriss.

»Bereit, bei Mario Kart zu verlieren?«, hörte ich sie fragen.

Ich winkte Victor zu. Sōma nahm mich in seiner Empörung nicht einmal wahr, bevor ich in meinem Zimmer verschwand.

»Entschuldige bitte?!«, hörte ich ihn rufen.

»Schrei nicht so rum«, erwiderte Victor ruhig. »Sie hat recht.«

»Auf wessen Seite stehst du eigentlich?«

»Auf meiner«, warf Sasha dazwischen.

Schuhe fielen zu Boden und ein Grummeln erklang, dann drückte ich meine Zimmertür zu.

Ich ließ mich auf meinen Schreibtischstuhl fallen und wackelte an der Maus. Die zwei Bildschirme auf dem Tisch erwachten zum Leben und begrüßten mich mit dem Android-Emulator – der Grund meiner Kopfschmerzen. Ich richtete meinen Blick daran vorbei auf die weiße Wand dahinter und rieb mir über die Schläfen.

Das Licht der Monitore war zu hell für meine Augen. Mein Brillengestell drückte hinter meinen Ohren. Das Surren des Computers und der Lüftung war zu laut. Und als am unteren rechten Rand des Bildschirms pingend eine Nachricht aufploppte, fühlte es sich wie ein Nadelstich direkt in mein Hirn an.

golden_blair:
sorry, dass ich gestern nicht mehr geantwortet hab
ich bin ins bett gefallen und hab geschlafen wie ein stein
hast du einen cold boot versucht?

winnie_the_pooh:
…

golden_blair:
ich frag ja nur

winnie_the_pooh:
mein stolz und ich werden diesen chat jetzt verlassen
:P

golden_blair:
:D
der android emulator ist einfach mist und stürzt jedes mal ab, bevor das avd komplett eingerichtet werden kann

winnie_the_pooh:
ich sag das nur ungern, aber eventuell liegt das an deinem steinzeit-computer und nicht am programm

golden_blair:
psscht
hör nicht zu, bernie, du bist großartig

winnie_the_pooh:
außerdem läuft das avd schon und die app lässt sich darauf auch ausführen, aber es zerschießt in der ansicht den creative-bereich und ich weiß nicht warum

golden_blair:
du meinst, wo die leute dann ihre eigene kunst hochladen und gegenseitig einschätzen sollen?

winnie_the_pooh:
ja, genau

golden_blair:
hast du nachgeschaut, ob du gestern einen fehler eingebaut hast, nachdem du den syntax error wegen der dislike-funktion behoben hast?

winnie_the_pooh:
das würde mir doch aber nicht den gesamten aufbau der creative-seite durcheinanderwerfen
…
oder doch
ugh, okay, ich schau noch mal nach

golden_blair:
golden blair, stets zu diensten

Bevor ich antworten konnte, klopfte es an der Tür.

Ich lehnte mich auf meinem Stuhl zurück und schob meine Brille nach oben, um mir über die Augen zu reiben. »Ja?«

Sasha steckte ihren Kopf zur Tür rein. »Hast du Lust, mit uns Mario Kart zu spielen? Sōma gibt eine Runde Pizza aus.«

»Sagt wer?!«, rief er seine Antwort aus dem Wohnzimmer.

Sasha reagierte nicht auf ihn, sondern grinste nur. »Also? Mario Kart?«

Zögernd sah ich von ihr zu meinen Bildschirmen und wieder zurück. »Nicht heute.«

Sie verzog den Mund, überspielte ihre Enttäuschung aber ansonsten gut. Ich ignorierte das schlechte Gewissen, das sich in mir breitmachte. Es war ungewohnt, Nein zu Sasha zu sagen. Daran änderte auch das halbe Jahr nichts, das wir jetzt schon ohne unsere Mutter in New York lebten.

»Ich bestell dir trotzdem eine Pizza mit, okay?«, schlug sie vor.

Ich bedankte mich bei ihr und wartete, bis sie die Tür wieder geschlossen hatte, ehe ich mich erneut meiner Arbeit zuwandte.

Die Stimmen der drei schallten den ganzen Nachmittag bis zu meinem Zimmer. Entweder schrien sie sich an, wenn sie sich gegenseitig von einer Strecke bei Mario Kart stießen oder sie lachten so laut, dass es sich anfühlte, als säßen sie direkt neben mir und brüllten mir ins Ohr.

Sasha und Sōma waren am lautesten. Beide redeten, als hätten sie Angst, sonst nicht gehört zu werden, und ich wunderte mich wirklich, dass Victor dabei noch nicht das Trommelfell geplatzt war.

Ich schob mir meine Kopfhörer in die Ohren und stellte leise Musik an. Irgendwann brachte Victor mir mit einem zurückhaltenden Lächeln meine Pizza, ließ mich dann aber sofort wieder allein. Nach zwanzig Minuten war der Karton leer – abgesehen von dem größten Stück, das ich mir für später aufhob.

Blair war vor einer halben Stunde zu einem Treffen mit zwei ihrer Freundinnen verschwunden. Sie wohnte ein Stück außerhalb von Seattle und damit auf der anderen Seite des Kontinents. Wir hatten uns in einem Forum kennengelernt, nachdem ich mir, größenwahnsinnig wie ich war, vorgenommen hatte, eine App zu programmieren, mit der andere Leute Kunst entdecken konnten, wie ich sie sah: als etwas, das Personen miteinander verband und Gefühle auf die ehrlichste Art und Weise auffing.

Ihre Begeisterung war, seitdem ich ihr von der Idee erzählt hatte, nie abgebrochen. Sie war immer neugierig, immer online und immer bereit, sich mit mir über eine neue Fehlermeldung den Kopf zu zerbrechen. Zumindest wenn sie nicht gerade in einer Vorlesung saß und ihre Dozentin anschmachtete. Oder ihren Dozenten. Oder den Teaching Assistant. Und selbst dann war sie trotzdem meistens online.

Als mein Programm sich zum dritten Mal in Folge aufhängte, seufzte ich frustriert und schob mich vom Schreibtisch weg. Es gab jetzt genau zwei Möglichkeiten: Entweder starrte ich weiter auf den Bildschirm und lief Gefahr, genau wie gestern, an dem Punkt anzukommen, an dem ich an meiner gesamten Existenz zweifelte und den Computer aus dem Fenster werfen wollte. Oder ich ging spazieren.

Die Entscheidung fiel mir nicht schwer.

Ich stand auf, kramte eine Jeans, ein braunes Top und einen grauen Hoodie aus meiner Kommode und zog mich an. Meine Haare band ich zu einem tiefen Pferdeschwanz zusammen und suchte geschlagene fünf Minuten nach meinem Geldbeutel, den ich schließlich dort fand, wo ich eventuell als Erstes hätte nachsehen sollen: in meinem Rucksack.

Im Laufen zog ich mir meine Jacke und eine Cap über und stolperte beim Versuch, gleichzeitig noch in meine Schuhe zu schlüpfen und mir die Kopfhörer in die Ohren zu stecken, mehrfach über meine Füße.

Ich rief Sasha ein »Ich bin kurz draußen!« zu, das in ihrem Gelächter unterging, steuerte überhastet die Treppen an, um möglichst schnell an die frische Luft zu kommen, und stieß genau in dem Moment mit einem Karton zusammen.

Ich versuchte, ihn aufzufangen, bekam aber nur eine Ecke zu greifen. Er rutschte mir aus der Hand und verstreute seinen gesamten Inhalt auf dem Treppenabsatz.

»Ach scheiße«, entkam es mir. »Tut mir leid.«

Aus den Augenwinkeln sah ich, wie die Person, die den Karton getragen hatte, sich hinkniete. Ich nahm einen Kopfhörer aus dem Ohr und beeilte mich, ihr beim Aufsammeln zu helfen. Es war eine Mischung aus buntem Krimskrams. Eine LED-Lampe zum Aufhängen in Form eines Halbmondes und einer Wolke, ein winziges Wörterbuch, eine kleine, silberne Schatulle, deren Inhalt klimperte, als ich sie zurück in den Karton legte.

»Ich hoffe, es ist nichts kaputt gegangen.«

»Es ist nichts Wichtiges drin.«

Ihre Stimme war ruhig. Monoton. Ich sah auf, nachdem ich den letzten Stift eingesammelt hatte. Hielt ihn ihr entgegen, als sie ebenfalls den Kopf anhob.

Meine Finger verkrampften sich um den Stift. Sie zog daran, und als ich nicht losließ, hob sie eine Augenbraue an, die zwischen den Strähnen ihres Ponys hervorblitzte.

Zwischen roten Strähnen.

Wie ein Warnsignal, kam mir der Gedanke von heute Nacht wieder in den Sinn.

Sie sah auf meine Hand hinunter. »Darf ich?«

Meine Finger lösten sich von dem Stift, als hätte ich mich daran verbrannt. Sie warf ihn in den Karton, klappte die Laschen zu und stand auf. Ich tat es ihr gleich, konnte meinen Blick aber nicht von ihr lösen.

Ihre Haare. Ihre fast schneeweiße Haut. Ihre Augen. Sie waren bernsteinbraun und erwiderten meinen Blick. Unbeeindruckt, aber wachsam.

Sie stand vor mir, als wartete sie, dass ich noch etwas sagte. Als kein Wort meinen Mund verließ, nickte sie kurz und schob sich dann an mir vorbei.

Ich sah ihr hinterher. Den gesamten Weg, bis sie am nächsten Treppenabsatz verschwand. Meine Füße waren wie am Boden festgefroren und die Gänsehaut auf meinen Armen kehrte mit voller Kraft zurück.

Erst als ein Lied endete und ein neues durch meine Kopfhörer drang, kam wieder Leben in mich. Aber selbst da verschwand dieses merkwürdige Gefühl nicht. Nicht auf dem Weg zum Park, nicht während des gesamten Spaziergangs und nicht, als ich anderthalb Stunden später im Regen durch die vollen Straßen zurück nach Hause lief.

Immer wieder warf ich einen Blick über die Schulter. Zog meine Cap tiefer ins Gesicht und beschleunigte meine Schritte, sobald ich jemanden hinter mir gehen hörte.

Es war gruselig. Die Stadt war mir noch nie so unheilvoll vorgekommen.

2

Ich lief die Treppe zur ersten Etage hinauf, nahm meine Cap ab und strich mir die nassen Haarsträhnen aus dem Gesicht. Meine Kleidung war zwar nicht durchnässt, aber meine Jeans fühlten sich klamm an und klebten an meiner Haut.

Die Wärme in der Wohnung war mir willkommen, als ich die Tür hinter mir schloss und meine Sachen an der Garderobe ablegte. Stimmen drangen vom Wohnzimmer aus zu mir. Sah ganz so aus, als hätten Sasha, Sōma und Victor ihren Mario-Kart-Abend immer noch nicht beendet.

Ich hatte fest vor, nur mit einer kurzen Begrüßung am Wohnzimmer vorbeizugehen und mir frische Klamotten anzuziehen, wurde aber von Sashas Stimme aufgehalten.

»Winnieeee?«, rief sie. Sie kicherte, als hätte sie einen Witz gemacht. »Winnifred Brown, bist du das?«

»Nein, deine andere Schwester«, sagte ich und blieb im Türrahmen stehen.

»Oh, natürlich! Anastasia, ich habe dich vermisst!«

Ich verdrehte die Augen. Wenn Sasha und Sōma längere Zeit zusammen waren, pushten sie sich gegenseitig hoch, bis sie so viel Energie hatten, dass sie jeder Person im Umkreis von fünf Meilen die Nerven rauben und danach noch einen Marathon laufen konnten.

Im Türrahmen blieb ich stehen. »Anastasia?«

Sasha legte den Kopf in den Nacken und versuchte, sich weit genug zu verrenken, um mich zu sehen, ohne sich umdrehen zu müssen. Sie scheiterte kläglich und befreite sich aus dem Knäuel, zu dem Victor, Sōma und sie in den letzten Stunden geworden waren.

Ihre Augen glänzten, ihre Wangen waren rot, und der Anblick erinnerte mich daran, wie sie als Kind geguckt hatte, wenn sie ihre Geschenke im Krankenhaus ausgepackt hatte.

Sasha war damals häufig krank gewesen und hatte Weihnachten drei Jahre hintereinander mit einer Lungenentzündung im Krankenhaus verbringen müssen. Mom hatte die Feiertage immer bei ihr verbracht. Bevor ich morgens aufgestanden war, hörte ich sie in der Küche ein riesiges Blech Plätzchen backen und in eine große Tupperdose umfüllen. Einmal hatte ich mich in die Küche geschlichen, um sie zu erschrecken. (Ich war damals überzeugt davon gewesen, dass Mom die besten Gesichter machte, wenn man sie erschreckte.) Aber sie hatte die auf dem Boden verstreuten Plätzchen nicht halb so witzig gefunden wie ich als Teenagerin und hatte sie mich aufsammeln lassen, bevor sie ein zweites Blech backte und zu Sasha fuhr.

Anfangs war ich häufig mitgegangen. Später kaum noch.

Dann war das nächste Jahr vergangen, das nächste Weihnachten gekommen, und wenn ich mich morgens aus dem Bett gerollt hatte, hatte ich mir fast einreden können, es nach den vergangenen zwei Jahren gewohnt zu sein, dass nur das stetige Ticken der Standuhr im Wohnzimmer mir Gesellschaft leistete.

Und dann das nächste. Selbst die Standuhr hatte in dem Jahr aufgegeben, die Stille zu füllen. Sasha war noch nie so häufig und lange im Krankenhaus gewesen wie in dem Jahr, und jedes Mal, wenn sie entlassen wurde, hatten Mom und sie mehr Insiderwitze, mehr geteilte Erinnerungen, mit denen ich nichts zu tun hatte. Ich hatte nie wütend auf Sasha sein wollen – sie konnte nichts für ihr Immunsystem. Aber sie war mir immer mehr wie eine Fremde vorgekommen, und unsere Mutter war zu beschäftigt mit der Überwachung eventueller Krankheitszeichen gewesen, um Zeit mit mir zu verbringen.

Ich war eine dickköpfige, stolze Teenagerin gewesen und hätte es niemals freiwillig zugegeben, aber als Sasha im vierten Jahr über die Feiertage gesund und munter zu Hause war, hatte ich diese Vorstellung von heißer Schokolade mit Marshmallows. Von Plätzchen, die wir zusammen backten, von einem Filmemarathon von *Santa Claus*, bis keine von uns mehr Lust auf Tim Allen als Weihnachtsmann hatte und wir stattdessen *Buddy – Der Weihnachtself* in Dauerschleife guckten.

Buddy war auch in Dauerschleife gelaufen. Aber Mom und Sasha hatten keine Lust mehr auf den Film gehabt, wenn ich von Freundinnen nach Hause kam. Die Plätzchen waren gebacken und es gab heiße Schokolade mit Marshmallows, aber meine Vorstellungen wirkten nur noch halb so besonders, wenn ich selbst nicht Teil von ihnen war.

Ich vermisste es, jemanden für mich zu haben. Ich vermisste Dad, der mich mit ins Museum nahm. Ich vermisste es, Teil der Familie zu sein – aber ich hatte auch keine Ahnung, wie ich mir einen Platz hätte freischaufeln sollen, wenn Sasha und Mom wirkten, als bräuchten sie niemanden sonst in ihrer kleinen Welt.

Die Erinnerungen waren so fern ab von der Beziehung, die Sasha und ich jetzt hatten, dass sie sich teilweise unecht anfühlten. Trotzdem ploppten sie manchmal auf. Ich hatte jedes Mal Mühe, sie fortzuwischen. Ich ließ meinen Blick über den Couchtisch gleiten, um mich von ihnen zu lösen.

Mehrere offene Tüten mit Gummibärchen lagen darauf verstreut, die meisten davon bereits zur Hälfte leer. Ich wusste von

Sashas Erzählungen, dass Victor keine Süßigkeiten mochte, also ging das meiste davon auf die Kappe von Sasha und Sōma. Sasha, Sōma und Süßigkeiten. Drei S-Wörter, die niemals gemeinsam in einem Satz fallen sollten.

Ich konnte nur hoffen, dass sie von der Grenze zu Bauchschmerzen und Erbrechen noch ein Stück entfernt waren.

»Wir haben vorhin den Film geguckt – du weißt schon, Tochter der russischen Zarenfamilie verliert ihre Erinnerungen«, erklärte sie.

Sie rappelte sich vom Sofa auf und stolperte dabei fast über die sechs Paar Beine – ihre eingeschlossen –, ehe sie es schaffte, die Couch zu umrunden. »Mein Geburtstag ist Ende Februar. Das gibt mir noch sechs Wochen, bis dahin wünsch ich mir auch solche roten Haare.«

»Ich kann dir bestimmt eine Perücke besorgen.«

Sie verzog den Mund. »Lass mich das spezifizieren: Vor dem sechsundzwanzigsten Februar gehe ich zum Friseur und lasse mir solche roten Haare machen.«

»Zum Glück hast du dafür noch über einen Monat Zeit.«

»Ich habe *nur* noch etwas über einen Monat Zeit«, korrigierte sie mich. »Mein achtzehnter Geburtstag wird die größte Feier, die New York jemals gesehen hat. Alle werden eine Einladung haben wollen zum großen Höhepunkt.«

Sōma verkniff sich hinter ihr ein Lachen, und Victor rieb sich mit einem Schmunzeln über die Stirn. Sasha fiel es nicht auf. Sie schwang ihre Faust feierlich vor meinem Gesicht hin und her, bis ich sie aus der Luft griff. Auf ein blaues Auge konnte ich wirklich verzichten.

»Will ich wissen, was der große Höhepunkt beinhaltet?« Ich ließ ihre Hand los.

»Eine Torte, die größer ist als ich.«

»Die dir wer macht?«

Sie drehte mir sofort den Rücken zu und blinzelte Sōma und Victor bittend an.

»Mich brauchst du nicht angucken«, sagte Sōma. »Ich hab in meinem Leben noch nichts Essbares gebacken.«

Victor schüttelte ebenfalls den Kopf, wich ihrem Blick aber aus. Man konnte Sasha nur schwer Dinge abschlagen, wenn man ihr direkt in die Augen sah.

Sasha schob ihre Unterlippe vor und seufzte schwer. »Dann muss ich ein paar Dinge umplanen.«

Ich klopfte ihr auf die Schulter. »Wir besorgen dir schon eine Torte. Aber versuch, nicht ganz so enttäuscht auszusehen, wenn niemand aus ihr herausspringt. Für solche Ausmaße hab ich kein Geld.«

»Und wenn sie gerade groß genug ist, damit ein winzig kleines Hundebaby aus ihr herausspringen kann?«

»Sasha.«

Sie seufzte tief. »Ja ja, keine Tiere in der Wohnung. Ich weiß.« Sie ließ das Thema fallen. Vorerst. Ich war mir fast sicher, dass in naher Zukunft eine PowerPoint-Präsentation auf mich wartete – mit Gründen, warum wir uns doch ein Hundebaby zulegen sollten.

»Oh, übrigens. Ich hoffe, du hast nichts dagegen, dass …«

Ein Rauschen unterbrach sie. Das Wasser kam im Bad mit so viel Druck aus dem Hahn, dass man es in der gesamten Wohnung und vermutlich auch noch im Treppenhaus hörte. Da die vier Leute, die ständig in dieser Wohnung ein und aus gingen, alle hier im Wohnzimmer versammelt waren, runzelte ich die Stirn.

»Habt ihr noch jemanden eingeladen?«

»Unsere neue Nachbarin«, erklärte Sasha, als die Tür zum Bad aufging und leise Schritte sich dem Wohnzimmer näherten. »Sie ist für den Zuckerschock verantwortlich.«

Das ungute Gefühl überkam mich in Wellen.

Die erste, als Sasha von unserer neuen Nachbarin sprach.

Die zweite, als diese Nachbarin zu uns ins Wohnzimmer stieß.

Ich brauchte mich nicht umzudrehen, um zu wissen, dass es die Frau mit dem Karton war, die ich vor ein paar Stunden im Treppenhaus umgerannt hatte.

Ich tat es trotzdem. Mein Herz schlug einen ungesunden Rhythmus an, obwohl ich es dazu aufforderte, aus einer Mücke keinen Elefanten zu machen.

Es fiel mir schwer, als ich ihr ins Gesicht sah. Alles, was ich wahrnahm, war Rot, Rot, Rot, das ihr Gesicht einrahmte und ihr glatt auf die Schultern fiel. Direkt gefolgt von einem Paar heller Augen, das meinen Blick erwiderte. Ein Lächeln lag auf ihrem Mund, freundlich und zugänglich und ganz anders als vor ein paar Stunden.

Je länger ich sie ansah, desto stärker wurde das mulmige Gefühl in meinem Bauch.

Ich mochte ihr Lächeln nicht. Ich mochte die Erinnerung an gestern Nacht nicht. Und am allerwenigsten mochte ich, dass diese Erinnerung sich gerade in meinem Wohnzimmer manifestiert hatte. Erst der Ellenbogen, den Sasha mir leicht in die Rippen stieß, lenkte meine Aufmerksamkeit woanders hin.

»Die meisten Leute finden es merkwürdig, wenn man sie länger als ein paar Sekunden anstarrt«, flüsterte sie mir zu. Dann wandte sie sich an unsere neue Nachbarin. »Lass dich von ihr nicht vergraulen. Winnie vergisst manchmal, wie man mit Menschen umgeht. Sie ist übrigens meine Schwester, von der ich vorhin erzählt habe. Wir wohnen zusammen hier. Winnie, Jo. Jo, Winnie«, stellte sie uns gegenseitig vor.

Jo streckte mir ihre Hand entgegen. *Kalt*, dachte ich als Erstes. Dann: *Ihre Haut ist weich.* Ihre Finger schlossen sich um meine, und mein gesamter Arm kribbelte.

Als sie mich losließ, fiel mir auf, was mich an ihrem Lächeln störte. Es wirkte nicht ganz rund. Fast unvollständig. Als hätte sie vergessen, dass auch der obere Teil ihres Gesichts involviert hätte sein sollen.

Unser Schweigen zog sich, mein Herzschlag war ein einziges Dröhnen. Als es zu lange anhielt, drängelte Sasha mich zur Seite und zu dem alten, zerkratzten Sessel, den wir auf einem Flohmarkt gefunden hatten. Sie drückte mich darauf und ließ sich dann vor meine Füße auf den Teppich fallen, bevor sie Jo zu uns winkte, die immer noch an der Tür stand.

Als wir alle saßen, war sie es auch, die ein Gesprächsthema in den Raum warf und Sōma dazu anstiftete, die nächste halbe Stunde von seinem Hund, Otto, zu schwärmen und uns allen Fotos zu zeigen. Sōma war von uns allen der Größte, gut einen Kopf größer als ich, und seine hellbraune Haut bekam an den Wangen manchmal einen rosafarbenen Hauch, wenn er von etwas redete, das ihn begeisterte – so wie jetzt.

Mir fielen seine schwarzen Fingernägel ins Auge, deren Spitzen er blau lackiert hatte. Ich hätte ihn gefragt, ob er sie absichtlich an seine derzeitige Haarfarbe angepasst hatte, wäre meine Aufmerksamkeit nicht ständig abgeschweift.

Ich wollte Jo nicht ansehen, konnte mich aber nicht davon abhalten. Immer, wenn ich es tat, blieb mein Blick an ihr hängen. Es war nichts Greifbares, nichts, das ich hätte benennen können, um irgendwem zu erklären, weshalb ich es immer wieder tat. Es war nur … Irgendetwas an ihr versetzte mich instinktiv in Alarmbereitschaft. Sorgte dafür, dass die Härchen an meinen Armen sich aufstellten. Und die Tatsache, dass ich nicht wusste, was es war, ließ mich sie jede zweite Minute anschauen.

Sasha merkte davon gar nichts. Nicht nur, weil ihr letzte Nacht keine Person ins Fenster geguckt hatte, die heute plötzlich nebenan einzog. Sondern ganz einfach, weil sie fremden Leuten im Gegensatz zu mir einen Vertrauensvorschuss schenkte wie andere ihren Liebsten Blumen. Sie war wie die andere, freundlichere Seite meiner Münze. Der Optimismus zu meinem Pessimismus.

Vielleicht war es gut, dass wir so waren. Sasha war mein Segel und ich ihr Anker. Wenn es zu sehr stürmte, hielt ich uns fest, und sie brachte uns voran, wenn der Himmel blau war.

Rational wusste ich das alles. Vielleicht log mein Bauchgefühl. Aber das änderte nichts daran, dass ich Jo schnellstmöglich aus unserer Wohnung haben wollte.

Als Sōma irgendwann aufhörte zu reden, war es Victor, der den Gesprächsfaden aufnahm. Er saß direkt neben Sōma. Victor war zierlich gebaut, ungefähr so groß wie ich, seine Haut war ein helles Beige, und die blonden, fast weißen Haare trug er meistens in einem Seitenscheitel aus seinem Gesicht frisiert. Die Frisur unterstrich seine feinen Gesichtszüge. Bisher hatte er, ähnlich wie ich, nur zugehört.

»Bist du aus New York?«, wollte er von Jo wissen.

»Ja«, antwortete sie. »Aus Manhattan.«

Sōma lehnte sich neugierig nach vorn. »Lebt deine Familie dort?«

»Genau.«

»Warum bist du nach Brooklyn gezogen?«

Ein kurzer Blick in meine Richtung. »Ich wollte allein wohnen.« Sie hob eine Schulter an. »Die Stille ist beim Lernen angenehmer.«

So wie sie es sagte, klang es, als wäre es eine Leichtigkeit, hier eine Wohnung zu bekommen und sich die allein leisten zu können.

Sasha und ich bekamen von unserer Mutter finanzielle Unterstützung. Trotz Sashas Stipendium, meinem Job im Café in Williamsburg und den gelegentlichen Aufträgen von Firmen, die ihre Websites gestaltet haben wollten, kamen wir nur knapp über die Runden.

Jos Wortwahl machte deutlich, dass sie sich um so etwas keine Gedanken machte. Wenn sie vorher in Manhattan gewohnt hatte, war es nicht unwahrscheinlich, dass ihre Familie wohlhabend war und Geldsorgen für sie keine Rolle spielten.

»Du studierst?«, sprang Sasha sofort auf Jos Aussage an. »Wo? Was? Seit wann?«

»Seit diesem Semester an der NYU«, antwortete Jo. Ihr Lächeln wurde freundlicher, als sie mit Sasha redete. »Art History.«

»Wirklich?« Sasha sprang fast von ihrem Platz auf dem Boden auf, so aufgeregt war sie. Sie beugte sich über den Couchtisch, der zwischen den beiden stand. Ihre Hand hinterließ einen großen Abdruck auf der Glasplatte. »Ich auch!«

Jo behielt ihr Lächeln die ganze Zeit bei. »Wirklich?«

Sasha nickte, und ihr Pferdeschwanz schwang dabei rauf und runter. Sie deutete auf Victor. »Er übrigens auch, gleiches Semester. Wir haben zusammen angefangen und uns beim Western-Art-Kurs kennengelernt.«

Jo betrachtete ihn kurz, bevor sie ihre Aufmerksamkeit wieder auf Sasha richtete.

»Hey«, warf Sōma ein. Er saß auf der Sofakante und wippte mit den Beinen. »Was ist mit mir?«

»Was ist mir dir?«, wiederholte Sasha.

Sōma sah sie empört an und dann hilfesuchend zu Victor. Der hob nur die Hände an, als wollte er sagen, dass er in das Gespräch nicht mit reingezogen werden wollte.

»Ich bin im gleichen Department.«

»Ich weiß.«
»Wieso erwähnst du das nicht?«
»Weil du etwas anderes studierst?«
»Aber im gleichen Department.«
»Ja, aber ...«
Ich schaltete ab, als die beiden zwei Minuten später immer noch darüber diskutierten. Victor hatte in der Zwischenzeit sein Handy rausgeholt und tippte eine Nachricht, und Jo sah dem Schlagabtausch zwischen Sasha und Sōma aufmerksam zu.
Meine Finger tippten einen Rhythmus auf die Sofalehne, als mein Handy vibrierte. Ich schob meine Hand in die Bauchtasche meines Hoodies, holte es heraus und schaltete den Alarm aus. Abwesend drehte ich es in meinen Händen hin und her.
Sasha legte ihre Hand kurz auf meine, als sie es bemerkte, und lehnte sich an meine Beine. »Hast du noch was vor?«
Nachdem Sōma die Diskussion mit Sasha aufgegeben hatte, hatte er Victor in eine über ihr Abendessen verwickelt. Sasha redete leise genug, damit niemand außer mir es hörte.
Ich war mit Blair verabredet, zögerte aber, es zu sagen. Solange Jo hier war, wollte ich den Raum nicht verlassen und sie lieber im Auge behalten, um ... um ... *Um dein Bauchgefühl bestätigen zu können, Winnie? Wirklich?*
Ich schob mein Handy zurück in meine Tasche. »Schon gut.«
Sie wartete einen Moment. Sah mich mit einem fragenden Gesichtsausdruck an.
Zur Antwort deutete ich mit einem Nicken auf Sōma, der sich gerade eine Handvoll Gummibärchen nahm. Die leere Tüte flatterte zurück auf den Tisch und Sasha kletterte darüber, um ihn davon abzuhalten, sie zu essen.
»Hey!«
Er hielt mitten in der Bewegung inne, die Augen weit aufgerissen, als hätte er ein Verbrechen begangen. Als er Sashas

Blick bemerkte, beeilte er sich, alle Gummibärchen mit einem Mal in seinen Mund zu stopfen.

»Hey!«, wiederholte Sasha und versuchte, ihn davon abzuhalten. »Du hast gesagt, ich kann den Rest haben.« Sie zog an seinem Hemdsärmel und hätte Vic dabei fast mit ihrem Ellenbogen die Brille von der Nase geschlagen. Er rückte daraufhin einen guten halben Meter auf dem Sofa von den beiden weg. Sōma gab sich währenddessen alle Mühe, von Sasha loszukommen.

»Du hast nicht mal mehr daran gedacht, bis ich sie mir genommen habe«, verteidigte Sōma sich und warf mir über den Kopf meiner Schwester hinweg einen anklagenden Blick zu. Im gleichen Moment riss er sich von ihr los, sprang von der Couch auf und floh in den Flur. Sasha rappelte sich vom Boden auf und sprintete ihm hinterher. Man hörte ein Krachen, als die Tür zu Sashas Zimmer zuflog und dann, wie die beiden sich durch das Holz anschrien.

Die Streitereien zwischen den beiden waren nichts Neues. In dem halben Jahr, in dem Sasha ihn und Victor kannte, waren sie so oft hier bei uns gewesen, dass sie mittlerweile schon als Inventar durchgehen konnten. Und mindestens einmal pro Treffen kam es zu Auseinandersetzungen wie der gerade.

Jo hatte sich aufgerichtet, als Sasha über den Tisch geklettert war und noch mehr, als sie hinter Sōma her aus dem Wohnzimmer gestürmt war. Sie runzelte besorgt die Stirn. »Sollte man nicht dazwischengehen?«

Victor setzte seine Brille wieder auf. »Wenn die beiden so drauf sind, läufst du nur Gefahr, dir dabei aus Versehen eine einzufangen.«

»Und wenn sie sich verletzen?«

»Dann lernen sie vielleicht endlich daraus.«

Die Falten auf Jos Stirn vertieften sich mit Victors Aussage.

Sie setzte ihren Fuß vor sich auf, als wollte sie aufstehen, überlegte es sich dann aber anders.

Irgendwann gab Sasha auf und kam ins Wohnzimmer geschlurft. Sie ließ sich auf den freien Platz neben Victor fallen, die Arme vor der Brust verschränkt.

»Ich wollte morgen Nachmittag nach der Arbeit einkaufen«, sagte ich beiläufig. »Ich glaube, ich habe Lust auf eine Jumbo-Tüte Gummibärchen.«

Sasha löste ihre Arme und grinste dankbar. Dann zog sie die Nase kraus. »Ich hab morgen den ganzen Tag Vorlesungen.«

»Dann kannst du dich auf den Zuckerschock am Abend freuen.«

»Wann hast du morgen deine erste Vorlesung?«, fragte Jo.

»Um halb zehn, und du?«

»Auch um den Dreh. Ich hab meinen Wochenplan noch nicht ganz drauf.«

»Ich fahr montags immer früher los, um in einem Café in der Nähe zu frühstücken. Willst du mitkommen? Sōma und Vic sitzen da beide schon in ihren Vorlesungen, deswegen bin ich normalerweise allein.«

Es war ihr kleines Ritual, um den Wochentag mit den meisten Vorlesungen mit etwas Schönem zu verbinden.

Es gab keinen einzigen Grund, der dagegen sprach – aber in der Sekunde, in der sie Jo eingeladen hatte, war es mir zum ersten Mal wie eine schlechte Idee vorgekommen.

»Du könntest ...« ... *mit mir zu Hause frühstücken.*

»Ja, gern«, fiel Jo mir ins Wort.

Sasha hatte mich völlig überhört. Sie strahlte übers ganze Gesicht, und mein Magen verknotete sich.

Reiß dich zusammen, Winnie, rief ich mich zur Ordnung.

Das Quietschen einer Tür hallte durch den Flur, und Sōma kam ins Wohnzimmer. Er lief auf die Couch zu und drängelte sich zwischen Sasha und Vic, bevor er entschuldigend grinste. Sasha kniff die Augen kurz böse zusammen, erwiderte sein Grinsen dann aber.

Jo fuhr unbeirrt fort. »Vielleicht kannst du mir dann auch erklären, wie ich zu den richtigen Vorlesungssälen finde?«

Sasha reckte beide Daumen in die Höhe. »Überlass das nur mir. Wenn wir fertig sind, wird es sich anfühlen, als hättest du nie nicht an der NYU studiert.«

»Das Gefühl stellt sich schnell genug von allein ein«, murmelte Sōma.

»Ich klingle um kurz vor acht bei dir«, schlug Sasha vor, sah auf ihre Armbanduhr und dann kurz zu mir. »Und damit ich kein Zombie bin, wenn ich morgen aufwache, werf ich euch jetzt alle liebevoll raus.«

Victor stand als Erster auf. Er zog Sōma mit sich, der sich auf dem Sofa breitmachen und schlafend stellen wollte, und schob ihn dann vor sich her aus dem Wohnzimmer. Sasha folgte den beiden fröhlich summend und ließ mich mit Jo allein.

Sie stand nur langsam auf und klopfte sich gefühlt jedes Staubkörnchen einzeln von der Hose.

»Nett, dich kennengelernt zu haben«, sagte sie dann.

»Ja«, erwiderte ich zögernd. »Gleichfalls.«

Sie sah mich an, auf ihren Lippen lag kaum mehr ein Hauch ihres bisherigen Lächelns. »Bis später, Winnie.« Sie verließ das Wohnzimmer, und ich hörte, wie sie sich bei Sasha verabschiedete. Sasha schloss die Tür zu, als Jo endlich draußen war. Ihre Verabschiedung hallte noch minutenlang in meinen Ohren nach. Und obwohl ich endlich durchatmete, war der Gedanke, dass uns nur eine Wand von ihr trennte, die ganze Zeit in meinem Hinterkopf.

3

»Was war los?«, fragte Sasha mich, als sie mich vor dem Sofa stehen sah, die Hände in der Bauchtasche meines Hoodies versteckt. »Du warst still. Stiller als dein normales Still, und hast Jo die ganze Zeit angestarrt. Armer Victor.«
»Was hat Victor damit zu tun?«
»Ach nichts.«
Sie umrundete das Sofa und ließ sich in die Polster fallen. Sie sah erschöpft aus, nicht länger fröhlich und aufgedreht wie noch vor wenigen Sekunden. Als hätte sich mit dem Schließen der Haustür ein Schalter in ihr umgelegt. Sie zog die Beine an und schlang ihre Arme darum, und ich wusste, ohne, dass sie es aussprach, dass das »schwarze Loch« – ihre Worte – nicht mehr lange auf sich warten lassen würde.
Es kam in unregelmäßigen Abständen, und der einzige Grund, weshalb ich davon wusste, war, dass wir zusammenlebten. Vorher hatte ich keine Ahnung von den Tagen gehabt, an denen sie mit niemandem redete, weil ihr die Energie fehlte.
»Die Frage bleibt: Was war los?«, fuhr sie fort. »Waren das ›Ich hab dich gesehen und beschlossen, dass ich dich nicht ausstehen kann‹-Vibes? Oder ›Ich hab versucht, dir schöne Augen zu machen und dabei versagt‹-Vibes? Du hättest nicht sitzen bleiben müssen, wenn du schon was vorhattest. Denk nicht,

ich hab deine Ablenkungstaktik nicht bemerkt. Wobei es eine Lüge wäre zu sagen, dass ich mich nicht freue, wenn du mal mit uns hier sitzt. Seit wir nach New York gezogen sind, bist du kaum noch ...« Sie brach den Satz ab. Räusperte sich. »Ich seh dich weniger.«

Bist du kaum noch bei mir.

Mein Daumen rieb über die raue Schutzhülle meines Handys, hin und her und hin und her. Es fiel mir erst auf, als Sasha aufhörte zu reden und das monotone Rauschen in meinen Ohren verklang. Mit ihm stoppte ich auch die Bewegung meiner Finger.

»Du könntest dich mit in mein Zimmer setzen und mir helfen, eine Website für diesen Zahnarzt, der mich letztens angeschrieben hat, zu basteln«, sagte ich.

»Für einen Zahnarzt?«

»Ja, ein alternativer Zahnarzt. Arbeitet ohne Betäubungen und scheint eine Vorliebe für schmerzhafte Eingriffe zu haben, wenn man seiner E-Mail glauben darf.«

»Ich weiß die Einladung zu schätzen, aber ich glaube, ich verzichte.« Sie starrte an mir vorbei, schüttelte den Kopf und stand auf. »Ich geh mir eben die Zähne putzen.«

Sie verschwand im Bad. Das Rauschen des Wassers hallte Sekunden später durch die gesamte Wohnung und begleitete mich in mein Zimmer. Ich setzte mich an den Schreibtisch und schaltete die Bildschirme ein.

Vor meinem Spaziergang hatte ich den Creative-Bereich der App halbwegs wiederhergestellt und war dafür auf ein anderes Problem gestoßen. Mich dazu zu zwingen, es zu lösen, brachte auch nichts: Mein Hirn konzentrierte sich nicht auf die Aufgabe vor mir.

Ich klickte mich durch meine Mails, suchte nach Aufträgen, die nicht allzu zwielichtig klangen. Aber mein Blick wanderte immer wieder von den Worten vor mir zu dem gerahmten Bild, das in der linken Ecke meines Tisches stand.

Das Kind darauf war noch keine sechs Jahre alt, hatte gerade zwei untere Milchzähne verloren und grinste so breit in die Kamera, dass es vermutlich wehtat. Ihre Hand war weit, weit nach oben gestreckt und hielt sich an einer anderen fest. Der Mann, zu dem diese andere Hand gehörte, hatte den Kopf in den Nacken geworfen und lachte.

Wenn man das Foto ansah, konnte man das Lachen beinahe hören. In meinen Ohren hallte es selbst heute noch nach.

Es war eins von zwei Bildern, die ich von meinem Vater besaß. Aufgenommen direkt vor dem Museum of Modern Art, das für mich damals wie ein riesiger Spielplatz gewirkt hatte.

Das andere lag direkt daneben. Vierzehn Jahre später, ausgeschnitten aus einer lokalen Zeitung vor wenigen Monaten, als er zum Police Comissioner und damit zum höchstrangigen Polizeibeamten des New York Police Departments befördert worden war.

Es waren die gleichen Bilder, die ich jedes Mal anstarrte, wenn ich an meinem Schreibtisch saß. Die gleichen Bilder, die ich angestarrt hatte, als ich mich vor ein paar Tagen endlich dazu durchgerungen hatte, ihm eine E-Mail zu schreiben.

Die gleichen Bilder, die ich auch dann anstarrte, wenn ich wartete und wartete, dass er antwortete.

Vielleicht ignoriert er es einfach, dachte ich. Es war das, was mich in den letzten Jahren immer davon abgehalten hatte, mit ihm Kontakt aufzunehmen: Die Vorstellung, dass er einfach kein Teil meines – unseres Lebens sein wollte.

Er war nicht unauffindbar. Er war nicht plötzlich von der Bildfläche verschwunden, nachdem er und Mom sich getrennt hatten. Aber ich hatte mir eingeredet, dass es so war, weil es die Träume, in denen er irgendwann nach Hause kam und ich nicht länger das fünfte Rad am Wagen war, realer wirken ließ.

Es kostete mich einige Anstrengung, mich von dem Bild loszureißen und mich auf die Arbeit vor mir zu konzentrieren. An manchen Tagen war mein Hirn zerstreut – als hätte es vergessen, sich festzuketten – und flog ohne Anker durchs All. Alles lenkte mich ab und jedes Geräusch war eins zu viel.

Heute war einer dieser Tage. Ich würde einige Zeit brauchen, um meinen Fokus zu finden und dann vielleicht noch etwas Arbeit schaffen, aber viel zu spät ins Bett gehen, weil ich mich nicht lösen konnte, wenn der Bienenschwarm endlich verstummt war und ich mich im Coden verlor.

Seufzend schob ich mich vom Schreibtisch weg. Ich wollte morgen nicht verschlafen und zu spät zur Arbeit kommen.

Ich drehte mich im Kreis und sah mich in meinem Zimmer um, zögerte es heraus, ins Bett zu gehen, weil ich an gestern Nacht dachte – an leise Stimmen, an rote Haare – und es nicht besser werden würde, wenn ich keine Ablenkung hatte.

Nach einer halben Stunde gab ich auf. Ich machte mich fürs Bett fertig und lag keine zehn Minuten später unter der Decke, die Augen geschlossen, und …

… schlief fast …

… schlief fast …

… schlief fast …

Ruckartig drehte ich mich auf den Rücken. Meine Ohren waren gespitzt und lauschten jeder Bewegung und jedem Gesprächsfetzen, der durch das gekippte Fenster zu mir drang. Überraschung: Da war nichts. Zumindest nichts, was direkt unter meinem Fenster stattfand.

Je mehr ich mich darüber aufregte, dass ich Jo und ihre Begleitung von gestern Nacht nicht einfach fallen lassen konnte, desto wacher wurde ich. Dass die Studierenden aus der WG in der dritten Etage auf den Feuertreppen hoch und runter rannten, half nicht sonderlich. Das Metall schepperte jedes Mal, wenn jemand beschloss, nach oben zu jagen, weil sich in den Stockwerken über uns anscheinend eine ganze Freundesgruppe eingemietet hatte.

Gelächter ertönte, kurz darauf schallte Musik zu mir, danach wurden die Geräusche dumpfer. Alles was blieb, war der Bass, der durch die Wände hämmerte und mein Bett vibrieren ließ.

Ich schlug meine Decke zurück und öffnete das Fenster weit. Der Wind hinterließ eine Gänsehaut auf meinen Armen, und ich fluchte leise, als ich nach draußen stieg und meine nackten Füße das eiskalte Metall der Feuerleiter berührten. Ich beugte mich zurück in mein Zimmer, suchte in meinem Bett nach dem dicken Paar Socken, das ich gestern beim Schlafen getragen hatte, und zog sie mir über.

Der Ausblick hatte das Wort nicht einmal verdient. Man sah auf die Straße und die Wohnhäuser auf der anderen Seite. Autos parkten auf beiden Straßenseiten, so weit das Auge reichte, und der Himmel war ein dreckiges Orange, das man nur in Großstädten fand, in denen die künstlichen Lichter niemals ausgingen. Hin und wieder zerschnitten Schreien oder Lachen die basslastige Musik. Hier draußen war es nachts nicht besonders schön und tagsüber dank des Geräuschpegels der Straße kaum auszuhalten.

Es war mein liebster Teil der ganzen Wohnung. Ich konnte hier draußen sitzen, wenn ich das Gefühl hatte, mein Kopf platzte. Wenn ich mich mit Sasha stritt und etwas anderes anstarren wollte als meine eigenen vier Wände. Oder wenn Mom Sasha zum Quatschen anrief und ich mich fragte, wie viele Wochen wohl wieder vergehen würden, bis ich eine Nachricht von ihr erwarten konnte.

Und es war eiskalt. Ich wippte von einem Fuß auf den anderen, damit meine Zehen nicht einfroren, und lief die zwei Stockwerke nach oben. Es passierte viel zu häufig, dass jemand am Sonntagabend beschloss, eine Party zu schmeißen und den gesamten Block damit wachzuhalten. Der Weg nach oben war längst ein vertrauter.

Ich hob meine Hand, um am Fenster zu klopfen – auf ein Klingeln an der Tür reagierten sie schon lange nicht mehr –, aber kaum sah mich eine der Bewohnerinnen, hob sie entschuldigend die Hand, mit der sie eine Bierflasche hielt, und drehte die Musik sofort leiser.

Auf dem Weg nach unten glitt meine Hand die ganze Zeit über das Geländer, weil ich mich mit meinen dicken Socken schon ausrutschen sah, und ich bemerkte erst auf der letzten Stufe, dass ich nicht mehr allein hier draußen war.

Direkt neben meinem Fenster war das Ende der Feuertreppe, eingerahmt von einem verzinkten Stahlgeländer, das an einer Stelle eine tiefe Kerbe hatte, an der ich immer hängen blieb, wenn ich hier draußen saß und mit meinen Klamotten nicht aufpasste. Einige Hemden hatten deswegen schon das Zeitliche gesegnet.

Es war wie mein eigener, privater Balkon, an den ein noch viel winzigerer von der Wohnung nebenan grenzte. Er war gerade so groß, dass eine Person sich darauf im Kreis drehen konnte.

Jo hatte die Arme auf das Geländer gestützt und sah auf die Straße.

Ich verlangsamte meine Schritte. Mein Fluchtinstinkt wollte mich zurück nach oben schicken, durch das Fenster, um den Umweg durch den Hausflur in Kauf zu nehmen, nur, um ihr auszuweichen. Bevor ich allerdings umdrehen konnte, wandte sie sich von der Straße ab. Vermutlich wollte sie zurück in ihre Wohnung gehen, als sie mich ein paar Meter entfernt stehen sah.

Sie sagte nichts, und die Stille verunsicherte mich. Ihr Blick wanderte über mich, blieb an meinen Füßen hängen und glitt dann an mir hinauf, bis sich unsere Blicke kreuzten. Sie hatte eine Augenbraue angehoben, oder vielleicht bildete ich es mir nur ein, weil ich blinzelte und ihr Gesichtsausdruck völlig neutral war.

Ich wollte zu meinem Fenster gehen, aber konnte meine Beine nicht bewegen. Ihr Blick nagelte mich am Boden fest und raubte mir den Atem vor Angst, vor Sorge, vor … irgendetwas anderem, das ich nicht in Worte fassen konnte.

Dann sah sie weg, und ich bekam wieder Luft. Ich machte einen Schritt auf mein Zimmer zu, noch einen, noch einen, schob das zugefallene Fenster wieder auf und spürte die ganze Zeit über Jos Blick im Rücken.

Es war kein angenehmes Gefühl. Eher, als versuchte jemand, Löcher in meinen Rücken zu brennen. Es ließ mich wünschen, mein Zimmer nicht verlassen zu haben. Oder noch besser: dass diese Frau gar nicht erst neben uns eingezogen wäre.

Als ich schließlich wieder in meinem Raum war, schloss ich mein Fenster und zog ruckartig den Vorhang zu. Ich legte mich in mein Bett und wartete, bis ich hörte, dass nebenan ebenfalls das Fenster zuging. Erst da schaffte ich es, mich weit genug zu beruhigen, um einzuschlafen.

Am nächsten Morgen wachte ich auf und wollte mein Bett am liebsten nicht verlassen. Ich hatte mich die zweite Nacht in Folge hin- und hergeworfen, keine Ruhe gefunden und zu wenig geschlafen, um jetzt mehrere Stunden im Café freundlich Leute zu bedienen. Ich zwang mich trotzdem dazu.

Sasha war bereits weg, und ich brauchte nicht lange, um mich fertig zu machen und die Wohnung ebenfalls zu verlassen.

Mit dem Bus war ich in einer guten halben Stunde in Williamsburg. Ich hätte die Bahn nehmen können, die häufiger fuhr und schneller ankam, aber ich konnte das Rattern und die grelle Beleuchtung in den Waggons nicht ausstehen. Für Sasha war gerade das die reinste Entspannung. Sie kam ständig erst Stunden später nach Hause, weil sie einfach über ihre Haltestelle hinaus sitzen blieb und mit der Bahn kreuz und quer durch Manhattan und Brooklyn fuhr.

Schon häufiger hatte ich das Bedürfnis verspürt, sie zu fragen, ob sie nach NYC hatte ziehen wollen, um genau das zu tun: die Gegend zu erkunden und immer wieder einen neuen Winkel der Stadt zu entdecken, wie sie es zu Hause in Philadelphia nie hatte tun können. Ob die Krankenhauswände sie genauso geprägt hatten wie die Stille in unserem Haus mich?

Ich tat es nie. Im Gegenteil. Ich tat mein Möglichstes, um nicht an zu Hause zu denken.

Der Bus hielt ein paar Straßen vom Café entfernt, unweit des East River.

Die Häuser hier waren nicht so hoch, dass man das Gefühl hatte, in einem riesigen Käfig eingesperrt zu sein. Leute wuselten über die Gehwege, überquerten die Straßen aus jeder Richtung. Als ich in das Café trat, brauchte ich einen Moment, bis sich meine Augen an die künstliche Beleuchtung gewöhnten. Leo stand hinter der Kasse und nahm eine Bestellung nach der anderen entgegen, während Erika mit dem Rücken zum Café arbeitete, die Ärmel ihres weißen Hemds nach oben gerollt, um damit nicht im Milchschaum hängen zu bleiben.

Ich lief nach hinten zu den Räumen für Mitarbeitende durch, warf den Rucksack in meinen Spind und zog mir das weiße Hemd und die schwarze Schürze über, die darin hingen. Fünf Minuten später stand ich an Erikas Seite.

»Du bist endlich da«, begrüßte sie mich.

»Wie schlimm war es bisher?«

»Auf einer Skala von eins bis zehn? So zweihundert. Ich hasse Frühschichten, warum lasse ich mich jedes Mal dazu überreden, die zu übernehmen? Die Leute sind morgens wie Zombies im Blutrausch. Ich hab immer Angst, dass mir jemand den Arm direkt mit ausreißt, wenn sie ihre Becher entgegennehmen.«

Sie sah über die Schulter zu Leo. Sie hatte die letzte Bestellung abgewickelt und stützte sich auf die Arbeitsfläche neben der Kasse ab, als würde es ihr alles abverlangen, aufrecht zu stehen. Der knallrote Lippenstift, den sie immer trug, hob sich heute besonders stark von ihrer blassrosa Haut ab.

Ich wollte fragen, was los war, als der Mittagsansturm den Laden füllte und uns davon abhielt, miteinander zu reden. Wir versorgten alle mit einer frischen Dosis Koffein, und als der Laden wieder halbwegs leer war, sprachen wir Leo vorsichtig an.

»Alles okay?«, fragte Erika. Sie schaffte es, die Frage beiläufig klingen zu lassen.

Statt direkt zu antworten, machte Leo sich daran, die aufgetürmten Kaffeebecher neben der Kasse neu zu stapeln. »Warum fragst du?«

»Nur so.«

Sie nickte, nickte noch einmal und stapelte weiter die Becher. Nachdem sie sie von einer Ecke in die andere und zurück geschoben hatte, sah sie sich nach etwas um, mit dem sie sich als Nächstes ablenken konnte. Sie räumte so lange auf, bis nichts mehr an seinem ursprünglichen Ort stand, erst dann ließ sie die Arme sinken. Ihr Rücken krümmte sich unter einer Last, die wir nicht sehen konnten.

»Meine Mitbewohnerin ist gestern nicht nach Hause gekommen«, sagte sie und drehte einen losen Faden ihrer Schürze um ihren Finger. »Ich mach mir nur etwas Sorgen. Normalerweise meldet sie sich …«

Ihre Stimme wurde leiser, bis man sie kaum noch verstand.

Erika und ich tauschten einen Blick, unsicher, wie wir reagieren sollten.

»Hast du es der Polizei gemeldet?«, fragte ich.

»Heute Morgen.«

»Willst du vielleicht lieber nach Hause gehen?« Erika deutete auf sich, dann auf mich. »Um uns brauchst du dir keine Sorgen machen, falls dich das davon abhält.«

Leo nahm sich einen Moment, um über die Frage nachzudenken und schüttelte dann den Kopf. »Ich bleib lieber. Wenn es okay ist. Zu Hause ist es zu … Ich mag nicht, wie still es ist.«

Erika und ich bemühten uns, die Schicht mit Smalltalk zu füllen, aber es gelang uns beiden eher schlecht als recht. Leo wurde mit jeder vergehenden Stunde und mit jedem Blick auf ihr Handy leiser, bis unsere Ablösung kam. Als ich den Umkleideraum betrat, trug sie bereits ihre Straßenklamotten und rannte mich auf ihrem Weg nach draußen beinahe um, das Handy ans Ohr gedrückt.

Ich rieb mir über den Arm und hob auf die fragenden Blicke von Kat und Nick hin eine Schulter an, ehe ich mich ebenfalls umzog und kurz nach Erika das Café verließ. Ich war kaum durch die Tür getreten, als ich eine Berührung am Oberarm spürte. Mein Körper, der sich seit Tagen in Alarmbereitschaft befand, reagierte, indem er die Person abschüttelte, bevor ich sah, um wen es sich handelte.

»Was machst du denn hier?«

Sasha versuchte sich an einem Lächeln. Es war nur die gedimmte Version von dem, was ich gewohnt war. »Hab eine Entführung geplant.«

»Und ich soll dir dabei helfen?«
»Nein.« Ihr Lächeln wurde ein Ticken breiter. »Du wirst entführt.«
Sie sagte es selbstbewusst und wartete trotzdem auf meine Reaktion, als hätte sie tatsächlich Sorge, dass ich nicht mitkommen würde. Ein weiterer Nebeneffekt vom schwarzen Loch. Unsicherheit.
Ich bedeutete ihr, loszugehen, und Sasha hakte sich dankbar bei mir unter. Eine Dreiviertelstunde später standen wir vor dem MoMA.
Ich sah an der vertrauten schwarzen Fassade nach oben. Sasha tat es mir nach, lehnte sich nach hinten und legte den Kopf so weit in den Nacken, dass sie beinahe umfiel.
»Was ist aus deinen Vorlesungen geworden?«
»Die hab ich für heute hinter mir.« Ihr Blick hing immer noch am Himmel, der zwischen den Hochhäusern lediglich wie ein langer, dünner Streifen wirkte. Auf dem Weg hierher waren Wolken aufgezogen, die die Sonne verdeckten und alles in ein tristes Grau tauchten.
»Und statt nach Hause zu fahren, um die Hausarbeit zu schreiben, die du vor dir herschiebst ...«
»... lege ich mit meiner liebsten Schwester einen extra Museumstag ein.«
»Deine einzige Schwester.«
»Du hast Anastasia schon wieder vergessen.«
Ich stieß ein Schnauben aus. »Was schauen wir uns heute an?«
»Wir haben beim letzten Mal Henri Matisse ausgelassen.«
Stimmt. Letzten Samstag war es so voll gewesen, dass wir die meiste Zeit damit verbracht hatten, die Ausstellungen zu suchen, bei denen die wenigsten Leute anwesend waren. Der Expressionismus war dabei ein wenig zu kurz gekommen.

Sasha zückte ihre Jahreskarte und ging an den Leuten vorbei, die rechts von uns in einer Schlange standen, um Tickets zu kaufen. Zu Weihnachten hatte sie jeder von uns eine Karte geschenkt, wohl wissend, dass wir oft genug hier sein würden, dass es sich lohnte.

Sie lief voraus. Es hatte nicht länger als einen Monat gebraucht, bis wir das Museum auswendig kannten. Ich wurde ruhiger, als wir die Ausstellung betraten. Die Stille legte sich wie eine Decke über uns. Es war Montagnachmittag, nicht sonderlich voll und gerade deswegen noch angenehmer.

Sashas Blick klebte an dem riesigen Gemälde uns gegenüber. Darauf waren fünf nackte Frauen abgebildet, die auf einem Hügel tanzten, der Himmel war mit tiefen Blautönen gefüllt, wurde aber abrupt durch das Grün des Hügels unterbrochen. Vor dem Gemälde stand eine Bank, über die Sasha fast stolperte, weil sie ihre Umgebung komplett ausgeblendet hatte.

Ich folgte ihr leise und betrachtete das Bild. Ich hätte es auch gefunden, wenn man mich mit einer Augenbinde mitten im MoMA abgestellt hätte. Seit wir in New York lebten, waren wir so oft hier gewesen, dass ich irgendwann aufgehört hatte mitzuzählen.

Sasha trat ein paar Schritte von dem Gemälde zurück und setzte sich auf die Bank. Sie legte den Kopf schief – erst nach rechts, dann nach links – und runzelte die Stirn. »Ich weiß, dass die Reduziertheit, mit der er gearbeitet hat, in den Himmel gelobt wird, aber ich kann wirklich nicht nachvollziehen, warum ausgerechnet das Bild eines seiner berühmtesten geworden ist.«

»Genau deswegen«, sagte ich. »Weil es aussieht, als hätte er wie ein Kind im Kindergarten die grundlegendsten Farben genommen und damit ein einfaches Bild zusammengeworfen.«

»Hat er nicht?«

Ich hob eine Augenbraue an. »Was bringen sie dir in deinem Studium bei?«

Sie verdrehte müde die Augen, schaute sich das Gemälde aber noch mal genauer an. »Du willst mir erzählen, wie schwierig es ist, etwas Einfaches hinzubekommen, oder?« Sie machte Anführungszeichen in der Luft, als sie »Einfaches« sagte.

»Er wäre nicht einer der bekanntesten Künstler seiner Zeit, wenn es leicht gewesen wäre. Die wenigsten Expressionisten wurden damals für ihr handwerkliches oder künstlerisches Talent gelobt. Im Gegenteil.«

Sie streckte die Beine aus, bevor sie aufstand. Schweigend lief sie durch den Raum, sah sich jedes einzelne Gemälde und die Skulpturen, die mittig ausgestellt waren, an und verschwand dann langsam in dem angrenzenden Raum.

Ich folgte ihr nicht sofort, sondern blieb noch eine Weile vor *La Danse* stehen. Wenn ich die Augen schloss, konnte ich fast die Stimme meines Vaters hören. Sehen, wie wir beide auf der Bank saßen, während er über das Gemälde redete – voller Leidenschaft für ein Thema, von dem ich als Kind nichts verstanden hatte. Vielleicht war es ein ähnliches Gespräch gewesen wie das, das ich eben mit Sasha geführt hatte. Vielleicht auch etwas anderes. Es war zu lange her, als dass ich mich daran hätte erinnern können.

»Winnie?«

Ich blinzelte mehrere Male und schüttelte die Erinnerung ab. Sashas Schritte kamen wieder näher.

»Hast du gesehen, dass sie drüben Marc Chagall umgehängt haben?«

»Noch nicht.«

Ich warf einen letzten Blick auf das Gemälde vor mir. Dann drehte ich mich um und folgte ihr.

4

Wir waren kurz nach sieben zu Hause. Sasha wirkte nach der Zeit im Museum wacher, und als sie auf die Uhr schaute, glänzten ihre Augen freudig. »Diesmal verpasse ich die neueste Folge von *Hidden Starlight* nicht.«

»Du kennst den Comic auswendig.«

»Ja. Den *Comic*.«

»Und die Folge kannst du jederzeit online nachschauen.« Ich ignorierte Sashas Seufzen und schob meinen Schlüssel ins Schloss. Die Tür ging mit einem Knarzen auf – das gleiche Geräusch, das in dem Moment auch von der Wohnung nebenan erklang.

Jo trat auf den Flur, einen Wäschesack in der Hand. Sie blieb stehen, als sie Sasha sah. Und meine Schwester, extrovertiert wie sie war, sah darin sofort eine Einladung.

»Gehst du Wäsche waschen?«

Jo sah zu ihrem Wäschesack. »Was hat mich verraten?«

»Ich hab auch einen Berg in meinem Zimmer liegen und wollte das seit Tagen in Angriff nehmen. Warte kurz, ich zeig dir, zu welchem Waschsalon wir immer gehen.«

Sie drängelte sich an mir vorbei, stürmte in ihr Zimmer und ließ mich mit Jo allein zurück. Die schob ihre freie Hand in die Jackentasche, sah mich an und dann über meine Schulter hinweg in unsere Wohnung. Mich überkam das Bedürfnis, ihr den

Blick zu versperren. Ich spielte mit dem Schlüssel in meiner Hand und wollte gerade einen Schritt nach links machen, als Sasha mit einem vollen Korb wieder zu uns stieß.

»Soll ich von dir auch was mitnehmen, Winnie?« Über dem Berg aus Shirts und Hosen waren ihre Augen gerade so zu erkennen.

»Ich war am Freitag erst«, erwiderte ich und hätte es dann am liebsten zurückgenommen. Am liebsten wäre ich mitgegangen. Am liebsten hätte ich Sasha gesagt, dass sie einen großen Bogen um Jo machen sollte.

Natürlich tat ich es nicht. Sie war alt genug, und vor allem brauchte sie keine große Schwester, die ihr die Luft zum Atmen nahm – auch wenn alles in mir sehr beharrlich das Gegenteil behauptete, seit Jo aufgetaucht war.

Sasha war einen knappen Kopf kleiner als Jo und sah zu ihr auf, während sie anfing, ihren gesamten Tag Revue passieren zu lassen, als gäbe es keinen Filter zwischen dem, was sie dachte, und dem, was sie aussprach.

Es war ein krasser Kontrast zu der Sasha, die sie hinter verschlossenen Türen manchmal war. Sie erlaubte sich nicht, in Gegenwart von anderen Leuten irgendetwas anderes als fröhlich zu sein.

Jo machte nicht den Anschein, als würde es sie stören, dass Sasha das Gespräch allein führte. Selbst in der kurzen Zeit, bis sie im Treppenhaus verschwanden, sagte sie kein einziges Wort. Sie hörte Sasha lediglich aufmerksam zu.

Ich machte die Tür zu, als ich sie nicht mehr sah und nicht mehr hörte. Auf dem Weg in mein Zimmer band ich meinen Pferdeschwanz neu und setzte mich dann an meinen Schreibtisch. Blair wartete bereits.

golden_blair:
frau pooh, wir haben ein problem, und mit »wir« meine ich mich und mit »mich« meine ich mein konto

winnie_the_pooh:
luft holen, blair

golden_blair:
...
...
...
instruktionen unklar, hole jetzt seit dreißig sekunden durchgehend luft

winnie_the_pooh:
ich weiß nicht mal, was ich dazu sagen soll

golden_blair:
»haha« hätte schon gereicht

winnie_the_pooh:
haha

golden_blair:
wenn du es schreibst, klingt es sarkastisch
aber ich werde so tun, als wäre es das nicht

winnie_the_pooh:
um zum eigentlichen thema zurückzukommen ... welches problem hat dein konto?

Blair schickte mir einen Screenshot von einem PC, den sie sich selbst zusammengestellt hatte. Er war pink, man konnte das Gehäuse sehen, und ich war mir hundertprozentig sicher, dass sie ihn bei irgendeiner Person bei YouTube oder Instagram gesehen und beschlossen haben musste, dass sie ihn jetzt ebenfalls unbedingt brauchte.

> **winnie_the_pooh:**
> du hast vergessen, mir den preis zu zeigen
>
> **golden_blair:**
> »vergessen«
>
> **winnie_the_pooh:**
> du willst ihn mir nicht zeigen?

Als Antwort schickte sie mir einen zweiten Screenshot. Diesmal mit dem Preis, groß und dick gedruckt, genau in der Mitte des Bildes. Ich wäre fast vom Stuhl gefallen.

> **winnie_the_pooh:**
> oh gott
>
> **golden_blair:**
> also, wenn ich eine niere verkaufen würde
>
> **winnie_the_pooh:**
> du hast nicht wirklich gegoogelt, was du dafür bekommen würdest, oder?
>
> **golden_blair:**
> natürlich nicht

winnie_the_pooh:
oh blair

Sie lenkte uns geschickt von dem Thema weg und fragte mich über meinen Tag aus. Nach jeder Antwort sah ich zu der Uhr auf meinem Schreibtisch und lauschte, ob die Wohnungstür aufging. Ob ich jemanden im Hausflur hörte oder durch mein gekipptes Fenster auf dem Gehweg.
Immer wieder tippte ich mit meinem Bleistift auf die Arbeitsplatte, meine Konzentration völlig zerschossen. Ein wiederkehrendes Muster, seit Jo neben uns eingezogen war. Dabei war das gerade einen Tag her.
Es half nicht, dass Sasha nicht auf meine zwei Nachrichten reagierte. Sosehr ich auch versuchte, mir einzureden, dass es keinen Grund zur Sorge gab – im nächsten Moment sah ich jedes Mal Jo vor mir, wie sie mit ihrer Begleitung mitten in der Nacht zu meinem Fenster raufschaute.

winnie_the_pooh:
sorry blair, ich muss heute etwas früher los

golden_blair:
alles okay?

winnie_the_pooh:
ja, ich hab nur vergessen, dass ich noch meine wäsche machen wollte

golden_blair:
du hast es »vergessen«? du?? wenn dein elefantengedächtnis anfängt, dinge zu vergessen, ist die welt doch der apokalypse nah

winnie_the_pooh:
dann würde dich der neue computer zumindest nichts mehr kosten

golden_blair:
toll. aber dann gibt es doch bestimmt eine ganze weile keinen strom mehr??
hab keine erfahrungen mit apokalypsen, aber the last of us wirkt wie eine vertrauenswürdige informationsquelle
ich könnte nie wieder mit dir schreiben!! ich müsste mich ZU FUSS durch die wildnis kämpfen, um bis nach new york zu kommen und dich zu finden
und dann würde ich bei dir ankommen und erfahren, dass du den zombies als allererste zum opfer gefallen bist, weil dein überlebensinstinkt quasi nicht existent ist

winnie_the_pooh:
ein sehr charmantes bild, das du da von mir malst

golden_blair:
...
bitte verlass mich nicht
ich hab neunzehn jahre gebraucht, um dich für den posten meiner engsten freundin zu finden, ich glaub, so lange halt ich es nicht noch mal ohne aus

winnie_the_pooh:
haha

golden_blair:
DAS IST KEIN ANGEMESSENER ZEITPUNKT FÜR EIN HAHA
READ THE ROOM

winnie_the_pooh:
keine sorge, ich hab auch kein bedürfnis, den posten mit einer neuen person zu belegen

golden_blair:
beruhigend
ich halte hier die stellung, während du weg bist

winnie_the_pooh:
du schaust weiter nach zu teuren pcs?

golden_blair:
ich schau weiter nach zu teuren pcs.

winnie_the_pooh:
viel spaß dabei

Nach ihrem »Danke« schaltete ich meinen Computer aus. Auf dem Weg zur Tür sammelte ich ein paar umherliegende Kleidungsstücke ein und stopfte sie in meinen Rucksack, bevor ich losging.

Draußen nieselte es. Ich zog mir die Kapuze meiner Jacke über die Haare und beeilte mich, zu dem Waschsalon zu kommen, in dem ich Sasha und Jo vermutete. Der Gehweg wurde in regelmäßigen Abständen von Straßenlaternen erleuchtet, und die bunten Leuchtreklamen spiegelten sich in den Pfützen auf der Straße. Die Lichter wirkten heller, die Schatten dunkler, und der Regen sorgte dafür, dass die Umrisse der Gebäude und Menschen verschwammen.

Der Waschsalon war bereits aus der Ferne zu sehen. Zwischen all den geschlossenen Geschäften war es der einzig hell erleuchtete Laden im Umkreis.

Im Inneren reihten sich silbern glänzende Waschmaschinen aneinander. Der Boden war in einem Schachbrettmuster gefliest und die Wände beige gestrichen – vermutlich in dem verzweifelten Versuch, es irgendwie gemütlicher wirken zu lassen.

Ich ließ meinen Blick an den Plastikstühlen neben der Fensterfront vorbeischweifen und fand Sasha sofort, direkt vor der hintersten Maschine. Sie saß auf dem Boden, lehnte mit dem Rücken an der Wand, das Gesicht in meine Richtung gewandt. Schräg vor ihr saß Jo, halb verdeckt von den Trocknern, die den Raum in zwei Hälften teilten. Die Beine vor dem Körper gekreuzt, die Hände in den Taschen ihrer Jacke. Von hinten betrachtet wirkte es, als wäre sie komplett in das Gespräch mit Sasha vertieft, die mit ausladenden Gesten versuchte, etwas zu erklären.

Kaum kam mir der Gedanke, setzte Jo sich aufrechter hin. Sie sah über ihre Schulter, ihr Blick wachsam, ihr Körper angespannt. Als sie bemerkte, dass ich es war, die vor dem Geschäft stand, glätteten sich ihre Züge.

Sie sagte etwas zu Sasha, nickte in meine Richtung, und auf dem Gesicht meiner Schwester breitete sich sofort ein Lächeln aus. Sie winkte mich zu sich und tippte auf den Boden neben sich, als ich vor ihr zum Stehen kam.

»Ich dachte, du hattest nichts zu waschen? Hättest du vorhin etwas gesagt, hättest du nicht extra herkommen müssen.«

Ich hob meinen Rucksack auf meinen Schoß, um meine Antwort hinauszuzögern. »Hab noch ein paar Shirts gefunden.«

»Und Blair hat dich einfach gehen lassen?«

Ich murmelte etwas Unverständliches, zog Sashas Wäschekorb zu mir und entleerte meinen Rucksack darin. Die drei T-Shirts gingen darin unter. Sasha kommentierte es glücklicherweise nicht, aber ihr war anzusehen, dass sie mir meine Lüge von der Nasenspitze ablesen konnte. Jo fing meinen Blick auf, als ich ihn von meiner mickrigen Version einer Ausrede löste, und hob eine Augenbraue an, was ich geflissentlich ignorierte.

»Ich hab Jo gerade von deiner App erzählt, bevor du aufgetaucht bist«, brachte Sasha mich auf den Stand der Dinge und wandte sich dann wieder an Jo. »Alle Kunststudis werden sie lieben, und die, die keine Ahnung von Kunst haben, noch mehr. Jeden Tag wird einem ein Kunstwerk vorgeschlagen, zu dem Leute ihre eigenen Interpretationen kommentieren können. Man kann seine eigene Kunst in einem Creative-Bereich hochladen und sich Meinungen einholen. Und Personen, die mit Kunst und Kunstgeschichte absolut nichts am Hut haben, finden die ganzen Informationen, die alle Leute auf der Welt zusammentragen, gebündelt in einer Galerie, wo man sich alle Daily Arts noch mal angucken und die Kommentare durchgehen kann.«

Sasha holte beim Sprechen kein einziges Mal Luft. Sie klang so begeistert, als wäre es ihr eigenes Projekt, dabei war ich mir nie sicher gewesen, ob sie mir bei meinen Ausführungen tatsächlich zuhörte.

Meine größte Sorge war, dass die Idee nur zwischen Blair und mir Sinn ergab, weil wir schon lange genug darüber redeten, dass wir wussten, wofür die App dienen sollte. Wenn es danach ging, war Sashas Eifer, Jo davon zu erzählen, fast beruhigend.

»Wie willst du sichergehen, dass nicht ständig falsche Infos gestreut werden?«

Ich versuchte, mir meine Überraschung nicht anmerken zu lassen, als Jo mich direkt ansprach.

»Mit der Möglichkeit, Aussagen als falsch zu bewerten«,

sagte ich. »Wenn es eine bestimmte Anzahl an Leuten tut, wird der Kommentar gelöscht.«

»Was, wenn sich ein paar Spaten zusammentun und die richtigen Kommentare als falsche kennzeichnen?«

»Es ist eine App für Kunstgeschichtsnerds.«

»Spaten?«, wiederholte Sasha verwirrt.

Wir sahen beide Sasha an.

»Was für Spaten?«, fragte sie.

Jo blinzelte. »Leute, die Dummheiten machen.«

»Ja, ich versteh schon, aber wer flucht so außer alte Leute?«

»Hast du schon mal probiert, zu fluchen oder jemanden zu beleidigen, ohne dabei diskriminierend zu sein?«

»Sasha flucht nicht«, warf ich ein.

»Selbst wenn, wären Gartengeräte nicht meine erste Wahl.«

Ich legte den Kopf schief. »Sondern?«

»Keine Ahnung, Tiere?«

»Oh Sasha. Du bist so süß.«

Sie schaute mich böse an, dann strich sie sich einige Strähnen, die sich aus ihrem Zopf gelöst hatten, hinter die Ohren. »Du behandelst mich schon wieder wie ein kleines Kind.«

»Nein. Wie meine kleine Schwester.«

»Was ist der Unterschied?«

»Du bist nicht für immer ein Kind«, sagte ich. »Aber für immer meine kleine Schwester.«

Ihre Lippen verzogen sich unwillkürlich zu einem Lächeln. Sie senkte den Kopf und schob die Hände in ihre Jackentaschen.

»Oh«, sagte sie. Als sie ihre Hände wieder rauszog, hielt sie drei Karamellbonbons zwischen den Fingern und drängte jeder von uns einen auf, bevor sie ihren auspackte und ihn sich in den Mund schob.

Ich tat es ihr nach, während Jo den Bonbon in ihrer Hand

eingehend betrachtete. Sie schloss ihre Faust darum und verstaute ihn in ihrer Tasche.

Auf Sashas fragenden Blick hin, zuckte sie mit den Schultern. »Für später.«

»Ich hab noch mehr davon.« Sasha drückte sich vom Boden hoch, als die Waschmaschine neben uns piepte. Jos Blick folgte ihr. Bildete ich es mir ein, oder wirkten ihre Gesichtszüge sanfter, wenn sie Sasha ansah?

»Ein paar in jeder Tasche, falls ich unterwegs hungrig werde«, fuhr meine Schwester fort. »Oh, apropos Hunger. Winnie, dass Sōma und Vic am Freitag zum Abendessen vorbeikommen, hast du auf dem Schirm, oder?«

Ich schob ihr den Wäschekorb vor die Füße und kommentierte nicht, dass sie meine T-Shirts unter ihrer frisch gewaschenen Wäsche begrub. Anscheinend hatte sie meine Ausrede längst wieder vergessen.

»Ich bin immerhin mit Kochen dran.«

Sasha stoppte ihre Bewegung und sah über ihre Schulter zu mir. »Bist du?«

»Jap.«

Sie legte die Hose, die sie bis eben in der Hand gehalten hatte, übertrieben behutsam in den Wäschekorb. Langsam richtete sie sich wieder auf und stützte die Hände in die Hüfte. »Sicher?«

»Du warst letzte Woche. Davor Sōma. Davor Victor.«

Sie lächelte schwach und wandte sich an Jo. »Hast du auch Lust zu kommen?«

Ich richtete mich auf.

Warum? Warum lädst du sie einfach ein?

Die zweite Waschmaschine gab ein Piepen von sich. Jo stand ebenfalls auf, um sich darum zu kümmern. »Zu eurem Abendessen?«

»Freitag ab achtzehn Uhr bei uns«, sagte Sasha. »Du hast es also nicht mal weit. Und es gibt ...« Sie wandte sich mir zu. »Was gibt es?«

Ich antwortete nicht sofort. Einerseits, weil ich noch nicht gewählt hatte. Andererseits, weil in mir die fehlgeleitete Hoffnung aufkam, dass Jo die Einladung ausschlagen würde, wenn ich ein Gericht nannte, das sie nicht mochte.

Mir fiel noch im gleichen Moment auf, wie unsinnig, fast schon kindisch diese Überlegung war. Wir saßen hier, spät am Abend in einem Geschäft, das bis auf uns verlassen war. Hätte Jo irgendwelche Hintergedanken, wäre das hier der perfekte Ort und Zeitpunkt, um sie auszuleben.

Bisher hatte ich mich nie für übermäßig paranoid oder ängstlich gehalten, aber jedes Mal, wenn Jo ins Spiel kam oder ich ihre roten Haare sah, überkam mich ein Schauer und der Wunsch, so viel Distanz wie möglich zwischen sie und Sasha und mich zu bringen.

Sasha wartete immer noch auf meine Antwort, und auch Jo schaute sich zu mir um, nachdem sie all ihre Sachen in dem Wäschesack verstaut hatte.

Ich sprach das Erste aus, was mir in den Sinn kam. »Eine Überraschung.«

Jo zog die Schnüre des Wäschesacks zu. Ein paar Sekunden vergingen. Dann nickte sie. »Okay.«

»Sehr gut! Du wirst es nicht bereuen«, sagte Sasha. Sie wandte Jo den Rücken zu, um den Korb anzuheben und murmelte mit einem skeptischen Blick zu mir noch ein leises »Hoffe ich jedenfalls«. Dann marschierte sie auf den Ausgang des Salons zu. Jo schulterte ihren Wäschesack und folgte ihr mit schnellen Schritten, bis sie aufgeschlossen hatte und im normalen Tempo neben Sasha weiterlief. Ich beeilte mich, ebenfalls hinterherzukommen.

Die beiden liefen voraus, ein paar Meter Abstand zwischen uns. Jo lächelte über etwas, das Sasha sagte, und in meinen Gedanken nahm eine vage Vermutung Form an. Das Lächeln, die Blicke, die Aufmerksamkeit, die sie meiner Schwester schenkte …

Bevor ich den Abstand zwischen uns schließen konnte, spürte ich ein Vibrieren an meinem Bein. Ein kurzes nur, das eine Mail ankündigte. Ich warf einen Blick auf mein Handy und blieb stehen.

Der Absender. Der Absender der Mail.

Mein Herz setzte einen Schlag aus und rutschte dann in meinen Magen.

Die letzten Tage hatte ich in jeder freien Sekunde darauf gewartet. Jetzt hatte mein Vater endlich reagiert.

Von: c.brown@gmail.com
An: winnifredbrown@gmail.com
Betreff: Re: Hi!

Hallo Winnifred,

danke für deine Nachricht. Hast du Zeit, dich am Freitag auf einen Kaffee mit mir zu treffen? Dann können wir uns ungestört unterhalten. Das Café schicke ich dir gleich hinterher.

C. Brown

Mir blieb weder Zeit, es irgendwie zu verarbeiten, noch, eine kurze Zusage zu schreiben. Sasha bemerkte, dass ich stehen geblieben war.

»WINNIE? KOMMST DU?« Ihre Stimme hallte durch

die leere Straße. Sie runzelte besorgt die Stirn, als ich beinahe über meine eigenen Füße stolperte.

»Alles okay?«, fragte sie, als ich zu ihnen aufgeschlossen hatte.

»Ja.« Ich umfasste mein Handy fester. »Bestens.«

5

Bestens.

Das Wort biss mir in den Hintern, als ich am Freitagnachmittag aus der Bahn stieg und durch das überfüllte Manhattan zu dem Café lief.

Auf den Gehwegen drängelten sich die Leute aneinander, auf den Straßen hupten die Autos, als befänden sie sich mitten in einem Konzert. Meine Kopfhörer fingen nur die Hälfte der Geräusche ab und irgendwann konnte ich die Lautstärke nicht mehr höher einstellen. Trotzdem nahm ich sie erst heraus, als ich vor dem Café stand.

Es war verspielter, als ich erwartet hatte. Grünpflanzen hingen von der Decke, statt Stühlen standen an den Tischen weiße Hocker. An der Wand direkt neben dem Tresen hing eine alte Holzleiter, und der Anblick verwirrte mich so sehr, dass ich fast über den winzigen Hund vor mir gestolpert wäre.

Ich suchte mir einen Platz nahe der Fensterfront, legte meine Jacke und meinen Schal ab und strich mein Shirt glatt, während ich überlegte, ob ich schon bestellen oder noch warten sollte. Meine Hände waren eiskalt. Um mich zu beschäftigen, griff ich nach der Karte. Wirklich konzentrieren konnte ich mich darauf nicht, auch wenn ich die Gerichte zweimal überflog. Mein Platz war nicht unabsichtlich gewählt: Er gab mir den besten Blick nach draußen auf den Gehweg und damit die

Möglichkeit, meinen Vater unter all den Leuten dort auszumachen. Nur war ich alles andere als bereit für den Moment, als ich ihn tatsächlich sah.

Er kam gerade zur Tür rein. Ich erkannte ihn dank des Bilds in der Zeitung, das ich immer und immer wieder angestarrt und mit meinem Foto von ihm vor vierzehn Jahren verglichen hatte. Hochgewachsen, mit hellbraunen Haaren, die mittlerweile größtenteils silberfarben waren. Sasha und ich hatten unsere dunklen Haare von Mom.

Er sah sich suchend im Café um, und mein Körper spannte sich an, weil ich überlegte, ob ich aufstehen, ihm winken, rufen oder anders auf mich aufmerksam machen sollte. Ich hob meine Hand in dem Moment, in dem er in meine Richtung sah, und ließ sie direkt wieder sinken, als er auf mich zukam. Hätte er mich auch ohne Hilfe auf den ersten Blick erkannt? Vermutlich nicht. Vierzehn Jahre waren eine viel zu lange Zeit.

Als er am Tisch stehen blieb, stand ich unbeholfen auf – zwei Nudel-Arme, zwei Stock-Beine, ein Klotz, an dem sie hingen –, und noch während ich überlegte, wo auf der Skala zwischen umarmen und Hand reichen wir uns befanden, legte er seine Arme um mich und drückte mich für den Bruchteil einer Sekunde an sich.

Er riecht wie damals, dachte ich.

Es war vorbei, bevor mein Hirn es verarbeiten konnte. Ich ließ mich zurück auf meinen Platz fallen.

Mein Mund versagte mir den Dienst, mein Hirn gleich mit dazu. Ich war zu beschäftigt damit, ihn wie ein verschrecktes Reh anzustarren, als dass ich etwas hätte sagen können. Die Falten an den Augen und am Mund waren neu. Die Frisur anders. Davon abgesehen war es das Gesicht aus meinen Erinnerungen.

»Hallo«, sagte er und lächelte.

»Hi«, sagte ich und zog die Schultern bis zu den Ohren hoch. Bevor wir mehr sagen konnten, kam ein Kellner und nahm unsere Bestellung auf. Als er ging, hatte ich keine Ahnung, was ich ihm gesagt hatte – einige Minuten später stand ein Glas Wasser vor meiner rechten Hand.

Schweigen, Schweigen, Schweigen.

»Ich war überrascht, als ich deine E-Mail gesehen habe«, sagte er mit einer tiefen, rauen Stimme. Er klang ehrlich. Fast ein wenig emotional, aber vielleicht interpretierte ich in die neun Worte auch mehr hinein, als ich hätte tun sollen. »Ich hatte ... nicht mehr damit gerechnet.«

Nicht mehr?, wiederholte ich gedanklich. Bedeutete das, es hatte eine Zeit gegeben, in der er damit gerechnet hatte? Und wenn ja – wenn er auf Kontakt mit mir und Sasha gehofft hatte –, weshalb hatte er uns dann überhaupt verlassen?

Die Fragen brannten mir auf der Zunge, aber ich schaffte es nicht, sie auszusprechen. Noch nicht. Es waren die, die ich am dringendsten beantwortet haben wollte. Und gleichzeitig die, die am schwersten auszusprechen waren.

»Du bist groß geworden.« Er sagte es, als könnte er es selbst nicht glauben, und lächelte. »Mittlerweile zweiundzwanzig, oder?«

Ich nickte. Hatte er sich auf das Gespräch vorbereitet? Oder hatte er mein Alter und das von Sasha immer im Kopf? Wusste er noch, wann unsere Geburtstage waren, und hatte er so dringend »Herzlichen Glückwunsch« sagen können, wie ich hören wollte?

»Deine Haare sind länger.«

Als er mich das letzte Mal gesehen hatte, hatte Mom mir gerade erst einen Kaugummi aus den Haaren geschnitten. Das Ergebnis war eine Kurzhaarfrisur gewesen, die ich die nächsten fünf Jahre nicht hatte aufgeben wollen.

»Sie waren zwischendurch noch länger …«

Sein Mund formte ein kleines »Oh« – so als wäre es tatsächlich eine Überraschung, dass ich in vierzehn Jahren unterschiedliche Frisuren gehabt hatte. Dass er nichts davon wusste.

»Und seit wann wohnst du in New York?«

»Seit etwas über einem halben Jahr.« Die Worte stolperten viel zu schnell aus meinem Mund. »Ich bin mit Sasha hergezogen, kurz bevor sie ihr Studium an der NYU angefangen hat. Art History. Wir gehen viel zusammen ins Museum, weißt du? Ins MoMA oft, weil wir Jahreskarten haben, aber wir sind auch ständig im Met oder suchen uns andere, die wir noch nicht kennen. Mom lebt immer noch in Philly. War ziemlich leicht, mich zu entscheiden, mit hierher zu kommen, als Sasha erzählt hat, dass sie nach New York will. Ich hatte ein paar Wochen vorher herausgefunden, dass …« – *du in New York lebst* – »… es hier viele Museen gibt.«

Wo war das alles hergekommen? Die ganze Zeit über hörte er mir mit einem Lächeln zu – eins, das mir das Gefühl gab, dass mein wasserfallartiger Wortschwall in Ordnung war.

»Sasha lebt auch hier?«

»Ja. Wir wohnen in Brooklyn zusammen in einer kleinen Wohnung.«

»Und sie studiert wirklich Art History?«

Ich rieb mir über den Nacken. »Ich hab sie immer mit ins Museum geschleppt, nachdem du uns … ähm, nachdem du nicht mehr da warst. Es hat auf sie abgefärbt.«

Sein Lächeln veränderte sich. Lag es an meinem Versprecher? Ich war mir nicht sicher, aber es wirkte etwas gedimmt. Trauriger vielleicht.

Mein Herz klopfte. Meine Hände schwitzten. Er würde nicht traurig gucken, wenn er mich nicht auch vermisst hatte, oder?

Er drehte seine Kaffeetasse auf dem Unterteller. »Ich wäre gern mehr mit euch ins Museum gegangen. Ich war schon viel zu lange in keinem mehr.«

Warum hast du es dann nicht getan? Warum bist du stattdessen weggegangen? Warum hast du mich zurückgelassen?

Die Fragen lösten sich auf dem Weg zu meinem Mund in nichts auf. Ich räusperte mich und trank etwas Wasser, um den Kloß in meinem Hals zu vertreiben. »Vielleicht können wir ja mal zusammen gehen«, sagte ich leise.

Er hörte mich trotzdem. »Das wäre schön.« Lächeln. »Studierst du auch?«

»Nein«, erwiderte ich. »Ich hab nach der Highschool in Philly ein Informatik-Studium angefangen, aber nach dem zweiten Semester aufgehört, weil ich festgestellt habe, dass es nichts für mich war. Und jetzt ... suche ich nach etwas, das ich in Zukunft tun will, und arbeite so lange in einem Café drüben in Williamsburg.«

In meinen Ohren klang es neben Sashas Studium nicht nach viel, deswegen fing ich an, von meiner App zu erzählen. Er hörte mir aufmerksam zu, stellte Nachfragen, und wenn ich mich nicht täuschte, sah er ehrlich begeistert von der Idee aus. Das Essen war nur Nebensache – ich merkte nicht mal, dass es vor uns abgestellt wurde. Oder dass ich von meinem Bagel abbiss.

Dads Lächeln wurde breiter, je länger wir sprachen. Er fragte mich über die Details der App aus und es fühlte sich ... es fühlte sich gut an. Mit ihm darüber zu reden, so wie ich es mir ständig vorgestellt hatte.

Er schob die Oliven, die er von seinem Bagel heruntergenommen hatte, auf eine Seite des Tellers. In meinem Kopf hörte ich, wie Mom mit ihm schimpfte, weil er das dauernd tat: mit Oliven, mit eingelegten Gurken, die er von seinen Burgern nahm, mit Röstzwiebeln, wenn zu viele auf seinem Hotdog waren.

»Was hast du mit der App vor? Möchtest du sie verkaufen? Selbst veröffentlichen?«

»Veröffentlichen im besten Fall. Aber dafür ist sie im Moment noch zu rudimentär. An einigen Stellen fehlt mir das Wissen, um sie professionell aussehen zu lassen. Vor allem beim Design.«

»Arbeitest du ganz allein daran?«

»Größtenteils. Im letzten Jahr hat mir eine Mediendesignstudentin bei ein paar Dingen geholfen, aber neben ihrer Abschlussarbeit, Praktika und Jobsuche hatte sie dann keine Zeit mehr.« Ich sammelte die Krümel auf meinem Teller mit dem letzten Rest meines Bagels auf. »Jemand Professionelles würde Geld kosten, das ich nicht habe.«

Er sah nachdenklich aus dem Fenster. Eine tiefe Falte bildete sich zwischen seinen Augenbrauen. »Hast du darüber nachgedacht, Sponsoren mit an Bord zu holen?«

Ich schnaubte leise. »Wer würde eine nischige No-Name-App sponsern wollen?«

»Genügend Leute. Du würdest Augen machen, wenn du wüsstest, wie viele Personen zu viel Geld haben und es in Dinge stecken, mit denen sie bei anderen prahlen können.«

Das Problem war nicht, dass ich nicht daran glaubte oder dass es die Leute nicht gab, sondern dass sie in meiner näheren Umgebung nicht existierten und ich keine Ahnung hatte, wo genau ich nach ihnen suchen sollte. Allerdings, so wie er es sagte ...

»Hast du da jemanden im Kopf?«, fragte ich. »Der mir Geld geben würde, obwohl nicht mal sicher ist, dass sich irgendjemand am Ende für die App interessieren wird?«

»Sagen wir so: Ich kann nicht versprechen, dass sie dir am

Ende Geld geben, aber ich könnte es zumindest in die Wege leiten, dass ihr miteinander darüber redet.« Er zwinkerte mir zu. »Ich habe Kontakte, weißt du?«

»In die Entwicklerbranche? Als Commissioner des NYPD?«

»Als kunstinteressierter alter Mann in die Branche der kunstinteressierten Leute.«

»Ah.« Das ergab mehr Sinn. »Und du würdest das wirklich tun? Jemandem von meiner Idee erzählen?«

Das Lächeln kehrte zurück auf sein Gesicht. »Glaubst du an deine Idee?«

Ich nickte, ohne zu zögern. *Aus ganzem Herzen.*

»Dann werde ich das auch«, sagte er, als wäre es so einfach. »Es wäre doch gelacht, wenn sich da niemand finden lässt.«

Der Kloß in meinem Hals ließ sich nicht mal mit ganz viel Mühe wegschlucken. Da waren zu viele Gefühle: Dankbarkeit – offensichtlich. Weil es das hier war, das ich mir erhofft hatte. Das ich so lange vermisst hatte. Die einfachen Gespräche mit meinem Dad, der mich schon immer besser verstanden hatte als Mom. Das geteilte Interesse an etwas, das uns beiden viel bedeutete.

Nicht dass mich das nicht auch mit Sasha verband. Aber auf eine andere Weise. Sie war nicht dafür verantwortlich, dass ich die Liebe dazu überhaupt entwickelt hatte. Sie war es nicht, weshalb ich jeden Tag an der App saß und überlegte, wie ich es schaffte, fremden Leuten etwas näherzubringen, das mir am Herzen lag.

Es war leicht, mit ihm zu sprechen. Wir saßen fast zwei Stunden in dem Café. Ich erzählte ihm alles aus den letzten Jahren, das mir in den Sinn kam. Und er hörte zu, hörte *aufmerksam* zu.

Als wir das Café verließen, fragte er mich, ob er mich nach Hause fahren sollte. Ich lehnte ab, aus Sorge, dass Sasha bereits zu Hause sein und zufällig aus dem Fenster sehen könnte. Ich wollte noch nicht, dass sie davon wusste.

Wir liefen zur Bushaltestelle, ein paar Straßen weiter. Und mit jedem Schritt wurden die Fragen drängender.

»Darf ich dich etwas fragen?«

»Natürlich.« Er richtete seinen Schal, schob die Hände dann in die Taschen seines Mantels.

»Du hast vorhin gesagt, du wärst gern mehr mit uns in Museen gegangen. Und ich weiß, die Frage ist wahrscheinlich nicht einfach zu beantworten und ... und du und Mom, ihr habt eure Gründe, weshalb ihr die Dinge so gelöst habt, wie ihr sie gelöst habt, aber ...« Ich biss mir auf die Lippe. »Warum hast du es nicht getan?«

Ausgesprochen fühlte es sich wie eine Bombe an, die ich zwischen uns hatte fallen lassen. Auch wenn ich mir nicht sicher war, ob er es genauso empfand.

Ich hoffte es, egoistischerweise. Hoffte, dass meine Frage Gefühle in ihm auslöste. Dass die Jahre nicht einen völlig Fremden aus der Person gemacht hatten, die mir einmal am nächsten gestanden hatte.

Er reagierte nicht sofort. Nicht dass ich es erwartet hatte. Stattdessen betrachtete er mich, als würde er über seine Antwort erst nachdenken müssen. Abschätzen, wie er es mir erklären konnte, ohne diese ... was auch immer es war, das wir hier vielleicht wieder aufbauten, direkt wieder kaputt zu machen.

Mein Herz trommelte in meiner Brust. Es war sich nicht sicher, ob es hören wollte, was er zu sagen hatte.

»Ich habe darüber nachgedacht«, sagte er. »An deinem Geburtstag, an Sashas. Zu Weihnachten und an den meisten Tagen dazwischen. Ich ... kann dir nicht sagen, warum ich es nicht getan habe.« Er seufzte. Vor seinem Mund bildeten sich dabei kleine Wölkchen wegen der Kälte. »Es sind einige

Dinge passiert, bevor deine Mom und ich uns getrennt haben. Das ist zwar keine gute Erklärung, aber die einzige, die ich habe.«

Ich ließ mir seine Worte durch den Kopf gehen. Machen wir uns nichts vor: Sie waren enttäuschend. Sie rechtfertigten keine vierzehn Jahre Stille zwischen einem Vater und seiner Familie. Allerdings wusste ich auch nicht, was genau passiert war. Mom hatte sich nie dazu überreden lassen, davon zu erzählen, egal, wie sehr ich sie darum gebeten hatte.

Es ging mich nichts an, und gleichzeitig ging es mich sehr wohl etwas an, und ich wusste nicht, wie ich reagieren sollte, deswegen sagte ich gar nichts und nahm den Nicht-Grund, den er mir gab, als Erklärung an. Zumindest für den Moment.

Wir blieben an der Bushaltestelle stehen. Meine Linie hatte ein paar Minuten Verspätung.

»Was würdest du dazu sagen, wenn wir uns nächste Woche wieder treffen?«, fragte Dad mich.

»Ehrlich?« Ich schaffte es nicht sonderlich gut, die Ungläubigkeit aus meiner Stimme fernzuhalten.

Dads Lächeln wurde ein bisschen schwächer, genau wie vorhin. Ja. Doch. »Traurig« war das richtige Wort, um es zu beschreiben.

»Ja, ehrlich. Ich würde mich freuen. Solange mich das nächste Mal niemand mit Oliven vergiften will«, fügte er hinzu.

Ein Lachen entkam mir, und ich sah meinen Bus näher kommen. »Okay. Dann nächste Woche wieder.« Ich zögerte, umarmte ihn dann aber doch. Länger diesmal und so fest ich konnte, bis der Bus schließlich an der Haltestelle hielt. Dad winkte mir, als ich einstieg, als der Bus losfuhr und bis zu dem Moment, als wir nach rechts abbogen und ich ihn nicht mehr sehen konnte. Erst dann ließ ich mich in meinen Sitz zurückfallen.

Ich verschränkte die Arme vor dem Bauch, zog die Schultern an und versteckte die Hälfte meines Gesichts hinter dem zu dicken Schal, den ich heute Morgen von Sasha geklaut hatte. Wir fuhren über die Williamsburg Bridge zurück über den East River, der sich rechts und links von der Brücke erstreckte. Der Himmel zog sich minütlich weiter zu, und als erste Tropfen gegen die Scheiben schlugen, betete ich, dass ich es trocken bis nach Hause schaffen würde.

Natürlich wurde ich nicht erhört.

Der Regen brach durch die Wolken, als der Bus an meiner Station hielt. Ich rettete mich unter das kleine Häuschen an der Haltestelle und putzte meine Brille, um wieder etwas sehen zu können. Entweder wartete ich, bis der Regen verschwand, oder ich ging das Risiko ein, mal wieder völlig durchnässt zu Hause anzukommen.

Ich seufzte, zog mir meine Kapuze über den Kopf und machte ein paar Schritte, als der Regen über mir stoppte. Ich legte den Kopf in den Nacken, erkannte das Material eines durchsichtigen Regenschirms über mir und eine blasse Hand, die den Griff festhielt. Eine zu dünne, schwarze Jacke mit drei weißen Streifen, und noch bevor ich mich umdrehte, wusste ich, dass mich rote Haare und helle, braune Augen erwarteten.

Der Regen prasselte lautstark auf den Schirm. Jo machte keine Anstalten, ihre Hand zu senken oder irgendetwas zu sagen. Sie hielt ihn einfach über mich und sah mich ausdruckslos an ... nein. Was war das? Ein Zucken in ihrer Wange. Eine tiefe Falte zwischen ihren Augenbrauen. Sie war angespannt.

Es vergingen ein paar Sekunden, ehe sie die Stille brach. »Nimm ihn.«

Meine Hand griff automatisch nach dem Schirm. Erst da fiel mir der zweite auf, den sie über ihren eigenen Kopf hielt.

Nachdem ich ihr den ersten abgenommen hatte, ließ sie die Hand wieder sinken.

Sie wartete nicht darauf, dass ich mich bedankte, oder fing ein Gespräch an, sondern ging an mir vorbei, als wäre nichts gewesen. Ihre Beine waren ein kleines Stück länger als meine, ihre Schritte größer, und bevor ich mich überhaupt in die gleiche Richtung – die unserer Wohnungen – in Bewegung setzen konnte, war ein Abstand von mehreren Metern zwischen uns entstanden.

Es schüttete und schüttete. Mein Atem bildete kleine Wölkchen vor meinem Mund, meine Fingerkuppen kribbelten. Jos Hand war von den Temperaturen eiskalt gewesen.

Ich schüttelte meine Finger aus, umfasste den Griff des Schirms fester und machte mich selbst auf den Weg nach Hause. Wenn man bedachte, dass wir in die gleiche Richtung, zum gleichen Haus, in die gleiche Etage unterwegs waren, hätte es unhöflich wirken können, dass sie ohne Weiteres gegangen war. Ehrlicherweise beruhigte es mich eher. Ich hätte ohnehin nicht gewusst, was ich zu ihr hätte sagen sollen.

Nicht nur das – je näher ich der Wohnung kam, desto mehr war ich damit beschäftigt, mein schlechtes Gewissen zu beruhigen. Ich hatte Sasha nichts von dem Treffen erzählt. Oder überhaupt davon, dass ich mit unserem Vater in Kontakt treten wollte. Und ich wusste, es war egoistisch, ich wusste, ich sollte darüberstehen, aber ich konnte nicht anders, als die Zeit, die ich heute mit ihm verbracht hatte, aufzusaugen wie ein Schwamm.

Ich wollte keine geteilte Aufmerksamkeit, sondern ihn für mich haben. Eine Beziehung mit ihm aufbauen, wie Sasha und Mom sie hatten. Ich wollte einen Teil unserer Familie nur für mich allein.

Und Gott, fühlte ich mich deshalb schuldig. Aber nicht schuldig genug. Also nahm ich das bittere Gefühl in Kauf. Ich trug es mit mir die Treppen rauf und zur Wohnung rein und schob es an einen Ort, an dem Sasha es nicht sehen konnte, als sie mich mit einem Winken begrüßte.

»Winnie!« Sie kam zu mir, als ich mir die Schuhe im Flur auszog. Ihre Haut wirkte fahl, unter ihren Augen lagen leichte Schatten. »Gute Neuigkeiten.«

»Sollte ich mir Sorgen machen?«

»Im Gegenteil«, sagte sie. »Ich hab beschlossen, dass ich dich heute von deiner Kochpflicht befreie und für dich übernehme.«

Ich hängte meine Jacke an der Garderobe auf und wusch mir im Bad kurz die Hände. »Schon gut, keine Sorge. Wir haben alles da, was ich brauche, es dauert nicht lange.«

Sasha blinzelte, die Hände wie im Gebet vor der Brust verschränkt. »Wenn du mir das Rezept sagst ...«

»Sasha.« Ihre Augen wurden groß. »Es macht mir wirklich nichts aus. Beim Kochen kann ich gut nachdenken.« *Und du kannst dich ausruhen.*

Sie öffnete den Mund, nur kamen nicht sofort Töne heraus. »... okay. Aber. Wenn du Hilfe brauchst ...«

»Ich kann nur durchs Üben besser werden, oder? Mach dir keine Sorgen, das Suppenrezept sah einfach genug aus«, lehnte ich ihr Angebot ab und schob mich an ihr vorbei in die Küche.

Statt in ihr Zimmer zu gehen, blieb sie einige Minuten lang in der Küchentür stehen und sah mir dabei zu, wie ich das Gemüse aus dem Kühlschrank nahm und auf den Tisch legte, einen Kochtopf voll Wasser auf die Herdplatte stellte und mir dann ein Brettchen und ein Messer suchte, um das Gemüse in kleine Stücke zu schneiden.

Nach zwei Minuten hörte ich sie seufzen. Kurz darauf schloss sich ihre Zimmertür, und ich hatte genügend Ruhe, um beim Kochen meinen Gedanken nachzuhängen. Das Gespräch mit meinem Vater zog Kreise in meinem Kopf. Ich hatte mein Handy weit weg von mir abgelegt und musste mich ständig zur Geduld ermahnen, um nicht die ganze Zeit draufzugucken und nachzusehen, ob er sich schon wegen einer Person gemeldet hatte, die an meiner App interessiert sein könnte.

Die Zeit verging dabei im Flug, und als im Kochtopf endlich alles vor sich hin köchelte, klingelte es an der Wohnungstür.

Sasha kam das erste Mal, seit sie vor einer Stunde in ihr Zimmer gegangen war, heraus, um alle einzulassen. Sie unterhielten sich gedämpft und stießen dann zu mir in die Küche. Die Reste des Gemüses hatte ich in der Zwischenzeit vom Esstisch geräumt und ihn gedeckt.

Sōma betrat den Raum als Erster. Seine Schritte verlangsamten sich schlagartig, als er mich am Herd stehen sah. Er drehte sich ruckartig zu Sasha um, die beide Schultern bis an die Ohren zog. Als er sich wieder zu mir umdrehte, lag ein erzwungenes Lächeln auf seinen Lippen.

»Winnie. Du warst heute mit Kochen dran?«, fragte er und strich sich die blau-schwarzen Haare aus der Stirn.

Vic sah an Sōma vorbei in den Raum. Sein Gesicht verzog sich merkwürdig.

»Ihr guckt, als hätte ich schon mal versucht, euch zu vergiften«, erwiderte ich.

Sōma nickte langsam. »Ungefähr so schmeckt dein Essen.«

Vic schlug ihm leicht gegen den Oberarm, machte aber keine Anstalten, ihm zu widersprechen.

»Sie hat gesagt, das Suppenrezept sah ›einfach‹ aus«, merkte Sasha an.

»Die Pizza letztens war auch einfach, aber ich hab nachts trotzdem mit Bauchkrämpfen wach gelegen.«

»Der Teig war in Ordnung«, murmelte Victor gutherzig und setzte sich an den Esstisch.
»Der Teig war *gekauft*.«
Sasha nickte bestätigend.
Konnte ich es ihnen verübeln? Vermutlich nicht. Tat ich es trotzdem? Allerdings. Seit wir diese Kochabende ins Leben gerufen hatten, war ich viermal für das Essen zuständig gewesen. Die Burger beim ersten Mal waren nicht essbar gewesen – die Pattys waren *eventuell* etwas krosser gebraten, als sie hätten sein sollen –, aber ich verbesserte mich mit jedem Versuch. Und die drei wussten meine Anstrengungen nicht wirklich zu schätzen.

Sasha schob Sōma vor sich her und verfrachtete ihn auf den Platz an der Stirnseite des Tisches, ehe sie sich neben ihn fallen ließ. Kurz darauf betrat Jo den Raum.

Sie hatte eine Flasche Cola in der Hand, die sie in die Mitte des Tisches stellte. Sie setzte sich neben Sasha und damit direkt gegenüber dem verbliebenen freien Platz.

In meinen Gedanken tauchte der Schirm auf, und meine Finger begannen wieder zu kribbeln.

Nachdem ich den Topf vom Herd genommen hatte, stellte ich ihn auf den Untersetzer, den ich bereits auf den Tisch gelegt hatte, und reichte Sasha die Kelle. Sie nahm sie zögerlich entgegen und füllte zuerst Sōmas Teller, dann Victors, Jos, meinen und zuletzt ihren eigenen.

Vic, Sōma und Sasha nahmen ihre Löffel in die Hand. Jo führte ihren schon zum Mund.

»Hat das Rezept einen Namen, Winnie?«, wollte Sasha wissen.

»Vier-Jahreszeiten-Suppe.«
»Und du hast sie selbst probiert?«, fragte Sōma.
»Ich hab mich sehr genau an die Mengenangaben gehalten.«
»Ja, aber ... *Hast du sie probiert?*«

Ich starrte die trübe Suppe an. »… Nein.«

»Oh Gott«, stieß Sasha hervor. »Warum nicht?«

»Weil ich zwischendurch festgestellt hab, dass ich vielleicht ein paar Gewürze verwechselt habe, und ich wollte nicht herausfinden, was das mit der Suppe angestellt hat.«

Sasha starrte ihren Teller an, dann mich. Sie wirkte, als läge ihr eine Frage auf der Zunge, die sie mit Mühe herunterschluckte. Ihr Blick glitt von Sōma und Vic, die ähnlich zögerlich waren, zu Jo. Ihre Schüssel war bereits zu Hälfte geleert.

»Jo?«

»Ja?«

Sasha ließ ungläubig ihren Löffel durch die Luft kreisen. »Du … die Suppe … schmeckt sie?«

Jo sah von ihrer Schüssel zu Sasha und wieder zurück. »Ja.«

Sōma beugte sich über den Tisch, als hätte er ihre Antwort nicht ganz verstanden. »Die Suppe *schmeckt* dir? *Sie schmeckt?*«

Ein Nicken kam von Jo. Sie löffelte in Ruhe weiter.

Die drei anderen sahen sich an. Kosteten ebenfalls.

Sōma wurde blass. Vic legte langsam seinen Löffel ab, bemühte sich aber um einen neutralen Gesichtsausdruck (er scheiterte kläglich). Sasha fiel vom Stuhl.

Jo sah sich besorgt zu ihr um, aber als sie Sasha aufhelfen wollte, winkte diese nur ab. »Lass mich hier liegen. Ich bleib auf dem Boden, bis die Welt aufhört, sich zu drehen.«

»So schlimm ist es gar nicht«, presste Victor hervor. Er war etwas grün um die Nase.

Ich senkte meinen Löffel, ohne probiert zu haben. Der beißende Geruch hatte mir gereicht.

»Ich sage das mit aller Liebe, die ich habe«, begann Sōma. »Wenn du jemals jemanden wirklich hassen solltest, koch der Person ein Abendessen und sieh dabei zu, wie sie jämmerlich stirbt.«

Sasha rappelte sich angestrengt vom Boden auf und zeigte anklagend auf mich. »Bitte tu uns allen den Gefallen und koch nie wieder für uns, okay?«

»Wie soll ich mich dann verbessern?«

»So was kann man nicht verbessern ...« Sie verstummte, als sie Jo dabei zusah, wie sie ihre Schüssel leer aß und sich dann noch Nachschlag nahm.

Sōma rieb sich über die Augen. »Ich glaube, ich halluziniere.« Er schob seinen Stuhl vom Tisch weg, stand auf und torkelte Richtung Wohnzimmer. »Ich geh mich kurz hinlegen.« Vic folgte ihm.

In der Zwischenzeit kletterte Sasha zurück auf ihren Stuhl. »Jo, du hast entweder einen Magen aus Stahl oder viel zu gute Manieren.«

»Vielleicht weiß sie das Essen auch einfach mehr zu schätzen als du«, sagte ich. *Oder ihre Geschmacksnerven sind nicht existent.* Am liebsten hätte ich ihr die Schüssel aus der Hand genommen, aber sie machte wirklich nicht den Anschein, als würde der Geschmack oder der Geruch sie stören. Es war faszinierend zu beobachten.

»Nein, glaub mir. Daran liegt es nicht. Ich weiß es auch zu schätzen. Dass ich das Kochen für dich übernehme, habe ich nicht nur angeboten, um das hier zu umgehen.« Zur Verdeutlichung, was sie mit »das hier« meinte, rieb sie sich in kreisenden Bewegungen über den Bauch.

Nachdenklich sah sie den Suppentopf an. Ihr Lächeln verblasste, und als sie weitersprach, war ihre Stimme leiser. »Ich weiß, dass wir jeden Monat nur knapp über die Runden kommen.«

Ich ballte unter dem Tisch eine Hand zur Faust. Warf einen Blick zu Jo, die voll darauf konzentriert zu sein schien, ihren Nachschlag zu essen.

»Und ich weiß, dass du heute eine Doppelschicht gemacht hast. Deswegen, oder? Damit wir uns weniger Sorgen wegen des Geldes machen müssen?« Sie streckte den Arm über den Tisch aus und legte ihre Hand auf meine. »Also lass mich dir so was wie ein doofes Abendessen zu kochen wenigstens ab und an abnehmen, okay?«

Es kostete mich alle Kraft, meine Hand nicht unter ihrer wegzuziehen. Sasha sah mich voller Verständnis an, und die Berührung vermittelte das gleiche Gefühl. Als würde sie sagen: *Keine Sorge. Deshalb sind wir Schwestern. Wir teilen unsere Last, vor allem dann, wenn sie zu viel zu werden droht.*

Ich schluckte schwer. Was sie sagte, war nicht falsch. Ich schob Doppelschichten, um nicht vor jeder Ausgabe dreimal nachdenken zu müssen. An jedem anderen Tag hätte ich ihre Aussage als beruhigend empfunden, weil sie das unterstrich, was ich selbst ganz tief in mir wusste: Egal, was passierte – wir hatten immer uns beide.

Aber nicht heute. Weil sie sich ausgerechnet heute aussuchte, um mir das zu sagen. Ausgerechnet den Tag, an dem ich sie angelogen hatte. An dem ich, anders als sie annahm, *nicht* arbeiten gewesen war.

Ich zwang mich zu einem Lächeln, drückte ihre Hand und löste mich dann unter dem Vorwand, den Tisch abzuräumen, von ihr. Es war offensichtlich, dass weder Sasha noch Sōma, Victor oder ich unsere Schüsseln noch mal anfassen würden. Ich stellte sie auf die Küchenzeile und wollte als Nächstes den Topf nehmen, allerdings kam mir Jo zuvor. Sie hielt ihn in beiden Händen, sah mich an und wartete, dass ich ihr sagte, wohin sie ihn stellen konnte.

»Du brauchst nicht zu helfen«, sagte ich und nahm ihr den Topf aus den Händen. Unsere Finger streiften sich dabei. »Sasha ist dran mit Aufräumen.«

Von meiner kleinen Schwester kam ein leidvolles Stöhnen.
»Sobald sie wieder unter den Lebenden ist.«

Jo nickte und drehte sich von mir weg. Sie rieb sich über die Stirn, schüttelte leicht den Kopf, als wollte sie ihn klären und räusperte sich. »Tut mir leid, ich habe vergessen ... Ich hab noch ... Ich muss leider gehen.«

Die Aussage brachte Sasha dazu, sich aufrecht hinzusetzen. »Schon?«

Jo sah Sasha nicht an, als sie an ihr vorbeiging. »Mein Herd ... gießen ...« Die Wohnungstür fiel hinter ihr zu, bevor wir genauer nachhaken konnten.

6

Auf Sashas fragenden Blick hin wusste ich nur mit einem Schulterzucken zu antworten.

»Wetten, das waren die zwei Schüsseln Suppe? Du hast Jo kaputtgemacht.«

»Ich habe sie nicht gezwungen, sich Nachschlag zu nehmen.«

»Ja, aber vielleicht wollte sie deine Gefühle nicht verletzen und ist deswegen das Risiko eingegangen. Und dann hat es sie aus den Füßen gehauen.«

»Aus den Socken.«

»Aus den Latschen«, rief Sōma schwach vom Wohnzimmer aus.

»Wie auch immer.« Mit einem Stöhnen drückte sie sich von ihrem Platz hoch. »Lass einfach alles stehen, ich kümmere mich nachher um den Abwasch.« Damit verschwand sie aus der Küche. Ich hörte, wie sie ein paar Sekunden später ein leises Gespräch mit Victor anfing, im gleichen Moment vibrierte mein Handy auf dem Fensterbrett neben der Küchenzeile.

Beim Kochen hatte ich es zwischen dem verkümmerten Basilikum und den Blumen, die noch ums Überleben kämpften, abgelegt, und nahm es jetzt wieder an mich. Neben mehreren Spam-Mails warteten drei Nachrichten von Blair auf mich.

golden_blair:
MAYDAY
MAYDAY
BERNIE IST ABGESTÜRZT T____T

Ich ging in mein Zimmer, um niemanden zu stören, setzte mich an meinen Schreibtisch und rief Blair über meinen Computer an. Sie nahm den Videoanruf nach dem zweiten Klingeln entgegen. Sie schlug immer wieder die Stirn gegen die Tischplatte. Die weißen Haare verschwanden beinahe auf der gleichfarbigen Arbeitsfläche.

»Vermutlich sollte ich dich davon abhalten, bevor du dir selbst ein Schädel-Hirn-Trauma zuziehst, oder?«

»Nein.« Sie setzte sich mit einem tiefen Seufzen auf und rieb sich über die rote Stelle mitten auf ihrer Stirn. »Das war mein Ziel. Wenn Bernie jetzt aus dem Leben tritt, werde ich nie wieder glücklich.«

»Warum ist er abgestürzt?«

Sie ließ die Hand sinken. Ihre Augen waren heute ein helles, klares Himmelblau und schienen in ihrem blassen, von weißen Haaren umrahmten Gesicht beinahe zu leuchten. Kleine gläserne, fliederfarbene Schmetterlinge und Blumen klemmten in ihrer Perücke, und sie blinzelte mehrmals, als ihre farbigen Kontaktlinsen sich kurz verschoben.

»Wenn ich es wüsste, hätte ich dir kein Mayday geschrieben.«

»Du schreibst mir dreimal am Tag ein Mayday.«

Sie öffnete den Mund, bis ihr auffiel, dass ich recht hatte, und seufzte direkt noch mal. »Ich hab es noch nicht rausgefunden. Ich hab ein Spiel geöffnet, um zu prokrastinieren, und nach dreißig Minuten ist er abgestürzt. Keine Fehlermeldung, keine Bluescreen-Meldung, und vor dem Neustart wurde mir nicht mal ein Bild angezeigt.«

»Jetzt hast du aber wieder eins?«

»Ja. Aber sobald ich Bernie länger belaste, passiert das Gleiche wieder.« Sie pustete sich die zu langen Ponysträhnen aus der Stirn. »Weder die GPU noch die CPU sind überhitzt, und wenn es schon wieder an der Grafikkarte liegt, verlier ich den Glauben an die Menschheit.«

»Ich würde es nicht ausschließen«, sagte ich. »Hast du schon einen Benchmark-Test laufen lassen?«

»Lief fünfmal ohne Absturz durch, und dann ist das Gleiche wieder passiert.«

»Okay.« Mein Zeigefinger tippte einen Rhythmus auf dem Schreibtisch. »Hat deine eine Freundin nicht eine baugleiche Grafikkarte, mit der du es letztes Mal ausprobiert hast?«

»Meine *Ex*-Freundin.«

Ah. »Sorry. Hat deine Ex-Freundin nicht eine baugleiche Grafikkarte, mit der du es letztes Mal ausprobiert hast?«

»Hat sie.« Blair verdrehte die Augen. »Aber wie soll das Gespräch laufen? ›Hey, ich weiß, wir sind gerade nicht gut aufeinander zu sprechen, aber kannst du mir mal eben deine Grafikkarte ausbauen, damit ich sie in meinem PC testen kann?‹«

»Beispielsweise.«

Sie sah mit einem tödlichen Blick in die Kamera.

»Oder du bestellst dir eine neue und schaust, ob es mit der läuft. Das wäre der schnellste Weg, um rauszufinden, ob es daran liegt.«

Ihre Stirn kam mit einem dumpfen Laut direkt noch mal auf der Tischplatte auf. »Ich kann mir keine neue Grafikkarte leisten, Winnie.«

Wie gern ich ihr das Geld für ein paar Wochen oder Monate ausgelegt hätte, bis sie es mir zurückzahlen konnte. Leider waren die Ersparnisse, die ich auf dem Konto hatte, verschwindend gering. »Ich wünschte, ich könnte dir helfen.«

Blair nickte. Die Bewegung war nur am Rand des Bildschirms zu sehen, ehe sie den Kopf wieder anhob. »Ich weiß, ich weiß.«

Nachdem ihre Ex-Freundin sich von Blair getrennt hatte, musste sie sich in ihrer Wohnung allein über Wasser halten. Das Geld, das sie zum Überleben hatte, war damit seit letztem Monat noch knapper bemessen als das von Sasha und mir.

Die Geldsorgen kreisten ihr ständig im Kopf herum, auch wenn sie nicht oft darüber redete – mehr noch seit der Trennung. Blair war eine unheimlich private Person, und der Nachteil dieses Charakterzugs war, dass sie ihre Probleme nur dann mit anderen teilte, wenn es sich gar nicht mehr vermeiden ließ. Gleiches galt beim In-Anspruch-Nehmen von Hilfe. Wobei ich mir fast sicher war, dass ich ihr das hätte ausreden können, hätte ich die Rücklagen gehabt, um ihr zu helfen.

»Vielleicht liegt's auch nicht an der Grafikkarte«, versuchte ich sie aufzumuntern. Auch wenn die Aussage nicht sehr hilfreich war. Im Zweifelsfall musste sie dann für ein anderes Teil Geld in die Hand nehmen, das sie eigentlich nicht hatte.

»Ja, mal gucken.« Sie streckte die Arme über dem Kopf aus. »Eventuell ist es auch einfach Zeit, meinen Eltern zu schreiben und sie um Geld zu bitten.«

Ich zog die Nase kraus. »Wie lange ist es her, seit du das letzte Mal mit ihnen geredet hast?«

»Wie lange war ich mit Anu zusammen?«

»Zwei Jahre?«

»Dann zwei Jahre.«

»Falls sie sich blöd verhalten, wenn du mit ihnen sprichst ...«

Blair winkte ab. »Schon gut. Es wäre nicht das erste Mal, dass sie das tun. Irgendwann gewöhnt man sich daran, dass sie den Teil nicht akzeptieren wollen.«

Das behauptete sie zwar, aber ich kannte Blair gut genug, um zu wissen, dass es ihr sehr wohl etwas ausmachte. Sonst hätte ihre Stimme nicht gezittert, als sie ihre Eltern erwähnt hatte.

»Aber apropos Eltern«, wechselte sie gekonnt das Thema. »Wie war das Treffen mit deinem Vater?«

Ich schaute bei ihrer Frage verstohlen über meine Schulter. Als könnte Sasha auf der anderen Seite der Tür stehen, das Ohr direkt ans Holz gedrückt, und ahnen, dass ich etwas vor ihr verheimlichte. Ich nahm meine Kopfhörer, die neben meiner Tastatur lagen, und schob sie mir in die Ohren.

»Es war ...« Ich stockte. Bisher hatte ich mir nicht die Zeit genommen, es Revue passieren zu lassen. Der Anfang war holprig gewesen, und am Ende hätte ich ihn am liebsten noch tausend Sachen gefragt. Mein Gefühl sagte mir, dass es ihm nichts ausgemacht hätte, hätte ich es tatsächlich getan.

Aber wie hätte ich Blair das erklären sollen? Keine Ahnung. Sie hatte genügend Sachen mitbekommen, als ich noch zu Hause gelebt hatte, aber ich hatte ihr nie *alles* erzählt. Ich wusste nicht, wie ich ihr von dem Treffen heute erzählen sollte, ohne zu weit ausholen zu müssen.

»Gut«, sagte ich daher. »Wie erwartet.«

»Was genau hast du denn erwartet?«

Das war typisch Blair: Sie roch es sofort, wenn ich ihr nicht alles sagte. Nicht weil ich es nicht wollte, sondern viel eher, weil ich mich damit schwertat, die Gefühle und Emotionen zu entwirren, wenn sie nicht speziell danach fragte.

Unschlüssig hob ich eine Schulter an. Mir gingen tausende Antworten durch den Kopf, aber der Gedanke, sie auszusprechen, war mir peinlich. Selbst bei Blair.

Statt mir einen Ausweg zu geben, legte sie nur den Kopf schief und wartete.

»Na ja, es ist unrealistisch, zu erwarten, dass wir uns in die Arme fallen und alles so ist, wie ich es von früher in Erinnerung habe.«

»Unrealistisch, aber trotzdem das, worauf du gehofft hast?«

Ich lachte leise. Warum lachte ich? »Das klingt, als wäre es schrecklich gewesen. War es gar nicht – er will mir sogar jemanden vorstellen, der Interesse daran haben könnte, mir Geld zu geben, damit ich besser an der App arbeiten kann.«

»Warte, was?« Vor Verblüffung wurden Blairs Augen groß. »Er kennt jemanden, der dich sponsern will?«

»Das werde ich herausfinden, wenn ich die Person treffe, aber im Großen und Ganzen schon, ja.«

»Wow. Das ist ...«

»Merkwürdig?«

»Nein, Quatsch. Falsches Adjektiv. Großartig! Wann trefft ihr euch?«

»Wir haben erst vor ein paar Stunden darüber geredet«, sagte ich und öffnete trotzdem mein E-Mail-Programm. »Ich glaube nicht, dass ...«

Auf Blairs Gesicht breitete sich mit meinem Schweigen ein süffisantes Grinsen aus. »Und? An welchem Tag muss ich die Daumen drücken?«

»Nächsten Donnerstag.«

Blair zückte einen Stift und schrieb es sich auf. Natürlich tat sie das. Vermutlich würde sie mir schon am Mittwochabend dreihundert Emojis schicken, die mich beruhigen sollten. Und ich würde sie in meiner Nervosität, die ich jetzt schon in meinem Magen grummeln spürte, sehen und mich ruhiger fühlen, weil das nun mal die Wirkung war, die Blair auf mich hatte.

»Wenn er dir so etwas anbietet – bedeutet das, ihr seht euch jetzt häufiger? Baut wieder eine Beziehung auf?«

»Zumindest hat er mich gefragt, ob ich ihn nächste Woche noch mal sehen möchte.«

»Und Sasha?«

Mein gequälter Gesichtsausdruck sprach offensichtlich Bände.

»Du hast ihr noch nichts davon erzählt.«

Als Antwort schüttelte ich den Kopf.

»Warum nicht?«

»Weil sie … Weil ich nicht weiß, wie?«

Sie stützte ihr Kinn schweigend auf ihrer Hand ab. Ich seufzte. »Weil ich nicht will, dass sie es weiß.« Ich rieb mir über die Stirn, in der Hoffnung, das Ziehen in meinen Schläfen damit vertreiben zu können, bevor es sich in ausgewachsene Kopfschmerzen verwandeln würde. »Keine Ahnung. Ich hab ihn ewig nicht gesehen, und Sasha hat –« *Sie hat Mom*, wollte ich sagen. Ich presste die Lippen aufeinander. »Sie hat andere Dinge im Kopf«, beendete ich meinen Satz schwach.

»Das machst du ständig«, sagte Blair nach einer kurzen Pause.

»Was?«

»Sasha als Ausrede zu nehmen, wenn du über etwas nicht reden willst«, erklärte sie. »›Sasha geht's grad nicht gut, ich will mich nicht mit ihr streiten.‹ ›Ich erzähl es ihr, wenn sie weniger gestresst ist.‹ ›Ich rede mit Mom, wenn sie nicht immer im Krankenhaus ist.‹ Du wartest immer auf den perfekten Moment, als würdest du um jeden Preis vermeiden wollen, egoistisch zu wirken.«

»Es *ist* egoistisch.«

»Ich weiß nicht, Winnie, was macht es für dich egoistisch?« Sie wartete, und als keine Antwort kam, riet sie: »Die Tatsache, dass du deine Gefühle vor die anderer stellst?«

Ich schaffte es nicht, in die Kamera zu gucken. Starrte stattdessen meine Hände an und rieb meine Daumen aneinander.
»Wir müssen nicht jetzt darüber reden, wenn du nicht willst.«
Erleichtert atmete ich aus.
»Aber vergiss nicht, dass ich immer auf deiner Seite stehe«, fügte sie noch hinzu. »Und dass es mir lieber ist, wenn du etwas tust, das du willst, und dabei das Gefühl hast, du wärst egoistisch, als dich selbst die ganze Zeit hinten anzustellen.«
Ich nickte.
»Gut.«
»… bist du wirklich *immer* auf meiner Seite?«, fragte ich.
»Meistens.«
»Was ist die Ausnahme?«
»Wenn du jemals versuchen solltest, mir etwas zu kochen.«
»Ha.«
Blair sprach die Sache mit meinem Vater danach nicht noch einmal an. Vermutlich war mein mehr als auffälliger Versuch, das Thema in eine andere Richtung zu lenken, für sie Wink genug. Selbst wenn sie noch einmal nachgehakt hätte – das Treffen war zu frisch. Ich schaffte es nicht, es objektiv zu betrachten, und ich war noch nicht bereit, das Chaos auszusprechen, das in meinem Kopf herrschte.
»Guck mal, hier hatte jemand ein ähnliches Problem wie Bernie«, sagte Blair und schickte mir einen Link zu einer Diskussion in einem Forum. Es war ihre Art zu sagen: *Ich respektiere, dass du jetzt noch nicht bereit bist, mit mir darüber zu sprechen, aber ich bin trotzdem da.*
Ich klickte ihn an und durchforstete die nächste Stunde das Internet nach Lösungsvorschlägen für ihr Computerproblem. Danach starrte ich eine halbe Stunde auf den Code meiner App, bis ich das überflüssige Komma fand, mit dem ich gestern wohl alles lahmgelegt hatte.

Als ich spürte, wie die Kopfschmerzen sich ausbreiteten, verabschiedete ich mich von Blair. Ich drückte meinen Handrücken gegen die Stirn, um sie zu kühlen, und als das nicht reichte, öffnete ich das Fenster und setzte mich draußen auf den kleinen Vorsprung. Meine Beine ließ ich in der Luft baumeln.

Kalter Wind kitzelte an der nackten Haut zwischen meinen Socken und der Hose. Die Luft roch noch nach Regen.

Meine Gedanken fingen an, um meinen Vater zu kreisen, und ich kratzte mit dem Zeigefinger an der Haut meines Daumens. Als es mir auffiel, lehnte ich mich zurück in mein Zimmer, während ich mich mit der Hand am Fensterrahmen festhielt. Ich schnappte mir den Zauberwürfel, der immer in Reichweite auf meinem Schreibtisch lag. Die Farben waren durcheinander, und mein Drehen half nicht sonderlich, sie zu sortieren. Ich tat es, um meine Finger beschäftigt zu halten, nicht, um das Rätsel zu lösen.

Zumindest redete ich mir das ein, wenn ich konzentriert auf den Würfel starrte und versuchte, eine Farbe pro Seite hinzubekommen.

Nach zehn Minuten waren die Farben auf den einzelnen Seiten noch genauso durcheinander wie zuvor. Ich wollte den Würfel schon zurück auf meinen Schreibtisch legen, als die schmale Balkontür neben mir mit einem Quietschen geöffnet wurde.

Erst hielt ich die Luft an – dann fragte ich mich, warum ich die Luft anhielt, und atmete normal weiter. Jos leuchtende Haare waren unter einer grauen Kapuze versteckt. Sie wandte sich in meine Richtung, und für einen Moment hatte ich das Gefühl, dass sie erstarrte, als sie mich in meinem Fenster sitzen sah. Das Gefühl verschwand allerdings in der Sekunde, in der ihr Blick auf den Würfel in meiner Hand fiel.

Sie starrte ihn als, als versuchte sie, ihn mit purer Gedankenkraft dazu zu bewegen, sich zu drehen.

Es war der Schirm und die zweite Portion Vier-Jahreszeiten-Suppe, die mich dazu trieben, ihn ihr zu reichen. »Möchtest du es probieren?«

Sie legte den Kopf schief, wobei sich einige Haarsträhnen aus ihrer Kapuze lösten.

»Es sollte pro Seite nur eine Farbe sein. Und wenn du die einzelnen Teile auf eine gewisse Weise drehst«, ich demonstrierte die Bewegung, »solltest du es irgendwann schaffen.«

»Und dann?«

»Dann hast du das Rätsel gelöst.« Ich streckte die Hand, in der ich den Würfel hielt, noch einmal in ihre Richtung aus. Diesmal nahm Jo ihn mir ab. Sie drehte ihn in ihren Händen hin und her und begann nach ein paar Sekunden, die Seiten langsam und mit Bedacht zu drehen.

Eine ganze Weile sah ich ihr dabei zu. Sah, wie ein Runzeln sich auf ihrer Stirn festsetzte und mit jedem Drehen tiefer wurde, und schwang meine Beine in der Luft vor und zurück.

»Hast du deinen Herd ausreichend gießen können?«

Jo reagierte nicht sofort. Ihre Konzentration war komplett auf den Würfel gerichtet, und es dauerte, bis meine Frage zu ihr durchsickerte. Als sie es tat, zuckte ihr Augenlid verräterisch.

Sie hob den Kopf an. »Die Pflanzen«, sagte sie. »Ich hatte vergessen, die Pflanzen zu gießen.«

Sie sagte es so ernst, als wäre diese Ausrede tatsächlich glaubhafter. Ein Schmunzeln zupfte an meinen Mundwinkeln.

»Verstehe.«

Jo ging nicht auf meinen amüsierten Tonfall ein, sondern machte sich weiter an dem Würfel zu schaffen. Und ich? Ich nutzte den Moment, um sie zu betrachten. Die Kapuze, die auf ihrem Kopf nach hinten gerutscht war. Den langen Pony, der ihre Augen vor meinen neugierigen Blicken schützte. Die schmale Nase, der sanfte Schwung ihres Kiefers, der mich zu ihrem Kinn führte und von dort aus …

Ich räusperte mich. Hob meinen Blick an und traf dabei auf ihren. Sie schien zu warten – auf was? Erst als sie ihre Hand in mein Sichtfeld hob, wurde es mir bewusst. Sie hatte den Würfel gelöst und alle Farben sortiert.

Sprachlos nahm ich ihn ihr ab. Sah mir jede Seite an, als könnte sie eines der Quadrate übersehen haben, aber nein. Alles war perfekt sortiert.

»Du hast das schon mal gemacht, oder?«

Jo lehnte sich mit dem Rücken an das Geländer des winzigen Balkons und schüttelte den Kopf.

Also war es nur Glück? Ich betrachtete den Würfel skeptisch, dann Jo. Dann drehte und drehte ich die Seiten und brachte die Farben mit bestem Gewissen wieder durcheinander, ehe ich ihn ihr ein weiteres Mal reichte.

Sie nahm ihn entgegen, studierte ihn kurz. Anders als zuvor begann sie aber nicht sofort, die Farben zu sortieren. Stattdessen wog sie ihn in ihren Händen.

»Du hast vorhin ausgesehen, als würden dir ihre Worte wehtun. Warum?«

Meine Beine hörten auf, in der Luft zu schwingen. Jos bernsteinfarbene Augen waren direkt auf mich gerichtet, und ich schaffte es nicht ganz, den Blick zu erwidern. Ich fokussierte einen Punkt oberhalb ihres Kopfes.

»Wessen Worte?«

»Sashas. Als sie davon gesprochen hat, dass du Doppelschichten machst.«

Hatte man mir mein schlechtes Gewissen vom Gesicht ablesen können? Sasha hatte nicht gewirkt, als wäre es ihr aufgefallen. Offensichtlich war Jo aufmerksamer, als sie sich anmerken ließ.

Sie hielt den Würfel locker in ihren Händen und drehte versuchshalber ein-, zweimal daran, aber ihre gesamte Konzentration war auf mich gerichtet – ich spürte sie kribbelnd auf meiner Haut.

Ein Blick in ihr Gesicht reichte aus, um zu wissen, dass sie damit gerechnet hatte, dass ich die Ahnungslose spielte. Sie hatte die Frage also nicht unbedacht gestellt, vielmehr handelte es sich dabei um eine Herausforderung. Einen Test. Nur wofür?

»Weil ich nicht weiß, ob ich ihr die Wahrheit sagen möchte.«

Zwischen Jos Augenbrauen erschien eine Falte. Meine Aussage verwirrte sie.

»War das nicht die Antwort, die du erwartet hast?«

Sie öffnete den Mund, aber es dauerte einige Augenblicke, bis sie die Worte aussprach, die ihr auf der Zunge lagen. »Nicht ganz.«

»Sondern?«

Sie hob eine Schulter an. »Ich dachte, du würdest lügen.«

Mein erster Instinkt war, schnippisch zu reagieren. Mich darüber zu ärgern, weshalb sie dachte, sie wüsste genau, wie ich reagierte, wenn wir uns noch keine Woche kannten.

Mein zweiter Gedanke war, dass ich sie tatsächlich am liebsten angelogen hätte. Der einzige Grund, weshalb ich es nicht getan hatte, war, weil irgendetwas in mir sich dagegen wehrte, Jos Neugier im Keim zu ersticken. Und ich wusste selbst nicht genau, woher dieses Gefühl kam.

Jo bot mir glücklicherweise einen Ausweg, bevor ich eine Antwort finden konnte. In der Zeit, die ich gebraucht hatte, über ihre Aussage nachzudenken, hatte sie den größten Teil des Würfels bereits wieder nach Farben sortiert. Aufmerksam sah ich dabei zu, wie sie die Seiten erst in die eine, dann in die andere Richtung drehte und nachzuvollziehen versuchte, welcher Trick dahintersteckte.

»Kann ich dir auch eine Frage stellen?«, wollte ich wissen.

»Was willst du von Sasha?«

Jo hielt mitten in der Bewegung inne. Für ein paar Sekunden fror sie ein und starrte den Würfel in ihren Händen an. Dann drehte sie ein letztes Mal daran und sah mich durch ihren Pony hindurch an.

Ich nahm den Würfel. Jede Seite eine Farbe.

»Das ist nicht meine Einbildung, oder? Sobald Sasha in der Nähe ist, verhältst du dich ganz anders, als wenn du nur mit mir sprichst.« Als ich im Treppenhaus mit Jo zusammengeprallt war und danach, als ich sie in unserer Wohnung das zweite Mal getroffen hatte. Es war, als hätte sie in der Zwischenzeit ihre Persönlichkeit ausgetauscht.

Sie wirkte, als wollte sie etwas sagen, aber ich kam ihr zuvor. »Die meisten Leute schließen Sasha innerhalb von drei Sekunden ins Herz. So ist sie einfach.« Ich dachte darüber nach, wie ich meine nächsten Worte am besten verpacken sollte. Letztlich sprach ich sie einfach aus. »Sie hat noch nie zugesagt, wenn jemand sie auf ein Date eingeladen hat. Ich rechne nicht damit, dass sich daran in nächster Zeit etwas ändert, aber wer weiß.«

Ich schwang meine Beine zurück in mein Zimmer, stellte mich auf mein Bett und beugte mich nach unten, um Jo noch einmal ansehen zu können. »Vielleicht bist du die Ausnahme.«

Dann schloss ich mein Fenster, bevor sie zu einer Antwort ansetzen konnte. Zog die Vorhänge zu, legte den Würfel zurück auf meinen Schreibtisch und ließ mich auf mein Bett fallen.

Vielleicht bist du die Ausnahme. Ich stöhnte in mein Kissen. Wenn ich eins nicht tun wollte, dann Jo zu ermutigen, mehr Zeit mit Sasha zu verbringen. Aber was ich gesagt hatte, stimmte. Jo verhielt sich anders, wenn Sasha in der Nähe war. Sie wirkte offener. Zugänglicher. Und wenn Jo tatsächlich an Sasha interessiert war, wer war ich dann, mich in den Weg zu stellen? Ich musste mich nicht mit Jo verstehen, um sie im Fall der Fälle tolerieren zu können.

Dennoch. Meine Aussage war ein Hinweis gewesen, ja. Aber irgendwo, versteckt zwischen den Worten, auch eine Warnung – und sosehr ich hoffte, dass sie überflüssig war: Mein Bauchgefühl wollte Jo noch nicht ganz vertrauen.

7

»Ich bin zu spät, ich bin zu spät, ich bin zu spät.«

Leo kam in das Café geflitzt wie der weiße Hase aus *Alice im Wunderland*. Es wäre amüsant gewesen, wäre sie nicht tatsächlich zu spät dran und hätte mich und Tara während der morgendlichen Stoßzeit allein gelassen. Es gab Tageszeiten, da schaffte man alles allein. Der Morgen war keine davon. Versuchte man es doch, lief man Gefahr, einem Mob koffeinabhängiger Leute zum Fraß vorgeworfen zu werden.

Leo zog sich schneller um, als ich bis fünf zählen konnte, und bekam dadurch gerade noch den letzten Schwung mit. Sie half mir dabei, die Bestellungen fertig zu machen, die Tara an der Kasse entgegennahm. Einen Flat White mit einem Bagel, einen Cappuccino und einen Latte Macchiato samt Schokoladenmuffin aus unserer Auslage.

»Leo«, sagte ich leise und tippte sie an der Schulter an. »Der Flat White ist der Double Shot, nicht der Cappuccino.«

Leo blinzelte mehrmals, als hätte ich sie gerade aus einem Traum geweckt. »Stimmt.« Sie bewegte sich nicht sofort, sondern starrte die Quittung mit der Bestellung darauf ein paar Sekunden lang an.

»Soll ich ...« Bevor ich meine Frage beenden konnte, schüttete sie den Espresso in das Waschbecken rechts von sich und fing noch mal von vorne an.

Ich verkniff mir den Hinweis, dass sie ihn für den Cappuccino hätte verwenden können. Leo hatte sich für die letzten zwei Schichten, die wir zusammen gehabt hätten, krankgemeldet und machte nicht den Anschein, als hätte sie heute schon kommen sollen. Ihre Haare waren in einem Zopf zusammengefasst, der bereits halb auseinanderfiel, ihre Schultern zog sie bis an die Ohren hoch, und ihr Gesichtsausdruck war unter dem aufgesetzten Lächeln verkniffen und voller Erschöpfung.

Tara sah sich zu mir um und strich sich ihre lockigen, schwarzen Haare aus dem Gesicht.

Offensichtlich war ihr Leos Verhalten auch aufgefallen. Sie zögerte einen Moment, bevor sie sich dazu entschloss, ebenfalls etwas zu sagen. »Leo, willst du vielleicht …«

»Nein«, unterbrach Leo sie sofort. »Ich will nicht nach Hause gehen, ich will mich nicht weiter ausruhen, ich will einfach meine Schicht hier arbeiten. Bitte schickt mich nicht nach Hause, okay?«

Ihr Blick war bittend, ihr Tonfall klang müde. Sie kam mir vor wie ein verletztes Tier, und unweigerlich musste ich daran denken, was sie das letzte Mal über ihre Mitbewohnerin gesagt hatte.

Als es ruhiger wurde und Tara im Keller verschwand, um einen neuen Schwung Becher zu besorgen, nahm ich einen Lappen und wischte den Arbeitsbereich ab. Ich war mir nicht sicher, ob ich sie noch mal darauf ansprechen sollte. Oder brauchte sie Ablenkung?

Ich trocknete meine Hände an einem Geschirrtuch ab. »Leo?«

Es brauchte drei Anläufe, bis sie registrierte, dass ich sie meinte. »Ja?«

»Ist alles okay?«, fragte ich und redete weiter, bevor sie mich abweisen konnte. »Ich versteh, wenn du nicht reden möchtest, aber falls du jemanden brauchst …«

Sie zog die Schultern noch weiter an, nickte, drehte sich aber nicht zu mir um, und ich nahm an, dass das ihre Antwort war – dass sie einfach arbeiten wollte und nicht mehr Energie hatte, um darüber zu sprechen. Doch dann atmete sie zitternd aus.

»Meine Mitbewohnerin. Helen …« Sie stockte. Schluckte schwer. »Sie ist noch … Sie …«

Ihre Hände verkrampften sich um den Rand der Arbeitsplatte; die Knöchel traten weiß hervor, und ich behielt Leo im Blick, weil sie plötzlich aussah, als könnte sie jede Sekunde umkippen.

»Helen ist …« Sie rieb sich über den Mund. »Sie ist noch nicht wieder aufgetaucht.« Als sie schwankte, machte ich einen Schritt in ihre Richtung. Sie fing sich, bevor etwas passieren konnte. »Sie hat sich nicht gemeldet, und die Polizei – sie haben auch keine Spur.«

»Oh Gott.« Es war alles, was mir einfiel. Ich stellte mir vor, in ihrer Haut zu stecken – dass Sasha verschwand und ich keine Ahnung hatte, was passiert war. Dass *niemand* Ahnung hatte, was passiert war.

Nur daran zu denken, nahm mir den Atem.

»Ich weiß nicht, was ich sagen soll. Es tut mir so leid, Leo.« Sie nickte noch einmal. »Schon gut.«

»Kann ich irgendwie für dich da sein? Brauchst du etwas?«

»Kannst du zaubern und mir verraten, wo sie ist?« Ihr Lächeln hielt nicht lang. »Es ist schlimmer, weil ich nicht weiß … Was, wenn sie schon längst …« Sie wischte sich über die Augen und die Wangen, um ihre Tränen aufzufangen, aber weinte so stark, dass sie kaum hinterherkam. Ich nahm sie am Arm, bedeutete Tara, für einen Moment allein die Stellung zu halten, und ging mit Leo in unseren Pausenraum.

Sie ließ sich auf den Stuhl fallen, als wäre jegliche Energie auf dem Weg hierher aus ihr gewichen, und schlang ihre Arme um den Bauch.

Unsicher blieb ich neben dem Tisch stehen. »Willst du was trinken? Oder möchtest du einen Muffin von der Theke?«

Leo schüttelte den Kopf, den Blick auf die Tischplatte gesenkt. Ihre Stimme war kaum zu hören, als sie sprach. »Kannst du vielleicht kurz hierbleiben?«

»Ja, natürlich.« Ich zog den Stuhl unter dem Tisch hervor und setzte mich zu ihr, wartete darauf, dass Leo etwas sagte. Aber sie blieb bis auf ihre Schluchzer vollkommen still.

Es war unheimlich, etwas mitzubekommen, was man sonst nur in den Nachrichten sah. Ich *wusste*, dass Morde und Entführungen passierten. Dass Leute von zu Hause wegrannten und untertauchten oder in Kreisen verkehrten, die ihnen das Leben kosteten. Aber das Wissen kam mit einer Entrücktheit. Mit der falschen Sicherheit, dass es weit von mir entfernt passierte.

Leo schwieg die zehn Minuten, die wir im Pausenraum saßen. Sie wirkte nicht, als wollte sie eine Umarmung oder tröstende Worte. Vermutlich fühlten sie sich für sie leer an. Was brachten Worte, wenn sie ihre Freundin nicht zurückbrachten?

Ihre Tränen wurden weniger und ihr Atem ruhiger. Sie seufzte tief, schwer, lang und setzte dann ein wackeliges Lächeln auf, bevor wir beide nach vorne gingen und Tara beim großen Andrang der Mittagszeit unter die Arme griffen.

Zwischen dem Annehmen der Bestellungen, dem Zubereiten der Getränke und dem Aufräumen und Abwischen der Tische blieb kaum Zeit für Unterhaltungen. Leo arbeitete schweigend vor sich hin, außer sie hatte Bestellungen weiterzugeben oder eine Frage. Tara und ich umkreisten sie die ganze Zeit angespannt, darauf vorbereitet, dass ihr die Energie ausging, mit der sie der Kundschaft Fröhlichkeit und Aufmerksamkeit vortäuschte.

Leo hatte nur eine Vier-Stunden-Schicht und ging, kurz nachdem Erika aufgetaucht und ich von meiner Mittagspause zurück war. Sie winkte uns und lächelte auf dem Weg nach draußen, aber ihr war anzusehen, dass beides ihr viel Kraft abverlangte.

Während meiner restlichen Schicht grübelte ich darüber nach, ob es etwas gab, mit dem wir ihr helfen konnten. Aber was konnten wir tun, außer für sie da zu sein?

Ein paar Minuten vor meinem Schichtende tauchte Sasha mit Jo im Schlepptau im Café auf. Meine Schwester kam auf die Kasse zu und beugte sich verschwörerisch über die Arbeitsfläche in meine Richtung.

»Hallo! Bekomme ich bei Ihnen einen Kaffee?«, fragte sie und grinste, als hätte sie einen großartigen Witz gerissen.

Ich schnaubte. »Nur, wenn du mich nicht weiter siezt.«

»Na gut. Dann bitte einen Cappuccino – oh, und machst du mir dazu eine Latte Art?«, fragte sie, wohl wissend, dass das der Teil an meinem Job war, den ich am wenigsten ausstehen konnte. »Dann poste ich ein Video auf TikTok, und es wird durch die Decke gehen, und alle Jugendlichen im Umkreis von fünf Meilen werden hierherkommen und nach Winnie, der Latte-Art-Königin, fragen.«

Ich warf ihr einen bösen Blick zu und tippte ihre Bestellung in die Kasse ein. Ihr Gesichtsausdruck war eindeutig: zusammengepresste Lippen, aufgeblasene Wangen, große Augen. Sie versuchte, ein Lachen zu unterdrücken, und scheiterte dabei kläglich. Sie machte einen muntereren Eindruck als die letzten Tage, aber ich war mir nicht sicher, ob sie ihr schwarzes Loch einfach gut versteckte oder es ihr tatsächlich besser ging.

»Möchtest du auch was?«, fragte ich an Jo gewandt.

Ihr Blick glitt über die Getränke, die auf einer Tafel über meinem Kopf ausgeschrieben standen. »Ein Wasser.«

Sasha verzog das Gesicht, und ich sprach es nicht aus, aber dachte: *Die Bestellung passt zu ihr.*

Sie setzten sich an einen freien Tisch rechts vom Eingang, während ich mich um die Getränke kümmerte. Ich brachte sie zu ihnen, als meine Ablösung für die nächste Schicht gerade kam.

Sasha beugte sich über das Tablett und betrachtete ihren Cappuccino und das Motiv darauf. »Ist es eine ... Schildkröte? Nein, warte. Ein Schwan! Ein Elefant!«

Jo sah es sich ebenfalls an, behielt ihre Vermutungen aber für sich.

»Es ist eine Pflanze«, sagte ich und setzte mich auf den freien Platz neben Sasha.

»Eine Pflanze. Oh ... ja, doch. Ich sehe es! Ja, das ist eine Pflanze.« Sie sah es nicht. »Gibt es dafür eigentlich Kurse zur Weiterbildung? Das mit der Latte-Art-Königin war nur halb im Scherz gemeint, weißt du. Kunst ist doch dein Ding.«

»*Wissen* über Kunst ist mein Ding«, korrigierte ich sie. »Nicht Kunst machen.«

»Pff, Haarspalterei.«

»Ah, stimmt. Und das nächste Mal, wenn ich Hans Zimmer sehe, sage ich ihm, dass ich für den nächsten Blockbuster einen Soundtrack komponiere, weil Musik anzuhören und selbst welche zu machen eigentlich auch das Gleiche ist.«

Sasha nahm grummelnd ihren Cappuccino vom Tablett. »Musst du nicht arbeiten?«

»Ich habe Feierabend«, sagte ich und deutete auf Erika und Dani, die sich hinter der Kasse mit Tara unterhielten.

»Oh! Das heißt, du hast jetzt frei?«, fragte sie neugierig.

»Sōma gibt Pizzen aus, weil er sein erstes Gehalt von seinem neuen Job bekommen hat, und Vic hat gemeint, dass wir das ausnutzen sollten, bevor er wieder zu dem Geizhals mutiert, als den wir ihn kennen und lieben.«

Die beiden wohnten nicht weit von hier in einer WG. Mit der Bahn brauchte man zwanzig Minuten zu ihnen, und jedes Mal, wenn ich ihre Wohnung betrat, war ich neidisch über die hellen Zimmer und hohen Decken, die in Sashas und meiner Wohnung nirgends zu finden waren. Unsere Grundrisse waren ähnlich, die Größe auch, aber dank der großen Fenster wirkte es bei den beiden wesentlich offener und einladender …

Sasha unterbrach meinen Gedankengang, indem sie ihre Hand auf meine legte. Sie umfasste meine Finger und hielt mich davon ab, weiter mit den Nägeln über die Haut meines Unterarms zu kratzen. Ein unangenehmes Jucken hatte sich darunter festgesetzt. Den größten Teil des Tages schon, wenn ich ehrlich war, aber es wurde schlimmer, je später es wurde. Morgen hatte ich den Termin mit der potenziellen Investorin, und sobald ich nicht abgelenkt war, drehte mein Magen sich um und ich schwankte zwischen Vorfreude und absoluter Panik hin und her. Der Gedanke, jetzt irgendwo anders hinzugehen als direkt nach Hause zu meinen Unterlagen, die ich zur Vorbereitung nutzen wollte, löste Panik in mir aus.

»Oder wir planen etwas anderes für nächste Woche, wenn du heute noch was vorhast. Dann haben wir auch genug Zeit, Sōma auszureden, den ganzen Abend nur Natur-Dokus laufen zu lassen. Aber die Gratis-Pizza hol ich mir heute trotzdem schon.« Sie drückte meine Hand einmal und griff dann nach ihrem Handy. Vermutlich, um direkt alles mit den beiden abzusprechen.

Ich zog mir die Ärmel meines weißen Hemds über die Hände. Jo beobachtete mich dabei. Das Kribbeln wurde schlimmer, und ich legte die Hände in den Schoß in der Hoffnung, dass es verschwand, wenn ich es lange genug ignorierte.

»Jo, hast du Lust mitzukommen?«

Jo löste ihren Blick nur langsam von meinen Armen. »Tut mir leid, ich kann heute nicht.«

»Schade«, sagte Sasha. Sie rührte in ihrem Cappuccino, den sie schon zur Hälfte leer getrunken hatte. »Was hast du vor?«

»Ich treffe mich mit einer Freundin.«

Sasha machte einen Schmollmund und seufzte. »Ich hätte auch gern eine Freundin. Stattdessen hat das Universum mir Sōma und Victor zugeteilt.«

»Ähm.« Ich hob meine Hand. »Hallo, eine sich als weiblich identifizierende Person, mit der du befreundet bist, ist anwesend.«

»Ja, aber du bist meine Schwester. Du bist automatisch mit mir befreundet, das ist was anderes.«

Ich formte ein stummes »Wow« mit den Lippen und lehnte mich in meinem Stuhl zurück. »Deine Liebe zu mir fühlt sich immer so leicht und befreiend an. Was ist mit Jo?«

Sasha sah mich lange an, dann Jo, dann wieder mich. »Zählt auch nicht.« So wie sie beide Augenbrauen anhob, sparte ich mir meine Frage nach dem Warum lieber. Ich war mir nicht sicher, ob ich die Antwort hören wollte. Sie trank den letzten Schluck ihres Cappuccinos und schaute auf ihr Handy. »Ich sollte los, sonst bestellen die beiden ohne mich. Kommst du mit zur Bahn, Winnie?«

»Ich nehme den Bus.« Ich wartete, bis Jo ihr leeres Glas ebenfalls auf das Tablett gestellt hatte und nahm es dann auf, um es wegzubringen. »Wir sehen uns heute Abend?«

Sasha winkte mir hinterher. Als ich das Tablett abgestellt hatte, legte sie sich gerade ihren Schal um und sagte etwas zu Jo, die den Kopf schüttelte. Ich verschwand in die Räume für die Mitarbeitenden, tauschte mein Arbeitsoutfit gegen meine eigene Kleidung aus und verabschiedete mich von Dani und Erika, als ich an ihnen vorbeiging. Tara nutzte die Leere des Cafés und unterhielt sich noch weiter mit den beiden, obwohl ihre Schicht ebenfalls zu Ende war.

Meine Schritte wurden langsamer, je näher ich dem Ausgang kam.

Sasha hatte das Café verlassen. Jo war immer noch da.

Sie stand neben der Tür, die Hände in den Jackentaschen, den Blick auf ihre Füße gerichtet, die in schwarzen Turnschuhen steckten. Ich kam näher, sie sah auf. Ich blieb stehen, sie bewegte sich nicht.

»… worauf wartest du?«

»Auf dich«, sagte sie, und hätte ich nicht direkt vor ihr gestanden, hätte ich geschworen, mich verhört zu haben.

»Auf mich?« Auf mich. Fand nur ich das besorgniserregend? Nein, das war das falsche Wort. Unerwartet?

»Ich muss auch zum Bus.«

»Oh.« Das ergab Sinn.

…

Das ergab gar keinen Sinn.

Nicht nur, dass keine Etikette dieser Welt sie dazu verpflichtete, auf mich zu warten, wenn selbst Sasha bereits gegangen war. In der Zeit, die ich zum Umziehen gebraucht hatte, hätte sie schon längst im Bus sitzen und auf halber Strecke zu ihrem Ziel sein können.

Aber das hatte sie nicht getan. Sie hatte gewartet, und jetzt ging sie vor mir aus dem Café und hielt mir dann die Tür auf und lief neben mir auf dem Gehweg. Sie sagte nichts, und wenn überhaupt, machte es das noch schlimmer, weil ich keine Ahnung hatte, was *ich* sagen sollte. Ob ich etwas sagen sollte, oder ob es in Ordnung war, den gesamten Weg schweigend zurückzulegen und so zu tun, als würde ich nicht gleich platzen, weil mir die Frage nach dem *Warum* auf der Zunge brannte.

»Du triffst dich mit einer Freundin?«, fragte ich.

»Ja.«

»Kennst du sie schon lange?«

»Einige Jahre.«

»Seid ihr enge Freundinnen?«

»Ja, ziemlich.«

Mit ihr zu reden, war unglaublich anstrengend. Ich wusste nicht, was sie wollte, ich konnte nicht einschätzen, was ihr durch den Kopf ging, und es war auf eine Weise frustrierend, die ich nicht mal in Worte fassen konnte.

»Ich bin nicht an Sasha interessiert.«

Mein Hirn setzte für einen kurzen Moment aus und arbeitete dann auf Hochtouren, um ihre Aussage zu interpretieren. Aber neben all den Dingen, die heute passiert waren, ergab sie für mich absolut keinen Sinn. Sie hatte sie ohne Vorwarnung in den Raum geworfen, und ich hatte Mühe, ihren Inhalt zu erfassen.

»Wie bitte?«

Sie sah mich an, die Hände in den Jackentaschen. Ihre Haare klemmten im Kragen des Hoodies, den sie darunter trug, und der Wind wehte ihr einzelne Strähnen ins Gesicht, die sie sich einfach hinters Ohr strich.

»Sasha. Du hast gesagt, sie hat noch nie zugesagt, wenn sie auf ein Date eingeladen wurde«, erklärte sie. Sie wandte den Blick nicht ab, als wollte sie sichergehen, dass ich sie verstand. »Ich hatte nie vor, sie nach einem Date zu fragen.«

Ah. Die Erinnerung schob sich nach vorne – die Worte, die ich auf der Feuerleiter zu ihr gesagt hatte, hallten in meinen Ohren nach.

Hatte sie deswegen auf mich gewartet? Um mir das sagen zu können? Nein, oder? Das würde bedeuten, dass sie die Info, dass sie nicht an Sasha interessiert war, wichtig fand. Und noch wichtiger, dass ich diese Info bekam.

Wie sollte ich bitte darauf reagieren? Sollte ich darauf reagieren? Ich sah Jo vorsichtig an, aber sie hatte den Blick bereits abgewendet und war dazu übergegangen, die Leute auf den Gehwegen und Straßen zu beobachten. Sie schien keine Reaktion zu erwarten, und wenn überhaupt, verunsicherte mich das noch mehr.

Am liebsten hätte ich den Teil des Gesprächs einfach abgelegt – in einen Ordner mit der Aufschrift »Gut zu wissen« oder »Was zur Hölle?«. Beide Varianten schienen angemessen. Beide waren unmöglich umzusetzen. Die Worte schwebten in meinem Kopf umher. Und hatte ich es mir eingebildet oder war ihre Betonung komisch gewesen? *Ich hatte nie vor, sie nach einem Date zu fragen.*

Sie. Als hatte sie das Wort unterstreichen wollen.

Mein Hirn rannte mir davon, und ich hatte Mühe, es wieder anzuleinen. Die Erinnerung an Jo, die nachts in mein Fenster sah, half ein wenig. Ich zwang mich, noch einmal die Panik zu fühlen, die ich in der Nacht empfunden hatte, merkte aber, dass sie schwächer ausfiel. Dass ich mir nach ein paar Gesprächen mit Jo nicht gänzlich sicher war, ob der Moment in der Nacht Furcht einflößend oder einfach merkwürdig gewesen war.

Machte Jo mir Angst oder verunsicherte mich nur ihre Art? Um nicht in meinen Gedanken zu versinken, lenkte ich meine Aufmerksamkeit von ihr auf die Leute um uns herum. Alle waren in Mäntel oder dicke Pullover mit noch dickeren Jacken gehüllt und bewegten sich wie kleine Michelin-Männchen von einem Ort zum nächsten. Braun reihte sich an Grau, an Schwarz. Und dann war da Jo mit ihren roten Haaren, die zwischen den tristen Farben leuchteten. Mit ihren Augen, die geschmolzenes Gold hätten sein können, und mich ansahen und mein Herz dazu brachten, einen Schlag auszusetzen ...

Halt. Mein Herz tat was, bitte?

»Und was habt ihr so vor?«, fragte ich schnell. Alles war bessere, als diese Frage weiter zu verfolgen.

Jo hob eine Augenbraue an. Sie musste es nicht mal aussprechen, damit ich das »Das interessiert dich wirklich?« hörte. Nein, Jo. Es interessierte mich nicht wirklich. Oder doch? Was war los mit mir?

»Nicht viel«, sagte sie.

»Verstehe.«

»Warum, hast du eine Empfehlung?«

»Eine Empfehlung?«

»Was wir tun könnten.«

»Hier in New York?« *Nein, in Alaska. Winnie, reiß dich zusammen.* »Solltest du das nicht besser wissen als ich? Wo du schon immer in New York lebst?«

Sie zögerte. Kaum merklich, aber ich sah es, weil mein Hirn, seit wir das Café verlassen hatten, alle Filter aus allen Kanälen entfernt hatte und meine Sinne ohne Rücksicht auf Verluste Infos sammelten.

Leider beschränkte es sich nicht nur auf Jo. Die Taube, die über uns hinwegflog. Das Quietschen und Hupen und Bremsen und Gasgeben der Autos. Die Frau, die rechts von mir telefonierte. Ich wollte meine Kopfhörer aus meiner Tasche kramen, um die Geräusche etwas zu dämpfen, gleichzeitig aber nicht unhöflich wirken, daher ließ ich es bleiben und rieb mir nur kurz über die Stirn.

»Ich hab hier noch nicht sonderlich viel unternommen«, sagte Jo. Ihre Stimme war ruhig und gleichmäßig und gerade laut genug, dass ich sie über die anderen Geräusche hinweg hörte.

»Weil du keine Lust hattest?«

»Weil es die Stadt ist, in der ich ... In der ich bin, seit ich denken kann. Orte verlieren ihren Reiz, je länger man dort lebt.«

»Ich kann dir leider nur helfen, wenn ihr Museen besuchen wollt.«

»Ihr habt euch schon einige angesehen, oder? Du und Sasha.«

»Museen? Ja, jeden Samstag. Das ist unsere Tradition, seit wir hier sind.«

Ein kleines Schmunzeln umspielte ihre Lippen. Ihre Lippen ...

»... gehen werden.«

»Wie bitte?«

»Ich nehme nicht an, dass wir in ein Museum gehen werden«, wiederholte Jo.

»Oh.«

»Wenn doch, weiß ich zumindest, dass ich dich fragen kann, welches am besten ist.«

»Du hast meine Nummer nicht. Um mich zu fragen.«

»Stimmt.«

Rechtes Bein, linkes Bein, rechtes Bein, linkes Bein.

»Möchtest du sie haben?«

Was??

»Was?«

Oh mein Gott.

»Meine Nummer?«

»Du möchtest mir deine Nummer geben?«

Wollte ich das? Ganz ehrlich, ich war mir nicht sicher, wer gerade die Kontrolle über meinen Körper hatte, denn ich war es offensichtlich nicht. Aber es konnte nicht schaden, unsere Nummern auszutauschen. Wir waren Nachbarinnen. Sie ging mit Sasha zur Uni. Nur für den Fall der Fälle.

»Muss natürlich nicht sein«, sagte ich schnell, weil mir auffiel, wie unerwartet der Vorschlag aus ihrer Perspektive klingen musste. Nicht dass er aus meiner Perspektive nicht unerwartet war, aber immerhin hatte ich vorher genügend Zeit gehabt, mich selbst ausreichend zu verwirren.

Obwohl es natürlich nichts gab, weswegen ich hätte verwirrt sein müssen. Oder?

Oh mein Gott.

Jo gab mir genügend Zeit, damit ich in eine moralische Spirale stürzen konnte, und half mir dann heraus, indem sie mir wortlos ihr Handy reichte.

Ich nahm es gleichermaßen erleichtert wie verwirrt entgegen und speicherte meine Nummer ein – eine von insgesamt sieben, die sie in ihren Kontakten hatte. Wir waren stehen geblieben, direkt neben der Bushaltestelle. Ich gab Jo ihr Handy zurück. Mein Bus stand ein paar hundert Meter entfernt an einer Ampel. Als er vor uns hielt, wollte ich mich von ihr verabschieden, aber sie stand bereits vor der Tür und wartete, dass der Fahrer sie öffnete.

Sie ließ mich vor sich einsteigen. Ich suchte mir einen Platz mittig am Fenster. Jo setzte sich neben mich.

»Deine Freundin wohnt in Brooklyn?«, fragte ich, weil ich nicht damit gerechnet hatte, dass sie den gleichen Bus nehmen würde.

»Manhattan.«

»Manhattan ... Jo, wir fahren *genau* in die andere Richtung.«

»Ich muss vorher noch etwas besorgen. Sie ist ohnehin noch bei der Arbeit.«

»Was arbeitet sie?«

Jo hatte ihr Handy in der Hand. Ihr Daumen strich über das Gehäuse, ihr Gesicht war von mir abgewandt. Sie hatte schlanke Finger, kurze, saubere Nägel. Als sie den Kopf in meine Richtung drehte, tat ich, als wären meine Schuhe unglaublich interessant.

»Im Management«, sagte Jo. »Bei einer Organisation.« Ihr Mund war offen, als wollte sie noch etwas hinzufügen. Sie tat es nicht.

»Verstehe.« *Bei welcher Organisation?*, wollte ich fragen. *Was für eine Abteilung? Wie habt ihr euch kennengelernt?* Ich tat es nicht. Stattdessen schickte ich Leo eine kurze Nachricht, ob sie gut nach Hause gekommen war. Ich wollte nicht ständig nachfragen, ob ich ihr irgendwie helfen konnte oder wie es ihr ging. Aber sie sollte wissen, dass sie jemanden zum Reden hatte, falls sie es brauchte.

Williamsburg zog an uns vorbei: Restaurants reihten sich an Cafés und Boutiquen. Es war belebt und beliebt und trendy, und je später es wurde, desto mehr Leute strömten auf die Straßen, um sich Unterhaltung für den Abend zu suchen. Wirkte es anders als sonst? Unheimlicher? Oder war es meine Einbildung, weil ich die ganze Zeit Leos verängstigtes Gesicht vor Augen hatte?

Ich verschränkte die Arme vor der Brust, um mich aufzuwärmen und gab mein Bestes, um die Gedanken zu verscheuchen.

Am nächsten Halt stieg jemand mit dickem Koffer ein. Jo zog ihre Beine ein und lehnte sich in meine Richtung, um von dem Gepäck nicht erwischt zu werden. Ich drückte mich ans Fenster, das Glas kühl an meinem Hinterkopf, in meiner Nase ein Geruch, den ich nicht zuordnen konnte, bis ich feststellte, dass es Jos war. Jo, die mir nah genug war, dass ich sie riechen konnte. Meine Synapsen wussten nicht, was sie mit dieser Information anfangen sollten, und entschieden sich für einen kurzzeitigen Totalausfall, der mich, an das Fenster gedrückt, erstarren ließ.

Die Person mit Koffer lief vorbei, Jo setzte sich wieder normal hin und ich tat das Gleiche. Ganz normal.

Eine Station vor meinem Halt stand Jo auf. Sie warf mir ein »Bis später« zu und stieg aus, bevor ich reagieren konnte. Durch das Fenster sah ich, wie sie draußen zu den grauen Wolken aufsah und sich danach die Kapuze ihres Hoodies über den Kopf zog. Mir fiel ein, dass ich ihren Schirm noch hatte, und ich griff nach meinem Handy, um ihr zu schreiben, dass ich es nicht vergessen hatte und ihr ihn später zurückgeben würde. Bis mir einfiel, dass sie jetzt zwar meine Nummer hatte, ich ihre aber weiterhin nicht.

Ich ließ mich in meinen Sitz zurückfallen. Wir waren nur Nachbarinnen. Sie ging mit Sasha zur Uni. Es war nicht so, als brauchte ich ihre Nummer. Wirklich nicht.

8

Elizabeth Wise war eine Furcht einflößende Frau.

Die Beobachtung war zwar maximal subjektiv, aber seit dem Moment, in dem ich ihre Anfrage für den Videoanruf angenommen hatte, fürchtete ich mich vor ihr. Ich hatte mich gestern den ganzen Abend schrecklich gefühlt. Mein Magen hatte sich gar nicht mehr entkrampft, und ich hatte einen Beruhigungstee nach dem anderen getrunken, während ich mich auf das Gespräch mit ihr vorbereitet hatte.

Meine Notizen waren lückenlos, ich wusste genau, was ich sagen wollte, und stolperte trotzdem vor Nervosität über jedes meiner Worte. Ich hatte mich hingesetzt und ausgerechnet, wie viel Geld ich brauchte, um meine App professionell fertigzustellen, aber als ich den Betrag Elizabeth gegenüber aussprach, lachte mein Imposter-Syndrom mich aus.

Ihren Gesichtsausdruck konnte ich absolut nicht deuten. Sie war fünfunddreißig, hatte langes, braunes Haar und helle, leicht gebräunte Haut, als wäre sie gerade erst im Urlaub am Meer gewesen. Sie hatte diesen Vibe einer erfolgreichen Unternehmerin, der mich einschüchterte, stellte Fragen und schien nicht völlig desinteressiert zu sein, aber die Sache hätte sie auch endlos langweilen können und ich hätte es vermutlich nicht anhand ihres Gesichtsausdrucks interpretieren können.

»Was erhoffen Sie sich denn davon?«, fragte sie. »Von der App für die Zukunft?«

Genau die Frage war es, die mich ins Stolpern brachte. Nicht weil ich sie nicht erwartet hatte, sondern weil es keine Antwortmöglichkeit gab, die sich nicht wie an den Haaren herbeigezogen anfühlte. Die App hatte als Zeitvertreib angefangen und war mir ans Herz gewachsen, weil sie Dinge vereinte, die mir wichtig waren. Aber ich hatte nicht den heimlichen Wunsch gehegt, dass sie durch die Decke ging und ich reich wurde.

Ich konnte mir allerdings nicht vorstellen, dass es das war, was sie hören wollte. Nicht wenn sie wirklich mit dem Gedanken spielte, dort Geld reinzustecken.

»Die Hauptzielgruppe wären Kunststudierende und – «

»Das ist nicht unbedingt die lukrativste Zielgruppe.«

»Ich weiß, aber ich arbeite auch nicht an der App, damit die Leute dafür Geld ausgeben müssen ...« Ich brach ab, als ich sie auf ihre Armbanduhr schauen sah.

»Tut mir leid, ich hab direkt nach unserem Gespräch noch einen Termin. Gibt es noch etwas Wichtiges, was Sie hinzufügen möchten?«

»Nein, ich war – «

»Sehr gut. Geben Sie mir ein bisschen Zeit, um darüber nachzudenken, ja? Ich melde mich, sobald ich mich entschieden habe.«

Sie hatte aufgelegt, bevor ich noch ein Wort hervorbringen konnte. Ich lehnte mich in meinem Stuhl zurück und starrte meinen Bildschirm an, als könnte der mir erklären, ob das Gespräch wirklich so katastrophal verlaufen war, wie ich es wahrgenommen hatte, oder ob ich mir das nur einredete, um meine Erwartungen möglichst flach zu halten. Resigniert schloss ich das Fenster vom Videochat – und zuckte prompt zusammen, als Blair mich in der gleichen Sekunde anrief.

Wie hoch war die Wahrscheinlichkeit, dass meine neugierige Freundin die letzte Stunde damit verbracht hatte, darauf zu warten, dass ich online kam, um mich genau in dem Moment abzupassen?

Einhundert Prozent, dachte ich und nahm ihren Videoanruf an.

Das Pink ihrer Haare fiel mir als Erstes ins Auge. Eine Kurzhaarfrisur mit zwei langen Strähnen auf jeder Seite, die über ihre Schultern fielen. Ein langer Pony, azurblaue Augen.

Pink bedeutete Ruhe. Ausgeglichenheit. Blair musste einen ziemlich guten Tag haben, wenn sie diese Farbe aussuchte. Zum Glück. Wenn wir beide gleichzeitig ein Stressball voller Elend wären, würde die Welt vermutlich aus dem Gleichgewicht kippen.

»Ist das eine neue Perücke?«

»Nein«, erwiderte sie. »Ich hatte bisher nur noch keinen Grund, sie zu tragen.« Sie pustete sich den Pony aus der Stirn, das Kinn kokett auf ihren Fingern abgestützt, die Ellenbogen auf dem Tisch. »Und bevor du weiterfragst, unterbreche ich dich direkt, weil ich wirklich keine Lust auf Smalltalk habe, wenn die eigentliche Frage doch ist, wie das Gespräch eben gelaufen ist.«

Ich seufzte. Rieb mir über den Nacken und massierte die verspannten Muskeln dort. »Keine Ahnung? Wenn du mich fragst, war es eine Katastrophe, aber ich weiß nicht, ob es sich für sie auch so angefühlt hat. Sie wollte wissen, wie viel Geld ich bräuchte, um sie fertigstellen zu können, und ich hatte zwar eine Summe parat, aber konnte nichts anderes tun, als innerlich die ganze Zeit zu denken: eigentlich keins. Wenn ich mir noch zwanzig Jahre Zeit nehme, könnte ich sie bestimmt selbst fertig machen. Dann hätte ich auch keinen Druck, irgendwelchen Leuten immer wieder den Stand der Dinge erklären zu müssen, weil sie sich dazu bereit erklärt haben, ihr hart verdientes Geld in mich zu investieren.«

Stille.

Dann Blair: »Wow.«

Verzweifelt stöhnte ich auf und raufte mir die Haare. »Da gibt es einiges zu entwirren, und ich bin mir nicht sicher, womit ich anfangen soll.«

Ich öffnete meinen Mund, die Worte schon auf der Zunge.

»Beispielsweise«, sagte Blair.

Ich schloss den Mund wieder.

»Die Sache mit dem Geld. Die Frau, mit der du gerade gesprochen hast. Elizabeth Wise? Sie gehört zur New Yorker High Society. Hat reiche Eltern und sich in den Kreisen selbst einen Namen als Künstlerin gemacht. Ihre Gemälde gehen teilweise für neunzigtausend Dollar über den Tisch.«

Genau den gleichen Wikipedia-Artikel hatte ich gestern auch gelesen. »Ist das beruhigend gemeint?«

»Ja!«, sagte Blair. »Mann, Winnie. Die Frau hat mehr Geld, als sie jemals ausgeben könnte. Sie hat sich nicht mit dir getroffen, weil sie an dem Erfolg deines Projekts interessiert ist, sondern weil sie damit vor anderen Leuten angeben kann.«

Offensichtlich teilte sie Dads Meinung. »Fändest du es gar nicht einschüchternd, mit so einer Person zu reden?«

»Ich hätte mir in die Hose gemacht.«

Ich lachte – wie konnte ich nicht? Sie sagte es mit solcher Inbrunst. Aber das schlechte Gefühl verschwand trotzdem nicht. Mein Bauchgefühl sagte mir, dass ihre Rückmeldung keine positive sein würde, und ich versuchte, deswegen nicht jetzt schon enttäuscht zu sein, wenn das Gespräch noch keine zehn Minuten her war.

»Aber mal ehrlich. Du wirst erst wissen, was sie denkt, wenn sie sich bei dir meldet, um dir zu erzählen, was sie denkt. Kein

Grund, sich jetzt schon verrückt zu machen. Dein Dad hat gesagt, er hat Kontakte, oder? Dann wird sie sicher nicht die einzige Person sein, die er dir vorstellen könnte.«

»Ja, vermutlich.«

»Okay, und jetzt wo das vom Tisch ist – können wir kurz darüber reden, dass dein Dad *Kontakte* zur *High Society* hat? Wer zur Hölle ist er?«

»Police Commissioner beim NYPD.«

»Braucht man dafür Kontakte in so einen geschlossenen Kreis?«

»Arbeite ich beim NYPD?«, gab ich zurück. Zur Antwort streckte sie mir die Zunge raus. »Keine Ahnung, was man braucht, um es dort bis ganz nach oben zu schaffen. Viel interessanter fände ich ja, zu wissen, wann du sie recherchiert hast?«

»Während du im Gespräch warst.«

»Wolltest du nicht an deiner Hausarbeit schreiben?«

Blair lehnte sich erst weit nach hinten und fiel dann wie eine leblose Puppe nach vorne auf ihren Schreibtisch. »Die ist so langweilig, dass ich mich nicht darauf konzentrieren kann.«

»Das hast du bei der letzten auch gesagt.«

»Weil sie alle langweilig sind, Winnie Pooh. Sie sind alle sterbenslangweilig, und jede einzelne Person, die dort unterrichtet, scheint ehrlich zu finden, dass das, was sie erzählt, schlau und wissenswert ist«, grummelte sie. »Nichts davon ist interessant. Die Hälfte der Dinge, von denen sie großspurig erzählen, habe ich in den Vorlesungen im letzten Semester schon gelesen, weil die genauso langweilig waren.«

Dass es den meisten anderen Studierenden nicht so ging, sagte ich lieber nicht. Blair verstand nicht immer, dass ihre Langeweile nicht bedeutete, dass andere sie auch empfanden.

»Und das hier ist spannender?« Ich zog meinen Rucksack zu mir und nahm meinen Geldbeutel vom Tisch, um ihn darin zu verstauen. Ich hatte nicht allzu viel Zeit, bis ich zur Arbeit musste, und bereitete lieber schon alles vor, als mich nachher hetzen zu müssen.

»Um Längen. Weil, wenn sie sich dafür entscheidet, dir als Sponsorin Geld zu geben, heißt das, du hast einen indirekten Kontakt in die High Society, und Winnie, wenn du den hast, dann habe ich den um zwei Ecken auch, und wenn wir dann auf eine Gala eingeladen werden und ich eine Person treffe, die sich unsterblich in mich verliebt, werde ich nie wieder einen Finger rühren müssen und hab für den Rest meines Lebens ausgesorgt.«

»Und das würde dir weniger Langeweile bereiten?«

Sie verdrehte die Augen. »Kannst du dir vorstellen, dass irgendwer in diesem Kreis jemals Langeweile hat? In Gossip Girl gab es keine langweilige Minute.«

»Weil *das* das Recherchematerial ist, das du auf jeden Fall benutzen solltest.«

»Eben. Ich heiße sogar wie die Protagonistin. Wie sehr muss das Universum noch mit dem Zaunpfahl winken?«

»Das ist ein Totschlagargument, gegen das ich nichts einwenden kann.«

Blair grinste zufrieden, dann wurde sie ernst. »Ich glaube nicht, dass jemand von deinem Projekt und deiner Liebe dafür hören könnte und nicht zumindest in Betracht ziehen würde, dir all sein Hab und Gut zu vermachen. Ich weiß, dass ich es tun würde.«

Wie gern ich sie jetzt umarmen möchte. »Danke, Blair.«

Sie zwinkerte mir zu. Im nächsten Moment hörte ich, wie die Wohnungstür aufging. Ich wartete auf das fröhliche »Hallo«, das Sasha normalerweise rief, wenn sie wusste, dass ich zu

Hause war. Stattdessen knallte die Tür zu und etwas fiel zu Boden. Blair schaute so verwirrt, wie ich mich fühlte.

»Klingt Sasha so, wenn sie schlechte Laune hat?«

Ich schüttelte den Kopf, stellte mein Mikro stumm und warf einen Blick in den Flur.

Jo stand dort. Sasha auf ihrem Rücken. An ihrem Bein lehnte ein Rucksack, und hätte ich das Lila nicht ohnehin erkannt, wären die Buttons daran ein todsicherer Hinweis gewesen, dass er meiner kleinen Schwester gehörte.

Es dauerte zwei Sekunden, bis ich verstand, was ich sah. *Jo trug Sasha auf dem Rücken.* Sasha hatte die Augen geschlossen und war hochrot. Sie wirkte leblos, und mein Herz sprang fast aus meiner Brust, als ich auf die beiden zuging, die Hände vor mir ausgestreckt, weil ich Sasha instinktiv nach Wunden abtasten wollte, die ich nicht sah. Weil ich sie von Jos Rücken nehmen und sichergehen wollte, dass ihr nichts fehlte, da die andere Option eine Panik in mir ausbrechen ließ, die mir den Boden unter den Füßen wegriss.

»Sie hat Fieber«, sagte Jo, als ich unsicher vor ihnen stehen blieb. »Seit heute Morgen schon?«

Die stumme Frage, die mitschwang – ob ich bemerkt hatte, dass es ihr schlecht ging – beantwortete ich mit einem Kopfschütteln. Ich stieß die Tür zu Sashas Zimmer auf und bedeutete Jo, sie reinzubringen und auf dem Bett abzulegen.

»Ist sie einfach ohnmächtig geworden?«

»Auf dem Weg zur zweiten Vorlesung, ja.«

Ich legte meine Hand an Sashas Stirn. Sie glühte regelrecht, verzog aber unter meiner kühlen Hand das Gesicht. Ihre Lider flatterten, und sie öffnete blinzelnd die Augen. Als sie mich sah, hob sie einen ihrer Mundwinkel an.

»Lange nicht mehr krank gewesen«, krächzte sie.

»Fast sechs Monate«, sagte ich. »Das muss ein Rekord sein.«

Meine Angst legte sich etwas, als ich sie sprechen hörte. Die Info, dass nichts Schlimmes passiert war, brauchte allerdings etwas, bis sie mein hämmerndes Herz erreichte.

Sie nickte und wickelte sich in ihre Decke ein. »Haben wir noch Kopfschmerztabletten da?«

»Ich guck sofort«, sagte ich. Jo stand ein paar Schritte entfernt in der Tür, und ich schob mich an ihr vorbei, suchte den Badezimmerschrank voller Medikamente ab und brachte die Tabletten dann samt einem Glas Wasser zu Sasha.

»Der Hustensaft, den du sonst immer nimmst, ist leer. Ich geh kurz zur Apotheke und …« Aus den Augenwinkeln sah ich die Anzeige der Uhr auf Sashas Nachttisch, und ich spielte mit dem Gedanken die Schicht im Café abzusagen.

»Was ist?«, fragte Sasha.

»Ah nichts, ich muss nur ab vierzehn Uhr arbeiten und hab überlegt, ob ich mich lieber krankmelde, um zu Hause zu bleiben.«

Sasha war blass und etwas grün um die Nase und schaffte es trotzdem, die Augen zu verdrehen, als wäre sie putzmunter. »Quatsch. Geh zur Arbeit. Ich bin kein Kind mehr, ich komm auch ein paar Stunden allein klar.«

Rein rational wusste ich, dass sie recht hatte. Es war keine große Sache. Eine Erkältung, ein bisschen Fieber; damit kam sie selbst klar. Aber ich hörte die Stimme unserer Mutter – was ich mir dabei dachte, Sasha allein zu lassen, während sie krank und Mom arbeiten war. Dass ich doch genau wusste, dass ihre Erkältungen nicht immer einfache Erkältungen blieben.

Wenn man etwas immer wieder hörte, fing man irgendwann an, es zu glauben. Ich konnte Moms Sorgen schwer von meinen eigenen unterscheiden, weil sie in meinem Kopf angefangen hatten, mit der Zeit ähnlich zu klingen.

»Außerdem ist Jo da«, fügte Sasha hinzu und rief mir Jos Anwesenheit damit wieder in Erinnerung. Sie hatte die ganze Zeit keinen Ton gesagt und war dadurch in den Hintergrund gerückt. Und auch als ich mich jetzt zu ihr umdrehte, machte sie keine Anstalten, sich aus dem Türrahmen fortzubewegen oder etwas zu sagen. Ihre Stirn war allerdings leicht gerunzelt, als machte sie sich ehrlich Sorgen um Sasha.

Beruhigte es mich, dass sie hier war? Ja und nein. Es beruhigte die Sorge, Sasha allein zu lassen. Aber zwischen unserer kurzen Busfahrt zusammen und der Vorbereitung auf das Gespräch mit Elizabeth heute hatte ich noch keinen ruhigen Moment gefunden, um darüber nachzudenken, welche Gefühle Jo in mir auslöste.

Ich dachte mehr über sie nach, als mir lieb war, so viel war klar.

»Die Apotheke ist nur ein paar Straßen entfernt, oder?«, fragte Jo.

Ich nickte.

»Ich kann es holen gehen. Schreib mir auf, was ihr braucht.«

»Nein, du musst nicht … Ich kann eine Schicht …«

»Mein Gott«, murmelte Sasha hinter mir. »Ihr tut so, als würde ich sterben, wenn ich jetzt nicht sofort Hustensaft bekomme.«

Jo schmunzelte leicht.

Ich stand weiter unschlüssig im Raum, bis Sasha ein Kissen nach mir warf. Es prallte an meinem Bein ab. »Geh dich für die Arbeit fertig machen, los.«

»Ist ja schon gut.« Mein Arm streifte beim Verlassen des Zimmers Jos. Das Kribbeln schoss bis hoch in meinen Nacken, wo es sich penetrant festsetzte und die Erinnerung an gestern heraufbeschwor. *Ich hatte nie vor, sie nach einem Date zu fragen. Psscht. Gib Ruhe, Hirn.*

Ich floh in mein Zimmer, aber weil ich meinen Rucksack vorhin bereits gepackt und Blair sich in der Zwischenzeit abgemeldet hatte, um zu ihrer Vorlesung zu gehen, hatte ich nicht mehr zu tun, als den Computer runterzufahren und dann auf der Kante meines Betts zu sitzen, bis ich losmusste.

Ich warf mir meinen Rucksack über. Jo stand im Flur, direkt gegenüber von Sashas Zimmertür. Sie betrachtete die gerahmten Bilder an der weißen Wand, die ein wilder Mix von Sasha und mir aus allen möglichen Stadien unseres Lebens waren. Als wir hier eingezogen waren, hatte sie darauf bestanden, eine Bilderwand nur uns zu widmen, und ich hatte nicht widersprochen, weil Sasha mehr als meine Schwester war, mehr als meine beste Freundin. Sie war meine Seelenverwandte, mit der ich seit meiner Kindheit zusammen sein durfte, und jedes Mal, wenn ich nach Hause kam, müde und erschöpft, und diese Bilder an der Wand sah, erfüllte es mich mit einem Gefühl von Heimat, von »hier gehöre ich hin«, das ich nirgends sonst empfand.

Es war schwer zu sagen, was ihr dabei durch den Kopf ging, als sie das Foto von Sashas mit Schokoladeneis verschmierten Mund sah und mein Zahnlücken-Grinsen daneben. Oder unseren ersten gemeinsamen Urlaub, Anfang letzten Jahres in Vancouver. Sie hatte unbedingt ein Foto im Queen Elizabeth Park machen wollen, inmitten der blühenden Kirschbäume.

Ich blieb neben Jo stehen. Mir fiel auf, wie dicht ihre Wimpern waren. Der Schwung ihrer Nase und die vier Löcher an ihrem Ohr. Trug sie normalerweise Ohrringe? Piercings? Egal wie sehr ich meine Erinnerungen durchforstete, ich fand kein Bild, in dem sie mir aufgefallen wären.

Und warum hatte ich das Gefühl, nicht eher zur Arbeit gehen zu können, bevor ich die Antwort darauf bekam?

»Seid es nur ihr zwei?«, fragte Jo.

»Und unsere Mom.« *Und unser Vater, aber das ist komplizier-*

ter. »Sasha telefoniert ständig mit ihr und …« Ich räusperte mich. Warum hatte ich das Bedürfnis, ihr davon zu erzählen? Jo erwiderte nichts. Vermutlich reichte ihr die Aussage – aber ich stellte erschrocken fest, dass ich trotzdem auf Nachfragen von ihr wartete.

»Was ist mit deiner Familie? Seht ihr euch oft?«

Sie nickte, und mir brannte die nächste Frage bereits auf der Zunge, aber sie kam mir zuvor. »Sasha hat gefragt, ob ich hierbleibe, bis du wiederkommst. Wenn es dir nichts ausmacht.«

Ich spielte unsicher mit der Schlaufe meines Rucksacks. Starrte Sashas Zimmertür an.

Hatte Sasha sie gebeten, hierzubleiben, weil sie trotz ihrer Aussagen nicht gänzlich allein sein wollte? Ob sie jedes Mal, wenn sie krank war, an die vielen Wochen im Krankenhaus dachte, so wie ich es tat? Ich hatte sie nie gefragt, was in der Zeit in ihr vorgegangen war.

Nicht nur das – sie fühlte sich wohl in Jos Nähe. Je öfter ich mich mit Jo unterhielt, je öfter ich auf sie traf, desto mehr konnte ich es nachvollziehen. Sie trug zwei Regenschirme mit sich herum, sie aß eine schreckliche Suppe, ohne mit der Wimper zu zucken, sie bot an, bei Sasha zu bleiben, obwohl sie direkt nebenan wohnte.

Vielleicht war ich nicht ganz fair zu Jo, gestand ich mir ein. Ich hatte ihr nie die Chance gegeben, meinen ersten Eindruck zu überschreiben. Ich hatte *mir* nie die Chance gegeben, mich in die Empfindungen zu lehnen, die sie hin und wieder in mir auslöste. Bis jetzt.

»Es macht mir nichts aus«, sagte ich. »Danke.«

Jo erwiderte mein Lächeln. Es war anders als das, das ich bisher von ihr zu sehen bekommen hatte. Ganz anders als das, das sie in Sashas Nähe trug. Ein Zucken ihrer Mundwinkel, so klein, dass der Rest ihres Gesichts davon unberührt blieb.

Es gefiel mir besser.

»Dann sehen wir uns nachher, Winnie«, sagte sie, und *oh*, das Gefühl in meinem Bauch, als sie meinen Namen aussprach. Warm. Kribbelnd. Ich starrte sie an, sie starrte zurück, und es brauchte einige Sekunden, bis ich mir mental in den Hintern trat und mich abwandte.

»Fühl dich wie zu Hause«, sagte ich. »Der Kühlschrank ist voll, falls du Hunger hast. Getränke stehen in dem Schrank daneben. Im Wohnzimmer stehen Bücher, in meinem Zimmer auch, je nachdem, worauf du Lust hast.«

»Ich wohne direkt nebenan.«

»Stimmt.«

Ich sah noch mal nach Sasha, die mich mit einem großen Gähnen und einem noch größeren Hustenanfall verabschiedete. Auf dem Weg nach draußen schaute ich mich immer wieder um. Um sicherzugehen, dass es Sasha gut ging, redete ich mir ein. In Wahrheit wollte ich noch einen letzten Blick auf rote Haare und goldene Augen erhaschen.

Ich schüttelte den Kopf, vertrieb den Gedanken und verschwand aus der Tür. Ich erwischte den Bus knapp und setzte meine Kopfhörer ein, nachdem ich einen Platz gefunden hatte. Leise Musik sollte mich ablenken, aber alles was sie tat, war ein Hintergrundrauschen auf meine Sorgen zu legen, die meine Nerven mehr an- als entspannten.

Auf der Arbeit fühlte ich mich unruhig und fahrig. Ich fragte mich, wie es Sasha ging, ich dachte an Jo, an das Gespräch mit Elizabeth, an Leo, die sich heute wieder krankgemeldet hatte. Es passierte in letzter Zeit so viel auf einmal, und als ich Stunden später wieder auf dem Weg nach Hause war, schlief ich vor lauter Müdigkeit für ein paar Minuten im Bus ein.

Bereits aus der Ferne sah ich das Licht in Sashas Zimmer

leuchten. Auf meinem Weg nach oben nahm ich zwei Stufen auf einmal und hatte die Tür kaum auf, als ich Sashas Stimme hörte. Sie saß an das Kopfteil ihres Betts gelehnt, die Decke bis zum Kinn hochgezogen, und unterhielt sich mit Jo. Ihre Haare waren durcheinander, und sie hatte eine rote Nase, aber sie sah besser aus als heute Vormittag.

»Hey, Winnie«, begrüßte sie mich mit nasaler Stimme. Sie schniefte laut in ihr Taschentuch und verzog das Gesicht dabei.

»Du klingst nicht gut.«

»No shit, Sherlock.« Sie lachte und hustete und griff zu dem Wasserglas auf ihrem Nachttisch, neben dem ungefähr fünf unterschiedliche Hustensäfte standen. »Aber Jo ist die beste Krankenschwester, die man sich wünschen kann. Sie hat mir sogar Porridge gebracht.«

Jo saß auf Sashas Schreibtischstuhl, die Beine überschlagen, und hatte einen Arm auf der Tischplatte abgelegt. Zwischen den Fingern hielt sie Sashas Lieblingsstift – einen schwarzen, an dessen Kappe zwei winzige Ohren und ein Katzengesicht waren – und drehte ihn hin und her.

»Porridge?«

»Ja, hast du gewusst, dass wir so einen Laden direkt um die Ecke haben? Ich muss dort auf dem Weg zur Bahn ständig vorbei und hab es nicht gesehen.«

Mich wunderte es gar nicht. Sasha tendierte dazu, mit Scheuklappen durch die Gegend zu laufen, wenn sie ein Ziel vor Augen hatte. Ich wünschte mir nicht selten, meine Sinne auf die gleiche Weise abschwächen zu können.

Sie wollte noch einen Schluck Wasser trinken, bemerkte, dass ihr Glas leer war und warf mir einen bittenden Blick zu. Ich nahm es ihr ab und füllte es in der Küche auf. Sie trank es wie eine Verdurstende zur Hälfte leer und stellte es zurück auf den Nachttisch. Na ja. *Wollte* es zurück auf den Nachttisch stellen. Sie verfehlte ihn um mehrere Zentimeter und ein Scheppern hallte durch die Luft, als es auf dem Fußboden aufkam und in hundert Teile zersprang.

»... ups.«

»Bleib liegen«, sagte ich, bevor sie auf die Idee kommen konnte, ihre Decke von sich zu werfen und es selbst zu tun. Ich holte ein Geschirrtuch aus der Küche, in dem ich die Scherben sammelte, und zuckte zusammen, als ich eine falsch anfasste und ein kurzer, scharfer Schmerz durch meinen Finger fuhr.

»Ihh, Winnie«, sagte Sasha, nachdem ich das letzte Stück in das Geschirrtuch gelegt hatte und aufstand. »Du blutest meinen Boden voll.«

»Guck nicht hin, ich wisch es gleich weg.« Sie war nach einer Blutentnahme im Krankenhaus mal ohnmächtig geworden und konnte seitdem kein Blut sehen.

Ich brachte die Scherben weg, klebte ein Pflaster auf die kleine Wunde an meinem Finger, die schon wieder aufgehört hatte zu bluten, und nahm auf dem Rückweg einen Lappen mit, mit dem ich das Blut vom Boden aufwischte.

Sasha tippte auf meinen Scheitel, flüsterte ein fragendes »Winnie?« und nickte dann in Jos Richtung.

Sie starrte auf die Stelle neben Sashas Bett, wo ich gerade geputzt hatte. Hielt den schwarzen Stift fest umklammert. Ihr Knöchel trat weiß hervor.

»Jo?«, fragte ich. »Alles okay?«

Sie reagierte nicht sofort, sah mich nicht mal an, und Sasha beugte sich besorgt in ihrem Bett nach vorn. »Kannst du auch kein Blut sehen? Keine Sorge, es ist schon weg. War nie da.«

Jo wirkte angespannt. Als hätte sie Schmerzen. Sie öffnete den Mund, und ich hörte ein »Nein, ich ...«, aber statt mehr zu sagen, statt den Satz zu beenden, legte sie den Stift ab. Betont langsam. Er kam mit einem leisen Klacken auf der Tischplatte auf. Der Stuhl knarzte, als sie aufstand. Sie ging auf die Tür zu, wurde auf der Höhe des Betts langsamer.

Sie ballte die Hände zu Fäusten.

Ihre Kiefermuskeln arbeiteten.

Dann lief sie weiter. Die Wohnungstür fiel hinter ihr zu.

»Ähm«, machte Sasha.

»Vielleicht hat sie etwas vergessen«, sagte ich. Obwohl ihr Verhalten ein ungutes Gefühl in meinem Magen hinterließ. Ich wusste nur nicht *weshalb*.

»Ich hoffe, ihr wird nicht auch schwindelig, wenn sie Blut sieht.«

»Bestimmt nicht«, beruhigte ich Sasha. »Und falls doch, wohnt sie direkt nebenan und kann sich sofort hinlegen, bis es besser wird. Ist dir auch schwindelig?«

Sasha schüttelte den Kopf. Grinste. »Vielleicht wachse ich langsam aus der Panik raus.«

»Darüber reden wir noch mal, wenn du dich das nächste Mal beim Kochen in den Finger schneidest und ich die Wunde verbinden muss.«

Sie verzog das Gesicht. »Das ist was anderes.«

»Natürlich.«

Ich brachte Sasha ein neues, volles Wasserglas und fragte sie, ob sie Gesellschaft wollte, aber sie schüttelte nur den Kopf, rutschte in ihrem Bett nach unten, bis sie sich normal hinlegen konnte, und schloss die Augen.

»Ich ruh mich aus, damit ich am Samstag mit ins Museum kann.«

»Du kannst auch nächste Woche erst wieder mitkommen. Die Museen laufen ja nicht weg.«

Sasha grummelte leise, bereits halb am Schlafen. »'st Tradition.«

Ich lachte. Verließ ihr Zimmer, die Tür angelehnt, damit ich sie hörte, falls sie etwas von mir brauchte. Im Kühlschrank fand ich einen Rest Porridge, den ich mir als Abendessen warm machte und mit in mein Zimmer nahm. Während ich am Schreibtisch saß und das Porridge löffelte, starrte ich auf meine Monitore und ließ mir das Gespräch mit der potenziellen Sponsorin von heute Vormittag durch den Kopf gehen. Morgen würde ich mich wieder mit meinem Vater treffen, und ich hatte keine Ahnung, was ich ihm erzählen sollte, falls er mich fragte, wie es gelaufen war. Ich checkte meine Mails und überprüfte, ob Elizabeth mir in der Zwischenzeit geschrieben hatte, aber mein Postfach war nach wie vor leer, und ich ... enttäuscht. Ich bemühte mich sehr, mir einzureden, dass ich ihre Unterstützung nicht brauchte. So tat eine Enttäuschung weniger weh.

Es war schwer, wenn ich daran dachte, dass das Geld, das ich von ihr bekommen würde, mir die Möglichkeit geben würde, mein Projekt genauso umsetzen zu können, wie ich es mir vorstellte. Ohne Kompromisse. Ohne ein mieses Design, das Leute abschreckte, bevor sie überhaupt erfuhren, wofür die App existierte.

Ich rieb mir über die Stirn, spielte mit dem Gedanken, Blair anzurufen. Aber ein Geräusch lenkte mich ab. In der Stille meines Zimmers war das Klimpern draußen leicht zu hören. Etwas war gegen das metallene Geländer geschlagen, und ich hatte eine vage Vermutung, was es sein konnte.

Ich schnappte mir die Kuscheldecke von der Lehne meines Stuhls, öffnete das Fenster und musste mich nicht mal nach draußen lehnen, um Jo nebenan auf ihrem winzigen Balkon stehen zu sehen. Die Ellenbogen stützte sie auf dem Geländer ab, und sie hielt ein Trinkpäckchen, aus dem sie große Schlucke nahm.

»Was musstest du diesmal gießen?«, fragte ich, als ich nach

draußen kletterte. Selbst eingewickelt in die Decke fröstelte ich. Die Temperaturen waren in den letzten Nächten in den Bereich der zweistelligen Minusgrade gesunken. Keine Ahnung, wie Jo es mit ihrem weißen langärmligen Shirt schaffte, nicht innerhalb von Sekunden zu Eis zu erstarren.

Sie hatte mich nicht angeschaut, als ich das Fenster geöffnet hatte.

Nicht, als ich sie ansprach.

Jetzt auch nicht.

Ich folgte ihrer Blickrichtung, aber sie ging ins Leere. Hätte ich nicht gesehen, wie sich ihre Schultern unter dem eng anliegenden Shirt anspannten, wäre ich davon ausgegangen, dass sie mich nicht mal wahrgenommen hatte.

Als sie nichts sagte, lehnte ich mich ebenfalls an das Geländer. Ich tat, als hätte ich etwas Interessantes entdeckt, beugte mich nach vorn, nach hinten und behielt Jo aus den Augenwinkeln im Blick. Sie trank währenddessen ihren Saft weiter. Das Päckchen war grün und weiß, und seitlich stand etwas geschrieben, das ich nicht lesen konnte. Ein Besuch beim Augenarzt war überfällig.

»Was für Saft trinkst du?«, fragte ich, weil mich ihre Stille ärgerte. Als wäre ich auf einmal nur Luft.

Sie trank das Päckchen leer, zerknüllte es in ihrer Hand und richtete sich auf. Ich war mir sicher, dass sie einfach gehen würde, und schon drauf und dran, mich zu beschweren, als sie sich mir zuwandte, die Arme vor der Brust verschränkt. Und auf einmal war ihre Aufmerksamkeit kaum auszuhalten.

Ich wollte weggucken. Ich wollte nicht weggucken. Ich wollte in mein Zimmer flüchten. Ich wollte hier stehen bleiben und jedes Detail, das Jo ausmachte, auswendig lernen.

Sie atmete aus. Langsam und lange, fast schon in einem Seufzen.

»Erdbeere.«
»Erdbeere?«
Sie zeigte mir das Päckchen in ihrer Hand. Ich tat einen Schritt in ihre Richtung. *Erdbeersaft* stand mit dick gedruckten Lettern auf der Vorderseite.
Ich verzog das Gesicht. »Du trinkst Erdbeersaft?«
Sie hob eine Schulter an.
»Ich würde Erdbeersaft nicht kaufen, selbst wenn es im Supermarkt keinen anderen mehr gibt – und das trotz meiner ausgeprägten Saftsucht.«
Jo schmunzelte.
»Also?«, hakte ich nach, als es nicht den Anschein machte, dass sie mehr sagen würde. »Warum bist du aus unserer Wohnung geflohen?«
»Ich bin nicht geflohen.«
»Du bist nicht gut darin, Ausreden zu finden, oder?«, fragte ich. »Nach dem Essen auch. ›Meinen Herd gießen.‹«
Wollte ich sie mit meiner Imitation etwas ärgern? Vielleicht. Von allein gab Jo nur wenig von sich preis, und ich stand hier und griff nach jedem Strohhalm, der sich mir bot, um doch etwas Neues zu lernen.
»Das war keine …« Sie seufzte, als ihr auffiel, wie wenig Sinn es machen würde, das Gegenteil zu behaupten. »Ich mag es nicht zu lügen. Meistens führt es nur zu Problemen.«
Und was sollte ich darauf bitte erwidern? Sie hatte recht, und obwohl ich es wusste, sagte ich Sasha trotzdem nichts von meinem Treffen mit unserem Vater.
Sie hatte damit nicht einmal mich gemeint, und dennoch kam in mir das drängende Bedürfnis hoch, mich zu verteidigen. Aber wie sollte ich es Jo erklären, wenn ihr das gesamte Hintergrundwissen fehlte, um zu verstehen, weshalb ich tat, was ich tat? Die Tage, an denen ich nach Hause gekommen

war und Mom und Sasha lachend in der Küche vorgefunden hatte, wo aber kein Platz mehr für mich gewesen war, weil drei Leute in dem kleinen Raum einer zu viel waren. Die Nachmittage, an denen ich mit Sasha hatte lernen müssen, weil sie nach den ganzen Krankenhausaufenthalten hinterherhing und Mom keine Zeit hatte, aber wir sie ja nicht einfach »hängen lassen konnten«. Die gleichen Nachmittage, an denen sich meine Hausaufgaben aufgestaut hatten, weil Sasha immer Vorrang hatte, und ich, wenn ich endlich dazu kam, sie abzuarbeiten, keine Ahnung hatte, wen ich bei Problemen fragen sollte.

Selbst wenn Jo es gewusst hätte, war ich mir nicht sicher, ob sie es verstehen würde. Nicht nur das. Mir fiel auf, dass ich nicht wollte, dass sie einen schlechten Eindruck von mir bekam.

»Ja«, war schließlich alles, was ich sagte.

Jo hingegen ... Sie schien mit meiner Aussage nicht zufrieden zu sein. Ich wollte sie fragen, was ihr durch den Kopf ging, traute mich aber nicht.

»Ich komm immer hier raus, wenn ich nachdenken möchte«, wechselte ich das Thema. »Außer, irgendwelche Leute im Haus feiern mal wieder.«

»Und wenn sie feiern? Wohin gehst du dann zum Nachdenken?«

Ich deutete nach oben. »Aufs Dach.«

Jo legte den Kopf in den Nacken, als könnte sie es von hier aus sehen. »Und da ist die Musik nicht zu hören?«

»Doch. Aber man kommt nur mit einem Schlüssel hoch, also muss ich nicht noch zusätzlich Angst haben, dass jemand die Feuertreppe runtergelaufen kommt und mich beim Nachdenken stört.«

»Du hast einen Schlüssel?«

Ich grinste. »Es lohnt sich, sich mit der Vermieterin anzufreunden.«

»Auf dem Dach lässt es sich besser nachdenken als in deinem eigenen Zimmer?«

»In meinem Zimmer ist alles voller Meinungen.«

Ich sah nach drinnen. Meine dunkelblaue Bettwäsche, der Klamottenberg. Die Fotos und Erinnerungsstücke an den Wänden und auf meinem Schreibtisch. Alles hatte seinen Platz, so unordentlich es auch wirken mochte. Und weil alles seinen Platz hatte, gab es keinen Raum für neue Dinge, geschweige denn neue Gedanken.

Ich drehte meinem Zimmer den Rücken zu. Atmete überrascht ein. Jo. Direkt vor mir. Sie hatte sich leicht nach vorn gelehnt, um ebenfalls einen Blick in mein Zimmer werfen zu können. Ich fragte mich, was sie sah. Wie es für sie aussah. Spürte sie es auch? Dieses heiße, kribbelnde Gefühl im Bauch?

Der Wind wehte, und mir stieg wieder dieser Geruch in die Nase, der süß und ein wenig metallisch war und ein Parfüm sein konnte oder ein Shampoo oder einfach nur Jo. Er fachte das Kribbeln in meinem Bauch an, sorgte für ein trockenes Gefühl in meinem Hals und die Frage in meinem Kopf, wie viel mehr Jos rote Haare auf meiner dunklen Bettwäsche leuchten würden.

Sie löste den Blick von dem Ausschnitt meines Zimmers ... Für einen Moment ließ sie ihn an meinen Lippen verweilen. Ich hätte schwören können, zu sehen, wie ihre Augen sich weiteten. Der Drang, mich über das Geländer zu beugen, war riesig.

Stattdessen klammerte ich mich an dem kalten Metall fest. Wartete ab, was sie tat. Als sie den Kopf neigte, machte mein Herz einen Satz. Eine Gänsehaut breitete sich auf meinem Körper aus. *Ich will sie küssen*, schoss es durch meinen Kopf. *Ich will wissen, wie es aussieht, wenn sie ihre Emotionen nicht unter Verschluss halten kann. Ich will wissen, welche Seiten von ihr ich noch nicht kenne.*

Sie waren unerwartet. Die Gefühle, die mich überkamen. Die Erinnerung an die Nacht, in der ich sie vor dem Haus gesehen hatte, verblasste immer weiter. Stattdessen war dort die stumme Hoffnung, dass sie meinen Wunsch hörte und sich weiter über das Geländer lehnte.

Sie senkte ihre Lider. Ihre Lippen waren leicht geöffnet, ihre Zunge fuhr über ihre Unterlippe, mein Herz schlug mir bis zum Hals, und ich fragte mich, wie sehr man etwas wollen konnte, bevor man darin verging, bevor jede Sekunde, in der es nicht passierte – in der wir uns nicht küssten –, sich anfühlte wie eine Qual.

Und dann ... unterbrach Sashas Stimme den Moment. Leise und rau, aber ich hörte sie, und egal, wie sehr ich es mir gerade wünschte, ich konnte sie nicht ignorieren.

Ich drückte mich vom Geländer weg. Von Jo. Tat genau das Gegenteil von dem, was mein Körper von mir verlangte. Ich lief zum Fenster und stieg in mein Zimmer.

»Winnie?«

Ich hielt inne. Jo hatte sich nicht von der Stelle gerührt. Ihre Hand lag auf dem Geländer. Dort, wo ich mich vor Sekunden noch festgeklammert hatte. Ihr Blick war eindringlich.

»Gute Nacht.«

Ich erwiderte nichts. Selbst wenn ich gewollt hätte, ich wusste nicht was. Jo wartete auch nicht darauf. Sie verließ den Balkon, ging zurück in ihre Wohnung. Und ließ mich mit dreihundert Fragen zurück.

9

Es war später Nachmittag, und ich war auf dem Weg nach Manhattan, als die Nachricht kam.

Sasha ist krank, stand da. Warum hast du mir nichts erzählt?

Ich brauchte mir den Absender nicht mal anzugucken um zu wissen, dass sie von Mom war. Unsere Unterhaltung war nicht nur spärlich, sie war außerhalb vom Sasha-Universum kaum existent. Wenn ich einige Sekunden nach oben scrollte, fand ich höchstens ein »Danke!« auf mein »Gute Fahrt!«, das ich ihr geschrieben hatte, als sie ein paar Tage nach unserem Umzug zurück nach Philly gefahren war.

Weil es nur eine Erkältung ist, schrieb ich. Wie sie sie nicht zum ersten Mal hat.

Du hättest mir trotzdem davon erzählen können. Du hast gesagt, du passt auf sie auf, antwortete sie.

Meine Finger schlossen sich fester um mein Handy. Ich sah aus dem Fenster der Bahn und wünschte, es wäre offen, damit ich es einfach nach draußen werfen konnte. Die Sonne stand tief und blendete mich, die Bahn ruckelte hin und her, und ich saß an die Metallstreben am Ende der Bank gequetscht, weil die Frau neben mir so nah war, dass sie auch einfach auf meinem Schoß hätte sitzen können. Einer der tausend Gründe, weshalb ich es normalerweise vorzog, mit dem Bus zu fahren – wenn ich den nicht, wie heute, verpasste.

Ich hatte versucht, sie mit einem aussagekräftigen Blick auf die freie Bank gegenüber aufmerksam zu machen. Entweder hatte sie es nicht wahrgenommen oder sie wollte es nicht wahrnehmen. Egal, welche der beiden Optionen es war, mein Geduldsfaden war kurz davor zu reißen.

Die Nachrichten, die mein Handy im Sekundentakt vibrieren ließen, machten es nicht besser. Der Nothammer wirkte immer attraktiver. Wenn ich die Scheibe zerbrach und mich selbst aus dem Fenster warf, hatte ich zumindest eine gute Ausrede, weshalb ich ihr nicht geantwortet hatte. Aber die Bahn hielt, die Frau stieg aus, und ich konnte endlich durchatmen und mich den Textnachrichten meiner Mom widmen.

Mom: Ich habe gerade mit ihr telefoniert. Sie klingt nicht gut.
Mom: Habt ihr Aspirin da?
Mom: Sasha sagte, du bist nicht zu Hause. Musst du schon wieder arbeiten?
Mom: Meinst du, Sasha sollte allein sein, wenn sie sich so mies fühlt? Du weißt doch, dass sie immer tut, als wäre es nicht allzu schlimm.
Mom: Ich habe bei Google gesehen, dass es bei euch in der Nähe eine Apotheke gibt. Da kannst du auf dem Rückweg Medikamente holen.

»Oh mein Gott«, murmelte ich. Am liebsten hätte ich ihre Nummer blockiert. Aber ich wusste, dass sie dann dazu übergehen würde, Sasha zu terrorisieren. Wenn auch nicht auf die gleiche Weise, wie sie es bei mir tat.

Ich: Sasha geht es gut. Sie hat alles, was sie braucht. Ich muss arbeiten, melde mich später.

Ich schaltete den Chat stumm, um nicht tausend Benachrichtigungen zu bekommen. Drückte das schlechte Gewissen weg, das mir sagen wollte, dass sie sich nur Sorgen machte, sie nur sichergehen wollte, dass es ihrer Tochter gut ging, die bekannt dafür war, dass es ihr, na ja ... nicht gut ging.

Es war erdrückend auf eine Weise, die ich nur empfand, wenn Mom mich mit dieser Art Nachrichten überschüttete. Am liebsten hätte ich ihr gesagt, dass sie sich keine Sorgen machen musste – immerhin lebten wir mitten in New York. Im Notfall konnte Sasha sich eine neue Packung Aspirin bis an die Wohnungstür liefern lassen.

Trotzdem erwischte ich mich dabei, wie ich ihr schrieb. Sasha. Ist alles okay?, tippte ich, bevor ich mich davon abhalten konnte.

Witcher ist langweilig, kam ihre Antwort. Ich such mir eine andere Serie.

Ich schnaubte. Natürlich. Wenn überhaupt, genoss Sasha es, mal nichts für die Uni tun zu müssen.

Beruhigt steckte ich mein Handy ein und stieg an der übernächsten Haltestelle aus. Dad hatte diesmal ein anderes Café ausgesucht. »Eins ohne Oliven«, hatte er feierlich verkündet.

Es war rustikaler als das letzte. Mit Backsteinwänden und Regalen und Tischen aus schwarzem Metall und dunklem Holz. Die Stühle brachen den Industrial-Stil mit ihren rot gemusterten Polsterungen etwas, fügten sich aber trotzdem gut in das Bild ein.

Mein Blick schweifte durch den Raum, über den bunten Mix aus alten und jungen Leuten, bis ich meinen Vater in der hintersten Ecke in seinem Handy versunken fand. Er legte es mit dem Display nach unten neben sich ab, als er mich auf sich zukommen sah, und lächelte. Moms Nachrichten rückten in den Hintergrund.

»Ich hab mich noch nicht getraut, etwas zu bestellen«, begrüßte er mich.

Ich hängte meine Jacke über die Stuhllehne und setzte mich ihm gegenüber. »Nicht getraut oder noch nicht entscheiden können?«

Er lachte. Nickte. »Autsch. Aber wahr.« Er schob mir die Karte zu und nahm einen Schluck von seinem Wasser. »Vielleicht versuche ich hier auch einen Bagel. Wir könnten uns durch die Cafés in der Stadt probieren und ein Rating mit den besten, am wenigsten olivenlastigen Bagels von New York City machen.«

»So was gibt es bestimmt schon, oder?« Im Internet gab es alles.

»Aber nicht von uns«, sagte er zwinkernd, und schaffte es nur mit beiden Augen, so wie Sasha. Ich lachte in mich hinein.

Wir gaben unsere Bestellung auf – für mich einen hausgemachten Pfirsich-Eistee und einen Breakfast Bagel, für ihn einen Kaffee, schwarz, und einen Pulled Pork Bagel – und redeten dann kaum, bis unsere Getränke kamen. Mein Handy lag auf dem Tisch und leuchtete immer wieder mit Nachrichten von Mom auf. Jedes Mal musste ich ein Seufzen unterdrücken, aber ich legte es nicht weg – für den Fall, dass Sasha etwas von mir brauchte.

Dad nahm einen Schluck von seinem Kaffee und verbrannte sich prompt die Zunge, was er aber gut überspielte, indem er noch mal aus seinem Wasserglas trank.

»Wie war deine Woche?«, fragte er und pustete diesmal in seine Tasse, um seinen Kaffee zu kühlen, bevor er ihn noch mal probierte.

»Zu kurz. Zu lang. Irgendwie beides?«, begann ich und zählte dann die ganzen Dinge auf, die seit unserem letzten Treffen durch meinen Kopf schwirrten. Sashas Erkältung, die neue

Nachbarin. Alles zum Gespräch mit Elizabeth behielt ich noch für mich, weil ich nicht wusste, wie ich »Lief irgendwie nicht so gut, ich glaub, es lag an mir« so formulieren sollte, dass es weniger erbärmlich klang.

Er runzelte die Stirn, als ich auf Leo und ihre vermisste Mitbewohnerin zu sprechen kam. »Wie lange ist das schon her?«

»So knapp zwei Wochen?« Von dem Tag ausgehend, an dem Leo uns im Café das erste Mal davon erzählt hatte.

Er nickte, behielt seine Gedanken aber für sich.

»Weißt du etwas davon?« Ich wusste nicht, ob er darüber überhaupt sprechen durfte, hätte er etwas gewusst, aber die Sorge löste sich so oder so in Luft auf, als er meine Frage verneinte.

»Nicht davon im Speziellen. Sie kann sich legal woanders aufhalten, und wenn sie über achtzehn ist und es keine Anzeichen für ein unfreiwilliges Verschwinden gibt, ist es schwer, viel Aufmerksamkeit auf einen Fall zu lenken.«

»Aber sie suchen doch weiter, oder?« Oder hatten sie Leo vielleicht bereits mitgeteilt, dass sie es nicht mehr taten? Nein – zwei Wochen war viel zu kurz.

Er legte seine Hand in einer beruhigenden Geste auf meine und drückte sie kurz. »Ich kann dir nicht viel sagen, Winnie. Aber mach dir keine Sorgen. Sie werden sie bestimmt finden.«

Er klang überzeugend, aber die Falte zwischen seinen Augenbrauen sprach eine andere Sprache. Die Fragen brannten mir auf der Zunge, aber ich wusste instinktiv, dass weiteres Nachhaken mir nichts bringen würde. Daher suchte ich nach etwas, mit dem ich die Stille füllen konnte, die plötzlich aufkam – und blieb bei dem Termin mit Elizabeth hängen.

»Ich hatte gestern ein Gespräch mit ihr. Mit Elizabeth Wise.«

Dad hatte gerade seinen Bagel zum Mund geführt, aber als ich ihren Namen erwähnte, legte er ihn zurück auf den Teller, ohne davon abgebissen zu haben.

»Hat sie … dir etwas gesagt?«, fragte ich vorsichtig. »Was sie denkt?«

Er schüttelte den Kopf, lehnte sich aber neugierig nach vorne. »Wir haben seitdem nicht miteinander gesprochen. Möchtest du davon erzählen? Wie war es?«

»Sie war großartig. Ich weiß nur nicht, ob sie das auch von mir denkt.«

»Ja, das klingt nach ihr«, erwiderte er. »Elizabeth lässt sich nicht gern in die Karten gucken.«

»Kennt ihr euch schon lange?«

»Wir sind letztes Jahr ins Gespräch gekommen, als ich auf einer ihrer Ausstellungen war«, erklärte er. Er hob seine Tasse an den Mund, merkte, dass er sie bereits leer getrunken hatte, und stellte sie zurück auf den Tisch. »Ich habe nicht viel mit ihr zu tun, aber sie hat auf mich den Eindruck gemacht, als wären solche Projekte etwas, wofür sie sich interessieren könnte.«

»Ja, verstehe«, sagte ich und spürte gleichzeitig, wie gern ich dabei gewesen wäre. Auf wie vielen Ausstellungen, in wie vielen Museen war er in den vergangenen vierzehn Jahren gewesen?

Er interpretierte meine knappe Aussage wohl als Sorge, denn als ich daraufhin in Stille verfiel und lustlos an meinem Bagel knabberte, sagte er: »Sie ist aber nicht die einzige Person, die infrage käme. Ich habe einen Freund in LA, der gern und viel in junge Leute mit Potenzial investiert.«

»Ich …« Aus den Augenwinkeln sah ich, wie mein Handy aufleuchtete – ein Anruf von Mom.

»Möchtest du rangehen?«

»Nein.« Das war das Letzte, was ich wollte. Ich brauchte nicht abnehmen, um zu wissen, dass sie mich weiter über Sasha ausfragen wollte. Wissen wollte, wo ich war, wenn nicht zu Hause.

Dad hob beide Augenbrauen an.

Ich wand mich unter seinem Blick. »Es ist nur ... Also. Sasha hat sich erkältet. Und ruht sich zu Hause aus, was bei ihr ja so viel bedeutet wie dreihundert Serien zu gucken, obwohl sie sich vor lauter Kopfschmerzen und Hustenanfällen nicht mal auf den Inhalt konzentrieren kann.«

»Das muss sie von eurer Mutter haben«, sagte er.

Und ja – er hatte recht. Ich sah Mom in unserem alten Zuhause auf dem Sofa sitzen, mehrere Packungen Taschentücher und eine volle Teekanne auf dem Tisch vor sich. Wenn sie schlimm erkältet war, lebte sie auf dem Sofa, weil sie meinte, dass es zu anstrengend war, immer zwischen dort und dem Bett hin und her zu wechseln. Schließlich war das Sofa bequem genug, um darauf zu schlafen.

Sasha hatte sich oft zu ihr gesetzt. Wenn sie nach der Schule nach Hause gekommen war, hatte sie ihren Rucksack im Eingangsbereich von sich geworfen und es sich neben ihr bequem gemacht. Wenn ich nach Hause gekommen war, war der Zweisitzer dann meist belegt gewesen. Rechts daneben hatte ein Sessel gestanden. Wenn ich es nicht ausgehalten hatte, ihre Gespräche mitzuhören, als wäre ich gar nicht im Raum, war der allerdings auch leer geblieben und ich hatte mich in meinem Zimmer eingeschlossen, um an Hausaufgaben zu arbeiten oder später in der kurzen Zeit, die ich mich an einem Studium probiert hatte, zu lernen.

Es war okay.

Nein, ist es nicht.

Oh, wie hatte ich es gehasst, in meinem Zimmer zu sitzen,

als wäre ich dort drin gefangen. Ein Gefängnis, das ich mir zum Teil selbst gebaut hatte – immerhin hätte ich mich zu ihnen setzen können. Ich hatte immer die Wahl gehabt. Ich hätte versuchen können, in ihre Gespräche mit einzusteigen. Mom ins Krankenhaus zu begleiten, die Serien gemeinsam mit ihnen von meinem Sessel aus zu gucken. Aber ... ich war zu stolz gewesen. Zu verletzt. Und ich hatte zu sehr gehofft, dass irgendwer meine Anwesenheit vermissen und an meiner Tür klopfen würde.

Dad sagte es, als würde er diese Szene genau kennen. Vielleicht tat er es sogar – eine angepasste Version von vor vierzehn Jahren. Ich konnte mich nicht daran erinnern, wie das Haus ausgesehen hatte, in dem wir zusammen mit ihm gelebt hatten. Ob das Sofa größer und in welcher Farbe mein Zimmer gestrichen gewesen war.

Es war wie ein Loch in meinem Gedächtnis. Ich hatte den Schlüssel zu den Erinnerungen verloren.

Mein Handy leuchtete schon wieder auf. Mom. Ich drückte sie weg. Eine Nachricht kam hinterher – Sasha antwortet mir nicht, Winnie. Sieh bitte nach ihr. Dad nahm es wahr, kommentierte es aber nicht. Er aß seinen Bagel und bestellte uns beiden noch jeweils einen Muffin.

»Vielleicht ist es gar nicht verkehrt, dass Sasha erst mal zu Hause ist«, sagte Dad ein paar Minuten später. Er brach den Muffin in mundgerechte Stücke, bevor er ihn aß.

»Warum?«

»Die Sache mit der Mitbewohnerin deiner Kollegin ...« Er zögerte. Haderte mit sich. »In letzter Zeit verschwinden häufiger junge Leute«, sagte er dann. »In Sashas Alter. New York ist groß und dass Leute verschwinden nicht ungewöhnlich. Aber ich hätte weniger Bauchschmerzen, wenn sie zu Hause ist und du ein Auge auf sie haben kannst.«

Pass auf sie auf, Winnie.

Es fiel mir schwer zu nicken. Er hatte es nicht so gemeint wie Mom. Er konnte es gar nicht so meinen. Die Situation war eine völlig andere. Ich war hier, nicht Sasha. Er hatte sie seit vierzehn Jahren nicht gesehen.

Dads Worte, so wenig er es ahnen konnte, trafen einen wunden Punkt. Sie klangen zu vertraut, auch wenn seine Sorge im Gegensatz zu Moms begründet war.

»Du hast gesagt, sie studiert? Art History an der NYU, richtig?«, fragte er.

»Ja, genau. Im zweiten Semester gerade.«

»Und, gefällt es ihr?«

»Ich glaube schon.«

»Weißt du, ob sie dort Anschluss gefunden hat?« Schweigen, Schweigen, Schweigen. Er schien nicht zu bemerken, dass meine Antworten immer kürzer wurden.

Ich fühlte mich schlecht dafür. Er war unser beider Vater. Aber mein Gewissen, mein rationaler Verstand verschwand unter der Last der letzten vierzehn Jahre. Unter der Angst, niemals gut genug zu sein.

»Sie war früher immer so schüchtern.« Er sagte es, als wäre der Gedanke ihm nur nachträglich gekommen.

Ich schob die Krümel auf meinem Teller zusammen. »Sie hat sich beim Studium mit ein paar Leuten angefreundet.« Sie war schon lange nicht mehr schüchtern oder zurückhaltend. Tatsächlich waren das die letzten Adjektive, mit denen ich sie beschreiben würde.

Meine Aussage schien Dad nachdenklich zu stimmen. Vielleicht glaubte er mir nicht ganz, weil das Bild, das ich von Sasha malte, nicht zu dem passte, an das er sich erinnerte.

»Ich dachte immer, sie würde etwas Naturwissenschaftliches studieren«, sagte er. »Chemie oder Mathe. Solche Bücher hatten sie damals am meisten interessiert.«

Wieso reden wir über sie?

Ging er davon aus, dass sie sich innerhalb der letzten vierzehn Jahre kein bisschen verändert hatte? Ich nahm einen Schluck Wasser, um nicht antworten zu müssen. Tat so, als fände ich das Essen höchst interessant.

»Magst du mir nicht ihre Handynummer geben?«
Nein.
»Vielleicht hat sie Lust, sich auch mit mir zu treffen.«
Nein.
»Wir könnten was zusammen unternehmen, wir drei.«
Mein Mund war staubtrocken. Der Muffin hatte einen pappigen Nachgeschmack hinterlassen, der mir im Hals hing.

Mein Handy leuchtete schon wieder auf. Ich warf es in meinen Rucksack. Dad verstummte.

»Ich muss kurz auf die Toilette«, sagte ich und war von meinem Platz und zum WC geflohen, bevor er mehr sagen konnte. Es war ein kleiner Raum mit zwei Kabinen, zwei Waschbecken und einem großen Spiegel. Das Licht war gedimmt und sollte vermutlich einen beruhigenden Effekt haben. Es wirkte nur erdrückend.

Ich löste den oberen Knopf meines Hemds, hielt meine Hand unter den kalten Wasserstrahl und legte sie dann an meinen Hals, um mich abzukühlen. Mein Spiegelbild starrte mir entgegen, und das erdrückende Gefühl, das mir die Kehle zuschnürte, ließ sich einfach nicht herunterschlucken.

Er hat nichts falsch gemacht, redete mein rationaler Teil mir zu.

Warum fühlt es sich dann so an?, schrie ich zurück.
Wir könnten etwas zusammen unternehmen, wir drei.
Ich konnte es mir bildlich vorstellen. Wie er mit uns ins Museum ging. Uns mit zu einer Ausstellung nahm. Wie wir Gemälde anschauten, wie Sasha von ihren Vorlesungen aus

dem Studium erzählte, ihn zum Lachen brachte. Wie meine Erinnerung an Dad und mich im Museum verblasste und überschrieben wurde durch eine, in der ich nur Sashas große Schwester war. Weniger einnehmend, weniger witzig, weniger offen und extrovertiert.

Übertrieb ich? Ja, vermutlich. Aber es war einer dieser Tage, an denen ich das kratzende, keifende Monster in meinem Brustkorb kaum unter Kontrolle hatte.

Ich will nicht, dass es immer nur um sie geht, schrie es.
Ich will mich nicht für immer einsam fühlen.
Wann bin ich die erste Wahl?

Nach den Nachrichten meiner Mom. Nach meinem Ärger über mich selbst, weil ich mich von ihrer Sorge trotz allem mitreißen ließ … Es half nicht. Der Wunsch, mich nicht in diese Wut fallen zu lassen, war verschwindend gering.

Ich spritzte mir trotzdem kühles Wasser ins Gesicht. Weil wir mitten in der Öffentlichkeit waren. Weil ich Dad erst das zweite Mal traf. *Weil er es sicher nicht so meint.*

Daran hielt ich mich fest. *Er meint es nicht so. Er meint es nicht so. Er meint es nicht so.* Mom konnte mir egal sein. Ich hatte Dad.

Ich lief zurück zu unserem Tisch. Setzte mich ruhig an meinen Platz. Mein Vater wirkte, als läge ihm eine Frage auf der Zunge, aber er schluckte sie herunter. Wir blieben noch ein paar Minuten sitzen, schweigend. Er brachte Sasha nicht noch mal zur Sprache, und als wir das Café verließen, bot er mir wieder an, mich nach Hause zu fahren, aber ich wollte nur weg und allein sein.

Ich setzte mich in den Bus, die Hände zu Fäusten geballt in den Jackentaschen. Mein Bein wippte auf und ab, und wenn es mich nicht Stunden gekostet hätte, wäre ich aus dem Bus gesprungen und zu Fuß nach Hause gelaufen, einfach, um etwas von der angestauten Energie loszuwerden, die mir durch die Adern schoss.

Irgendwie hielt ich es aus. Aber als ich dann ausstieg, das Haus betrat, vor der Wohnungstür stand, konnte ich mich nicht überwinden, reinzugehen. Sasha würde mir meine Stimmung sofort vom Gesicht ablesen können. Sie würde Fragen stellen, wissen wollen, wo ich gewesen war, was mich so aufgewühlt hatte, weshalb ich ihr nicht davon erzählen konnte. Die Vorstellung brachte meinen Körper vor Wut und Schuldgefühlen zum Summen.

Ich lief an unserer Wohnungstür vorbei, an Jos, nahm bei den Treppen zwei Stufen auf einmal auf meinem Weg nach oben. Stockwerk um Stockwerk, bis ich am letzten vorbei war, den Schlüssel aus meiner Tasche kramte und die Doppeltür zum Dach aufschloss.

Der Wind pfiff mir um die Ohren. Wehte mir Haarsträhnen in die Augen. Auf dem Dach sah ich über einige Häuser hinweg, andere ragten hinter mir auf. Es war dunkel genug, dass es mir nichts ausmachte. Wenn ich auf die Hinterseite ging, wurde der Blick ohnehin von Holzbrettern versperrt, die vielleicht mal eine Überdachung werden sollten.

Ich trat gegen eins der Bretter, das scheppernd zu Boden fiel und zwei weitere mit sich riss. Das Geräusch ging im Rauschen des Windes unter. Es befriedigte mich nur ungefähr für drei Sekunden.

Wie schaffte mein Vater es, mich genauso zu verunsichern wie Mom? Wieso kam in mir bei einfachen Fragen nach Sasha diese Angst auf? Die Angst, dass er sich, wenn er sie irgendwann traf, genauso verhalten würde? Dass ich mit dem Hintergrund verschwamm und kein Teil davon sein würde und Sasha das goldene Kind war, das alle Aufmerksamkeit auf sich zog …

Hinter meinen Schläfen pochte es.

Ich war nicht wütend auf Sasha. Nicht direkt. Sie konnte nichts für unsere Mom, und ich liebte sie zu sehr, als dass ich sie ins Kreuzfeuer meiner Wut nehmen konnte. Aber Gott, wie sehr ich es mir wünschte. Wie sehr in mir das Verlangen brannte, sie anzuschreien, mir auch einen kleinen Platz in unserer Familie zu überlassen. *Einen*, dachte ich, *der nicht nur dafür da ist, auf sie aufzupassen.*

Ich trat noch mal gegen das Brett, kickte es von mir weg. Dann das zweite. Das dritte. Nahm eins in die Hand und schlug es auf den Boden, aber statt mir den Gefallen zu tun und zu zersplittern, prallte es davon ab und mir fast gegen das Schienbein.

Ich warf es weg. Mit Schwung. Es landete neben den anderen, und ich hockte mich hin, die Hände zwischen den Beinen, den Kopf gesenkt und nahm verwirrt wahr, wie ein Lachen aus meiner Kehle hervorbrach. Ich fuhr mir mit einer Hand durch die Haare, zog an meinen Haarwurzeln, in der Hoffnung, dass der stechende Schmerz mich genügend ablenken würde, damit ich mich wieder unter Kontrolle kriegen konnte.

Ein Quietschen. Die verrosteten Scharniere der Tür. Leise Schritte. Kraftlos ließ ich die Hand sinken.

Die Schritte stoppten ein paar Meter entfernt. Ich drehte mich nicht um. Stellte mir nur vor, wie sie sich umsah. Die Holzbretter, die über den Boden verteilt lagen. Ich mittendrin. Es musste ein großartiges Bild abgeben. Als hätte ich den Verstand verloren.

Ich setzte mich hin, stützte meine Hände hinter mir auf dem Boden ab und lehnte mich zurück. Legte den Kopf in den Nacken und starrte in den Himmel, in dem nicht ein einziger Stern zu sehen war.

Dann wieder Schritte. Hinter mir, neben mir. Aus den Augenwinkeln sah ich eine hellgraue Kapuze, als sie sich hinsetzte. Rote Haarsträhnen darunter.

Sie sagte nichts, und ich wusste auch nicht, ob ich sie hören wollte oder auf keinen Fall hören wollte. Ich wusste nicht, ob ich gerade überhaupt in der Lage dazu war, eine rationale Entscheidung zu treffen. Daher blieb ich stumm, und Jo blieb neben mir sitzen, die Beine an den Körper gezogen, die Arme vor den Knien verschränkt, und starrte in den sternenlosen Himmel.

»Dein Nachdenken sieht anders aus als meins«, sagte sie irgendwann.

Ein raues Lachen entkam mir. »Kann auch nicht behaupten, dass ich zu vielen Lösungen gekommen bin.«

Ihr Blick lag auf mir. Oder vielleicht bildete ich es mir nur ein. Es war ein Gefühl an meiner Wange. Wie warmer Sommerwind auf meiner Haut.

»Zu welchen Fragen suchst du welche?«

»Wer bin ich, wer will ich sein, wo will ich hin ...«

Jo schwieg. Langsam gingen mir die Scherze aus.

»Keine Ahnung«, gab ich zu. »Ich kann sie nicht in Worte fassen. Es sind keine Fragen, eher Gefühle. Denke ich. Ergibt das Sinn?«

Sie schüttelte den Kopf.

Immerhin war sie ehrlich. »Warum bist du hier oben?«

»Ich hab Geräusche gehört. Dachte, jemand schmeißt hier oben eine Party.«

»Und du wolltest sie auflösen? Oder mitmachen?«

Sie hob eine Schulter. Ein Lächeln umspielte ihre Lippen.

Mein Bauch wurde warm. Es half mir dabei, das keifende Monster in den Griff zu kriegen.

Als mein Nacken irgendwann anfing, wehzutun, legte ich mich hin. Meine Jacke hielt die Kälte des Bodens kaum ab. Nicht dass es mich störte. Es war besser als die stickige Luft im Restaurant vorhin.

Jo blieb sitzen. Als ich mich hingelegt hatte, war ich ihr näher gekommen. Wo bis eben noch ein paar Zentimeter Abstand zwischen uns gewesen waren, passte zwischen meinen Oberschenkel und ihre Hüfte nun kaum noch ein Blatt. Ich drückte mein Bein gegen sie. Hielt die Luft an. Atmete gegen die Hitze in meinem Bauch an, als sie nichts sagte. Mein Bein glühte, wo es sie berührte.

Ihre Hand verschwand kurz in ihrer Jackentasche. Sie drehte den Oberkörper in meine Richtung, und das Kribbeln und die Hitze schossen von meinem Bauch in meinen Brustkorb und von dort aus in meinen Kopf.

Ich stellte mir vor, wie sie sich über mich beugte. Ihre Haare würden den Rest der Welt aussperren, wie ein feuerroter Vorhang. Mein Herz würde vermutlich aus meiner Brust springen, aber es wäre mir egal, weil ich kurz darauf ihre Lippen auf meinen spüren würde. Ich würde den Mund öffnen und ihre Zunge an meiner fühlen und sie auf mich ziehen und mit meinen Händen durch ihre Haare fahren, über ihre Schultern, ihre Arme und ihren Rücken. Ich würde ihre Brüste an mir spüren und mir wünschen, dass die Kleidung zwischen uns verschwand, damit es kein Stoff war, sondern ihre nackte Haut, über die ich mit meinen Fingern fuhr.

Und Jo ... Jo würde in meinen Mund stöhnen und den Kuss vertiefen. Sie würde mich diesen ganzen verdammten Tag vergessen lassen, mit ihren Berührungen, ihren Küssen, ihren Augen, die wie geschmolzenes Gold brannten. Sie würde ...

»Winnie?«

Ich blinzelte. Das Bild verschwand. Ich winkelte mein Bein an und drehte den Kopf, damit ich Jo sehen und gleichzeitig meine Wange kühlen konnte.

»Ja?«

Sie deutete mit einem Nicken auf ihre Hand. Ein winziger

Würfel lag darin, auf jeder Seite neun Quadrate in den gleichen Farben.

Ruckartig setzte ich mich auf. »Du hast dir einen gekauft? Einen Miniaturwürfel?«

»Ich hab ihn in einem Kiosk gesehen«, erklärte sie. »Er hat mich an dich erinnert.«

Mein Herz ... Ja. Ich sah es im Kreis laufen und in die Luft springen und tanzen. Ich packte es und schloss es zurück in meinen Brustkorb.

»Hast du den auch schon gelöst?«, fragte ich.

Sie schüttelte den Kopf. »Dafür musst du ihn erst durcheinanderbringen.«

Ich grinste in mich hinein. Nahm ihr den Würfel ab. Fast verschwand er in meiner Hand, so klein war er. Während ich ziellos an den Seiten drehte, fiel er mir mehrmals fast aus der Hand.

Jo sah sich auf dem Dach um, während sie wartete.

Es war kein einladender Ort. Überall lagen Holzbretter herum, und auch wenn das meine Schuld war, war es nur der kleinste Teil an Unordnung, der hier herrschte. Pflanzenkübel standen rechts und links neben der Tür. Vermutlich hatten sie mal einen wunderschönen Anblick ergeben – mittlerweile waren es vertrocknete Halme in trockener Erde. Wer wusste schon, wann sich das letzte Mal jemand um sie gekümmert hatte. Ziegelsteine lagen aufgereiht neben den Holzbrettern. Hier und da reflektierten Nägel das diffuse Licht der Straßenlaternen.

Es war kein einladender Ort, aber ich war gern hier. Und hätte mir vor einer Woche jemand gesagt, dass Jo die Person war, die mir hier Gesellschaft leistete, hätte ich gelacht.

Jetzt gerade hätte ich mir nicht vorstellen können, wen ich lieber hier gehabt hätte – von Blair abgesehen.

Ich reichte Jo den Würfel. Sie betrachtete ihn eingehend und fing dann an, die Farben zu sortieren. Ein paar Minuten später war sie fertig. Sie hielt ihn zwischen Zeigefinger und Daumen in die Luft und grinste zufrieden, und ich verdrehte die Augen und nahm ihn ihr wieder ab.

»Du schummelst.«

»Red dir das nur ein.«

Ich brachte alle Farben durcheinander. Jo sortierte sie. Keine Ahnung, wie oft wir das machten. Irgendwann waren meine Finger kleine Eiszapfen.

Jo stand während der ganzen Zeit nie auf. Sie machte nicht mal den Anschein, als dachte sie darüber nach, aufzustehen. Sie blieb neben mir sitzen und sortierte mein Chaos und brachte mich zum Lachen, ohne es überhaupt zu versuchen.

Und ich dachte:

Wenn ich nie wieder von hier oben weg müsste, wäre ich nicht sauer darüber.

10

»Leg dich wieder hin.«

»Ich kann gehen! Lass mich! Ich kann gehen!«

»Du schnaufst, als würdest du gleich umkippen.«

»Ich kann nicht versprechen, dass es nicht passieren wird.«

»Deswegen habe ich gesagt, du sollst dich wieder hinlegen!«

Sasha ignorierte mich und hustete und schniefte vor sich hin. Sie saß vor ihrem Kleiderschrank, zu dem sie sich unter viel Anstrengung geschleppt hatte, und zog Shirts, Röcke und Kleider von den Bügeln. Der Berg an Klamotten um sie herum wuchs mit jedem *Kling*, das die Kleiderbügel von sich gaben, wenn sie aneinanderschlugen.

Mit einem Seufzen hockte ich mich neben sie. »Sasha. Wir sind hier in New York. In zwei Wochen gibt es das nächste Festival.«

»Aber das ist dann ein anderes!«, rief sie. »Ich hab schon unseren Museumstag gestern verpasst, ich will zu dem Festival.« Sie kramte sich weiter durch ihre Klamotten, hielt ein buntes Batik-Shirt vor sich in die Höhe, verzog das Gesicht und warf es in eine andere Ecke des Zimmers, wo sie es nicht mehr sehen musste. Ich würde Geld darauf verwetten, dass sie morgen aufwachte und es zurück in ihren Kleiderschrank hängen würde, weil Sasha sich partout nicht von Sachen trennen konnte, solange sie noch funktionsfähig waren. Auch wenn wir beide wussten, dass sie das Shirt in diesem Leben nicht mehr anziehen würde.

»Ist es dir lieber, wenn ich auch hierbleibe? Dann sehen wir es beide nicht. Vielleicht geht's dir morgen besser und wir können zum Arts Festival gehen. Oder wir schieben es einfach auf nächstes Jahr.«

Sie schwieg, während sie darüber nachdachte, schüttelte den Kopf und schob die Unterlippe noch weiter nach vorne.

»Du verpasst nichts, wenn du dich heute ausruhst«, versuchte ich es noch mal. »Sobald ich wieder zu Hause bin, erzähle ich dir alles. Wenn du willst, schick ich dir von jedem Stein Fotos. Ich kann sogar einen Livestream schalten.«

»Aber was, wenn es mir morgen noch nicht besser geht? Oder wenn du nächstes Jahr keine Lust hast, noch mal hinzugehen?«

»Ich werde noch mal Lust haben.«

»Aber was, wenn nicht?«

»Ich werde …« Ich unterbrach mich. Rieb mir über die Stirn. »Sasha, ich verspreche dir hoch und heilig, dass ich nächstes Jahr mit dir dorthin gehe, in Ordnung?«

Ihr Schmollmund verschwand zwar nicht, aber ihre Schultern verloren etwas an Anspannung. »Ich will nicht, dass du allein gehst.«

»Ich bin schon groß genug, um …« Ich verlor den Faden, als Sasha urplötzlich zu ihrem Bett kroch und sich in der Decke einwickelte. Sie tastete unter ihrem Kopfkissen, bis sie ihr Handy fand und es vor ihr Gesicht hob.

»Gutes Gespräch.«

»Ich will nicht, dass du allein gehst«, wiederholte sie sich.

»Okay.«

Als sie die Hände senkte, um mich anzusehen, lag ein Glitzern in ihren Augen, das mir absolut nicht gefiel.

»Was hast du vor?«

»Ich beschaffe dir eine Begleitung.«

»Victor und Sōma wollten doch auch hin, oder? Ich kann mich mit ihnen treffen.« Oder es mir in Ruhe allein angucken.

»Wer hat etwas von den beiden gesagt?«

Eine ungute Vorahnung machte sich in mir breit. Sasha grinste. Es war unheilvoll. Die Grinsekatze aus *Alice im Wunderland* war zurück.

»Sasha.«

Sie tippte weiter auf ihrem Handy.

»Sasha.«

Keine Reaktion. Mit einem genervten Stöhnen stand ich auf. Ich war kurz davor, ihr das Handy wegzunehmen. Bevor ich es allerdings zu greifen bekam, schob sie ihre Hände unter die Decke und versteckte es vor mir.

»Deine Begleitung trifft sich in einer Stunde mit dir. Du solltest deine Haare noch kämmen. Ich kann sie dir flechten, wenn du möchtest. Oh, und zieh diese Jeans an, in denen deine Beine ewig lang aussehen. Die, die du zu Weihnachten anhattest. Ich wette, sie wird die Augen nicht von dir lassen können.«

»*Sie?*«, wiederholte ich. Eine Horde Schmetterlinge flatterte wie wild durch meinen Magen.

Sashas Grinsen wurde breiter. Sie zeigte mir ihr entsperrtes Handydisplay. Ihre Nachricht – Jo, hast du heute schon was vor? Hast du Lust, etwas zu unternehmen? Warst du schon mal beim Arts Festival in der Lower East Side? Ich suche eine Begleitperson für Winnie, weil ich (weiterhin, ugh) krank bin.

Und dann Jos Antwort: Ich bin in einer Stunde da.

Die Worte selbst klangen nicht sonderlich erfreut. Aber ich stellte mir vor, wie sie es sagte, mit ihren ernsten Augen und ihrer klaren, selbstbewussten Stimme, und die Schmetterlinge drehten Loopings und flogen wild gegeneinander, als hätten sie jeglichen Orientierungssinn verloren.

Mein Blick glitt vom Zeitstempel der Nachricht zur Uhranzeige auf Sashas Handy. Von der Stunde waren noch fünfundfünfzig Minuten übrig. Ich guckte Sasha böse an.

»Ich hasse dich«, sagte ich und verließ ihr Zimmer, um meine Haare zu kämmen und in dem Chaos, das mein Klamottenberg war, nach besagten Jeans zu suchen, die meine Beine ewig lang aussehen ließen.

»Ich liebe dich auch!«, rief sie mir nach.

Ich zog die Hose an und einen dicken, weichen Pullover in Beige dazu, schnappte mir eine Bürste aus dem Bad und ging damit zu Sasha.

Sie bedeutete mir, mich vor dem Bett auf den Boden zu setzen. Sie fuhr mit den Fingern durch meine Haare, setzte meinen Scheitel mittig und machte sich dann daran, beide Seiten in einem französischen Zopf zu flechten, der jeweils an meiner Stirn anfing und in meinem Nacken endete. Als sie fertig war, drückte sie mir lautstark einen Kuss auf den Kopf und lehnte sich zurück in ihre Kissen.

Ich stand auf und tastete über meine Haare. »Ich dachte, holländische Zöpfe sind immer die besseren?«

»Ja, bei mir«, erwiderte sie. »Aber du sollst auf deinem Date nicht wie Sasha, sondern wie Winnie aussehen.«

»Es ist kein ...«, setzte ich an. *Kein Date. Date. Ein Date mit Jo. Nein,* kein *Date mit Jo.* Oh Gott.

Sasha wedelte mit der Hand in der Luft herum. »Jaja schon klar. Jo hat deine tödliche Suppe nicht gegessen, weil sie dich süß fand, und sie schaut dich auch nicht jedes Mal, wenn wir zusammensitzen, an, als würde sie dich am liebsten anspringen.«

»Anspringen.«

»Du weißt schon. Lustvoll. Begierig. Als würde sie dich gerne nackt sehen.«

Mein Gesicht verzog sich von selbst. Das war keine Beobachtung, die ich von meiner kleinen Schwester hören wollte. Allerdings hatte sie mir das Bild jetzt in den Kopf gesetzt, und ich konnte nicht anders, als gedanklich all die Male abzugehen, die ich Zeit mit Jo verbracht hatte.

Sah sie mich so an? Ehrlich? Wirklich? Und wieso machte mich das Wissen so unruhig? Als würde Strom durch meine Adern fließen. Meine Wangen fühlten sich heiß an, und ich betete, dass man es mir nicht ansehen konnte. Hätte Sasha mich gefragt – ich hätte niemals zugegeben, dass die Vorstellung, mit Jo zum Festival zu gehen, mich nervöser machte, als ich erwartet hätte.

»Wofür ich übrigens ein Veto einlegen möchte«, redete sie unbekümmert weiter. »Bitte macht das nur, wenn ich am anderen Ende der Stadt bin. Oder am anderen Ende des Landes. Ich würde ein traumatisches Erlebnis dieser Art gern für den Rest meines Lebens vermeiden.«

»Ich hätte dieses Gespräch gern vermieden.« *Sehr gut, Winnie. Täusch einfach über deine Nervosität hinweg.*

»Du hättest jederzeit die Möglichkeit gehabt, einfach zu gehen.«

»Ja«, sagte ich. »Was ich jetzt auch tun werde.«

Ich packte meinen Geldbeutel in einen kleinen Rucksack, dazu eine Flasche Wasser und ein paar Snacks. Und weil ich dann nichts mehr zu tun hatte und von der Stunde noch gute zwanzig Minuten übrig waren, setzte ich mich vor meinen Computer und atmete erleichtert aus, als ich sah, dass Blair online war.

winnie_the_pooh:
hast du letzte, aufmunternde worte für mich?

golden_blair:
ähm
du lässt mir hier ein bisschen viel spielraum
reden wir von »letzte mahlzeit« aufmunternde worte?
oder eher »ich hab schiss vor meiner prüfung« aufmunternde worte?

winnie_the_pooh:
»ich treffe mich mit jemandem und es ist kein date, aber ich bin trotzdem nervös« aufmunternde worte

golden_blair:
HHFJKSDHFSG
EIN DATE??

winnie_the_pooh:
kein date

golden_blair:
…

winnie_the_pooh:
sasha und ich wollten doch heute auf das arts festival? nur ist ihre 24h-erkältung keine 24h-erkältung und sie kann nicht mitkommen. also hat sie mir eine begleitung organisiert

golden_blair:
ok, also ein date, ja?

winnie_the_pooh:
sprech ich eigentlich nur noch mit wänden?

golden_blair:
ich zieh dich nur auf.
mit wem gehst du?

winnie_the_pooh:
unsere neue nachbarin, von der ich erzählt hatte?

golden_blair:
oh

winnie_the_pooh:
was auch immer du denkst, bitte behalte es für dich

golden_blair:
lol
hab einfach spaß, winnie
oh, und schick mir bilder von allem. du bist mein einziger bezugspunkt zur außenwelt

winnie_the_pooh:
immer noch die hausarbeit?

golden_blair:
ICH HASSE HAUSARBEITEN
(°n°)<!!

winnie_the_pooh:
was ist das?

golden_blair:
ein verzweifelter emoji, der wild mit dem arm wedelt, um seiner frustration ausdruck zu verleihen

irgendwann gebe ich dir einen einführungskurs in die kunst der emojis
die einzige kunst, über die ich mehr weiß als du

winnie_the_pooh:
meinetwegen kann das ruhig so bleiben

golden_blair:
viel spaß bei deinem date

winnie_the_pooh:
viel spaß bei deiner hausarbeit ;)

golden_blair:
... plötzlich weißt du, wie man sie benutzt

Lachend loggte ich mich aus. Ablenkung war gut. Sich von Blair ablenken zu lassen war noch besser. Es zählte zu ihren Stärken, nervenaufreibende Situationen leichter wirken zu lassen. In meinen Emotionen einen roten Faden zu finden und ihn mir zu zeigen. Keine Ahnung, was aus mir geworden wäre, hätte ich sie nicht gehabt, als Sasha und ich noch bei Mom gelebt hatten.

Als es klingelte, war die Stunde punktgenau um. Ich stellte mir vor, dass Jo bereits ein paar Sekunden vor der Tür gestanden und darauf gewartet hatte, dass die letzte Minute verging. Der Gedanke ließ mich schmunzeln. Es würde zu ihr passen.

Sasha brachte auf einmal genügend Kraft auf, um die Tür zu öffnen. Sie stand in ihre Decke gewickelt im Flur und unterhielt sich mit Jo.

»Bitte sorg dafür, dass Winnie mir von jeder Fressbude etwas mitbringt«, flüsterte Sasha, als ich näherkam.

Ich zwickte sie durch die Decke, dort, wo ich ihren Oberarm vermutete. »Du kannst es mir auch einfach selbst sagen.«

»Als würdest du mir alles kaufen.«

»Das vielleicht nicht, aber als deine Lieblingsschwester lass ich mich vielleicht dazu überreden, dir ein paar Sachen mitzubringen.«

Das ließ Sasha verstummen. Sie runzelte die Stirn. »Definiere ›ein paar‹.«

Ich hob eine Augenbraue an.

»Ich meine natürlich: Was auch immer du für angemessen hältst, oh große Schwester Winnie. Weißt du, ob sie dort Takoyaki verkaufen? Wie die, die Sōma mal für uns gemacht hat?«

»Schreib es auf«, sagte ich. »Wir werden sehen.«

Sie nickte, bereits in Gedanken versunken. Sie ließ Jo und mich an der Tür stehen und verschwand in ihrem Zimmer – vermutlich, um herauszufinden, ob es eine Auflistung der Stände beim Festival gab. Und nachdem Sasha jetzt weg war, rückte Jos Präsenz in den Vordergrund.

Seit unserem Gespräch auf dem Dach vor zwei Tagen hatte ich sie nicht mehr gesehen. Selbst auf ihrem Balkon hatte sie sich nicht blicken lassen. Nicht dass ich auf sie gewartet hätte.

Doch, hast du, Winnie, dachte ich. *Und du warst jedes Mal enttäuscht, wenn du aus dem Fenster geguckt und sie nicht gesehen hast.*

Ich räusperte mich. Verschränkte meine Hände vor dem Körper, weil ich die ganze Zeit das Bedürfnis hatte, meine Kleidung geradezuziehen oder unsichtbare Flusen von meinem Oberteil zu zupfen.

Jo wirkte entspannt. Ob sie es wirklich war? War nur ich ein Häufchen nervöser Energie?

Ihre schwarze Jacke stand offen, die Hände hatte sie in den Taschen vergraben. Darunter trug sie ein glattes, weißes Hemd zu einer schwarzen Hose, als wäre sie von einem formellen Event direkt hierhergekommen.

»Willst du dich umziehen, bevor wir gehen?«, fragte ich, weil mir partout nicht einfallen wollte, was ich sonst zu ihr sagen sollte. Jo fühlte sich in ihrem Schweigen wohl, und obwohl es mir meistens nichts ausmachte, hatte ich heute das Bedürfnis, es zu füllen.

Sie sah an sich herunter und schüttelte den Kopf.

»Okay.«

Ich schnappte mir meinen Schlüssel, verabschiedete mich von Sasha, die mir »Viel Spaß« wünschte und dann einen Hustenanfall bekam und machte mich mit Jo auf den Weg zum Festival. Ich hielt sie am Arm fest, als sie den Weg zur Bushaltestelle einschlug, und deutete in die andere Richtung. Meine Hand kribbelte nach der Berührung.

»Mit der Bahn sind wir schneller dort.«

Jo betrachtete mich nachdenklich. »Du fährst lieber Bus.«

Meine Hand sank zurück an meine Seite. »Schon.«

Sie nickte, als reichte ihr das als Begründung und lief weiter zum Bus. Ich sah ihr hinterher. Kniff mir in den Unterarm, um sicherzugehen, dass ich mir das alles hier nicht einbildete. Die Schmetterlinge in meinem Bauch wachten einer nach dem anderen wieder auf.

Ihre Haare kräuselten sich im Nacken leicht. Ein paar Strähnen klemmten unter dem Kragen ihrer Jacke, und mich überkam das Bedürfnis, sie daraus zu befreien. Während ich mir die Ärmel meiner Jacke über die Hände zog, beeilte ich mich, zu ihr aufzuschließen.

Der Bus war voll. Jo und ich standen an den Türen, ich mit dem Rücken zur Scheibe und Jo direkt vor mir. Sie hielt sich an einer der Schlaufen über unseren Köpfen fest, den Blick aus dem Fenster gerichtet. Mit ihr vor mir fühlte ich mich ungewohnt … sicher in der Menschenmenge. Was für ein merkwürdiges Gefühl – es war ein starker Kontrast dazu, wie ich Jo vor noch gar nicht allzu langer Zeit wahrgenommen hatte.

Statt mir Angst zu bereiten, ließ ihre Nähe mein Herz höherschlagen. Statt die Stadt bedrohlich wirken zu lassen, dämpfte ihre Anwesenheit die Geräusche um uns herum. Fast als wären all meine Sinne damit beschäftigt, sie wahrzunehmen und ihr zuzuhören – mir blieb nichts anderes übrig, als alles um uns herum auszublenden.

Wir brauchten eine gute Dreiviertelstunde bis nach Manhattan. Das Festival fand in mehreren Nebenstraßen der First Avenue statt, die für den Anlass abgesperrt worden waren. Die gesamte Lower East Side schien sich hier versammelt zu haben: Es war brechend voll, Musik pulsierte in der Luft, vermischte sich mit lauten und leisen Stimmen. Ein Geruch nach Fett und Fleisch und Süßigkeiten stieg mir in die Nase, der von den unzähligen Ständen kam, die die Straßen säumten. Abstände zwischen den Ständen schafften kahle Bäume, deren Zweige sich über uns erstreckten. Fast, als wollten sie das Gefühl vermitteln, dass das hier – dieses Festival – ein geschlossener Raum war. Ein sicherer Hafen.

»Hast du Hunger?«, rief ich Jo über den Lärm hinweg zu.

»Nein.«

»Wollen wir uns die Kunstinstallationen in der nächsten Straße angucken?«

Jo nickte, und wir drehten um, bevor die Massen uns weiter an die Essstände drücken konnten. Der Unterschied zwischen dieser und der nächsten Straße war wie Tag und Nacht. Ich atmete erleichtert aus. Sie war kaum halb so voll und statt der Stände waren auf den Gehwegen Installationen aufgebaut. Rechts von uns standen drei übergroße Gliederpuppen aus Holz. Figuren, die in unterschiedlichen, dynamischen Bewegungen eingefroren waren und trotzdem aussahen, als würden sie miteinander tanzen.

Jo betrachtete sie eingehend, und ich betrachtete Jo eingehend, bis sie mich dabei erwischte und dieses winzig kleine Lächeln auf ihr Gesicht trat, das viel zu privat für diesen Ort wirkte. Zumindest kam es mir zu privat vor. Ich war mir nicht sicher, ob das mein Wunschdenken oder die Realität war.

Ich wandte den Blick ab und hoffte, dass sie nicht sah, wie ich mir eine Hand an die Wange drückte, um sie zu kühlen.

»Was meinst du, was die Geschichte der Figuren ist?«, fragte sie mich.

»Die Geschichte?«

Jo schaute sich die goldene Plakette an, die am Rücken der uns am nächsten stehenden Gliederpuppe befestigt war. *Lin, Yu-Chuan* – der Name der Künstlerin. Mehr stand dort nicht.

»Warum wollte sie es genau hier ausstellen? Wer sind ihre Vorlagen für die Figuren? Welche Erinnerungen hat sie in dem Projekt verarbeitet?«

»Ich weiß nicht, ob ich Erinnerungen überhaupt als treibende Kraft hinter den meisten Kunstwerken bezeichnen würde.«

»Sondern?«

»Wünsche. Träume. Hoffnungen, Vorstellungen, Ängste, Sorgen.«

Jo war einen Moment still. »Entstehen die nicht aus Erinnerungen?«

Die Antwort lag mir auf der Zunge ... Bis mir auffiel, dass ich keine Ahnung hatte, was die Antwort war. Jo hatte die Frage so geradeheraus gestellt, dass ich, ohne darüber nachzudenken, mit Nein geantwortet hätte, einfach, weil es das Erste war, das mir in den Sinn kam. Aber sie wirkte so ernst dabei. Als wäre meine Antwort wichtig.

»Doch«, sagte ich daher langsam. »Du hast recht.«

Jo nickte, und für den Bruchteil einer Sekunde war ihr Blick völlig offen. Verletzlich. Traurig? Sie wandte sich ab, bevor ich es richtig einordnen konnte. Sie ging an den Gliederpuppen vorbei zur nächsten Installation, dann zur nächsten, bis sie vor einem abstrakten Projekt aus Vinyl stehen blieb.

Ich schloss zu ihr auf, die Installation selbst blieb in meiner Wahrnehmung allerdings im Hintergrund. Jo füllte den Vordergrund ganz allein aus.

»Kann ich dich etwas fragen?«

»Noch etwas anderes?«

Wie bitte? *Noch etwas anderes?* Ich wollte unser gesamtes Gespräch schon Revue passieren lassen, als mir ihr Schmunzeln auffiel.

»Oh«, machte ich. »Oh, okay. Ich verstehe. Nein, ›Kann ich dich etwas fragen‹ war alles, was ich wissen wollte.«

Sie lachte leise, und ich hätte alles gegeben, um es noch einmal zu hören.

»Was wolltest du wissen?«

»Warum studierst du Kunstgeschichte?«

Schweigen. Etwas zuckte über ihr Gesicht – eine Wahrheit, zu schnell weg, als dass ich sie hätte lesen können.

»Ist die Antwort kompliziert?«

»Nicht ... direkt«, sagte sie. Der vorsichtige Tonfall ihrer Stimme sagte das Gegenteil.

Ich biss mir auf die Lippe, um sie zu keiner Antwort zu drängen. »Okay.«

Jo betrachtete mich. Ihr Blick wanderte über mein Gesicht und hinterließ ein Brennen auf meiner Haut. Was auch immer sie darin fand, es ließ eine kleine Falte zwischen ihren Augenbrauen erscheinen. Sie wirkte zerrissen. Als wollte sie mir mehr erzählen, aber wusste nicht wie.

»Ich hab mal darüber nachgedacht«, sagte ich, in der Hoffnung, dass es ihr dann leichter fiel, von sich zu erzählen. »Als wir noch in Philly gewohnt haben. Ich hab für zwei Semester studiert und ein paar Vorlesungen für Kunstgeschichte mitgenommen.«

»Aber?«

»Ich fand es schwer, mich hinzusetzen und nach den Vorgaben und den Vorstellungen der Dozierenden zu lernen. Man hat an sich viel Freiheit, aber dass mein Wissen ständig bewertet wurde, war so einschränkend, dass es mir die Freude am Lernen genommen hat.«

Bei jeder Vorlesung, jeder Recherche, jeder Hausarbeit hatte ich es im Hinterkopf. Dass falsche Interpretationen oder Lücken in meinem Wissen mir Sorgen bereiten mussten.

Es gab Leute, für die genau das der Anreiz und die Motivation war. Bei mir traf das nicht zu.

»Sasha geht darin auf«, sagte ich. »Sie will ihren Dozierenden dann immer erst recht beweisen, dass sie es besser kann. Ich glaube, sie ist für das akademische Leben geboren.«

Jo nickte. »Sie wirkt in den Vorlesungen immer, als wäre sie mit ihren Gedanken ganz woanders, aber weiß hinterher trotzdem auf jede Frage die richtige Antwort.«

»Jap, das ist Sasha.«

»Warum hat sie angefangen, es zu studieren?«

»Weil es sie interessiert?« Ich formulierte es als Frage. Ließ den Rest meines Satzes offen und wartete darauf, dass Jo sich selbst einbrachte und erklärte, was ihr Grund für genau diesen Studiengang war. Wären meine Augen Laser gewesen, hätte ich Löcher in ihren Kopf gestarrt.

Als sie meinen Blick bemerkte, sah ich weg. Mein Herz klopfte mir bis in den Hals. Dann fiel mir auf, dass das noch auffälliger war, und ich zwang mich dazu, ihn doch zu erwidern.

Subtil, Winnie. Sehr subtil.
»Hast du mir das alles erzählt, weil dir nicht gereicht hat, was ich gesagt habe?«, fragte sie.
»… vielleicht«, gab ich zu. Ich schämte mich nicht mal dafür.
Meine Antwort brachte sie zum Lächeln, und ihr Lächeln ließ mich … merkwürdig kribbelig zurück. Aufgeregt, aber nicht auf diese nervöse Weise, wie ich sie gefühlt hatte, bevor wir losgegangen waren. Aufgeregt auf eine stolze Weise, weil ich für diesen Gesichtsausdruck verantwortlich war.
Aber wieder schwieg sie sich darüber aus. Ich wollte nichts mehr, als ihr in den Kopf sehen zu können. Nur einmal wissen, was sie dachte. Ob ich Fantasien spann und mir einbildete, dass das hier mehr war als eine Festivalbegleitung.
Ich konnte mit meiner eigenen Unsicherheit nicht umgehen. Jos Stille verstärkte das nur.
»Das Studium«, erklärte sie. »Ich hatte nicht geplant, es anzufangen. Ich bin … durch ein paar Umstände reingerutscht.«
»Was für Umstände?« Sie reichte mir den kleinen Finger, ich wollte lieber die ganze Hand.
Da war wieder dieser zwiegespaltene Ausdruck in ihrem Gesicht. Ich wartete. Gab ihr die Zeit, die sie brauchte.
»Es ist schwer zu erklären«, sagte sie schließlich.
Meine Hoffnung legte eine Bruchlandung hin. Am liebsten hätte ich es mit einem knappen »Okay« abgetan. Vielleicht hatte sie nicht das Gefühl, mir vertrauen zu können. Vielleicht wollte sie es mir partout nicht erzählen. Das war ihr gutes Recht, oder? Nur weil ich persönliche Dinge mit ihr teilte, konnte ich nicht das Gleiche von ihr erwarten.
Ich wollte es wirklich abtun. An ihr vorbeigehen, zur nächsten Installation, um zu überspielen, wie dämlich ich mir mit meinen Fragen vorkam, auf die ich keine Antworten bekam. Aber ich hatte kaum drei Schritte getan, als ich eine sanfte Be-

rührung an meinem Handgelenk spürte. Hauchzart nur und genauso schnell weg, wie sie gekommen war, aber ich spürte sie noch Sekunden später ganz deutlich.

Jos Hand schwebte zwischen uns in der Luft. Sie starrte sie an, als hätte die Intensität dieser kleinen Berührung sie erschreckt, und senkte sie dann langsam. Ich sah noch, wie sie ihre Hand kurz zu einer Faust ballte, dann drehte sie sich von mir weg.

Ich machte einen Schritt, stellte mich schräg vor sie, um ihr ins Gesicht sehen zu können, aber sie drehte sich weiter von mir weg, den Kopf abgewandt. Ich probierte es noch mal – mit dem gleichen Ergebnis.

Sie deutete schwach in die Richtung, in die ich gerade hatte gehen wollen, mied jedoch weiterhin meinen Blick. »Wir sollten uns den Rest noch angucken. Bevor wir ... es nicht tun ...«

Mein Grinsen konnte ich nur mit viel Mühe unterdrücken. Vielleicht waren meine Fantasien doch nicht völlig unrealistisch.

»›Bevor wir es nicht tun‹«, wiederholte ich ihre Worte. Ich machte Gänsefüßchen mit meinen Händen dabei.

Jo schloss die Augen. Schüttelte den Kopf und schnaubte leise, lachte über sich selbst. Als sie sie wieder öffnete, war ihr Blick sanfter. Kein heißes Brennen auf meiner Haut, sondern ein angenehmes Kribbeln.

»Du bist auch süß«, sagte sie.

Mein Herz explodierte.

Vergesst das unterdrückte Grinsen. Was sich auf meinem Gesicht ausbreitete, war ein Megawatt-Lächeln der Extraklasse. Ich hob eine Hand vor meinen Mund, um es dahinter zu verstecken – um einen winzig kleinen Teil meines Stolzes zu behalten und Jo nicht all meine Karten auf einmal zu präsentieren.

Die Mühe hätte ich mir sparen können. Natürlich bemerkte Jo es. Sie sah mir direkt ins Gesicht, wie hätte sie es übersehen sollen? Ihre Augen glänzten amüsiert.

Ihre Aussage sprang wie ein Gummiball durch meine Gedanken. In den nächsten Wochen würde ich ziemlich sicher in den unsinnigsten, unpassendsten Momenten daran denken. Am liebsten hätte ich sie gebeten, es noch mal zu sagen. Nur für den Fall, dass ich es mir doch eingebildet hatte.

Ich schaffte es gerade so, mich zu beherrschen. Indem ich ihr bedeutete, mit mir die Straße entlangzulaufen, an den Installationen vorbei. Ihr Arm streifte hin und wieder meinen und weckte jede einzelne Nervenzelle. Wie gern hätte ich gewusst, ob sie es auch merkte. Das Kribbeln, das bis in die Fingerspitzen zog.

Ich war zu feige, ihr die Frage zu stellen. Ein Muster, das sich durch unsere Gespräche zog, weil ich nichts sagen wollte, was ich nicht zurücknehmen konnte, ohne vorher genau zu wissen, wie es ihr ging. Lieber wartete ich. Streckte meinen kleinen Finger aus und streifte ihren Handrücken. Ein Blitz schoss meinen Arm hinauf. Es war eine Frage, von der ich hoffte, dass Jo sie verstand.

Jo versteifte sich.

Schnell zog ich meine Hand zurück. Schob sie in meine Jackentasche.

Ich beschleunigte meine Schritte, als wäre die letzte Installation in der Straße so interessant, dass ich nicht abwarten konnte, sie zu sehen, obwohl ich in Wahrheit nur nicht wollte, dass Jo meine glühenden Wangen bemerkte.

Etwas hielt mich zurück. Jo hielt sich am Saum meiner Jacke fest. Nein. Sie hielt *mich* am Saum fest. Ihr Blick ging an mir vorbei, zum Ende der Straße.

Dort war jemand. Kam auf uns zu. Eine Frau, Anfang dreißig. Rabenschwarze Haare. Ihre Augen so hellblau, dass sie wie gefrorene Seen wirkten. Ihre Gesichtszüge waren scharf, wie aus Eis geschnitten. Ihr Blick wanderte über Jo. Dann über mich. Ihr Gang veränderte sich, war angespannt, fast steif.

Jo schob die Hände in die Taschen ihrer Jacke. »Hey, Katya«, begrüßte sie die Frau. »Bist du allein hier?«

Die Frau – Katya – blieb vor uns stehen. Lächelte. »Mit Bekka. Sie ist bei den Essensständen verloren gegangen.« Ihre Stimme war klar und hell, kühl. Sie passte zu dem Rest von ihr. »Du hast gar nicht erzählt, dass du zum Festival gehst. Mit Begleitung.«

Etwas schwang in den zwei Worten mit. Neugier. Eine Frage, die ich nicht einordnen konnte.

»Es hat sich spontan ergeben«, sagte Jo. Und an mich gerichtet: »Katya ist eine Freundin von mir.«

Ich winkte, kam mir blöd vor und hörte wieder auf. »Nett, dich kennenzulernen.«

Katya betrachtete mich von Kopf bis Fuß. Ihre Schultern spannten sich noch mehr an und ihre Stirn legte sich in Falten. Trotzdem lächelte sie. Es sah gequält aus. »Gleichfalls.« Sie überbrückte die wenigen Meter zwischen uns. Sah an Jo vorbei zu mir. »Ich will euch gar nicht länger aufhalten. Ich habe schon die ganze Zeit Hunger und hier gibt es so viel zu probieren.«

Jo nickte. »Grüß Bekka von mir.«

Katya ließ mich nicht aus den Augen, als sie an uns vorbeiging. Ihr Blick war eindringlich. Fragend? Ich wusste nur nicht weshalb, und bevor ich es entschlüsseln konnte, war sie verschwunden.

»Ihr ... seid befreundet?«, fragte ich zögerlich.

»Gewissermaßen«, erklärte Jo. »Wir arbeiten zusammen.«

Warte, was? »Du hast einen Job? Das hast du bisher noch gar nicht erwähnt.«

»Ich arbeite viel von zu Hause aus.«

»Neben dem Studium? Das muss anstrengend sein. Kriegst du von deiner Familie keine Unterstützung oder …«

»Sollen wir schauen, ob wir Sashas Wunschliste für das Essen abgearbeitet bekommen?«, fiel sie mir ins Wort. Ich konnte die Alarmsirenen in ihrem Kopf fast hören.

Was versteckst du, Jo?

Was sagte es über mich aus, dass ich es mit jedem Puzzlestück, das ich von ihr zu Gesicht bekam, dringender wissen wollte? Jo war in sich gekehrt und redete kaum über sich, weshalb ich mir wie ein Schwamm vorkam, der jede neue Info sofort aufsog.

»Du brauchst es mir nicht erzählen«, sagte ich, statt noch einmal nachzuhaken. Moms Nachrichten vom Freitag, die Treffen mit meinem Vater – sie brannten jedes Mal in meinem Kopf, wenn ich an sie dachte. Ich wusste nur zu gut, wie es war, wenn Dinge zu kompliziert wirkten, um sie zu erklären.

Jo sah mich an, mit dieser Zerrissenheit im Blick, die heute Abend immer wieder mitschwang. Sie wollte nicht, dass ich weiter nachfragte. Sie wollte aber auch nicht, dass ich keine Fragen mehr stellte. Wenn überhaupt, war es das, was mich am Ende am meisten beruhigte: dass Jo mit sich rang – so unfair sich das auch anhörte. Es bedeutete, dass sie mit mir reden wollte, es aber noch nicht konnte. Und wenn es Zeit war, die sie brauchte, um sich mir zu öffnen … Na ja. Davon hatte ich mehr als genug.

»Aber wenn du doch mal darüber reden möchtest, hab ich ein offenes Ohr«, fügte ich hinzu. Ich wartete, bis die Worte bei ihr ankamen. Dann fischte ich mein Handy aus der Hosentasche, rief die Nachricht von Sasha auf und zeigte sie Jo. »Ziemlich lang, oder? Beherrschung ist für sie ein Fremdwort.«

Jo las sie sich nicht sofort durch. Sie ließ mich nicht aus den Augen und sah mich an, als hätte sie etwas in den Zeilen zwischen meinen Worten gehört, das das Bild, das sie von mir hatte, in neue Farben tauchte. Das Gefühl kam mir bekannt vor.

Sie senkte den Blick. Starrte auf die Liste, aber ich hatte das Gefühl, dass sie immer noch nicht wahrnahm, was Sasha geschrieben hatte. Sie stand an meiner Seite mit ihren roten Flammenhaaren und ihren goldenen Augen. Das Licht der Straßenlaternen traf sie von hinten, schärfte ihre Konturen, tauchte sie in einen Kontrast aus Hell und Dunkel, der mein Herz höherschlagen ließ, weil ich für den Bruchteil einer Sekunde dachte, sie wäre einem Gemälde entsprungen, das ich im Museum jeden Tag hingebungsvoll betrachtete.

»Danke, Winnie«, sagte sie leise.

Ja.

Ich konnte warten.

11

Sie redete danach nicht viel, und ich war mir nicht sicher, ob es ihr gewöhnliches Schweigen war oder ihr das Treffen mit Katya weiterhin im Kopf herumschwirrte. Ich nahm mir vor, sie danach zu fragen, aber jedes Mal, wenn ich ihren Namen sagte und sie mir ihre Aufmerksamkeit schenkte, ertrank ich in geschmolzenem Gold und feurigem Rot. Und wenn ich es dann endlich schaffte, aufzutauchen, war zu viel Zeit vergangen und mein Mut verschwunden.

Jo entdeckte einen Takoyaki-Stand, bei dem ich Sashas ersten Wunsch erfüllte, indem ich alles aufkaufte. Danach gab es kein Halten mehr. Direkt daneben holte ich eine große Portion Couscous mit Gemüse und Falafeln. Waffeln. Donuts. Curly Fries, von denen ich mir direkt eine Handvoll in den Mund schob, weil sie viel zu gut rochen.

Keine Ahnung, woher Jo die Beherrschung nahm, an den Ständen vorbeizugehen. Nicht mal bei den Crêpes wurde sie schwach, aber sie erklärte nur, dass sie sich schon satt gegessen hatte, bevor wir hierhergekommen waren.

Zwischen den Menschenmassen fiel mir das erste Mal auf, wie distanziert Jo wirkte. Sie achtete darauf, niemanden anzurempeln, obwohl es kaum eine Möglichkeit gab, den anderen aus dem Weg zu gehen. Ihr Blick war wachsam, aber nicht auf eine neugierige Weise – sie wirkte eher, als müsste sie alles beobachten. Als wartete sie darauf, dass etwas passierte. Sie wirkte so, wie ich mich fühlte, wenn meine Sinne auf zweihundert Prozent liefen und alles ungefiltert zu meinem Hirn drang: völlig überreizt.

Daher fragte ich sie nach zweieinhalb Stunden – als wir so ziemlich jede Fressbude abgeklappert hatten –, ob sie bereit war, nach Hause zu gehen.

Statt mir mit einem Ja oder Nein zu antworten, fragte sie: »Möchtest du das Feuerwerk nachher sehen?«

Ich war mir fast sicher, dass sie bei mir bleiben würde, wenn ich sagte, dass ich es mir anschauen wollte.

»Nein«, erwiderte ich ehrlich. »Mir ist mehr nach heißer Dusche und Bett. Außerdem möchte ich gern umgehen, dass Sasha verhungert, weil sie auf das Essen wartet.« Ich hob beide Arme an. Die Tüten raschelten.

Jo nickte, nahm mir kommentarlos zwei der vier prall gefüllten Tüten ab und half mir, sie nach Hause zu tragen. Es war praktisch, dass wir im gleichen Haus wohnten – nicht nur, weil sie mir beim Tragen helfen konnte. Sondern weil ich mir so keinen fadenscheinigen Grund ausdenken musste, um mehr Zeit mit ihr verbringen zu können.

Wir liefen zum Bus und fanden diesmal sogar Sitzplätze. Die Nervosität von der Hinfahrt war verschwunden. An ihre Stelle war ein behagliches Gefühl getreten. Ein zufriedenes, das mich die Stille genießen ließ, weil sie mir die Chance gab, die Eindrücke vom Festival zu verarbeiten, ohne direkt neue daraufzustapeln.

Jo übergab mir die zwei Tüten an der Wohnungstür. Sie ging danach nicht sofort zu ihrer eigenen. Ihre Stirn war leicht gerunzelt, und sie öffnete den Mund, als wollte sie etwas sagen. Ich versuchte, zu erraten, was sie sagen würde, bevor sie es aussprach.

Natürlich gelang es mir nicht. Und was auch immer es war, das ihr auf der Zunge gelegen hatte: Sie behielt es für sich und verabschiedete sich mit einem leisen »Bis später«, ehe sie in ihrer Wohnung verschwand.

Zu sagen, dass ich enttäuscht war, wäre eine Untertreibung gewesen. Ich schüttelte das Gefühl ab, als ich die Tür aufschloss und Sasha meinen Namen rufen hörte.

»Ich rieche Essen!«, kommentierte sie direkt danach. Ihre Stimme war nasal und kratzig.

Meine Schuhe landeten links neben der Tür, bevor ich die Beutel in die Küche trug. »Ich weiß nicht, wie du darauf kommst. Leider gab es keine Essensstände. Ich hab dir nichts kaufen können und verschwinde jetzt mit raschelnden Tüten, in denen sich definitiv kein Essen befindet, in meinem Zimmer, wenn du mich suchst, gute Nacht.«

Ein Quietschen zerriss die Ruhe in der Wohnung, dann ein Rumpeln und etwas, das einem Fluch sehr nahe kam, aber keiner war, weil Sasha selbst dann, wenn sie aus dem Bett fiel, nicht fluchte. Ihre Schritte waren so laut, dass ich Sorge hatte, sie könnte ein Loch in den Boden treten. Ich lachte, als sie im Rahmen der Küchentür stehen blieb. Ihre Nase war von den Dutzenden Taschentüchern, die sie in den letzten Tagen verbraucht hatte, knallrot.

Sie verengte die Augen. »Du hast mich angelogen.«

»Ich hab nicht mal *versucht*, zu verheimlichen, dass ich lüge.«

Sie ignorierte mich, fixiert auf die Tüten, die ich auf dem Esstisch abgestellt hatte. »Was hast du mitgebracht?«

»Alles.«

Sashas Gesicht leuchtete auf. Sie schob sich auf ihren Platz am Tisch, und bevor ich es überhaupt schaffte, mich selbst hinzusetzen, hatte sie die Tüten bereits ausgepackt. Sie verteilte das Essen auf dem gesamten Tisch. Ich reichte ihr einen Teller und stellte einen vor mir ab, bevor ich mich ebenfalls hinsetzte.

Sasha aß, als hätte sie den ganzen Tag nichts in den Magen bekommen, und ich korrigierte meinen Gedanken, dass das Essen uns über die nächsten Wochen bringen würde. Mit etwas Glück hätten wir morgen noch ein paar Reste.

Eine Viertelstunde später schob sie den Teller von sich, vorerst satt, und sah aus, als würde sie jede Sekunde einschlafen. Es wäre nicht das erste Mal, dass sie das am Esstisch tat und ich ihren Kopf auffangen musste, damit er nicht auf die Tischplatte knallte.

»Alsooooo ... Du und Jo ...«

Die Falafeln auf meinem Teller kamen mir plötzlich höchst interessant vor.

Sasha beugte sich über den Tisch und zog meinen Teller zu sich.

»Hey! Ich war gerade dabei ...«

»Falafeln zu studieren?«, beendete sie meinen Satz. »Wie man die am besten macht? Du kaufst eine Fertigmischung im Supermarkt, kippst heißes Wasser dazu und brätst sie dann. Und jetzt erzähl mir von eurem Abend.« Sie blinzelte unschuldig. »Bitte, bitte.«

»Ich hab dir dreihundert Bilder geschickt.«

»Ja, aber auf keinem davon seid ihr drauf.«

»Wolltest du ein Selfie von Jo und mir?«

Sasha stöhnte verzweifelt auf und schlug ihre Stirn leicht gegen die Tischplatte. So blieb sie liegen. Sie murmelte etwas in den Kragen ihres Pullovers, das ich nicht verstand und vermutlich auch nicht hören wollte. Ich fragte trotzdem nach.

»Ich hab gesagt, ich wüsste gern, was Jos Absichten sind.«

»Ihre Absichten?«

»Ja, mit dir.«

»Mit mir?«

»Oh mein Gott.« Sie richtete sich auf. »Winnie. Weißt du noch, was ich vorhin gesagt habe? Wie Jo dich anguckt? Vor allem dann, wenn sie denkt, niemand sieht sie dabei?«

»Ich hab ehrlicherweise versucht, den Teil unseres Gesprächs zu verdrängen.« Nicht nur, weil ich mich unwohl dabei fühlte, darüber mit Sasha zu reden.

Wenn ich mir zu viel Raum gab, darüber nachzudenken, dass es sich um mehr als eine harmlose Schwärmerei handelte, machte mein Herz Sprünge und mein Hirn sendete tausende Fehlermeldungen an mein Nervensystem. Weil Jo cool und selbstbewusst war und auf ihre Art witzig und hilfsbereit. Weil sie dieses Lächeln hatte, das meine Knie weich werden und meine Oberschenkel kribbeln ließ. Weil sie irgendwie immer dann, wenn ich mir heimlich wünschte, nicht allein zu sein, auftauchte und mir Gesellschaft leistete. Weil ihre bloße Nähe mich beruhigte.

Mein Hirn schaffte es nicht, das zu verarbeiten und mir einen passenden Handlungsvorschlag auszuspielen. Daher verdrängte ich es.

Sasha erzählte ich davon nicht. Ich bekam es ja noch nicht mal hin, es für mich selbst in Worte zu fassen – die Wahrscheinlichkeit, dass ich es ihr erklären konnte, ohne mich in Hunderten Fragezeichen zu verheddern, war zu hoch. Selbst wenn ich es geschafft hätte, war ich mir nicht sicher, ob Sasha es verstanden hätte. Nicht weil sie nicht konnte oder wollte. Sondern weil sie nie über ihre eigenen Gefühle zu stolpern schien.

Sie mochte, was sie mochte. Hasste, was sie hasste. Sie kannte ihre Emotionen und zeigte sie mit Lachen, mit Weinen, mit Quengeln, mit Schreien.

Ich hingegen verstrickte mich in meinen und brauchte Zeit, um sie zu entwirren.

»Das tust du immer, weißt du«, sagte Sasha.

Es dauerte einen Moment, bis ich mich aus meinen Gedanken gewühlt hatte und den Gesprächsfaden aufnehmen konnte.

»Was tue ich?«

Sie wedelte mit der Hand in der Luft. »Ablenken. Das Thema wechseln. Was auch immer es braucht, um zu verhindern, dass wir weiter über etwas reden, mit dem du dich unwohl fühlst.«

»Ich fühl mich nicht unwohl.«

»Warum lenkst du dann ab?«

Sie war viel zu aufmerksam.

»Weil es nichts gibt, was ich dazu sagen könnte«, erwiderte ich.

Sie sah mich schweigend an. Dann nickte sie und senkte den Blick, und in meinem Hals bildete sich ein Kloß, weil ich ihr genau ansehen konnte, dass das die falsche Antwort gewesen war.

Sie griff es nicht noch mal auf, als sie sich weiter durch das Essen probierte.

Und genau jetzt wünschte ich mir, dass sie es doch tat. Ich würde versuchen, es ihr zu erklären. Ihr zu sagen, dass … dass …

Dass? Dass ich Jo mochte? Irgendwie?

Mein Hirn wand sich umständlich um den Gedanken. Um die Verletzlichkeit, die diese Art Geständnis mit sich brachte.

Schweigend aß ich meinen Teller leer und teilte mir mit Sasha eine Waffel. Wir redeten über die Nachrichten, über das Wetter. Banale Dinge, die keinen Boden für Diskussionen boten. Danach räumten wir das restliche Essen in den Kühlschrank, die Teller in die Spüle, und Sasha ging mit einem kurzen »Gute Nacht« in ihr Zimmer.

Ich schloss meine Zimmertür leise hinter mir. Das Gespräch mit Sasha drückte mir auf den Magen und der Gedanke, dass Jo mich auf irgendeine Weise ansehen könnte, die nicht rein freundschaftlich war, auf mein Herz.

Ich ließ mich auf mein Bett fallen und sah auf meinem Handy nach, welche Nachrichten ich in den letzten Stunden verpasst hatte. Drei davon waren von meiner Mutter. Mir wurde nur die erste angezeigt, ein einfaches »Wie geht es dir?«, das mich ausatmen ließ. Vor kurzer, irregeführter Erleichterung, weil ich dachte, ihre Nachricht hätte einmal nichts mit Sasha zu tun. Natürlich lag ich falsch.

Mom: Wie geht es dir?
Mom: Ich hab gerade beim Aufräumen das Rezept für die Hühnersuppe gefunden, die Sasha immer so gern gegessen hat, wenn sie krank war.
Mom: [.jpeg]

Ich starrte die Worte an und spürte, wie die Wut meinen Nacken hinaufkroch und sich in mein Hirn fraß. Mein Handy landete mit einem satten Geräusch auf dem Wäscheberg vor mir. Die T-Shirts und Hosen verschluckten es sofort.

Mein Zimmer war warm.

Stickig.

Erdrückend.

Ich riss das Fenster auf.

Und dort, nur ein paar Schritte entfernt, saß Jo auf ihrem winzigen Balkon. Fast so, als hätte sie auf mich gewartet.

Das Fenster stieß gegen den Rahmen und wäre langsam wieder zugefallen, hätte ich es nicht aufgehalten. Jo sah zu mir auf. Sie hatte sich die Haare in einen unordentlichen Zopf zurückgebunden und ihr Hemd gegen ein übergroßes, dunkelgraues Shirt mit langen Ärmeln ausgetauscht. Ein Bein stand angewinkelt vor ihrem Körper, das andere hatte sie, so weit es auf dem winzigen Balkon möglich war, ausgestreckt.

Ich schnappte mir die dicke Decke von meinem Bett und kletterte nach draußen. In ihr eingewickelt setzte ich mich neben sie. Nur das Geländer stand zwischen uns.

»Ist dir nicht kalt?«

Jo hob eine Hand vors Gesicht und drehte sie hin und her. »Ich bin nicht wirklich empfindlich, was kalte Temperaturen angeht.«

»Okay, Elsa. Eine Hypothermie kannst du trotzdem bekommen.« Mit ihrem verwirrten Blick im Rücken stand ich auf und fischte die Kuscheldecke vom Fußende meines Betts. Ich warf sie über das Geländer.

Jo hielt die Decke in ihren Händen, als hätte sie noch nie etwas Merkwürdigeres gesehen. Ihre Mundwinkel zuckten, und ich wusste nicht, ob das an den vielen gelben Enten, die auf die Decke gedruckt waren, lag oder an meiner Geste.

»Kennst du sie wirklich nicht?«, fragte ich, als ich mich wieder hingesetzt und meine Bettdecke um mich herum festgesteckt hatte.

»Wen?«

»Elsa.«

Ihr leerer Blick sagte alles.

»Wow. Ich wusste nicht, dass es Leute gibt, an denen das tatsächlich vorbeigezogen ist.«

»Erklärst du mir, wer Elsa ist?« Sie sagte es nicht eingeschnappt. Es machte ihr nichts aus, dass ich sie mit ihrem Unwissen aufzog. Nein – sie klang ehrlich neugierig. Es traf einen weichen Punkt in meinem Herzen.

»Die Eiskönigin«, sagte ich und machte mich dann daran, ihr möglichst detailliert den Inhalt der beiden Filme zu erzählen.

Ich erinnerte mich noch genau daran, wie ich mit Sasha den ersten Film im Kino gesehen hatte, weil Mom neben der Arbeit keine Zeit gehabt hatte. Sasha hatte mich zu einer großen Tüte Popcorn überredet, und wir beide hatten gelernt, dass sie sich übergab, wenn sie zu viele Süßigkeiten in zu kurzer Zeit aß.

»Klingt einsam«, sagte Jo, nachdem ich ihr die Handlung des ersten Teils beschrieben hatte. »Das ganze Leben lang das Gefühl zu haben, die Person, die man wirklich ist, verstecken zu müssen, um niemandem Umstände zu bereiten.«

»Ja. Vermutlich«, erwiderte ich, und erzählte ihr nicht, dass Anna mir viel einsamer vorkam – immer im Schatten ihrer Schwester stehend.

»Erinnere ich dich an sie?«

»An Elsa? Nein, nicht so richtig.« Elsa war kühl und blau. Jo war rot und empathisch und hatte eine Nuance von Grau, von der ich nicht mal gewusst hatte, dass sie warm sein konnte. Sie war ein Nostalgiegefühl, das leere Räume in mir ausfüllte, wenn ich es am wenigsten erwartete. Die Erinnerung an heiße Schokolade und Kaminfeuer an jedem Weihnachten in meiner Kindheit.

Wenn ich an Jo dachte, dachte ich an Wärme. Schon neben ihr zu sitzen war tröstlich. Das Einzige, was sie mit Elsa gemeinsam hatte, war ihre Distanziertheit und ihr nicht vorhandenes Kälteempfinden.

»Winnie?«

»Sorry.« Ich lenkte meine Konzentration von meinen Gedanken auf sie. Das warme Gefühl in meiner Brust konnte und wollte ich allerdings nicht abschütteln.

»Worüber wolltest du nachdenken?«, fragte sie. Die Verwirrung musste mir auf die Stirn geschrieben stehen, denn sie erklärte: »Du hast das letzte Mal gesagt, dass du zum Nachdenken hier rauskommst.«

»Ah.« Ich lehnte meinen Hinterkopf gegen die Hauswand in meinem Rücken und stieß den Atem aus. Eine kleine Wolke zog in die Luft. »Ich hatte nur ein Gespräch mit Sasha, das nicht sonderlich gut gelaufen ist.« Mein Blick wanderte automatisch vom Himmel zu Jo. Es fiel mir leichter, es auszusprechen, wenn ich sie dabei neben mir sitzen sah. Wie unerwartet. Bei anderen Leuten wurde es dadurch schwerer, Wahrheiten auszusprechen.

»Etwas, worüber du reden möchtest?«, fragte sie.

Der Gedanke, ihr alles zu erzählen, was mir durch den Kopf ging, war verlockend.

Davon, wie unsere Mutter nur Augen für Sasha hatte.

Die Einsamkeit, die sich mit jedem Jahr zu Hause tiefer in meine Knochen gegraben hatte und nie, nie verschwand.

Die Treffen mit meinem Vater, von denen ich Sasha nichts erzählt hatte.

Egal, was ich mit Jo hätte teilen wollen: Überall tauchte Sasha auf. Und ich wollte sie nicht mit in diesen Moment bringen. Ich wollte ihr in diesem Augenblick keinen Platz zwischen Jo und mir geben.

Stattdessen griff ich durch zwei Metallstreben des Geländers hindurch und zog die Decke über Jos Schulter, wo sie nach unten gerutscht war. Ich setzte mich ihr zugewandt hin, fasste auch nach der anderen Ecke der Decke und hielt die Enden vor ihrer Brust zusammen.

Jo ließ es zu. Als wüsste sie, dass ich meine Hände beschäftigen musste, um besser denken zu können. Verdammt, vermutlich wusste sie es tatsächlich. Ich war ein offenes Buch und sie dafür eins mit sieben Siegeln.

»Verstehst du dich gut mit deiner Familie?«

»Ist das dein Versuch eines subtilen Themenwechsels?«

»Nein. Der war nicht subtil.«

»Aber ein Themenwechsel?«
»Versuchst du, das Thema des Themenwechsels mithilfe eines Themenwechsels zu wechseln?«
Sie schmunzelte. »Vielleicht.«
»Weil du nicht darüber reden möchtest?«
»Es ist kompliziert.«
»Facebook-Status-kompliziert?«
»Ich hab kein Facebook.«
»Oh.«
»Und nein, eher … Ich-weiß-nicht-wie-ich-es-erklären-kann-ohne-dich-zu-verschrecken-kompliziert.«
Ich stockte. Mich zu verschrecken? *Mich?* Mein Herz machte einen Sprung. »Versuch es.«
Jo schwieg lange. Ich gab ihr die Zeit, die sie brauchte, und zupfte Fusseln von dem kuscheligen Stoff. Irgendwann befreite sie ihren Arm aus der Decke. Sie zögerte. Ihre Hand schwebte neben ihr in der Luft. Dann griff sie nach meiner. Sie umfasste meine Finger, drückte einmal zu und legte sie in ihren Schoß, wo sie sie festhielt und mit dem Daumen kleine Muster auf meinen Handrücken malte.

Was auch immer mir noch durch den Kopf gegangen war – ich vergaß es in der Sekunde, in der sie mich berührte. Mein Hirn war wie leer gefegt, mein Körper dagegen ein einziges Chaos aus Herzklopfen und Kribbeln und einem Wechsel aus zu tiefen und zu flachen Atemzügen.

Sie saß leicht vorgebeugt vor mir, betrachtete mich durch ihre Wimpern hindurch. Mir war unendlich warm unter meiner Decke. Sie streckte eine Hand aus, durch das Geländer, und mein Herz stolperte nicht nur, es setzte aus und sprintete danach aufgeregt in meiner Brust umher.

Jo nahm das Ende eines meiner Zöpfe zwischen die Finger. Ich trug immer noch die Frisur, die Sasha mir vorhin geflochten hatte. Sie strich über die Haarspitzen, bevor sie den Zopf auf meine Schulter fallen ließ. Aber statt ihre Hand zurückzuziehen, kamen ihre Fingerkuppen an meinem Hals zum Liegen.

Ein Schauer fuhr mir über den Rücken. Ich konnte den Blick nicht von Jo lösen. Das leichte Runzeln zwischen ihren Augenbrauen. Die gesenkten Lider. Sie sah dabei zu, wie einer ihrer Finger an meinem Hals hinab und dann wieder nach oben fuhr. Über meinen Kiefer, meine Wange und zu meinen Lippen. Ihr Daumen glitt zu meinem Mundwinkel. Dann wieder zu meinem Hals.

Ich öffnete den Mund und wollte ... Ich wollte ... so vieles auf einmal. Sie schmecken, sie spüren, sie anfassen. Mehr mit ihr reden, aufhören, mit ihr zu reden. Ich wollte ihre Hand nicht mehr loslassen, ich wollte, dass sie aufstand und mich an sich zog oder sitzen blieb und weiter mein Gesicht berührte. Ich wollte *alles*, und die Wucht, mit der all diese Bedürfnisse auf mich einprasselten, ließ mich schwindelig zurück.

»Darf ich dich küssen?«

Meine Stimme war leise und heiser.

Jos Finger erstarrte unterhalb meines Kiefers. Sie musste spüren können, wie sehr mein Herz trommelte. Ihr Blick klebte an ihrer eigenen Hand. Der verhangene Ausdruck wich aus ihrem Gesicht.

Sie riss die Hand zurück.

Ein hallendes Rumsen ließ mich zusammenzucken.

Jo fiel nach hinten, als hätte sie sich verbrannt. Sie drückte sich die Hand, mit der sie in der Eile gegen die Metallstrebe geschlagen hatte, an die Brust. Ihre Augen waren weit aufgerissen.

Ich zog die Schultern an. »Sorry, ich ... Du hast ... Ich dachte, wir ... Jo?«

Als sie aufstand, fiel ihr die Decke von den Schultern. Sie sah mich nicht mal an. Ihre Hände waren zu Fäusten geballt, und es fühlte sich an, als hätte sie mir damit in den Magen geboxt.

Jo stieß wortlos ihre Balkontür auf. Sie zögerte. Eine, zwei, drei Sekunden. Dann verschwand sie in ihrer Wohnung.

Ich starrte ihr hinterher.

Griff nach der Kuscheldecke.

Ich zog die Beine an und drückte den weichen Stoff an meinen Oberkörper, während ich die Tür im Auge behielt. Ich wartete darauf, dass sie zurückkam, dass sie nur einen Moment für sich brauchte, dass sie sagte, alles sei okay und meine Frage zwar fehlgeleitet, aber nicht weiter schlimm gewesen. Dass ich etwas falsch verstanden hatte und wir darüber redeten und dann wieder normal miteinander umgehen konnten.

Aber sie kam nicht.

Es war still. Ihre Fenster waren dunkel.

Meine Wangen glühten, aber mir war so verdammt kalt.

12

Ich sah Jo am Montag nicht. Oder am Dienstag.

Am Mittwoch kam Sasha nach Hause und warf ihre Tasche im Wohnzimmer vor das Sofa, ehe sie sich neben mich fallen ließ. Sie stellte die Füße auf den Tisch. Normalerweise hätte ich etwas dazu gesagt, aber ihre schlechte Laune ging in Wellen von ihr aus, und ich wollte nicht noch Öl ins Feuer gießen.

Stattdessen hielt ich ihr stumm meinen Teller hin. Apfelschnitze und Kekse lagen darauf – die Sorte, die viel zu trocken war und eigentlich nur mit einem Glas Milch gegessen werden konnte –, und Sasha schnappte sich jeweils ein Stück. Sie kaute energisch darauf rum, als versuchte sie, ihren Ärger an dem Essen auszulassen. Ich war froh zu sehen, dass sie sich seit gestern wesentlich besser fühlte; von den Hustenanfällen, die sie nachts noch überkamen, abgesehen.

»Langer Tag?«, fragte ich und stellte den Teller auf die freie Sitzfläche zwischen uns.

Sasha stieß ein Stöhnen aus und legte den Kopf in den Nacken. Sie starrte an die weiße Decke, um sich zu beruhigen, und gab dann einen brummenden Ton von sich, den ich als Zustimmung wertete.

»Willst du drüber reden?« Die Frage war nicht uneigennützig. Jede Ablenkung, die dafür sorgte, dass ich nicht in Dauerschleife daran dachte, wie Jo mich einfach auf dem Balkon hatte sitzen lassen, war willkommen. Es war das, was ich die letzten zwei Tage über durchgängig gemacht hatte, und mit jedem Mal fühlte ich mich elendiger dabei.

Sie schien hin und her zu überlegen, bis es aus ihr hervorplatzte. »Unser Dozent möchte, dass wir morgen in der Zeit, in der wir eigentlich freihätten, zu einem Vortrag gehen, der weder großartig was mit unserem Fach zu tun hat, noch irgendwelche Vorteile für uns bringt.« Sie stöhnte. »Ich wollte mit Sōma und Victor einen Pop-up-Store in Manhattan besuchen gehen, der nur morgen geöffnet hat. Aber ich hab gehört, dass er auf die Anwesenheit guckt, obwohl es eine freiwillige Veranstaltung ist. Was ist das, eine Lose-lose-Situation?«

»… ist das legal?«

»Du meinst, in einen Powertrip zu verfallen, weil man die Zukunft junger Menschen in der Hand hat? Hahahaha …« Ihr Lachen war an der Grenze zur Hysterie. Sie rieb sich mit beiden Händen über das Gesicht, und als sie sie danach wieder sinken ließ, wirkte sie um einiges müder. »Hast du zufällig was von Jo gehört?«

»Von Jo? Nein, warum?«

»Sie war die letzten Tage nicht in der Uni«, erklärte sie. »Sie hat mir zwar am Montag geschrieben, dass alles in Ordnung ist und sie bald wiederkommt, aber was ist ›bald‹ und warum so vage? Ich weiß nicht, vielleicht hab ich sie mit meiner Erkältung des Todes angesteckt und sie ist zu nett, um etwas zu sagen, weil sie mir kein schlechtes Gewissen bereiten möchte.«

Ich knibbelte an der Haut meines Daumens. Sie war rot, und ich wusste, wenn ich mir nicht bald etwas suchte, um meine Hände zu beschäftigen, würde sie anfangen, zu bluten.

Die letzten zwei Nächte hatte ich mit offenem Fenster gewartet und mir dabei den Hintern abgefroren, aber sie war nicht aufgetaucht. Egal, was ich tat – es ließ mich nicht los.

Ich hatte mir eingeredet, dass sie versuchte, einen größtmöglichen Bogen um mich zu machen, damit ich nicht noch mehr Signale fehlinterpretierte. Je länger ich darüber nachdachte, desto mehr wollte ich die Zeit zurückdrehen und der Winnie von Sonntag eine Socke in den Mund stopfen, damit sie nichts sagte und den Moment verdarb.

Wie musste die Situation aus ihrer Sicht gewirkt haben? Beim Gedanken daran verknotete sich mein Magen und ich rutschte tiefer in die Kissen des Sofas. So war es jedes Mal. Wenn ich jemanden mochte, bildete ich mir ein, dass jede Berührung etwas bedeutete. Ich las zwischen den Zeilen, zwischen denen es nichts zu lesen gab und füllte jedes Schweigen, jeden Leerraum mit meiner eigenen Vorstellungskraft.

Ich tat es nicht absichtlich. Es war eher so, als wäre der Wunsch, dass meine Fantasien der Realität entsprachen, so stark, dass ich es nicht bemerkte, wenn meine Gefühle nicht erwidert wurden.

Ein stechender Schmerz schoss durch meinen Daumen. Ich ballte die Hand zur Faust, weil ich das Blut nicht sehen wollte – und noch weniger, dass Sasha es bemerkte. Ich tat, als würde ich mich für die Serie, die im Fernsehen lief, interessieren, aber in Wahrheit wollte ich nur nicht allein mit mir sein. Selbst mit der Ablenkung drehten meine Gedanken Kreise und etwas in meinem Brustkorb zog sich jedes Mal zusammen, wenn ich an Jo dachte.

Nach einer halben Stunde ging ich schließlich in mein Schlafzimmer.

Wie bescheuert. Ich war zu voreilig und zu hoffnungsvoll und jetzt auch noch erbärmlich genug, dass ich es nicht einfach abtat, sondern den gesamten Abend, den Jo und ich miteinander verbracht hatten, in seine Einzelteile zerlegte. Jedes Zucken, jedes Zurückschrecken, jedes Zeichen von Anspannung auf dem Festival reihte ich aneinander. Vor meinem inneren Auge sah ich, wie sie sich versteifte, als meine Hand ihre streifte. Und wie ich es danach *noch mal tat*, als wäre das Zeichen nicht deutlich genug gewesen.

Ich hockte mich mitten in meinem Zimmer hin, die Hände in den Haaren, und zog an ihnen in der Hoffnung, dass der Schmerz an meiner Kopfhaut mich von diesen Gedanken ablenkte.

Dämlich, dämlich, dämlich.
Was bildest du dir ein?
Ausgerechnet du.

Ich senkte den Kopf. Presste mir die Hände auf die Ohren und meinen Zeigefinger gegen die wunde Stelle an meinem Daumen. Es dauerte, aber das Brennen half, mich an etwas zu erinnern: Ich war kein Kind mehr. Ich war nicht klein, ich war nicht hilflos und ich war vor allem auf niemand anderen angewiesen.

Dann hatte ich etwas falsch interpretiert. Na und? Die wenigen Wochen, die ich Jo kannte, waren nicht wichtig genug, als dass ich mich nun selbst fertigmachen sollte.

Ich stieß geräuschvoll den Atem aus und ließ meine Hände sinken. Getrocknetes Blut klebte an meinem Zeigefinger, am Daumen und in der Handfläche.

Meine Desinfektionstücher lagen seit unserem Einzug in diese Wohnung in der obersten Schublade meines Nachttisches. Bisher hatte ich sie noch nicht wieder gebraucht – jetzt holte ich eins hervor und rieb es über meine Hand, bevor ich es in den Müll warf. Dann setzte ich mich an den Schreibtisch, fuhr meinen Computer hoch und arbeitete an meiner App. Das Fenster ließ ich die ganze Nacht zu.

* * *

»Ich hab nachgedacht«, sagte Blair. Ihre Stimme war blechern. Sie lief in ihrer Einzimmerwohnung hin und her, und räumte ihre frisch gewaschenen Klamotten vom Wäscheständer in der einen Ecke in den Kleiderschrank in der anderen.

»Hat es damit zu tun, dass du den Wäscheständer einmal komplett nach links schieben könntest, um nicht die ganze Zeit hin und her laufen zu müssen?«

Blair stoppte in ihrer Bewegung, einen Berg Socken in den Armen. Sie sah zu den Socken runter, zum Kleiderschrank und schließlich zurück zum Wäscheständer. Dann ließ sie den Kopf in den Nacken fallen und seufzte genervt. Die Socken fielen an Ort und Stelle zu Boden, und sie machte sich daran, den Wäscheständer quer durch den Raum zu ziehen.

Ich sparte mir meinen Kommentar.

Sie räumte die restlichen Sachen weg, ehe sie zurück zum Schreibtisch kam und sich setzte. »Nächstes Mal sagst du bitte etwas, bevor ich schon halb fertig bin, okay?«

Zum Glück sah sie die gekreuzten Finger außerhalb der Kamera nicht, als ich nickte. »Worüber hast du nachgedacht?«

»Ich muss Bernie ersetzen.«

»... warst du nicht pleite?«

»Korrekt.« Sie hob die Hand, wie um ihre Haare hinters Ohr zu streichen, bis ihr einfiel, dass ihre Perücke heute eine kurze war. Die schwarzen Strähnen waren im Nacken lang und rahmten vorne fransig ihr Gesicht ein. Sie trug blaugrüne Perlenohrringe, die farblich auf die bunten Spitzen ihrer Haare abgestimmt waren, und rote Kontaktlinsen, die zu den Akzenten auf dem schwarzen Choker passten.

»Und ... jetzt bist du es nicht mehr? Hast du eine Bank ausgeraubt und mir nichts davon erzählt?«

»Natürlich nicht. Wenn ich das jemals vorhabe, brauch ich dich und deinen Führerschein für meinen Fluchtwagen.«

»Stimmt, weil es bei einem Bankraub wichtig ist, dass jemand mit Führerschein den Fluchtwagen fährt.«

»Eben«, sagte sie. »Was ich aber eigentlich sagen wollte, war, dass ich Bewerbungen für Jobs bei einigen Firmen hier in Seattle verschicken will. Man sollte meinen, dass die ganzen Banken und Versicherungen die besten Sicherheitssysteme für ihre Daten aufgebaut haben, aber es war ehrlicherweise ziemlich leicht, mir einen Benutzernamen und ein Kennwort aus der Kundendatenbank zu ziehen, um eine Support-Anfrage samt PHP-Shell zu erstellen und damit da reinzukommen.«

Ich blinzelte. »Blair.«

»Ja?« Sie hatte die Augen weit aufgerissen und ein unterdrücktes Lächeln auf den Lippen, als wartete sie darauf, dass ich sie für ihre Entdeckung lobte.

»Hast du dich in die Server *von Banken* gehackt?«

Mein Tonfall klang schockiert genug: Sie machte sich auf ihrem Stuhl ganz klein und spielte mit den Silberringen an ihren Fingern.

»Blair?«

»Nicht wirklich.«

»Nicht wirklich …«

»Ja, also, ich hab mich bei keiner Bank eingehackt, sondern es bei einer Versicherung versucht. Und ich habe aufgehört, bevor ich Admin-Rechte hatte. Effektiv konnte ich also ohnehin auf nichts zugreifen.«

»Du … Okay. Und du möchtest diesen Firmen jetzt Bewerbungen schicken, in denen du ihnen davon erzählst, dass du illegalerweise probiert hast, auf ihre Server zuzugreifen, um zu checken, ob ihre Sicherheitssysteme ausreichen?«

Blair gab einen nachdenklichen Laut von sich. »Wenn du es so formulierst, sollte ich es vielleicht noch mal überdenken.«

»Glaube ich auch.«

»Warum ist es so schwer, schnell Geld zu verdienen, argh!« Sie hüpfte genervt auf ihrem Stuhl auf und ab. »Vielleicht probiere ich mich doch an einem Bankraub.«

»Mein Führerschein und ich stehen dir jeden Montag und Mittwoch zur Verfügung.«

Sie nickte dankbar. Dann schien ihr Blick auf die Hausarbeit zu fallen, die sie schon die ganze Zeit auf einem ihrer Bildschirme offen haben musste.

»Wo hängst du?«, fragte ich vorsichtig. Blair reagierte oft allergisch auf Hilfestellungen, wenn sie zu offensichtlich als solche formuliert wurden.

Es ertönte ein Klicken, was mich annehmen ließ, dass sie das Dokument geschlossen hatte.

»Nirgends«, sagte sie. »Ich mach für heute einfach Schluss, um meine kreativen Reserven aufzutanken, und schreib den Rest morgen.«

Das waren die gleichen Worte, die sie schon die gesamte Woche als Ausrede nutzte. Ich hakte nicht nach. Ich wusste, dass ihre Langeweile mit jeder Woche zunahm. Nicht nur innerhalb des Studiums, sondern auch allgemein. Sie hatte keine Freundesgruppe in Seattle – nur Leute, mit denen sie hin und wieder etwas unternahm.

Wenn Blair von Menschen, von Situationen oder Gegenständen gelangweilt war, hörte sie einfach auf, daran zu denken. Sie existierten für sie dann nicht mehr. Leider passierte das sehr schnell – das war dann nicht selten der Zeitpunkt, in dem sie dazu überging, Dinge zu tun, wie sich in Server von Banken und Versicherungen zu hacken.

»Erzählst du mir stattdessen, was bei dir los ist?«

»Bei mir?«, wiederholte ich. »Die Arbeit an der App, morgen wieder ein Treffen mit meinem Dad. Das Gleiche wie immer.«

»Nein, ich meine …« Sie hielt ihre rechte Hand in die Kamera und tippte sich gegen den Daumen. Genau dort, wo an meinem Finger ein Pflaster saß. »Wann hast du damit wieder angefangen?«

»Ah.« Meine Hand lag verräterisch auf der Tischplatte vor mir. Ich hatte nicht daran gedacht, es vor Blair zu verstecken. »Keine Sorge, alles in Ordnung.«

Blair verengte die Augen. Verschränkte die Arme vor der Brust. Wegen der roten Kontaktlinsen war ihr Blick ein bisschen Furcht einflößend. »Das hast du damals auch immer gesagt. Erinnerst du dich? Als Sasha so oft im Krankenhaus war?«

Ja – der Fehler war mir in dem Moment aufgefallen, in dem ich es ausgesprochen hatte.

»Mit dem Unterschied, dass ich es diesmal ernst meine«, beteuerte ich. Wirkte es dadurch noch unglaubwürdiger? Ich war mir nicht sicher.

»Winnie.«

»Versprochen«, sagte ich, unsicher, ob ich das Versprechen würde halten können. Ich wollte sie beruhigen. Ihr sagen, dass ich es nicht noch einmal so weit kommen lassen würde, bis die Haut an meinen Fingern blutig und entzündet war. Aber dafür hätte ich mir selbst glauben müssen – und das war die viel größere Herausforderung. Wenn das drückende Gefühl in meiner Brust anschwoll, war es, als würde ich meine Hände nicht selbst kontrollieren. Ich konnte mich noch so oft daran erinnern, mich nicht zu kratzen: Am Ende tat ich es doch.

»Ich hab nur …« Ich brach ab. Versuchte es von Neuem. »Ich hab dir doch erzählt, dass ich mit unserer neuen Nachbarin auf dem Festival in der Lower East Side gewesen bin?«

»Ja.«

»Es war gut«, sagte ich. »Mit ihr dort. Wir hatten Spaß …

denke ich. Wir haben uns gut unterhalten. Wir haben einen Haufen Essen gekauft, sind nach Hause gefahren. Haben uns verabschiedet.«

Ich machte eine Pause. Blair sagte nichts, aber ihr starrer Blick zeigte mir, dass sie konzentriert zuhörte. Und meine Worte vermutlich bereits drehte und wendete und auf ihre viel zu aufmerksame Weise interpretierte.

»Ich hab Sasha das Essen gegeben. Und ...« Ich deutete schräg hinter mich zum Fenster. »Und wir haben uns später noch mal draußen gesehen. Uns weiter unterhalten. Ich hab ihr eine Decke gegeben, weil ich Sorge hatte, dass sie sonst zum Eisklotz erstarren würde.« Ich zögerte, zögerte, zögerte. Dann, viel leiser: »Ich hab gefragt, ob ich sie küssen darf.«

Blair öffnete leicht den Mund, bevor sie die Lippen aufeinanderpresste. Als würde sie meine nächsten Worte bereits kennen, aber warten wollen, bis ich sie selbst aussprach. Sie löste die Arme vor ihrer Brust und streckte eine Hand über den Schreibtisch aus. Es sah aus, als wollte sie unbewusst nach meiner greifen.

Mein Finger rieb Kreise über das Pflaster an meinem Daumen.

»Sie ist gegangen«, sagte ich nach einer Weile. »Danach. Ohne was dazu zu sagen.«

Am liebsten hätte ich die Kamera ausgeschaltet und mich in meinem Bett versteckt. Es war mir peinlich. Gott, war es mir peinlich. Sobald ich mich nicht mehr ablenkte, dachte ich daran, wie schrecklich es sich angefühlt hatte, draußen zu sitzen und nur noch ihren Rücken zu sehen zu bekommen, bevor sie in ihrer Wohnung verschwand.

Nicht nur das. Es war Scham und es war Ärger und Angst, dass ich etwas Falsches gesagt oder getan hatte, aber egal, wie oft ich die Szene vor meinem inneren Auge abspielte, ich verstand es nicht. Ich verstand nicht, was passiert war, und dieses Unwissen ließ mich verärgert und unsicher zurück.

Blair schloss die Augen. Schüttelte den Kopf. Als sie mich wieder ansah, wünschte ich mir mehr als alles andere, dass zwischen Seattle und New York nur ein paar Meilen lagen. Ich hätte ihre Umarmung wirklich gut gebrauchen können.

»Habt ihr seitdem noch mal miteinander geredet?«

Ich schüttelte den Kopf. »Sie ist nicht mehr hier gewesen. Oder überhaupt irgendwo. Sasha hat sie die letzten Tage auch nicht gesehen, und normalerweise gehen sie morgens zusammen los.« Das war der schlimmste Teil daran.

Blairs Augen weiteten sich verstehend. »Und du glaubst, das ist wegen dir?«

Ich zuckte mit den Schultern, legte den Kopf schief. Kein Ja, kein Nein, obwohl ich innerlich rief: *Ja, ja, ja! Woran soll es sonst liegen, wenn nicht an mir?*

»Okay.« Eine Weile sagt sie nichts weiter, aber ich wusste, dass sie genügend Dinge zwischen den Zeilen hatte lesen können. Es würde mich nicht wundern, wenn sie mir eines Tages verkündete, dass sie die ganze Zeit meine Gedanken gelesen hatte.

Sie saß mit mir in diesen abwertenden, stechenden Gefühlen und ließ sie mich einfach fühlen. Irgendwann veränderte sich ihr Gesichtsausdruck. Er war nicht weniger mitfühlend oder verständnisvoll, wirkte durch die zusammengezogenen Augenbrauen aber ernster.

»Frage«, sagte sie dann. »Möchtest du meine Meinung dazu hören? Oder lieber nur alles mit mir teilen, weil du es nicht allein mit dir herumschleppen willst?«

Ich nahm mir einen Moment, um darüber nachzudenken, aber eigentlich war meine Antwort von vornherein klar. »Deinen Input bitte.«

»Okay, dann Folgendes: Hast du darüber nachgedacht, dass bei ihr einfach irgendetwas passiert sein könnte, wovon sie euch nicht sofort erzählen möchte?«, fragte sie.

Kurz. Es war neben den Selbstvorwürfen verblasst. Neben den »Was hab ich falsch gemacht?«. Ich brauchte es nicht aussprechen, damit Blair das verstand.

»Ich weiß, dass ich in so einer Situation auch nicht daran denken könnte. Ich wäre fuchsteufelswild, wenn mich jemand nach der Frage einfach stehen lassen würde«, sagte sie. »Aber ... So groß und verletzend sich das für dich anfühlt – nicht jedes Detail im Leben anderer Leute hat mit dir zu tun.«

Sie verzog das Gesicht, als sie ihre eigenen Worte hörte.

»Nicht weil du nicht wichtig bist. Oder weil du es nicht verdient hast, ernst genommen zu werden oder bei jemandem an erster Stelle zu stehen«, beeilte sie sich, zu erklären. »Sondern weil es sich für dich gerade anfühlt, als würde dieses Gefühl alles einnehmen und du deswegen denkst, dass es bei anderen auch so sein sollte. Was es aber nicht ist. Du fühlst es die ganze Zeit. Du denkst die ganze Zeit darüber nach. Aber andere Leute tun das nicht. In manchen Fällen denken sie vielleicht überhaupt nicht darüber nach, wenn gerade etwas anderes dazwischenkommt und sie keine Kapazitäten dafür haben.«

Sie machte eine Pause und tippte mit ihrem Zeigefinger einen leisen Rhythmus auf ihren Tisch.

»Was ich damit sagen möchte: Ich weiß, es fühlt sich nicht im Geringsten schön an. Und das ist völlig in Ordnung. Deine Gefühle sind deine Gefühle. Aber vielleicht, wenn du hinter das Verletztsein guckst. Dann gibt es noch andere Gründe, weshalb sie reagiert hat, wie sie reagiert hat, und jetzt nicht zur Uni oder zu euch nach Hause kommt.«

Ihre Worte hallten in meinen Ohren nach. Ich starrte den

Zauberwürfel neben meinem Monitor an, während ich das, was Blair gesagt hatte, verarbeitete. Dass ich nicht der Nabel der Welt war – und obwohl das etwas war, was meinem Selbstbewusstsein einen Dämpfer hätte verpassen sollen, tat es in Wirklichkeit nur eins: Es beruhigte mich. Es gab mir einen anderen Ansatzpunkt, zu dem ich mich zwischen all den Emotionen, die in mir tobten, noch nicht hatte vorarbeiten können.

Ich wusste, dass sie recht hatte. Irgendwo, hinter dem verletzten Stolz und der Unsicherheit. Wenn ich den schalen Geschmack außer Acht ließ, den Jos Abgang bei mir hinterlassen hatte, tauchten unendlich viele andere denkbare Gründe für ihre Reaktion, für ihre Stille vor mir auf. Vielleicht mochte sie es nicht, berührt zu werden, hatte andere Sorgen oder war krank. Es gab Tausende Möglichkeiten, und nur, weil mir die, in der ich selbst am meisten verletzt wurde, am realistischsten erschien, bedeutete das nicht, dass sie das auch war.

»Davon abgesehen habe ich als deine beste Freundin trotzdem das Recht, hier und jetzt zu sagen, dass es ihr Pech ist, wenn sie dich abblitzen lässt«, fügte Blair nachträglich hinzu. »Ich bin absolut bereit, ihr Auto mit rohen Eiern zu bewerfen.«

»Ich weiß nicht, ob sie ein Auto hat.«

»Das lässt sich ja rausfinden«, murmelte sie, beließ es aber dabei.

»Danke, Blair.« Ich konnte das Maß an Dankbarkeit, das ich fühlte, gar nicht in das Wort legen. Mir fiel aber auch keins ein, das es besser vermittelt hätte. Wie sehr ich sie brauchte, um klar sehen zu können. Mein Leuchtturm. Mit ihrem Licht wirkte alles ein klein wenig heller. Leichter.

Ein Lächeln zupfte an meinen Mundwinkeln. »Hast du wirklich ›fuchsteufelswild‹ gesagt?«

Blair schnaubte und hob das Kinn wie eine Königin an, die sich für nichts zu rechtfertigen hatte. »Hast du was dagegen?«

Ich schüttelte den Kopf – und lachte jetzt wirklich. Es war befreiend. »Es passt zu dir.«

Sie grinste zufrieden. Und verfiel in eine umfangreiche Erläuterung dazu, weshalb sie nicht nachvollziehen konnte, dass rohe Eier beliebt dafür waren, den eigenen Ärger zum Ausdruck zu bringen. Es war faszinierend, wie sie vom Hundertsten ins Tausendste kam und irgendwann bei der systematischen Verschwendung von Lebensmitteln landete.

Blair zuzuhören war, wie einem Lieblingspodcast zu lauschen. Einnehmend und entspannend. Meine Gedanken schweiften dabei immer wieder zu dem, was sie gesagt hatte – und damit auch zu den Umständen, die für Jos Stille verantwortlich sein könnten.

Sie kam mir nicht wie eine Person vor, die Sasha auch meiden würde, nur, um nicht mit mir sprechen zu müssen. Ich konnte nicht erklären, weshalb ich das dachte, und ehrlicherweise zeigte es mir nur sehr deutlich, wie wenig ich bisher über sie wusste. Dennoch war es in meinem Kopf eine Tatsache. Und das wiederum rief Sorge in mir wach.

Ein wenig später verabschiedete ich mich von Blair. Begann, in meinem Zimmer auf und ab zu laufen.

Vielleicht ging es ihr tatsächlich nicht gut. Vielleicht war etwas passiert, und deswegen hatte sie sich zurückgezogen.

Ich beschloss nach ihr zu sehen, und redete es mir dann wieder aus. In meinem Kopf ging es hin und her, bis ich kurzerhand das Fenster öffnete. Ich lehnte mich nach draußen, aber Jos Balkon war wie erwartet leer. Jetzt, wo ich darüber nachdachte, konnte ich mich auch nicht daran erinnern, dass ich an den letzten beiden Tagen Licht in ihrer Wohnung gesehen hatte. Zumindest nicht in dem Zimmer, das auf dieser Seite lag.

Dann gibt es noch andere Gründe, weshalb sie reagiert hat, wie sie reagiert hat und jetzt nicht zur Uni oder zu euch nach Hause kommt.

Was, wenn Sasha Jo tatsächlich angesteckt hatte? Was, wenn sie seit Tagen krank in ihrem Bett lag und es ihr elendig ging? Hatte sie jemanden, den sie dann um Hilfe bitten konnte? Der sich um sie kümmerte?

Mein Zeigefinger kratzte über das Pflaster an meinem Daumen.

Was, wenn sie niemanden hatte? Wenn es ihr schlecht ging? Wenn etwas passiert war und sie jemanden brauchte? Mein Ego war angeknackst, ja – aber war das Grund genug, zu ignorieren, dass sie von jetzt auf gleich wie vom Erdboden verschluckt war?

In meinem Hinterkopf schwirrte die Stimme meines Vaters umher. *In letzter Zeit verschwinden häufiger jüngere Leute.*

Ich schwang meine Beine durch das Fenster nach draußen. Das Geländer zwischen unseren Wohnungen war nicht hoch, aber ich hatte trotzdem Probleme, drüberzuklettern. Vor allem mit dem Wissen im Kopf, dass nur jemand von der Straße nach oben schauen brauchte und mich sofort hier hängen sehen würde.

Das Metall des Geländers war kalt unter meinen Händen. Ein dumpfer Laut hallte durch die Luft, als ich auf Jos Balkon landete. Ich warf einen Blick durch die Balkontür, konnte aber nichts erkennen. Es war dunkel.

Kurz überlegte ich, zurück in mein Zimmer zu klettern und wie ein normaler Mensch die Klingel an ihrer Wohnungstür zu benutzen. Aber ich wollte nicht an Sasha vorbei und ihr erklären müssen, woher mein plötzliches Verlangen kam, sicherzugehen, dass mit Jo alles in Ordnung war. Daher klopfte ich vorsichtig mit dem Handrücken an das Glas. Keine Reaktion.

Ich drückte gegen die Tür, leicht nur – und stockte, als sie ein paar Zentimeter aufschwang.

Mir wurde flau im Magen. Machte Jo die Tür nie zu? Es war nicht schwer, über die Feuerleiter hierherzukommen. Ich selbst war das beste Beispiel.

»Jo?« Es war ein leises Rufen. Eins, das mir aus Horrorfilmen bekannt vorkam, kurz bevor der Mörder auftauchte. Die Härchen auf meinen Armen stellten sich auf, und mich überkam dieses nicht greifbare Gefühl, dass irgendetwas nicht stimmte.

Die Tür ging unter meiner Hand weiter auf. Ein Spalt, durch den ich besser sehen konnte. Es war ... völlig ruhig. Die Stille ließ meinen Herzschlag in meinen Ohren dröhnen. Ich drückte mich durch die Tür, sagte mir selbst, dass es in Ordnung war. Dass ich nur nachsehen wollte, ob es Jo gut ging.

Meine Füße sanken in einen hellen, weichen Teppich, und die Straßenlaternen warfen genügend Licht in den Raum, dass ich nicht gegen das Sideboard rechts von mir an der Wand lief. Das Zimmer war geschnitten wie mein eigenes, nur wesentlich leerer. Ein Teppich, ein Sideboard, ein Kleiderschrank. An zwei von vier Wänden stand nichts. Im Flur sah es ähnlich aus. Kaum Möbel, keine persönlichen Gegenstände. Keine Souvenirs oder Erinnerungen an ihre Familie.

Ich traute mich nicht, die Lichter einzuschalten. Schob mich über den Flur, am Badezimmer vorbei. Mein Atem kam mir unnatürlich laut vor. Ich wollte Jos Namen noch einmal rufen. Er blieb mir im Hals stecken, als ich ein Rascheln hörte.

Kleidung, die aneinander rieb. Jemand, der sich bewegte. In der dunklen Wohnung.

Ein Schauer lief mir den Rücken runter. Meine Finger fuhren über eine geschlossene Tür. Tasteten nach der Türklinke. Ein Quietschen zerschoss die Stille, als sie aufschwang.

Ich hielt inne.

Atmete ein.

Es roch ... metallisch?

Die Tür ging weiter auf. Schob etwas vor sich her. Ein schwaches Licht erhellte den Raum. Der Geruch wurde stärker. Ich machte einen Schritt in das Zimmer und ich sah – ich sah ...

»Jo?« Mit dem Rücken an ein Sofa lehnend. Den Kopf gesenkt, die Hände auf die Augen gedrückt. Die Haare im Gesicht. Sie musste mich gehört haben. Ich sah, wie sie sich versteifte. Wie jeder Muskel ihres Körpers sich anspannte. Aber sie hob den Kopf nicht. Sie sah mich nicht an.

»Ist alles okay?« Ich wagte mich einen Schritt näher, unsicher, ob die Sirenen in meinem Kopf mir sagen wollten, dass ich helfen oder weglaufen sollte. »Wir haben uns Sorgen gemacht, weil du ...«

Noch ein Schritt. Unter meinem Fuß knirschte etwas. Eine ... Saftpackung? Ich wollte sie aufheben, als ich sah, dass sie *überall* lagen. Mehrere Dutzende davon. Auf eine Weise zusammengeknüllt, die deutlich machte, dass jede einzelne davon leer war. Manche hatten rötliche Spuren auf dem Boden hinterlassen.

Und in meinem Kopf arbeitete etwas. Puzzleteile, die versuchten, sich zusammenzufügen, aber nicht zueinanderpassten.

Ich ging zu Jo. Atmete durch den Mund, weil dieser metallische Geruch, der hin und wieder schwach an ihr zu hängen schien, hier stark und unangenehm war. Er erinnerte mich an Blut. Eine Verletzung?

Nur ein knapper Meter lag zwischen uns. Ich streckte die Hand aus, um ihr zu helfen, um sie zum Arzt zu bringen, um zu sehen, wo sie verletzt war.

Mein Arm flog zur Seite. Jo zog ihren zurück, als hätte sie sich verbrannt, als sie meinen Arm weggeschlagen hatte. Mit einer solchen Inbrunst, dass es sich anfühlte, als wollte sie ihn mir auskugeln.

Sie hob ihren Kopf an.

In meinen Ohren rauschte es.

Haare hingen ihr im Gesicht. Blutrote Strähnen, die ein Auge verdeckten.

Ich sah Eckzähne. Lang. Scharf. An ihrer Wange klebte Saft. Saft? Blut? Oh Gott.

Ich machte einen Schritt zurück. Weg von ihr. Stolperte und fiel zu Boden.

Sie sah mich an. In dem Weiß ihrer Augen waren unzählige rote Äderchen.

Blutrot.

Blutrot.

Blutrot.

Überall diese Farbe.

Jo war ... Ich ... ich ... *Was zur Hölle passiert hier?*

Sie lehnte sich in meine Richtung. Für einen irrwitzigen Moment dachte ich, sie wollte mir aufhelfen. Sie stützte sich mit einer Hand auf dem Boden ab. Ein Bein unter ihr, als wollte sie ...

Sie kniff die Augen zusammen. Eine Ader trat an ihrem Hals hervor. Alles an ihr war angespannt.

»Geh.«

Ihre Stimme klang falsch. Rau. Kalt. Unmenschlich.

Und ich war ... Ich dachte ...

»GEH!«

Ihr Schrei riss mich aus meiner Starre. Ich schob mich von ihr weg, versuchte, auf die Beine zu kommen. Meine Hand landete in einer Pfütze aus Saft ... Rot ... Mir drehte sich der Magen um.

Meine Beine zitterten unter mir. Ich wunderte mich, dass

sie mich überhaupt trugen, aber sie taten es – aus dem Zimmer, aus der Wohnung in den Hausflur, mit Jos Blick im Rücken und ihrem Anblick im Kopf.

Ich klingelte bei uns, betete, dass Sasha es nicht überhörte und fiel in die Wohnung, Sasha fast in die Arme, als sie endlich öffnete. Verschwommen nahm ich ihren Gesichtsausdruck wahr, den Schock darin, die Verwirrung, weil ich für sie immer noch in meinem Zimmer sein sollte. Aber es drang nicht zu mir durch. Ich drückte mich an ihr vorbei, warf ihr eine Ausrede zu, die ich einen Herzschlag später vergaß, und schaffte es, dass sie das Rot an meiner Hand nicht sah, dass sie mir nicht in mein Zimmer folgte und keine Erklärung verlangte für etwas, für das ich keine hatte.

Die Tür fiel hinter mir zu und meine Beine gaben unter mir nach. Ich hörte, wie mein Hinterkopf gegen die Tür schlug, spürte es aber nicht.

Ich hob meine Hand vor mein Gesicht. Das Rot klebte daran. Ich würgte. Zwang mich, die Übelkeit runterzuschlucken. Weiße Punkte tanzten vor meinen Augen. Ich drückte mir meine saubere Hand auf den Mund, bemühte mich, meinen Atem unter Kontrolle zu kriegen.

Und als er ruhiger wurde – als meine Haut sich nicht mehr zu eng anfühlte, schloss ich die Augen. Sofort tauchte ein Bild von Jo vor mir auf. Die Anstrengung, die es sie gekostet hatte, an ihrem Platz sitzen zu bleiben. Die … die Eckzähne. Ihre roten Augen.

Die Puzzleteile setzten sich zusammen.

Mein Hirn weigerte sich, darüber nachzudenken, und konnte gleichzeitig über nichts anderes nachdenken.

Ein Wort drängte sich in mein Bewusstsein. Es hallte in meinen Ohren wider. Raubte mir den Verstand.

Vampirin.

PART 2

Jo

13

Wie ein Tier im Käfig. So fühlte ich mich, eingesperrt in dieser Wohnung. Ich traute mich nicht, sie zu verlassen, traute mich nicht zur Uni oder auf den Balkon. Überall lauerte die Gefahr, auf Winnie zu treffen, und ich konnte nicht ... Ich bekam das Bild nicht aus dem Kopf. Meine Hand an ihrem Hals. Ihr Herzschlag direkt unter meinen Fingerspitzen.

Immer wieder tauchte es auf. Sobald sie sich in meiner Nähe befand, brannte ich von innen heraus. Ich war es fast schon gewohnt.

Aber nicht so. Nicht *so*.

Nägel in meinem Hals, in meinem Brustkorb. In meinem Kopf.

Ich versuchte, mich an unser Gespräch zu erinnern, aber da war nur dieser Schleier, der mir die Sicht nahm. Der die Welt in Glutrot tauchte, mich benommen machte und mir meine Gedanken nahm.

Ich knüllte die Saftpackung in meiner Hand zusammen. Ließ sie in die Spüle fallen, nahm die nächste.

Es hört nicht auf. Es hört nicht auf, es hört nicht auf, es hört nicht auf.

Egal, wie viel Blut ich trank.

Meine Eckzähne bohrten sich in meine Unterlippe. Ich krallte mich in die Arbeitsplatte, um zu verhindern, dass ich mich zurück auf den Balkon begab. Dass ich den Fehler beging und nach Winnie suchte, so wie jede Zelle meines Körpers es von mir zu verlangen schien.

Es dauerte. Minuten. Stunden. Tage, in denen ich mich in meiner Wohnung einschloss und versuchte, mich unter Kontrolle zu bekommen. Ich hatte keine Ahnung, wie viel Zeit verging, bis der Schleier sich legte. Bis ich in den Spiegel schauen konnte und das Rot in meinen Augen langsam wieder dem Weiß wich.

Das war auch der Moment, in dem ich bemerkte, dass mein Vorrat an Blut seit meinem Gespräch mit Winnie auf dem Balkon vor vier Tagen gefährlich zur Neige gegangen war. Mein Kühlschrank war fast leer. Drei Päckchen mit Erdbeeraufdruck standen noch im mittleren Fach.

Ich starrte sie an, als würden es auf diese Weise mehr werden, warf die Kühlschranktür zu und griff auf dem Weg zum Wohnzimmer nach meinem Handy, um Dylan zu schreiben.

Ich: Gibt es eine Möglichkeit, dass ich den nächsten 1–2 Tagen einen neuen Vorrat Blut bekomme?

Ich zögerte, bevor ich es abschickte. Sie würde nachfragen – sie musste nachfragen, immerhin war das Management der Blutkonserven ihr Job. Ich wusste partout nicht, wie ich ihr jemals erklären sollte, was aktuell passierte. Aber hatte ich eine andere Wahl?

Nicht wirklich.

Ich schickte die Nachricht ab. Hoffte, dass sie heute Überstunden machte oder zumindest auf ihr Handy schaute.

Es dauerte viel zu lange. Jede Sekunde, die verging, fühlte sich endlos an.

Dylan: Warte, ich schreib dir ne Mail. Wir sollen solche Sachen doch nicht privat besprechen. Datenschutz und so.

Von: dylan.nielsen@vamps.com
An: jo-e1603@vamps.com
Betreff: FW: RE: RE: nächste Trinkpäckchen

Hey Jo,

okay, hier kommt sie, die Standardantwort: Wie du weißt, ist dein Vorrat auf deinen Verbrauch abgestimmt. Sollte mehr benötigt werden, muss es vorab geklärt werden. So leid es mir tut, ohne Weiteres kann ich dir nicht mehr geben. Deinen nächsten Vorrat erhältst du in zwei Wochen.

Liebe Grüße
Dylan

Ich tigerte in der Wohnung auf und ab. *Zwei Wochen.* Zwei Tage würden schwer auszuhalten sein, wie sollte ich es schaffen, drei Packungen so lange zu strecken?

Ich: Dafür hättest du mir keine Mail schreiben müssen.
Dylan: Psscht, deswegen steht da doch »Standardantwort«. Ich kann Dir per Mail nicht schreiben, dass ich dir welche besorge, weil ich sonst Probleme kriege, wenn mal wer in mein Postfach guckt.
Ich: Dylan, bitte.

Mein Fuß stieß gegen eines der Saftpäckchen. Es lag dort, wo sich auch alle anderen befanden – leer getrunken in dem Wohnzimmer verteilt, wo ich die letzten Tage verbracht hatte.

Ich war zu benebelt gewesen, als dass ich daran hätte denken können, sie wegzuräumen.

Ich ballte meine freie Hand zur Faust. Dieser Kontrollverlust ... Er fühlte sich nicht normal an. Er war nicht normal. Er fühlte sich an wie damals vor zehn Jahren, als ich nach meiner Verwandlung aufgewacht war. Als jeder Zentimeter meines Körpers wehgetan und sich nach etwas gesehnt hatte, das ich damals noch nicht verstand.

Es war Dylan gewesen, die mir beigebracht hatte, den Durst zu kontrollieren. Wie ich damit umgehen konnte, wenn er mich überkam. Sie war an den Tagen bei mir gewesen, an denen ich lieber gestorben wäre, als noch eine Sekunde länger mit dem Brennen leben zu müssen.

In den letzten Jahren hatte ich das Wissen, wie ich mit dem Durst umging, nicht mehr gebraucht. Die Trinkpäckchen, die alle Vampire von der Organisation bekamen, machten es leichter. Wenn wir die nicht hätten ... wenn ich die nächsten zwei Wochen ohne Blut überleben musste ...

Ich erschauderte bei der Vorstellung, so lange hier ausharren zu müssen. Mit Winnie nebenan, nur eine Wand zwischen uns.

Ich war so kurz davor gewesen, in dem Rauschen, das mich auf dem Balkon mit Winnie überfallen hatte, meinen Verstand zu verlieren.

Ich sah es vor mir. Mein Mund an ihrem Hals. Blut, das in ihren Ausschnitt tropfte und ihren weißen Pullover färbte. Der metallische Geruch. Der Drang in meinem Bauch, mehr zu nehmen, immer mehr.

Ich ließ mein Handy fallen. Rutschte vom Sofa, presste die Beine an den Oberkörper und meine Handballen auf die Augen. Ich spürte den Nebel an meinem Bewusstsein kratzen. Knochige Finger, die sich um meinen Verstand legten und drückten, bis der Schmerz das Einzige war, was sich real anfühlte.

Und dann … war da dieser Geruch. Der mir in der Nase brannte. Und der den letzten Rest meiner Selbstbeherrschung ins Wanken zu bringen drohte. Es fühlte sich so echt an. So nah. So …

»Jo?«

Mein Körper versteifte sich. Jeder Muskel, bis zum Zerreißen.

»Ist alles okay?« Die Stimme. *Ihre* Stimme. Direkt neben mir. »Wir haben uns Sorgen gemacht, weil du …«

Verschwinde.

Komm näher.

Sterne tanzten vor meinen Augen. Mein Kiefer knackte. Ich spürte, wie meine Eckzähne in meine Unterlippe stachen. Wie die Kontrolle, die ich in den letzten Tagen mühsam zusammengekratzt hatte, mit einem Schlag verschwand.

Ich nahm ihre Bewegung wahr. Merkte, wie sie mir näher kam. Schlug ihre Hand beiseite, kurz bevor sie mich berühren konnte. Ich sah sie, sah den Schock, der sich zu Verwirrung wandelte. Zu Angst, zu Panik. Sie machte einen Schritt zurück, fiel, und mein Körper bewegte sich von selbst, wollte ihr hinterher, sie festhalten. In dem Moment war es mir ein Rätsel, warum ich es nicht tat. Was hielt mich davon ab?

Ich schloss die Augen. Es half, sie nicht zu sehen. Meine Haut kratzte und spannte, als wollte sich etwas daraus befreien.

»Geh.« Ich bekam das Wort gerade so heraus. Sie bewegte sich nicht. Und ich wusste, wenn sie noch länger dort blieb … wenn sie mir noch länger so nah war …

Ich presste das Wort noch einmal heraus. Rief es, schrie es, und endlich bewegte sie sich. Sie verschwand aus dem Zimmer, aus der Wohnung. Klingeln schallte durch die Wände zu mir, Türen, die auf- und zugingen.

Ich schleppte mich durch den Flur, krallte meine Fingernägel in die Wände, um mich davon abzuhalten, ihr hinterherzulaufen. Ich riss die Kühlschranktür auf, nahm die drei restlichen Päckchen und trank sie, bevor alles verschwamm.

**

Ich schlief nicht. Vielleicht wurde ich bewusstlos, aber wenn, dann nur für einen kurzen Augenblick. Ich spürte das Brennen durch jede Zelle meines Körpers fließen und fragte mich, ob es das war, was Vampire in Geschichten fühlten, wenn sie gleißendem Sonnenlicht ausgesetzt waren. Eine Metapher für den Schmerz, das Gefühl, von innen heraus zu verbrennen, das der Blutrausch mit sich brachte.

Es wurde langsam hell, als ich mich das nächste Mal bewegte. Und dann auch nur, um mich zum Sofa zu schleppen und mein Handy zwischen den Kissen hervorzukramen. Eine Nachricht von vor wenigen Minuten.

> **Dylan:** Komm um 12 Uhr vorbei. Dann sind alle anderen in der Pause

Erleichtert stieß ich den Atem aus. Schickte ihr ein »Danke«, weil ich nicht wusste, was ich getan hätte, hätte ich länger warten müssen.

Nein, das stimmte nicht. Ich wusste es genau. Ich wollte nur nicht darüber nachdenken.

Das Haus wachte langsam auf. Etage für Etage, Wohnung für Wohnung. Die Wände waren dünn, und jeder Laut drang zu mir. Ein Knallen aus Winnies und Sashas Wohnung. Ein harter Gegenstand, der in der über mir zu Boden fiel und zersprang. New York erwachte – und mit der Stadt auch das Wissen, dass ich nicht für immer in dieser Wohnung bleiben konnte, die mir nicht einmal gehörte. Sie war kahl und lieblos eingerichtet, eine kurzfristige Lösung, ein Zuhause auf Zeit, während mein eigener Schuhkarton einer Wohnung in Manhattan verstaubte.

Ich wollte nicht nach draußen gehen. Nicht mit dem Brennen im Hals, nicht, während ich mich so entrückt fühlte. Ich zwang mich aber dazu. Ich band mir einen Schal um, zog ihn mir über Mund und Nase, weil ich die Gerüche nicht aushielt. Winnie und Sasha waren schon lange nicht mehr zu Hause, als ich die Wohnung endlich verließ.

Auf dem Weg zur Treppe wurden meine Schritte langsamer. Das Brennen in meinem Hals stärker. Das Kribbeln unter meiner Haut nahm zu. Der Drang, Winnie zu schreiben, um nachzufragen, ob sie in Ordnung war. Immer wieder hörte ich sie fragen: *Darf ich dich küssen?* Jedes Mal war es, als würde der Schmerz in meiner Kehle von Neuem aufflammen.

Sicher war ich die letzte Person, die Winnie jetzt sehen wollte. Die jetzt in ihrer Nähe sein sollte – so dringend ich es auch wollte, um mich zu entschuldigen, um alles zu erklären, um zu versuchen, das zu retten, was noch zu retten war.

Ich ging an ihrer Wohnung vorbei. Verließ das Haus und nahm ein Taxi nach Manhattan. Ich hätte die vielen Menschen in der Bahn nicht ausgehalten. Ein einzelner auf engem Raum war schlimm genug. Ich fuhr das Autofenster einen Spalt nach unten, atmete die frische Luft ein. Ich ignorierte das *poch, poch, poch* vom Fahrersitz des Taxis, das sich in mein Hirn bohrte, und betete, dass meine Sinne bald nicht mehr auf vollem Empfang stehen würden.

Die Wolkenkratzer taten sich vor mir auf, und mit ihnen

kam ein Hauch Erleichterung. Ich merkte, wie das Summen unter meiner Haut schwächer wurde, je näher ich dem gläsernen Gebäude kam, das sich beim Central Park befand.

Ich konnte die Spitze des Gebäudes hinter dem Nebel, der sich heute über die Stadt gelegt hatte, nicht sehen. Es war ein trister Tag, angepasst an meine Stimmung. Kein einziger Sonnenstrahl trat hinter der dicken Wolkendecke hervor. New York war in Grau gehüllt.

Ich löste meinen Klammergriff vom Sicherheitsgurt, bezahlte schnell und flüchtete in das Gebäude. Die Doppeltür öffnete sich automatisch, als ich davor stehen blieb. Mit einem Surren schwangen die Flügel auf. Ein Windstoß begleitete mich ins Innere. Er wehte mir die Haare ins Gesicht und ließ die Flyer und Notizen, die oben auf dem Empfangstresen lagen, tanzen.

Ein junger Mann stand dahinter. Ein Vampir. Meine Muskeln entspannten sich. Er neigte den Kopf zur Begrüßung. Lächelte. Ich wollte es erwidern, brachte es aber nicht über mich. Ich kramte meinen Ausweis aus meiner Tasche, zerbrach ihn fast, so fest hielt ich ihn umklammert, und scannte ihn rechts neben dem Empfang, damit sich das hüfthohe Glas zur Seite schob und ich zu den hinteren Fahrstühlen laufen konnte.

Mir kamen nicht viele Menschen auf meinem Weg entgegen. Ich dankte dem Himmel dafür. Es gab mir endlich eine winzige Pause von dem ewigen Brennen in meinem Hals, das mich seit Tagen verfolgte.

Ich rief den Fahrstuhl und drückte die oberste Taste. *VAMPS* stand dort – daneben eine rote Blume mit langen, spinnenbeinartigen Blüten.

Ich steckte meinen Ausweis in die Jackentasche, konzentrierte mich auf die Fahrstuhlmusik.

Der Aufzug hielt in der vorletzten Etage. Die Türen gingen auf. Ich trat einen Schritt nach draußen, dann packte mich jemand am Arm und zog mich in den großen Lagerraum.

Die Deckenbeleuchtung ging mit einem Surren an. Der Raum war riesig – an jeder Wand standen unzählige Regale voller Kartons mit Trinkpäckchen. Sie hatten die unterschiedlichsten Beschriftungen: Papaya, Erdbeere, Orange, Tomate. Ich konnte mich nicht erinnern, wie die Früchte schmeckten. Nichts hatte Geschmack. Blut nicht, menschliches Essen nicht. Es interessierte mich trotzdem.

Vor mir stand Dylan. Sie war einen halben Kopf kleiner als ich, ihre Wangen waren bis kurz unter die Augen rot geschminkt und ihre kurzen, dunkelbraunen Haare fielen ihr vorne wellig in die Stirn. Sie hatte einen Lolli im Mund, der für sie nach rein gar nichts schmecken musste.

Sie schob die Ärmel ihres Hemds nach oben, deutete mit einem Nicken auf den Karton zu ihren Füßen und wartete ab, bis ich mir wie eine Verdurstende ein Trinkpäckchen davon genommen und leer getrunken hatte.

»Du siehst ziemlich scheiße aus«, sagte sie, als ich das zweite öffnete. »Was ist passiert? Du brauchst sonst nie frühzeitig einen neuen Vorrat.«

Ich haderte mit mir. Ich wollte ihr die Wahrheit sagen. Wenn ich sie einer Person anvertrauen konnte, dann Dylan. Sie würde es niemandem erzählen, wenn ich sie darum bat. Aber eine Vampirin, die die Kontrolle verlor ... Was, wenn doch jemand davon Wind bekam?

»Willst du die Antwort, die Bekka auch kriegt, falls sie mich hier sieht?«, scherzte ich in dem Versuch, die Situation lockerer wirken zu lassen.

Sie verschränkte die Arme vor der Brust. Legte den Kopf

leicht schief. Die Piercings an ihrem Ohr glänzten bei der Bewegung. »Wenn du dich nicht wohl damit fühlst, mir eine andere zu geben. Aber deine Nachrichten klangen nicht, als wäre es mal eben aus Versehen passiert, dass du den Vorrat von einem Monat in – was? – zwei Wochen aufgebraucht hast.«

Dass sie mir den Ausweg bot, beruhigte mich. Ich musste es ihr nicht sagen, wenn ich nicht wollte. Genau das war es auch, was die Vorstellung, es noch einen Moment länger für mich zu behalten, unerträglich machte.

»Dylan?«

»Ja?«

»Hast du zufällig …« Mich verließ der Mut. Ich presste die Frage dennoch heraus. »Weißt du, ob es Vampire gibt, die mit Menschen zusammenleben?«

Sie hob eine Augenbraue an. »Inwiefern?«

»Du weißt schon. Vampire und Menschen, die … zusammen sind.«

»Als Paar?«

»Ja.« Ich räusperte mich, weil meine Stimme am Ende des Wortes brach. »Ja, genau.«

Dylan legte die Stirn in Falten und gab ein nachdenkliches Geräusch von sich. »Ja, mehr als genug, überall. Daniel – der Neue in meinem Team? Seine Partnerin ist ein Mensch. Ich meine, ich hab ihn sagen hören, dass sie bald heiraten wollen, aber nagel mich nicht darauf fest. Ist vermutlich anstrengend, aber wenn man eine Person liebt … was soll man machen?«

»Warum anstrengend?«

»Ah. Ich vergesse manchmal, dass deine Verwandlung noch kein halbes Jahrhundert her ist.« Sie fuhr sich durch die Haare. »Hm, na ja, davon abgesehen, dass Daniel seiner Partnerin gute Gründe liefern muss, weshalb er äußerlich nicht wirklich altert, hätten wir da noch die Tatsache, dass es für die meisten von uns schwer ist, sich in der Nähe eines Menschen aufzuhalten, zu dem sie sich hingezogen fühlen«, erklärte sie. »Daniel hat letztens versucht, mir den wissenschaftlichen Hintergrund zu erklären, aber mein Hirn hat abgeschaltet, als er angefangen hat, von Humanen Leukozyt-Antigenen zu reden und wie die sich mit unserer Verwandlung verändern. Die eine Sache, die neben einem zu niedrigen Herzschlag Blutdurst auslösen kann. Und, na ja. Wenn du an dem Punkt bist, wo dein Durst zu einem Rausch wird, macht's keinen Unterschied mehr, ob die Person, die vor dir steht, dir wichtig ist …«

Ihre Worte wurden zum Ende hin immer leiser, bis sie völlig abbrach. Sie schloss den Mund und sah mich aufmerksam an.

»Warum interessierst du dich dafür?«, fragte sie.

»Ich hab nur … Da war dieser Film und …«

»Jo«, unterbrach sie mich. »Ehrliche Antwort?«

Ich drückte das Trinkpäckchen zusammen. Genoss das kühle Gefühl, als das Blut meine Kehle hinunterrann und das Brennen endlich linderte. Ich trank die ganze Packung leer, bevor ich Dylan antwortete.

»Die Schwestern, auf die ich gerade ein Auge habe.«

»Die aus Brooklyn?«

»Ja«, sagte ich.

»… du hast dich in einen Menschen verguckt?«

Ich öffnete den Mund, aber kein Wort kam heraus. Es von ihr zu hören – laut ausgesprochen und nicht nur in meinem Kopf – war Furcht einflößend. Mein erster Instinkt war, es zu leugnen. Dylan eine Ausrede aufzutischen. Nicht nur, weil Winnie ein Mensch war, sondern weil sie von mir wusste. Weil sie von dem einen Geheimnis erfahren hatte, von dem sie niemals einfach so hätte erfahren dürfen – und ich keine Ahnung hatte, was sie mit diesem Wissen anstellen würde.

Es gab nur wenige Menschen, die von unserer Existenz wussten. Einige wichtige Personen aus der Politik, mit denen wir Abkommen hatten oder zusammenarbeiteten, um sicherzustellen, dass wir zwei Dinge tun konnten:

Geheim halten, dass es uns gab.

Und verhindern, dass weitere Menschen verwandelt wurden.

Dylan hatte mir erzählt, dass Letzteres in den vergangenen Jahrzehnten einfacher geworden war. Nicht jeder Mensch konnte verwandelt werden. Es gab nur wenige, die das Gen hatten, das es brauchte, damit sie bei einem Vampirbiss nicht starben, sondern selbst zu einem wurden. Seit die Organisation von Frieda König während des Zweiten Weltkriegs gegründet worden war, war nur eine Handvoll Menschen verwandelt worden – der letzte war vor zehn Jahren ich selbst gewesen.

Bis jetzt.

»Du könntest es machen, weißt du?«, riss Dylan mich aus meinen Gedanken. Sie sah mich wachsam an, als wollte sie mir noch die kleinste Reaktion aus dem Gesicht ablesen. »Mit einem Menschen zusammen sein, wenn du es unbedingt wolltest. Niemand kann's dir verbieten, es gibt kein Gesetz, das dagegen spricht.«

»Es gibt allgemein keine offiziellen Gesetze für uns.« Ich nahm mir das dritte Trinkpäckchen. Ich brauchte es nicht unbedingt, wollte aber lieber sichergehen.

Sie winkte ab. »Frieda hat sich genügend Regeln ausgedacht und wie man bestraft wird, wenn man sie bricht. Wir brauchen keine offiziellen Gesetze. Niemand würde sich gegen sie auflehnen, wenn das bedeutet, dass man keine regelmäßigen Blutkonserven mehr bekommt.«

»Sie könnten sich mit der Leiterin des Teams, das die Konserven managt, anfreunden.«

Dylan grinste. »Hab's geahnt. Du bist aus zwielichtigen Gründen mit mir befreundet.«

»Schuldig.« Ich warf das leere Trinkpäckchen zurück in den Karton und seufzte erleichtert. Mein Körper fühlte sich leichter an. Nicht länger, als würde er mich steuern statt ich ihn.

»Reicht erst mal?«

»Hoffe ich.« Ich stieß meine Schuhspitze leicht gegen den Karton. »Die sollten mir bis zur nächsten Lieferung helfen.«

»Wenn nicht, schreib mir noch mal. Ich schreib einfach, dass bei der letzten Lieferung welche gefehlt haben, dann fällt es bei der nächsten Inventur nicht auf.«

»Darfst du das?«

»Du meinst, meiner besten Freundin unter der Hand einen ganzen Karton Trinkpäckchen geben, damit sie nicht durchdreht und den Menschen anfällt, der ihr den Kopf verdreht hat?«, sagte sie. »Ich glaube, das ist eine Grauzone.«

Ich würde Winnie nie anfallen, wollte ich sagen. Die Worte lagen mir auf der Zunge. Nach den letzten Tagen war ich mir nur nicht mehr hundertprozentig sicher, dass das stimmte.

»Das war übrigens ein Scherz«, erklärte Dylan. »Größtenteils. Als du mir geschrieben hast, hatte ich mehrere Worstcase-Szenarien im Kopf.«

»Du brauchst dir …«

»Ja, ja, ich weiß, ich weiß, ich brauch mir keine Sorgen machen, ich bin nicht mehr deine Mentorin«, kam sie mir zuvor. »Allerdings bin ich immer noch deine Freundin, also musst du damit leben, dass das hin und wieder trotzdem passiert.«

»Ich denke, damit komme ich klar.«

Dylan lächelte und verzog kurz darauf das Gesicht. »Ich vermisse dich hier. Es ist langweilig ohne dich.«

»Hast du niemand anderen gefunden, dem du alle Geheimnisse erzählst, die dir jemand anvertraut hat?«, neckte ich sie.

»Ich vertrau den anderen nicht, dass sie mich dafür nicht auffliegen lassen.«

»Du könntest es mir schreiben.«

Sie seufzte schwer. »Jaaa, ich weiß. Aber dann sehe ich nicht deine Reaktionen. Kannst du glauben, dass ich in den letzten Wochen so viele Überstunden machen musste, dass ich seit deinem Einzug nicht ein einziges Mal in deiner neuen Wohnung war?«

»Es ist ja auch nicht wirklich meine Wohnung.«

»Übergangswohnung, wie auch immer«, korrigierte sie sich. »In deine eigene Wohnung hast du mich seit dem Silvester-Filmemarathon auch nicht mehr eingeladen.«

»Ich war seitdem selbst kaum da«, erwiderte ich. Anfang des Jahres hatte es angefangen – die ersten vermissten Menschen, die das Gen hatten. Innerhalb von New York existierten nicht mehr als zwanzig Leute, und allein in den ersten beiden Januarwochen waren drei davon wie vom Erdboden verschluckt.

Es war zu ungewöhnlich, dass es so viele auf einmal traf, als dass irgendwer es als Zufall hätte abtun können. Wir waren nicht darauf vorbereitet gewesen, und um zu verhindern, dass noch mehr Menschen verwandelt wurden, wurde ein Team zusammengewürfelt, das ein Auge auf die verbliebenen siebzehn Leute hatte. Bis wir herausgefunden hatten, wer hinter den Verwandlungen steckte und wie wir dagegen vorgehen konnten.

Statt unter Dylan zu arbeiten und mich den ganzen Tag darum zu kümmern, woher wir unsere nächsten Blutlieferungen bekommen würden, war ich bei Winnie und Sasha gelandet und jetzt ... hier.

»Du hättest die Wohnung zur Untermiete einstellen können.«

Ich verzog das Gesicht bei dem Gedanken. »Und jemand Fremdes dort leben lassen?«

»Das hätte dir zumindest ein schönes Nebeneinkommen gesichert.«

»Denkst du irgendwann nicht ans Geld?«

»Selten«, sagte sie. Sie fischte ihr Handy aus der Hosentasche und seufzte, nachdem sie einen Blick darauf geworfen hatte. »Meine Pause ist gleich vorbei, und ich darf mich heute mit einem Lieferanten streiten, der dachte, es wäre witzig, die Hälfte der Blutkonserven so zu verpacken, dass der ganze Lkw aussah wie ein Schlachtfeld.«

»Klingt anstrengend.«

»Pass nur auf, wenn du mir zu viel Mitleid zeigst, gewöhne ich mich noch dran.«

Ein Lachen entkam mir. »Sorry. Ich beneide dich nicht um deine Arbeit, aber du hast dich letztes Jahr selbst auf die Stelle beworben.«

»Psscht. Wir haben doch schon geklärt, dass mein Hirn nicht funktioniert, wenn es ums Geld geht.« Sie nickte zur Tür und wartete, bis ich den Karton mit den Trinkpäckchen aufgenommen hatte, bevor sie sie aufstieß.

»Meinst du, Bekka verzeiht es mir, wenn sie erfährt, dass ich heute da war und sie nicht begrüßt habe?«

»Wie soll sie's rausfinden? Ich werde es ihr sicher nicht erzählen.«

»Ihr siebter Sinn macht mir Angst. Sie schreibt mir immer dann Mails, wenn ich darüber nachdenke, die Abgabe von meinem Bericht einen Tag aufzuschieben.«

»Die Mail schickt sie doch bestimmt ans ganze Team. Würde ich auch machen – ist wesentlich angenehmer, alle vorher noch dran zu erinnern, als ihnen nach der Deadline hinterherlaufen zu müssen.«

»Ja, vielleicht«, sagte ich. »Oder sie ist eine Hexe.«
»Genau. Eine Vampir-Hexe, man kennt sie ja. Fliegen immer als Fledermäuse durch die Gegend und verfluchen Leute.«
»Du redest, als könnte es das nicht wirklich geben.«
»Ja, weil es das nicht wirklich gibt.«
»Wir sind *Vampire*.«
»Aber wir haben nichts mit Magie am Hut. Wir sind quasi die Weiterentwicklung der Menschen. Ein verändertes Gen, und nur ein paar haben das Glück, es bekommen zu haben.«
»Ich wusste nicht, dass du bei dem Thema so leidenschaftlich bist.«
»Ich sag nur, was ich denke.« Ein Piepen ließ Dylan noch mal auf ihr Handy schauen. »Na toll. Und jetzt denke ich: Bitte erschieß mich. Ein Kollege regt sich darüber auf, dass seine Ration in diesem Monat kleiner ausgefallen sei als im letzten, und ich darf es ausbügeln gehen. Yippie.«
»Ich drück die Daumen.«
»Danke.« Sie umarmte mich über den Karton hinweg kurz und fest, dann lief sie schnellen Schrittes zum Treppenhaus und stürmte nach oben zu den Büros. Ihr »Wir sehen uns später!« hallte noch Sekunden später durch die gesamte Etage.

14

Für die Rückfahrt entschied ich mich gegen ein Taxi. Die Trinkpäckchen in meinem Arm gaben mir ein Sicherheitsgefühl, das ich auskosten wollte, und das Gespräch mit Dylan hatte den größten Teil meiner Nervosität für den Moment zur Seite gedrängt.

Ja, mehr als genug, überall.

Von all den Sachen, die sie mir erzählt hatte, war es das, was mir am aufdringlichsten durch den Kopf schwirrte. Das Wissen, dass viele Vampire sich entschieden, mit Menschen zusammen zu sein, war bisher nicht interessant für mich gewesen. Ich hatte ohnehin kaum Zeit mit den Menschen verbracht.

Jetzt kam es mir wie eine der wichtigsten Informationen vor, die ich seit meiner Verwandlung bekommen hatte. Auch dass es Vampire gab, die diesen elendigen Durst verspürten und sich trotzdem dazu entschieden, mit dem Menschen, der der Auslöser dafür war, zusammenzubleiben. Dass sie es schafften, damit ein normales Leben zu führen, obwohl es sich angefühlt hatte, als würde mein Körper in Flammen aufgehen.

Kein Monster, Jo. Du bist kein Monster.

Falls Winnie mir je die Möglichkeit geben würde, mich zu erklären, konnte ich ihr zumindest das guten Gewissens sagen.

Mein Magen zog sich schmerzhaft zusammen, als ich an sie dachte. Ohne den Durst, der meine Gedanken völlig einnahm, schob sich ihr Gesicht vor mein inneres Auge. Der Ausdruck darin, als sie mich in meiner Wohnung gefunden hatte. Die Angst. Die nackte Panik vor ... mir.

Ich packte den Karton in meinem Arm fester.

Ich wünschte, sie hätte mich so nicht gesehen. Ich wünschte, ich könnte die Zeit zurückdrehen und verhindern, dass sie auf diese Weise herausfand, dass ich kein Mensch war.

Ich hatte bisher kein Problem mit meiner Existenz gehabt. Der Anfang war unendlich schwer gewesen, aber ich vermisste nichts in meinem Leben. Ich hatte einen Job. Ich hatte Dylan.

Warum kommt es mir dann gerade mehr wie ein Fluch vor?

Ich schüttelte den Kopf. Vertrieb den Gedanken, weil das ein Teufelskreis war, in den ich mich nicht fallen lassen wollte. Die »Was wäre wenn«s konnten endlos sein – und in ihrer Endlosigkeit erdrückend.

Die restliche Fahrt zurück zur Wohnung zog an mir vorbei. Das laute New York war plötzlich leise im Vergleich zu meinen eigenen Gedanken.

Ich lief die Treppen in den ersten Stock hoch, und schon nach den ersten Stufen hörte ich Sashas Stimme durch das Treppenhaus schallen. Meine Finger krallten sich um den Karton, aber ich entspannte sie. Atmete tief ein und aus. Alles okay.

»Mensch, du willst heute wirklich den Titel der Grummel-Königin kassieren, oder?«

Pause.

»Ich nehm dein Schweigen als Zustimmung, das weißt du schon? Sobald wir drin sind, bastel ich dir eine Krone, und heute Abend halten wir eine offizielle Zeremonie ab.«

Der Boden knarzte unter meinem Gewicht, als ich die letzte Stufe nahm.

Sasha drehte sich zu mir um. »Hey, Jo. Hast du heute Abend schon was vor? Wir machen – aua!«

Winnie packte Sasha am Arm. Sie drückte fest genug zu, dass die Haut sich weiß über ihre Knöchel spannte. Die dunkelbraunen Haare fielen strähnenweise aus Winnies tiefem Zopf und ihr ins Gesicht, schafften es aber nicht, die Erschöpfung darin zu verbergen.

Sie bemerkte den Karton in meinen Armen, die Trinkpäckchen darin, den Orangenaufdruck darauf. Ihr Gesicht verzog sich angewidert. Ängstlich. Sie stieß die Wohnungstür auf und zerrte Sasha nach drinnen.

Sasha stolperte ihr hinterher. »Hey, woah, Winnie, stopp mal ...«

Die Tür knallte zu und schluckte Sashas Stimme.

Ich starrte den graugrünen Boden an. Sah durch die kleine Lücke zwischen Tür und Boden, wie sich Schatten auf der anderen Seite bewegten. Ich lockerte meine Finger, die sich um den Karton verkrampft hatten, und schloss die Wohnung nebenan auf.

Da war er wieder. Winnies Gesichtsausdruck.

Er ließ mich nicht los.

Ich sah ihn vor mir, während ich die Trinkpäckchen in den Kühlschrank räumte und die leeren endlich aufsammelte und in den Müll schmiss.

Ich dachte über die unverhohlene Panik in ihren Augen nach und spürte das Wasser in der Dusche kaum auf mich einprasseln.

Ihr Ekel schlich sich in meine Gedanken, und ich riss den Vorhang vor der Balkontür fast aus seinen Ösen.

Ein Hupen zerriss die Stille. Das Rauschen vorbeifahrender Autos. Die Dunkelheit war tröstlich, als ich meine Hände auf das Geländer stützte und auf die Straße unter mir guckte. Der Anblick war fast schon ein vertrauter.

Winnie hatte die Gardinen vor ihren Fenstern zugezogen.

Fast konnte ich sie auf dem Fenstersims sitzen sehen. Wie sie ihre Beine mehrere Zentimeter über dem Boden hin und her schwang. Sie warf den Kopf ein klein wenig in den Nacken, wenn sie lachte. Ich mochte den Laut. Ein helles, klares Geräusch. Es fühlte sich tröstlich an. Nach Stolz, wenn ich dafür verantwortlich war.

Ich holte den Würfel aus meiner Hosentasche. Seit unserem Gespräch auf dem Dach trug ich ihn bei mir – weil ich hoffte, dass ich so einen Moment noch einmal mit ihr haben konnte. Nur Winnie und ich und die Nacht und dieser Würfel und das Gefühl von Ruhe, das mich trotz des Brennens in meinem Hals überkam.

Ich drehte den Würfel zwischen meinen Fingern hin und her, brachte die Farben aber nicht durcheinander. Das war nicht meine Aufgabe.

Winnies Fenster war fest geschlossen. Kein Licht. Nichts, das darauf hindeutete, dass sie nach draußen kommen würde.

Ich drehte und drehte ihn. Schloss die Hand zur Faust und spürte, wie die Ecken sich in meine Haut gruben, bevor ich sie wieder öffnete und die Abdrücke in meiner Handfläche betrachtete. Sie verschwanden vor meinen Augen.

Die andere Seite des Balkons blieb leer. Die Farben des Würfels sortiert. Der Anblick störte mich. Die gleichmäßige Aufteilung der Seiten, die geordneten Farben. Es war zu uniform, zu gleichbleibend. Zu langweilig.

Ich setzte mich auf den Boden und legte den Würfel neben mir ab. Wartete, während die Wolken über mir wie im Zeitraffer vorbeizogen, der Himmel hellblau wurde und die Sonne sich langsam hinter den Häusern hervorhob.

Es war das erste Mal, dass mir die Nacht unendlich lang vorkam. Wie erleichternd es sein musste, jeden Tag für ein paar

Stunden der Realität entfliehen zu können, indem man die Augen schloss.

Ich versuchte es. In der Nacht auf dem Balkon. In der danach und der danach. Die Augen zu schließen und an nichts zu denken. Mein Bewusstsein aufzugeben, um mich von meinem Unterbewusstsein leiten zu lassen. Ich betete, dass Winnie das Fenster öffnete und sich zu mir setzte. Ein vergeblicher Versuch, aber er beschäftigte mich immerhin für eine Weile.

Ich wusste, dass ich mit ihr sprechen musste. An den zwei Tagen, die vergingen, konnte ich an nichts anderes denken. Aber wie, wenn sie mich mied? Wenn ich nicht wusste, was ich ihr überhaupt sagen sollte? Wenn der Gedanke daran, wie sie reagieren würde, mir Bauchschmerzen bereitete? Ich hätte an ihr Fenster klopfen können. Ich hätte klingeln und mich von Sasha hereinbitten lassen können.

Ich tat es nicht, weil ich feige war.

Am Montag ging ich früh zur Universität, um niemandem über den Weg zu laufen.

Ich wartete in einem Café darauf, dass die erste Vorlesung startete. Der Dampf von heißem Kaffee stieg von der Tasse zwischen meinen Händen auf. *Er soll aromatisch schmecken*, hatte Dylan mir mal erklärt. *Wie das Elixier des Lebens.*

Ich sah jemanden mit vertrauten, braunen Haaren an der Fensterfront des Cafés vorbeilaufen. Mein Herz rutschte mir in den Magen, vor Freude, vor Panik, weil ich dachte, es wäre Winnie. Bis mein Gehirn begriff und ich mich erinnerte, dass sie keinen Grund hatte, zur Universität zu kommen.

Sasha betrat den Laden. Ich dachte nicht großartig nach, sondern ließ meine halb volle Tasse stehen, um das Café zu verlassen, bevor sie mich bemerkte.

Ich kam genau drei Schritte weit.

»Jo! Warte!«

Sie drängelte sich an den übernächtigten Studierenden vorbei und hielt vor mir an. Die Hände in ihre Jackentasche geschoben, betrachtete sie mich ernst. Erst beim zweiten Blick fiel mir auf, wie müde sie wirkte. Ihre Augen waren gerötet, als hätte sie die Nacht kaum geschlafen, ihre Haut, die normalerweise ein helles Rosa war, wirkte heute noch blasser.

Ich wollte sie fragen, ob alles in Ordnung war, aber sie kam mir zuvor.

»Meidest du mich?«, fragte sie.

»Nein.«

»Okay, gut. Dann meidest du Winnie. Warum?«, fragte sie, die Stirn in Falten gelegt. Es war eine Seite von Sasha, die ich bisher nicht oft gesehen hatte: eine Person, deren Augen manchmal wirkten, als hätte sie bereits ein ganzes Leben hinter sich. Sie ließ sich nur schwer mit der sorglosen, siebzehnjährigen Studentin vereinbaren, die sie eigentlich war.

Ich schwieg. Vielleicht hatte Winnie ihr schon gesagt, was sie gesehen hatte. Aber würde Sasha mich dann noch freiwillig ansprechen?

»Seit eurem Date habe ich dich nicht mehr zu sehen bekommen, und Winnie verhält sich merkwürdig.«

»Hat sie dir ... nichts erzählt?«

»Nein, eben nicht.« Sie machte ein paar Schritte vom Eingangsbereich des Cafés weg und verschränkte die Arme vor der Brust. Ihre dicke Winterjacke knirschte dabei. »Sie hat *gar nichts* gesagt. Aber mir am Freitag fast den Arm ausgekugelt, als sie mich in unsere Wohnung gezerrt hat, um von dir wegzukommen. Und sie hat das ganze Wochenende auf dem Sofa im Wohnzimmer geschlafen. Weißt du, wie sehr ich sie um ihre Matratze beneide? Und dann schläft sie auf dem *Sofa*.«

Ich entspannte mich minimal. Sie wusste es nicht. Winnie hatte für sich behalten, was sie gesehen hatte.

Sasha haderte mit sich, als ich nicht sofort reagierte: Sie biss sich auf die Unterlippe, schaute mich an, als suchte sie nach Antworten in meinem Gesicht. »Ich will mich nicht in eure Sachen einmischen, aber dass Winnie sich so verhält ...« Sie schüttelte den Kopf. »Sie ist sonst nicht so. Was ist passiert, Jo?«

Sie fragte es nicht als meine Freundin. Sie fragte es als Teil von Winnies Familie. Weil sie sich um ihre Schwester sorgte und ich diejenige war, die sie potenziell verletzt haben könnte.

Die sie verletzt hat, korrigierte ich mich. Sasha hatte jedes Recht dazu, mir zweifelnd zu begegnen. Obwohl sie sich dessen nicht mal bewusst war.

Ich wollte ihr keine Lüge auftischen, aber was hatte ich für eine Wahl?

»Wir ... haben uns gestritten.«

Ein paar Sekunden vergingen, dann stieß Sasha den Atem aus. Sie lockerte ihre verschränkten Arme, als würde meine Aussage sie erleichtern. »Weshalb?«

Ich öffnete den Mund, aber alles, was ich hätte sagen können, blieb mir im Hals stecken. Ich hatte bereits eine Lüge erzählt. Warum fiel mir eine weitere schwer?

»Möchtest du nicht darüber reden?«

Ich kann nicht.

»Okay«, sagte sie schließlich. Nickte, wie um es zu unterstreichen. »Es geht mich nichts an, ich weiß.« Einige Sekunden vergingen, in denen wir uns schweigend gegenüberstanden. Wir beide gleichermaßen unzufrieden, aber aus unterschiedlichen Gründen.

»Vielleicht kann ich dann mal wieder Amor spielen«, sagte sie bemüht locker.

Ihr plötzlicher Themenumschwung ließ mich stocken. »Amor?«

»Du weißt schon. Gott der Liebe«, erklärte sie, winkte dann aber ab. »Nicht so wichtig.« Sie warf einen Blick auf die Uhr an ihrem Handgelenk. »Wir sollten eh besser gehen, sonst kommen wir zu spät zur Mrs Rayners Vorlesung.«

Statt direkt loszulaufen, rieb sie sich über die Stirn, das Gesicht zum Boden gewandt.

»Alles okay?«, fragte ich, als sie nichts weiter sagte.

»Ja, geht schon.«

Sie sagte es mit so wenig Energie, dass es mich ehrlicherweise nicht sonderlich beruhigte. »Möchtest du darüber reden?«

Ganz lange zeigte sie keine Reaktion. Schließlich seufzte sie. »Ich hab nur manchmal solche Tage, an denen ...« Sie stockte unsicher. »Kennst du das, wenn du morgens aufwachst – du bist noch nicht mal aufgestanden, aber fühlst dich schon völlig fertig, als hättest du gar nicht geschlafen?«

Nicht wirklich. Der Vorteil davon, nicht schlafen zu müssen. Aber ich konnte mir die Energielosigkeit vorstellen, von der sie sprach. »Ja?«

»So einen Tag mal zehn hab ich heute.«

»Ist irgendetwas passiert?«

»Nein«, sagte sie und setzte ein Lächeln auf, das aussah, als erforderte es einen großen Kraftaufwand, um nach drei Sekunden nicht wieder in sich zusammenzufallen. »Mein Gehirn ist einfach manchmal so. Mach dir keine Sorgen.«

Als hätte das jemals dafür gesorgt, dass jegliche Sorgen einfach verpufften. Aber ich hakte nicht weiter nach, als wir zu unserer Vorlesung liefen.

Sasha suchte uns zwei freie Plätze, ihre Konzentration verschwand in der Sekunde, in der Mrs Rayner zu sprechen begann.

Ich hatte keine Ahnung, wie sie es anstellte. Sie kritzelte kleine Zeichnungen in die freien Ecken ihres Buches, wie sie es in den meisten Vorlesungen tat. Trotzdem hing sie im Stoff nie hinterher und schrieb Hausarbeiten, die mit der höchsten Punktzahl bewertet wurden.

Sasha war aufmerksam und ungestüm in ihrer Art, durchs Leben zu gehen. Unvorsichtig, wo Winnie zögerte. Sie glichen ihre Unterschiede aus – so als gehörten sie zusammen. Als gäbe es kein Universum, in dem sie nicht Schwestern waren.

Sashas Stimmung hob sich glücklicherweise, je mehr Stunden vergingen. Am Nachmittag verließen wir die Uni und sie wirkte fast so ungelöst wie sonst auch.

An der Kreuzung, die uns zur Bahn führte, hielt ich sie mit einer Hand an ihrem Arm davon ab, bei Rot über die Straße zu gehen. Bei meiner Berührung sah sie verwirrt von ihrem Handy auf. »Oh danke« war ihr Kommentar, als sie die Autos über die Straße jagen sah. »Ich dachte, ich hätte Grün gesehen. Hab ich dir eigentlich mal erzählt, dass es hier in der Nähe ein Dunkelrestaurant gibt?«

»Dunkelrestaurant?«

»Ja, wo alles düster ist und man beim Essen nichts sieht. Sōma hat mir davon erzählt, weil ein Date ihn mal dorthin eingeladen hat. Wie kommt man auf die Idee, dass das ein guter Ort für ein erstes Date ist?«

Sie lief los, als die Ampel Grün wurde. Rückwärts, damit sie mich beim Sprechen weiter angucken konnte.

»Ich hab gelesen, dass Leute sich dabei schon verletzt haben, weil sie die Entfernung zu ihren Mündern nicht einschätzen konnten. Und dann hab ich mich gefragt, ob ich auch eine dieser Personen wäre. Aber eigentlich halte ich mich für motorisch ziemlich begabt – AH!«

Ich sah nicht mal, worüber sie stolperte. Der Boden war

eben, kein Stein lag im Weg. Sie ruderte wild mit den Armen, setzte im Schnellschritt ein Bein vor das andere und wäre trotzdem mit dem Gesicht voran auf dem Asphalt gelandet, hätte ich den Ärmel ihrer Jacke nicht zu greifen bekommen.

Sie richtete sich auf. Wischte imaginären Staub von ihren Schultern und lief weiter. »Jedenfalls halte ich mich für motorisch ziemlich begabt, aber ich nehme an, im Dunkeln ist das einfach noch mal eine andere Herausforderung.«

Sasha redete weiter, als wäre nichts gewesen. Ihre Selbstwahrnehmung war mir ein Rätsel.

»Mein Geburtstag ist doch in drei Wochen, und ich hab überlegt, ob wir dorthin gehen könnten, statt zu Hause zu essen. Victor hat sich bereit erklärt sich an einer Torte zu versuchen, damit wäre die zwar schon mal sicher, aber ich weiß nicht, ob Winnie es sich nehmen lassen wird, eine neue Suppenkreation aus der Hölle beizusteuern. Von der Vier-Jahreszeiten-Suppe letztens hatte ich noch tagelang Bauchschmerzen.«

»Du könntest sie einfach nicht essen.«

Sie lächelte und schüttelte den Kopf. »Ich würde mich superschlecht fühlen, wenn ich es nicht wenigstens probiere. Deswegen haben Sōma, Victor und ich die Suppe letztens auch nicht einfach stehen lassen, weißt du? Unsere geheime Abmachung ist, dass wir wenigstens einen Bissen von dem probieren, was Winnie fabriziert – in der Hoffnung, dass sie tatsächlich irgendwann den Bogen raushat. Oder nicht mehr darauf besteht, auch zu kochen. Je nachdem, was früher eintritt.«

»Und was ist mit deinen Eltern?«

Sashas Schritte wurden langsamer. »Was soll mit ihnen sein?«

»Feiert ihr nicht zusammen?«

»Nein. Das würde nicht gut gehen.«

Ihr Ton ließ keine weiteren Fragen zu. Ein mulmiges Gefühl setzte sich in meinem Bauch fest.

»Warum nicht?«

»Meine Familie ist einfach kompliziert. Nicht jeder von uns hätte dann einen schönen Tag und …« Sie hob eine Schulter an. »Belassen wir es bei ›kompliziert‹.«

Ich wollte weiter nachhaken – mehr über sie und vor allem über Winnie erfahren. Bevor ich dazu kam, grinste Sasha breit und erzählte mir von einem von Winnies Kochversuchen. Ich hörte ihr aufmerksam zu, obwohl ich mich innerlich nicht zum ersten Mal fragte, wie sie es schaffte, ihre Emotionen so schnell zu deckeln.

Als ich Sasha das erste Mal getroffen habe, war sie mir wie jemand vorgekommen, der sein Herz auf der Zunge trägt. Mittlerweile wirkte es auf mich mehr wie eine bewusste Entscheidung. Ein Versteckspiel, in dem sie die glückliche Sasha herausholte, wenn sie nicht wollte, dass jemand mitbekam, was wirklich in ihr vorging. Sie füllte die Stille, überspielte jedes unangenehme Tänzeln in Gesprächen und machte es anderen leicht, sie zu mögen.

Sasha lief vor mir ins Haus und die Treppe hinauf in den ersten Stock. »Hast du Lust, noch ein bisschen mit zu uns zu kommen?«

Ich zögerte mit meiner Antwort. *Ja*, wollte ich sagen … *Ja, weil es mein Job ist, Zeit mit euch zu verbringen. Ja, weil ich Winnie sehen möchte.* Aber das kam mir nicht über die Lippen.

»Keine Sorge«, sagte Sasha. »Winnie hat Spätdienst.«

Sie schloss die Tür auf, ließ mich vor sich rein. Sie hängte ihre Jacke auf, legte ihren Schlüssel ab, drehte sich um und machte »oh« – Winnie stand erstarrt mitten im Flur zwischen dem Bad und ihrem Zimmer.

»Oh«, wiederholte Sasha. »Du bist ja doch schon da. Hast du heute nicht Spätschicht im Café … Jo? Hey, Jo, wo gehst du hin?«

Aus der Wohnung und in die nebenan, so schnell ich konnte. Ich hörte Sasha meinen Namen mehrfach rufen, brachte es aber nicht über mich, ihr zu antworten, bevor die Tür zuschwang.

Die Wohnung war still.

Die noch frische Erinnerung an den Anblick von Winnie dagegen sehr laut.

Ihre Haare, nass und glatt, rahmten ihr Gesicht ein. Sie lagen auf ihren Schultern auf, tropften auf den Boden und in das kleine Handtuch, das sie trug und das nichts wirklich verdeckte. Nicht ihre nackten Beine, nicht ihre schlanken Schultern, nicht die elegante Linie von ihrem Kiefer zu ihrem Schlüsselbein und den Rundungen ihrer Brüste.

Mein Körper war eingefroren gewesen, und jetzt war mir viel zu heiß, und das Brennen war wieder da, bis ich meine Jacke auszog, weil sie sich zu einengend anfühlte, den obersten Knopf meines Hemds öffnete und ein Trinkpäckchen über der Spüle trank, als stünde ich kurz vorm Verdursten.

Was machte sie mit mir? Ich sah nicht zum ersten Mal so viel Haut, nicht zum ersten Mal eine nackte Frau. Mein Körper hatte keinen Grund zu kribbeln und zu vibrieren und dieses Bild immer wieder in mein Bewusstsein zurückzuzerren, als wollte mein Hirn mir stolz verkünden, dass es Winnies Anblick für alle Ewigkeit in mein Gedächtnis gebrannt hatte.

Meine Wohnung war zu stickig. Ich nahm mir ein weiteres Trinkpäckchen aus dem Kühlschrank und setzte mich auf den Boden des Balkons, hoffend, dass der Luftzug mein Hirn wieder geraderücken würde.

Mein Handy vibrierte mehrfach in meiner Hosentasche, aber es dauerte einige Sekunden, bis ich es bewusst wahrnahm – und dann noch einige Male, bis ich daran dachte, danach zu greifen.

Sasha: Tut mir leid!!!
Sasha: Ich schwöre, ich war der festen Überzeugung, sie arbeitet heute bis spät am Abend. :((
Sasha: Aber sie ist wohl nach Hause geschickt worden, weil sie so durch den Wind war.
Sasha: Tut mir leid. ☹
Ich: Schon gut.
Sasha: Oh, zum Glück, es geht dir gut. Du hast super blass ausgesehen, als du aus der Wohnung gestürmt bist.

Ich wollte argumentieren, dass ich nicht aus der Wohnung *gestürmt* war, aber im gleichen Moment suchte mich der Anblick von dem kurzen Handtuch um Winnies Körper wieder heim, und ich nahm einen Schluck aus dem Trinkpäckchen.

Ich: Ich hab nur vergessen, dass ich schon was vorhatte.
Sasha: Das passiert mir auch ständig. Triffst du dich mit einer Freundin?
Ich: Nein, nur ein paar Dinge, die bis heute fertig werden müssen. Hausarbeiten.
Sasha: ...
Sasha: T_T
Sasha: Ich hab vergessen, dass wir Studentinnen sind.
Sasha: Das Leben ist unfair.
Ich: Haha.
Sasha: Dann mach ich mir jetzt was zu essen und sperre mich danach auch in meinem Zimmer ein.
Sasha: Kann ich dir schreiben, wenn ich Hilfe brauche?

Ich tippte ein Ja, auch wenn wir beide wussten, dass, wenn überhaupt, ich es war, die Hilfe von ihr brauchen würde.

Sasha schickte einen Daumen nach oben zurück, dann

nichts mehr. Ich legte das Handy neben mir auf dem Balkon ab und fuhr mir mit beiden Händen über das Gesicht. Dabei schob ich meinen Pony nach hinten, legte den Kopf in den Nacken und ging dazu über, in den Himmel zu starren, ohne wirklich etwas zu sehen.

Es dauerte eine ganze Weile, bis ich mich davon löste. Mein Hals kribbelte schon wieder unangenehm. Bekamen Vampire, die mit einem Menschen zusammen waren, mehr Vorräte, um den Durst zu stillen? Ich notierte mir die Frage gedanklich für das nächste Mal, wenn ich mit Dylan sprach, stieß den Strohhalm in mein Trinkpäckchen und wollte gerade den ersten Schluck nehmen, als ein Geräusch mich innehalten ließ.

Ein Fenster, das sich öffnete.

Rascheln.

Stille.

Ich hob den Kopf. Winnies Beine hingen aus dem Fenster. Sie sah mich nicht an. Ihre Wangen gerötet und ihre Haare immer noch feucht. Ich wollte ihr eine Mütze anbieten, ein Handtuch, eine Decke. Irgendetwas, das sie sich über den Kopf legen konnte, damit sie in der Kälte nicht auskühlte und krank wurde.

Ich schwieg. Winnie auch.

Ihre Frage vom letzten Mal, als wir zusammen hier gesessen hatten, drängte sich zurück zwischen meine Gedanken. Immer wieder in Dauerschleife. *Darf ich dich küssen?*

Meine Erinnerungen an den Moment waren vom Blutdurst vernebelt. Dennoch war ich mir der Verletzlichkeit in ihrer Stimme bewusst gewesen. Wie viel Überwindung es sie gekostet haben musste, die Frage zu stellen – und wie ich sie neben allem auch noch ohne jegliche Erklärung damit allein gelassen hatte.

Ich hielt mich an dem Trinkpäckchen wie an einem Rettungsanker fest und traute mich nicht, mich zu bewegen. Was, wenn sie sich sonst einfach in Luft auflöste? Was, wenn ich meine Beherrschung doch noch einmal verlor?

Sie starrte auf die Wohnhäuser uns gegenüber, ich starrte sie an. Ich dachte, ich wäre dabei unauffällig.

War ich nicht.

»Ein Foto hält länger«, sagte Winnie. Ich runzelte die Stirn, unsicher, was sie mir zu sagen versuchte. Die Frage verschwand aus meinem Kopf, als sie mich endlich ansah.

Ich erstarrte unter ihrem Blick. Mein Magen verkrampfte sich, als ich die Alarmbereitschaft in ihren Augen sah.

»Ich zweifle gerade ziemlich an meiner Psyche, weißt du«, sagte sie. Sie klang dabei fast unbeschwert, aber ihre Finger klammerten sich um den Fenstersims. »Ob ich vielleicht zum Arzt gehen sollte, weil etwas hier drin«, sie tippte gegen ihre Schläfe, »nicht stimmt?«

Ihr Blick wirkte flehend. Es verschlug mir die Sprache. Alles, was ich hatte sagen wollen, verschwand einfach aus meinem Gedächtnis.

»Jo?«

Sie versuchte, selbstbewusst zu klingen. Wollte es unbedingt. Aber ihre Stimme zitterte dabei, und irgendetwas in mir reagierte darauf, sie verletzlich zu sehen, während sie vorgab, stark zu sein. Decken und Kissen und Watte. Darin wollte ich sie einpacken.

»Du brauchst keinen Arzt«, sagte ich und hörte Dylan in meinem Kopf schreien. Ich konnte sie nicht anlügen. Ich konnte es nicht.

Sie atmete zittrig aus. Nickte. »Das heißt, du ... Du bist ...«

»Eine Vampirin.«

Ich konnte fast hören, wie ihr Atem stockte. Wie sie zu Eis

gefror. Unbeweglich, wie eine Statue. Der Wind nahm zu, als hätte er die Stimmung wahrgenommen.

»Sollte ich Angst vor dir haben?«

Hast du denn noch keine Angst?, wollte ich fragen. Ich traute mich nicht.

»Nein.« Ja. Vielleicht.

»Dann … willst du nicht mein Blut, ähm …« Sie brach ab. Schnaubte, als könnte sie nicht glauben, was für ein Gespräch sie führte.

Ich antwortete nicht sofort, die letzten Tage zu präsent in meinem Gedächtnis. Sie saß gerade nur einen guten Meter von mir entfernt, aber der Durst, das Verlangen, kühles Blut in meinem Mund zu schmecken, war nicht annähernd so drängend wie vor wenigen Tagen. Es fühlte sich eher an, als hätte ich ein paar Stunden zu lange nichts getrunken.

Winnie deutete auf das Trinkpäckchen in meiner Hand. »Das ist nicht wirklich Erdbeersaft, oder?«

»Orange.« Ich drehte es, damit sie die Vorderseite sehen konnte. »Nein, ist es nicht.«

Sie hakte nicht weiter nach, auch wenn die Fragen ihr auf der Zunge brennen mussten. Ich wusste, dass es mir so ergangen war, als ich nach meiner Verwandlung aufgewacht war. In einem fremden Zimmer mit fremden Leuten und völliger Leere in meinem Kopf. Damals war Dylan an meiner Seite gewesen, um all meine offenen Fragen zu beantworten. Ich wusste nicht, was ich ohne sie gemacht hätte.

Winnie starrte auf ihre Füße. Lockerte die Finger, die noch immer um den Fenstersims geklammert waren, nur, um sie kurz darauf wieder in die Steine zu drücken.

Sie rang innerlich mit sich.

Weshalb?

Ich beantworte dir jede Frage, die du hast.

Ich schüttelte den Kopf bei dem Gedanken, gab ihr alle Zeit, die sie brauchte, um den Mut aufzubringen, auszusprechen, was ihr durch den Kopf ging. Währenddessen drehte ich mich von Winnie weg und nahm einen Schluck aus dem Trinkpäckchen, damit sie es nicht sah. Es kühlte meinen Hals sofort.

»Was willst du von uns?«, fragte Winnie endlich. Nachdrücklich. Sie bemühte sich, einschüchternd zu klingen. »Von Sasha und mir?«

»Ich …« Ich verstummte. Die Frage war ein Minenfeld, und ich stand mittendrin. »Ich will nichts von euch.«

Falscher Schritt. Winnie zuckte zusammen. Sie überspielte es gut, aber nicht gut genug.

»Ich will weiter Zeit mit euch verbringen.« *Mit dir.* Es war keine Lüge. Es war mein Job und gleichzeitig mein eigener Wunsch.

Winnie senkte die Lider. Ihre Wimpern waren viel heller als ihre Haare. Im diesigen Licht der Straßenlaternen erkannte man sie kaum. Sie hatte ein rundes Gesicht, eine Nase, die ein bisschen krumm war, als hätte sie sie sich schon einmal gebrochen.

Wie ist es passiert?, wollte ich fragen. Es gab so viel, das ich noch nicht über sie wusste.

»Ich werde dir nicht wehtun«, sagte ich. Die einzige Wahrheit, zu der ich imstande war.

Winnie betrachtete mich eindringlich. Sie zog die Augenbrauen zusammen und presste die Lippen aufeinander. Ihr Kiefer arbeitete. Sie versuchte herauszufinden, ob sie mir trauen konnte. Als sie wegsah, fragte ich mich, zu welchem Schluss sie gekommen war.

Sie blieb sitzen. Ein positives Zeichen, hoffte ich. Ich redete mir ein, dass die Erleichterung daher stammte, dass es einfacher war, meinen Job zu machen, wenn sie mir traute, und hörte gleichzeitig Dylan in Dauerschleife, wie sie fragte: *Du hast dich in einen Menschen verguckt?*

»Kann ich dich etwas fragen?«

Ich nickte, ohne zu zögern.

»An dem einen Abend hier draußen. Bevor du verschwunden bist.« Sie biss sich auf die Unterlippe. »Warum bist du einfach gegangen? Warum hast du mich ...« Sie räusperte sich. »Es war Vollmond, oder? Reagieren Vampire darauf wie Werwölfe?«

Mein erster Impuls war ein Lachen – die Vorstellung, dass wir wie Tiere auf den Mond reagierten, klang nach purer Fiktion. Genau das Gefühl, das Winnie die ganze Zeit haben musste. Ihr war anzusehen, dass sie ihre Worte am liebsten zurückgenommen hätte.

»Es war nicht der Vollmond«, sagte ich ehrlich. »Mondphasen machen nichts mit uns.«

Die Frage schwebte unausgesprochen zwischen uns in der Luft. *Aber was war es dann?* Ein Teil von mir wollte es aussprechen: *Du, Winnie. Du machst etwas mit mir, das mich die Kontrolle verlieren lässt, und dass ich mich trotzdem nicht von dir fernhalten möchte, macht mir Angst.*

Der andere, größere Teil, befahl mir, den Mund zu halten. Sie nicht direkt zu verängstigen, jetzt, wo sie wieder angefangen hatte, mit mir zu sprechen.

Sie wurde unter meinem Schweigen kleiner. Runzelte die Stirn und schaute in die andere Richtung, um es vor mir zu verbergen.

Ich mochte es nicht, wenn sie mich nicht ansah, fiel mir auf. Es war schwer, ihren Worten die gesamte Bedeutung der Dinge, die sie ausdrücken wollte, zu entnehmen. Sie war vorsichtig. Als hielte sie immer etwas zurück.

Wenn ich ihr ins Gesicht sehen konnte, war es einfacher. Ihre rechte Augenbraue hob sich, wenn sie log. Sie blinzelte mehrfach, wenn sie etwas überraschte. Ihr echtes Lächeln ließ winzige Falten in ihren Augenwinkeln erscheinen und ihr erzwungenes ein Grübchen in ihrer linken Wange. Wenn sie sich bemühte, sich keine Emotionen ansehen zu lassen, tippte sie mit dem rechten Zeigefinger einen Dreivierteltakt auf der Oberfläche, auf der ihre Hand gerade lag.

Winnie seufzte leise und drehte sich wieder zu mir um. Ihre Wangen waren leicht gerötet. Von der Kälte? Hatte sie erwartet, dass ich hier draußen sein würde? Ihre Kleidung war zu dünn, als dass sie sich auf ein längeres Gespräch eingestellt hätte. Ihr dunkelgrüner BH blitzte durch das langärmelige weiße Shirt, das sie trug. Es konnte sie nicht sonderlich warm halten.

»Vielleicht sollten wir …«

»Wir gehen morgen zu Victor und Sōma«, kam sie mir zuvor. »Sasha schreibt dir vermutlich nachher noch deswegen, wenn sie es nicht schon getan hat.«

Ihre Schultern waren bis zu den Ohren angezogen. Unbehagen.

»Verstehe«, erwiderte ich langsam. »Ich sage ihr, dass ich schon etwas vorhabe.«

Die Worte hatten meinen Mund verlassen, ehe ich sie hatte überdenken können. Ich nahm sie nicht zurück. Solange es Winnie beruhigte.

Winnie blinzelte mehrere Male. Überrascht. Ich runzelte die Stirn.

»Du musst nicht …« Sie brach ab. Sammelte sich und startete neu. »Du hast gesagt, du wirst uns nicht wehtun.«

Winnie starrte mich an, mit großen Augen. Als es ihr bewusst wurde, drehte sie den Kopf in die andere Richtung. Sie murmelte etwas, das im Rauschen des Windes unterging, der uns um die Ohren pfiff.

»Wie bitte?«

Ihre Schultern hoben und senkten sich in einem tiefen Atemzug. Es wirkte, als kämpfte sie mit sich selbst.

»Du brauchst Sasha nicht anlügen«, sagte sie schließlich leise.

»Was möchtest du dann, das ich ihr sage?«

Sie wurde still. Senkte den Kopf, den Blick in ihren Schoß gerichtet. Ihre Haare fielen nach vorn, verdeckten ihr Gesicht. Sie machte es mit Absicht – sie wollte nicht, dass ich sah, was sie nicht verbergen konnte.

»Wenn du auch gehen möchtest, sag nicht ab, weil du ...«

»Eine Vampirin bist?«

Sie schob sich die Haare hinter die Ohren und warf mir einen Blick zu. »Machst du das mit Absicht?«

Ich neigte den Kopf fragend zur Seite.

»Es aussprechen, weil du weißt, wie es mir damit geht?«

»Nein.« Das war weit von der Wahrheit entfernt. »Ich spreche es aus, weil es meine Realität ist.«

Winnie entspannte sich, wenn auch nur einen Hauch. *Richtige Antwort.*

Nahm sie es selbst wahr? Wie ihre Finger sich vom Fenstersims lösten? Sie sah nicht länger aus, als würde sie jeden Moment die Flucht ergreifen wollen, und obwohl ich mich darüber freute – mehr als das –, steckte Sorge in meinen Knochen. Dass mich die Blutlust noch einmal überkam. Dass es keine gute Idee war, in ihrer Nähe zu sein, egal, wie viele Blutkonserven ich zur Hand hatte.

Winnie sagte danach nichts mehr, stellte keine weiteren Fragen, ging aber auch nicht zurück in ihr Zimmer. Sie saß in ihrem Fenster, im Licht der Straßenlaternen, und strahlte stärker als diese. Und ich fragte mich, ob es das war, was Menschen ausmachte:

Je heller sie leuchteten, desto schneller erloschen sie.

15

Dylan: Wie geht's dir?
Ich: Wie immer.
Dylan: Also …
Ich: Alles okay.
Dylan: Heißt, du hattest nicht noch mal, ähm, vampirische Gelüste?
Ich: Nein, keine.
Dylan: Großartig … der Nachrichtenaustausch mit dir macht so viel Spaß
Ich: Dich zu ärgern macht mehr Spaß.
Dylan: Oh, ich verstehe. Erst erfahre ich, dass du nur für die Vorteile mit mir befreundet bist und jetzt das … </3 Mein Herz ist gebrochen
Ich: Das Gute ist, dass Vampire nicht an einem gebrochenen Herzen sterben können.
Dylan: Du bist komisch
Dylan: Deswegen mag ich dich
Ich: Du magst mich, weil du genauso bist.
Dylan: Punkt für dich
Dylan: Warte, ich zieh den Punkt direkt wieder ab, weil du Sätze bei Textnachrichten mit Punkten beendest
Ich: Ich sollte einen zweiten Punkt für richtige Grammatik bekommen.

Dylan: Ignorieren wir das …
Dylan: Hast du was Cooles erlebt? Ich versinke in Papierkram, weil jemand dem Krankenhaus eine Zahl mit ein paar Nullen zu viel geschickt hat für die Vorräte nächsten Monat
Ich: »Ein paar Nullen«?
Dylan: Also, sagen wir so, falls du ne halbe Million Blutkonserven bei dir unterbringen könntest, wäre ich dir überaus dankbar
Ich: Das könnte schwierig werden …
Dylan: Na gut. Eine Ablenkung nehme ich auch
Ich: Nur, wenn du anfängst, ab sofort deine Sätze mit Punkten zu beenden.
Dylan: … du verhandelst sehr hart
Ich: Take it or leave it.
Dylan: Na guuut.
Dylan: Schau.
Dylan: Schau die ganzen Punkte.
Dylan: Überall Punkte am Ende meiner Sätze, ich fühle mich so erwachsen.
Dylan: Und jetzt gib mir meine Ablenkung bitte.
Ich: Uni, Wohnung, Uni, Wohnung, Uni, Wohnung.
Dylan: …
Dylan: Wow. Ehrlich, Jo, das klingt langweiliger als bei mir, und ich habe den ganzen Tag damit verbracht, mit Katya darüber zu diskutieren, warum Blut in Trinkpäckchen abzufüllen die schlimmste Idee ist, die jemand seit Schlaghosen hatte.
Ich: Magst du etwa keinen Erdbeersaft mehr?
Dylan: Abgepackt schmeckt es so schal.
Ich: …
Dylan: Tu mir den Gefallen und lach darüber, okay
Ich: Haha.
Dylan: Danke.

Dylan: Übrigens kam vorhin eine Mail über den Verteiler, hast du die schon gesehen? Die Versammlung am 22. Februar?
Ich: Noch nicht. Was für eine Versammlung?
Dylan: Die neueste Idee von Big Boss Frieda, die sie jetzt als Routine einführen will. Warte, ich such die Mail kurz.
Dylan: »Eine Übersicht über die aktuell vermissten Personen, die das Gen haben, über die, die überwacht werden und was unser weiteres Vorgehen sein wird. Anpassungen in unserer Logistik und weitere Neuerungen, um auch in Zukunft bestmöglich unser Geheimnis wahren und die Menschen in Sicherheit weiterleben lassen zu können …« oder so?
Ich: Das klingt sinnvoll.
Dylan: Ja, und ein bisschen langweilig.
Ich: Das auch.
Dylan: Ich finde es gut, dass du mir bedingungslos zustimmst.
Dylan: Ich hol dich an dem Tag ab, ok?
Ich: Warum?
Dylan: Weil ich vorher noch einen Termin außerhalb hab und nicht allein dort auftauchen möchte.
Dylan: Biiiiitte.
Dylan: Mit ganz vielen Punkten: ....
Dylan: Nur für dich.
Ich: Okay.

Ich steckte mein Handy ein, als Sasha aus ihrer Wohnung kam, Winnie im Schlepptau. Sie lief uns voraus und ließ Winnie und mich in unbehaglichem Schweigen zurück, bis wir in der Bahn saßen und sie die Stille zwischen uns selbst füllte.

»Ich hab Sōma gesagt, dass er alle Brettspiele vorbereiten soll, die er hat. Er und Victor haben zusammen gekocht, und das Foto, das sie geschickt haben, hat ausgesehen, als wollten sie eine Footballmannschaft davon satt bekommen. Apropos

Footballmannschaft, ich hab heute einen Bus an der Uni vorbeifahren sehen, auf dem stand, dass Football das neue Jogging ist, und ich hab nicht verstanden, was sie mir damit sagen wollten? Sollten alle Joggenden jetzt mit Football anfangen, weil sie chronische Nachwuchsprobleme haben? Das kann nicht sein, oder? Ich dachte immer, die Plätze in der NFL sind heiß umkämpft. Es ist unser Nationalsport, nicht wahr?«

»Baseball vielleicht noch«, warf Winnie ein.

»Baseball! Stimmt. Victor hat mal Baseball gespielt, wusstet ihr das? In der Middleschool, er hat erzählt, dass er ziemlich gut gewesen ist ...« Sie ging dazu über, ihre eigenen sportlichen Erlebnisse zusammenzufassen. Winnie musste sie alle kennen, immerhin waren sie miteinander aufgewachsen, und hörte dennoch aufmerksam zu. Das tat sie meistens. Egal, wie weit Sasha sich von ihrem ursprünglichen Thema fortbewegte. Dabei machte sie nie den Eindruck, als würde der unendliche Fluss an Worten, der aus Sashas Mund strömte, sie stören.

Wir brauchten eine gute Dreiviertelstunde zu Victor und Sōma. Sie wohnten in Chinatown, zwischen dem Columbus Park und dem buddhistischen Tempel. Die Mott Street war gesäumt von Geschäften mit Gemüse, Obst, Gewürzen, Pilzen, von Souvenirläden und Teehäusern. Die Wohnung der beiden befand sich in einem gelben Eckhaus. Im Erdgeschoss war ein chinesisches Restaurant, und der süße, fettige Geruch begleitete uns bis in den fünften Stock.

Winnie schob Sasha die Treppe hoch, nachdem diese bestürzt auf den »außer Betrieb«-Sticker auf den Aufzugtüren reagiert hatte.

Ich lief hinter den beiden, ein paar Stufen Abstand zwischen mir und Winnie. Ihre dicke Jacke hatte sie beim Betreten des Gebäudes geöffnet, und ihre Brille war immer noch leicht beschlagen. Die Haare trug sie heute offen. Ich konnte an einer Hand abzählen, wie oft ich sie bisher mit offenen Haaren gesehen hatte, und war mir nicht sicher, was die Tatsache, dass ich das wusste, über mich aussagte. Sie strich sie sich ständig aus dem Gesicht, als fände sie das Gefühl der Strähnen befremdlich.

Es gelang mir kaum, den Blick von ihr zu lösen. Die Sonne strahlte sie von der Seite an, als wollte sie dafür sorgen, dass sie zwischen den anderen Leuten noch mehr für mich herausstach.

Sie zog mich magisch an. Seit dem Tag meines Einzugs, als sie mich fast umgerannt hätte, war das so, und ich verstand es nicht. Ich verstand nicht, warum ausgerechnet sie es war. Warum ich mir die Nuance ihrer Haarfarbe genau eingeprägt hatte, wenn es tausende braunhaarige Leute gab, denen ich bisher über den Weg gelaufen war. Wieso ich wusste, was ihr Lachen bedeutete, ihr Seufzen.

Ich fühlte mich besonders, wenn sie mir Puzzleteile von sich gab – als hätte sie mich auserwählt. Mich zu einer der wenigen Personen gemacht, denen sie sich öffnete und mir ihr Vertrauen geschenkt.

Vertrauen, das ich mit Sorgfalt behandeln wollte, mit sanften Händen, weil es zerbrechlich wirkte.

Vertrauen, von dem ich mir nicht sicher war, ob es jetzt noch existierte. Und das mein schlechtes Gewissen weckte – wegen meines Jobs, der Lüge, die ich noch mit mir herumtrug.

Winnie redete nicht viel mit mir. Auch mit Sōma und Victor nicht, fiel mir auf, als sie uns die Tür öffneten und an den Esstisch lotsten. Sasha kniete sich als Erstes zu dem kleinen Jack Russell – Otto –, der aufgeregt um ihre Beine sprang, und verbrachte die nächsten zehn Minuten mit ihm, bevor sie in die Küche kam und dabei half, unsere Teller mit grünem Salat vollzuladen – die erste von drei Vorspeisen. Der Hund folgte ihr fröhlich.

Ich wollte Winnie fragen, was ihr durch den Kopf ging, aber die Blicke, die sie mir immer wieder zuwarf, sprachen Bände.

Sie starrte mich an, als ich meine Schüssel mit einer Portion Miso-Suppe füllte.

Sie starrte mich an, als ich eine Scheibe Brot aß.

Sie starrte mich an, als ich mir Nachschlag von dem Auflauf nahm.

Sie starrte mich an, als der Pudding auf meinem Teller immer weniger wurde.

Ich sagte nichts, weil ich annahm, dass sie dachte, sie tat es heimlich.

Es machte mich nervös. Das Brot fiel mir aus der Hand, der Pudding von meinem Löffel, bevor er meinen Mund erreichte. Ich war mir so übermäßig ihrer Blicke bewusst, dass ich meine grundsätzlichsten motorischen Fähigkeiten verlernte.

Selbst Sasha fiel es auf. Sie schaute zwischen mir und ihr hin und her, stieß Winnie immer wieder den Ellenbogen in die Seite und flüsterte ihr etwas ins Ohr, was Winnie angestrengt auf ihren Teller starren ließ.

Ich war mir nicht sicher, ob ihre Aufmerksamkeit ein gutes oder ein schlechtes Zeichen war. Ich hatte das Gefühl, als läge nicht nur Vorsicht in ihrem Blick. Da war auch Neugier. Die Fragen türmten sich in ihr auf, und ich hoffte, dass sie sie mir stellen würde.

Ich biss mir auf die Unterlippe. Ich verstand mich selbst nicht. Meine Gedanken kämpften gegeneinander an.

Das Gespräch wurde zum größten Teil von Sasha und Sōma geführt. Victor erzählte uns von einem Kunstprojekt in SoHo, das einige Studierende auf die Beine gestellt hatten. Als Winnie davon hörte, schaute sie neugierig von ihrem Essen auf, kommentierte es aber nicht weiter.

Nach dem Essen schlug Sasha vor, Twister zu spielen – sie war sich sicher, darin gewinnen zu können –, wurde aber schnell von Victor umgestimmt. Daraus entstand eine Debatte, was stattdessen in Frage kam, die sich über eine Viertelstunde zog. Wir räumten die Küche auf und gingen ins Wohnzimmer. Winnie setzte sich auf die Couch, an den äußersten Rand gedrückt, und als ich einen Schritt machte, um neben ihr Platz zu nehmen, blieb Victor vor ihr stehen.

Er öffnete den Mund, als wollte er sie fragen, ob er sich auf seine eigene Couch setzen durfte – und ich war nicht sonderlich stolz darauf, dass ich mich nun an ihm vorbeidrängte und neben Winnie setzte.

Victor schluckte, was auch immer er hatte sagen wollen, daraufhin schnell herunter. Er setzte sich auf den Boden vor den Couchtisch und klinkte sich wieder in das Gespräch zwischen Sasha und Sōma ein, die den Fernseher und die Konsole eingeschaltet hatten, um eine Runde *Mario Kart* zu spielen, während sie weiter über Sashas Twister-Idee diskutierten.

Ich spürte Winnies Blick sehr deutlich auf mir, tat aber so, als würde ich ihn nicht bemerken.

»Jo, willst du auch mal spielen?«, fragte Sasha. Sie wedelte mit dem Controller über ihrem Kopf.

»Ich würde nicht gewinnen.«

»Verlieren ist der beste Teil des Spiels.«

»Du gewinnst immer«, warf Sōma ein.

Sasha grinste und kraulte Otto zwischen den Ohren. »Na ja, dann habt ihr mit Jo vielleicht endlich mal die Chance, zu gewinnen.«

»Gemein«, sagte Sōma. An seinem Ohr glänzte ein frisch gestochenes Piercing.

»Fair«, sagte Victor. Er schob sich die Brille hoch.

Sōma zuckte mit den Schultern und konzentrierte sich dann wieder auf die Charakterauswahl.

»Ich kann dir zeigen, wie es geht, wenn du willst«, motivierte Sasha mich. Sie quetschte sich neben mich auf die Couch. Das Sofa war nicht groß genug für drei Personen, aber Sasha störte sich nicht daran. Sie drückte mir den Controller in die Hand und fing an, mir zu erklären, was ich drücken musste, um loszufahren.

Ich hörte kein Wort von dem, was sie sagte. Nichts kam bei mir an. Meine Nervenenden hatten sich alle in dem Moment neu ausgerichtet, als meine gesamte linke Seite, um Platz für Sasha zu machen, gezwungenermaßen an Winnies gedrückt wurde. Mein Arm an ihrem, meine Hüfte, mein Oberschenkel. Jeder Punkt, an dem wir uns berührten, fühlte sich zu heiß an.

Ich versuchte, von ihr abzurücken, aber Sasha lehnte sich halb in meinen Schoß, um mir jede Taste am Controller zu erklären. Ihre Stimme ging in dem Rauschen in meinem Kopf unter. Bekam sie es nicht mit? Wie stocksteif ich neben ihr saß? Dass ich kein Wort sagte, um zu zeigen, dass ich ihre Erklärungen verstanden hatte?

Und Winnie ...

Ich sah sie an. Sie beachtete mich nicht, saß gerade, den Blick auf den Fernseher gerichtet. Ich war ein einziges Durcheinander aus verkrampften Muskeln, Herzklopfen und rasenden Gedanken, und sie war ...

Da war ein Geräusch, neben all den Stimmen. Leise. Flatterhaft. Ich musste mich anstrengen, um es zu hören.

Pochpoch. Pochpoch.

Es wurde lauter, je mehr ich mich darauf konzentrierte. Dröhnte in meinen Ohren und schien durch meinen gesamten Körper zu hallen.

Winnies Herzschlag.

Ich hielt die Luft an. Bewegte mich nicht, um kein Geräusch zu machen, das ihn übertönen würde. Sie starrte weiter geradeaus, aber ich sah, wie sie schwer schluckte. Ihre Wangen färbten sich rosa. Ihr Brustkorb hob und senkte sich auffällig, so tief waren ihre Atemzüge.

Ich konnte meinen Blick nicht von ihr lösen. Er glitt wie von selbst zu ihrem Hals, zu der Ader dort, die nur von ihrer dünnen, verletzlichen Haut geschützt war.

Ich schmeckte Blut in meinem Mund. Mein eigenes. Ich presste die Lippen aufeinander, als mich der scharfe Schmerz und das Gefühl, wie meine Zähne länger wurden, aus meiner Trance befreiten.

Mein Hals brannte.

»Jo? Das war das Zeichen, dass du losfahren solltest«, sagte Sasha. »Jo?«

Ich konnte ihr nicht antworten. Es kostete mich alle Kraft, nicht dem Durst nachzugeben.

Ich drückte Sasha den Controller in die Hand. Floh mit meinem Rucksack zur Toilette und sperrte mich darin ein.

Ein Blick in den Spiegel: rote Adern schluckten das Weiß meiner Augen. Schneller als mir lieb war. Ich kniff die Lider zusammen. Krallte mich in das Waschbecken, um nicht sofort wieder nach draußen zu stürmen.

Ich riss meinen Rucksack auf. Meine Hände zitterten, das Trinkpäckchen rutschte mir mehrfach aus der Hand. Es brauchte drei Anläufe, bis ich es hinbekam, den Strohhalm reinzustecken und einen Schluck zu nehmen.

Ich sank neben meinem Rucksack in die Knie, die Stirn gegen den Unterschrank gepresst. Trank das Päckchen innerhalb weniger Sekunden aus und war so unendlich froh, dass ich mehrere eingepackt hatte.

Wie lange saß ich in dem Bad? Keine Ahnung. Drei Trinkpäckchen gingen drauf, bevor ich es schaffte, aufzustehen. Der Durst war nicht weg, aber meine Augen waren nicht mehr blutrot, meine Eckzähne nicht länger auffällig lang.

Ich spritzte mir kaltes Wasser ins Gesicht, in den Nacken. Hoffte, dass man das Blut nicht riechen konnte und warf die leeren Konserven in meinen Rucksack, bevor ich das Bad verließ.

Zurück im Wohnzimmer setzte ich mich auf den freien Sessel. Sōma, der vorher darauf gesessen hatte, war im Eifer des Spiels bis auf den Boden gerutscht. Ich spürte wieder Winnies Blick auf mir. Es war das erste Mal, dass der Wunsch, ihn nicht zu erwidern, größer war.

Tortur. Danach fühlte es sich an, jetzt und hier auf engem Raum zwischen vier Menschen zu sitzen. Ich war mir der schlagenden Herzen in diesem Raum überdeutlich bewusst. Sie dröhnten mir in den Ohren. Wie hielten alte Vampire es aus, sie durchgängig wahrzunehmen? Die, deren Sinne sich mit den Jahren verändert hatten. Die sich von jeglicher verbliebenen Menschlichkeit immer weiter gelöst hatten?

Der Blutrausch hatte einen ähnlichen Effekt. Er schärfte meine Sinne, wenn auch nur für einen kurzen Zeitraum.

Ich sollte gehen. Nach Hause. In Sicherheit. Alles, was mich hier hielt, war die Sorge, die Kontrolle zu verlieren, wenn ich mich bewegte. Das Wissen, dass es mein Job war, auf sie aufzupassen.

Ich *musste* bleiben.

Eine Berührung an meiner Schulter. Sie endete, als ich den Kopf herumriss. Eine, zwei, drei Sekunden vergingen. Sasha.

»Alles okay?«, fragte sie mich. Winnie stand hinter ihr, die Hände in den Taschen ihrer Strickjacke. Die Stirn gerunzelt, die Augen skeptisch zusammengekniffen.

Ich nickte.

Sasha hielt ihren Rucksack in der Hand. Ich hatte nicht mitbekommen, dass sie und Winnie angekündigt hatten, nach Hause zu gehen, aber es war mir mehr als recht.

Die Rastlosigkeit drängte mich dazu, schnell zu laufen, große Schritte zu machen. Ich hielt sie in mir fest. Eingewickelt zu einem Ball in meinem Magen, während ich langsam mit zwei Schritten Entfernung hinter Winnie und Sasha lief.

Sie waren in ein Gespräch vertieft, flüsterten leise. Meine Ohren nahmen die Worte wahr, aber ich konzentrierte mich nicht ausreichend auf sie, um sie zu verstehen. Es war leichter, wenn meine Aufmerksamkeit keinem Menschen galt.

Ich hörte Dylans Stimme in meinem Kopf. Erinnerte mich daran, wie häufig sie mir in den ersten Monaten nach meiner Verwandlung versichert hatte, dass es Zeit brauchte, um den Blutrausch unter Kontrolle zu bekommen. Es hatte Monate gedauert, bevor ich mich überhaupt unter Menschen hatte bewegen können.

Die Erinnerungen an diese Zeit waren schwammig. An die Furcht einflößenden Wochen, in denen mein Körper die Kontrolle über mich hatte. An denen der Durst mich immer wieder heimsuchte und mich hatte verzweifeln lassen.

Sasha warf lachend den Kopf in den Nacken. Es hallte durch die Nacht, ein Pärchen auf der anderen Straßenseite schaute sich neugierig zu uns um.

Meine Sinne wurden dumpfer, je näher wir unseren Wohnungen kamen. Die Nacht dunkler, die Geräusche leiser. Die Gerüche nahmen ab, meine Haut fühlte sich mit jedem Schritt weniger danach an, als wäre sie bis zum Zerreißen gespannt. Es blieben nur Überreste, eine Sensibilität, die in den nächsten Stunden verschwinden würde.

Winnie und Sasha blieben vor der Haustür stehen, suchten

nach ihren Schlüsseln und diskutierten unaufhörlich, wer von ihnen schuld wäre, sollten sie heute auf der Straße nächtigen müssen. Ich hörte ihnen nur mit einem Ohr zu.

Sasha fand ihren als Erste. Sie rannte die Treppenstufen nach oben, Winnie ihr dicht auf den Fersen. Ich hörte sie lachen, Sasha in der Wohnung verschwinden und hörte die Worte aus meinem Mund purzeln, ehe ich sie aufhalten konnte.

»Hast du heute noch etwas vor?«

Winnie drehte sich zu mir um. Starrte mich an, wie sie es den gesamten Abend über getan hatte, und zog die Tür hinter sich weiter zu, damit Sasha unser Gespräch nicht hörte.

»Es ist spät. Ich muss morgen arbeiten«, antwortete sie. »Warum fragst du?«

Ja – warum fragte ich? Eigentlich sollte ich in meine Wohnung gehen und mich beruhigen, aber ich wollte noch nicht, dass sie in ihrer Wohnung verschwand. Ich wollte den Abend strecken, so weit ich konnte. Solange Winnie es zuließ.

Ich wollte fragen, ob sie sich mit mir auf dem Balkon treffen oder hoch aufs Dach gehen würde – in der Sekunde hörte ich es. Ein leises Husten, kaum hörbar, aus meiner Wohnung.

Winnie folgte meinem Blick, sah mich wieder an. »Jo?«

Jemand war in meiner Wohnung. Dylan? Nein, sie würde nicht unangekündigt aufkreuzen. Mein Hirn hangelte sich zum schlimmstmöglichen Szenario: dass wer auch immer für die vermissten Menschen verantwortlich war, hier aufgetaucht war. Sie gefunden hatte.

Winnie wartete immer noch auf eine Antwort.

»Nichts weiter. Hatte mich nur interessiert«, sagte ich bemüht locker. »Gute Nacht.«

Ihre Augenbrauen schoben sich zusammen. Sie seufzte leise, schüttelte den Kopf und zog sich mit einem knappen »Nacht« in ihre Wohnung zurück.

Ihr Tonfall hinterließ einen schalen Geschmack bei mir. Für den Augenblick schob ich ihn von mir. Ich schloss meine Tür auf, das Geräusch der klimpernden Schlüssel viel zu laut in der Stille der Wohnung. Der Boden knarzte unheilvoll unter meinem Gewicht, als ich mich durch den Flur zum Wohnzimmer bewegte.

Licht brannte darin. Ich packte den Schlüssel in meiner Hand fester, hoffte, dass ich stärker oder schneller war, als wer auch immer in diesem Raum wartete, und wollte die Tür vorsichtig aufschieben, als eine Stimme mich erstarren ließ:

»Ist das dein Versuch, dich anzuschleichen?«

Ich stieß die Luft aus. Schob die Tür zum Wohnzimmer auf. »Betonung auf ›Versuch‹.«

Auf dem Sofa saß Katya. Als ich den Raum betrat, runzelte sie für einen Augenblick die Stirn. Ihre Jacke hing über der Sofalehne, als befände sie sich schon eine ganze Weile hier, und ein Ersatzschlüssel für die Wohnung klimperte in ihrer Hand.

»Es sollte Fortbildungen für euch geben – für alle Vampire, denen ein Mensch zum Beobachten zugeteilt wurde. Ihr macht den Job eines Bodyguards, aber im Ernstfall könnt ihr nichts ausrichten«, sagte sie.

»Ich bin nicht hilflos.«

»Das wäre von Vorteil«, sagte sie. Machte eine kurze Pause. »Bekka hat mich gebeten, nach dir zu sehen. Es ist noch ein Mensch verschwunden.«

»Was? Wann? Wer?« Die Fragen überschlugen sich auf dem Weg aus meinem Mund.

»Vorgestern Nacht laut Polizeibericht. Ein paar Straßen von hier entfernt. Sie war ungefähr im gleichen Alter wie dein Mensch, deswegen macht Bekka sich Sorgen.«

Ich bin nicht hilflos – die Worte schienen mich plötzlich zu verhöhnen.

»Das muss nichts bedeuten, oder?« Es kostete mich alle Anstrengung die Unsicherheit aus meiner Stimme zu halten. »Bisher wurde kein offensichtliches Schema verfolgt.«

Katya ließ meine Versuche, mich selbst zu beruhigen, stumm über sich ergehen.

»Kann sein. Ist nicht so, als wüssten wir sehr viel über unseren geheimen Entführer«, sagte sie schließlich. »Bekka wäre selbst gekommen, wenn sie es irgendwie in ihrem Terminkalender hätte unterbringen können, aber du weißt, wie überlastet alle sind. Und als ihre persönliche Assistenz ist die Aufgabe an mir hängen geblieben.«

Ich hörte nur mit halbem Ohr zu, während ich meine Erinnerungen der letzten Tage durchging. »Mir ist nichts Merkwürdiges aufgefallen, seit ich hier bin.«

»Mir in der letzten Stunde auch nicht.« Sie drückte sich vom Sofa hoch und griff nach ihrer Jacke. »Du riechst übrigens, als hättest du in Blut gebadet. Gibt es dafür einen Grund?«

Vielleicht guckte ich zu schnell weg. Vielleicht konnte man es mir auch einfach von der Stirn ablesen. Was auch immer es war, es ließ Katya auf ihrem Weg zum Flur stocken.

Mein Nacken kribbelte unangenehm unter ihrer Aufmerksamkeit.

»Ziemlich anstrengend, oder?«, sagte sie wie nebenbei, während sie sich ihre Jacke überzog. »Das Leben unter Menschen. Du scheinst mit ihnen klarzukommen. Du warst sogar auf dem Festival.«

»Sie sind nicht anders als wir«, sagte ich ausweichend. Ihre Aussagen verunsicherten mich. Ich kam mir wie ein Insekt unterm Mikroskop vor.

Dabei hatte ich keinen Grund, mich so zu fühlen – ich hatte nichts Falsches getan.

Daran hielt ich mich fest. Daran und an dem, was Dylan

gesagt hatte – dass viele Vampire sich für ein Leben mit Menschen entschieden.

Etwas zuckte durch Katyas Gesicht. Zu schnell, als dass ich es hätte interpretieren können. »Denkst du das wirklich?«

»Ich *weiß* es«, erwiderte ich mit Nachdruck. Um sie zu überzeugen oder mich selbst, ich war mir nicht sicher. »Sonst würden wir nicht so friedlich mit ihnen zusammenleben. Sonst hätte Dylan vermutlich nicht gesagt, dass es das Normalste der Welt ist, dass Vampire und Menschen zusammenleben.«

Sie lachte rau auf, nickte dann. »Ja. Natürlich. Wovon sie allerdings vergessen hat, dir zu erzählen, ist, dass Menschen unsere natürliche Beute sind. Eng mit ihnen zusammenzuleben bedeutet immer, gegen deinen eigenen Instinkt zu arbeiten. Und du musst nur einmal unvorsichtig sein. Nur ein einziges Mal, Jo, um herauszufinden, wie einfach es ist, sie zu töten. Die Zähne in ihr Fleisch zu schlagen und jeden Tropfen Blut aus ihnen zu saugen, bis ihr Herz aufhört zu schlagen. Alles nur, um ein Brennen zu lindern, das immer wieder kommen wird.«

Ihre Hände waren zu Fäusten geballt, ihre Kiefer aufeinandergepresst. Sie schien nicht wirklich mit mir zu reden, denn nach ein paar Sekunden schüttelte sie den Kopf, als müsste sie sich aus ihren Gedanken befreien.

Es war dieser kurze Zeitraum, in dem ich mich fragte, woher ihre Worte kamen. Was hatte sie erlebt, das sie jetzt dazu brachte, mich unbedingt von ihrer Ansicht überzeugen zu müssen?

Und vor allem: Wollte ich es überhaupt wissen?

»Sobald du das vergisst, hast du bereits verloren«, sagte sie schließlich.

Es fiel mir schwer, ihrem Blick standzuhalten. Innerlich war ich zu Eis gefroren, und in meinem Kopf herrschte Chaos. Alles, was Katya gesagt hatte, entzündete meine Sorgen der letzten Woche aufs Neue. Dass ich nicht stark genug war, dem Blutrausch in Winnies Nähe zu widerstehen. Dass ich einen Fehler machte, indem ich weiter ihre Nähe suchte.

Katyas Schritte entfernten sich.

Ich zählte sie. Neun, bis sie in der Tür stehen blieb.

»Vampire sind nicht dafür gemacht, mit Menschen zusammenzuleben.« Eine Pause. »Lern es, bevor dir die Wahl abgenommen wird.«

16

»Meinst du, mir würde ein Tattoo stehen?«

In der Bibliothek war es leise. Sasha beugte sich über den Tisch zu mir, die Stimme zu einem Flüstern gesenkt.

»Sobald ich achtzehn bin, kann ich mir legal eins stechen lassen«, fuhr sie unbeirrt fort. Sie ließ ihren Bleistift zwischen Daumen und Mittelfinger kreisen. »Ich wollte schon immer mal eins dieser Make-overs, die sie in Filmen ständig machen. Mom hat es mir nie erlaubt, meine Haare schwarz zu färben, vielleicht ist das jetzt der Zeitpunkt, um die Phase nachzuholen. Kennst du gute Punk-Rock-Bands?«

Ich hatte aufgehört, für einen Essay zu recherchieren, als sie das Tattoo erwähnt hatte. Meine Finger lagen ruhig auf der Tastatur des Notebooks.

»Was für ein Tattoo?«

Sie tippte sich mit dem Stift gegen die Oberlippe. »Hm. Ein Herz unter meinem Auge? So wie Harley Quinn in *Suicide Squad*?« Auf meinen fragenden Blick hin, tippte sie etwas in ihr Notebook und drehte es zu mir um. »So.« Sie beugte sich vor und verdeckte den Bildschirm mit ihrem Kopf, um ihn selbst anzustarren. »Ich glaube, ich hab nicht das Selbstbewusstsein, um so etwas zu tragen.«

»Probier es mit Make-up?«

Sasha hob den Kopf an. Sie war mir so nah, dass sie schielte, ehe sie nickte und sich in ihren Sitz fallen ließ. »Bist du bald fertig mit deinen Stichpunkten? Du wolltest nur die Rahmendaten rausschreiben und ihn nicht schon komplett verfassen.«

»Du könntest mir helfen, dann wäre ich schneller fertig.« Sie öffnete den Mund. Schloss ihn. »Guter Versuch. Jede stirbt für sich allein.«

Sie hatte ihren eigenen Essay in dreißig Minuten fertig geschrieben.

Die nächste Dreiviertelstunde begnügte sie sich damit, in ihr Notizbuch zu kritzeln und hin und wieder ein paar Seiten in dem vor ihr aufgeschlagenen *The Lives of the Artists* von Giorgio Vasari zu lesen. Eine Kommilitonin hatte es ihr empfohlen, nachdem Sasha angemerkt hatte, dass ihr der kurze Überblick zur italienischen Renaissance in der Vorlesung nicht gereicht hatte.

Ich hatte nicht erwartet, dass es mich interessieren würde. Das Studium, die Thematik. Ein weiterer Punkt, in dem ich in den vergangenen Wochen eines Besseren belehrt worden war.

Ich klappte mein Notebook zu und verstaute es in meiner Tasche. Sasha nahm das als Zeichen dafür, endlich die Bibliothek zu verlassen. Ihre Jacke blieb am Geländer hängen, und nachdem sie sich befreit hatte, stolperte sie die restlichen Stufen nach unten ins Erdgeschoss.

Sie stieß die Doppeltür nach draußen auf und warf beide Arme in die Luft. »FREIHEIT!«

Sie störte sich nicht an den Blicken der Studierenden, die auf dem gesamten Gelände verteilt waren. Einige guckten sie böse an – vor Neid, nahm ich an, weil sie selbst noch Vorlesungen oder Arbeit vor sich hatten. Sonst hätten sie längst das Gleiche wie Sasha getan. Die meisten grinsten bei ihrem Ausruf jedoch nur.

»Winnie und ich gehen morgen ins Museum«, sagte Sasha. »Ins MoMA. Wie immer.«

Wir warteten auf die Bahn, um uns herum laute und leise Gespräche von Leuten, die sich auf das Wochenende freuten.

»Ich weiß.« Ihre Tradition. Ich hatte es nicht vergessen.

Sasha schwieg.

Ich schwieg.

»Wir sind meistens bis zum Nachmittag da und holen uns danach was vom Bäcker oder gehen in einem Diner essen … Manchmal ins Kino.«

»Okay.«

Sasha machte große Augen. Zog die Augenbrauen hoch. Wartete.

»Viel Spaß?«

Sie stöhne. »Oh man, okay. Amor hat ein bisschen an Magie verloren, kein Problem. Das kriegen wir hin.«

Sie verbrachte die Fahrt vor sich hin murmelnd und in ihr Handy vertieft. Auf ihrem Schoß lag das ausgeliehene Buch. Ich fing es auf, bevor es beim Bremsen auf dem Boden landete, und blätterte darin herum. Sasha fiel es nicht auf. Sie war in ihrer eigenen Welt versunken und gab meinem Hirn damit unbewusst den Freiraum, weiter über Katyas Besuch vom Anfang der Woche nachzugrübeln.

Ich hatte mich beschäftigt gehalten, um genau das zu vermeiden. Mit Sashas Gegenwart, Hausarbeiten, der Lektüre für die nächsten Vorlesungen. Winnie hatte ich seit dem Tag nicht mehr gesehen – ich war mir nicht sicher, ob sie mir aus dem Weg ging, ich ihr aus dem Weg ging oder unsere Freizeit sich nie überschnitt.

Ich war besorgt. Weil ein weiterer Mensch vermisst wurde und noch mehr, weil diese Sorge hinter dem Blutdurst zu verblassen schien. Erleichtert, weil mein Kopf klarer war, wenn ich Winnie nicht sah.

Emotionen flogen durcheinander, seit ich in dieser Wohnung eingezogen war. Sie fühlten sich nie gleich an, hatten selten ein Muster, durch das sie schnell zu identifizieren waren. Aber dass ich erleichtert war, hatte sicher etwas zu bedeuten, oder? Dass es einfacher war, wenn ich Winnie nicht sah. Die richtige Entscheidung. Zumindest dachte ich weniger über das Bild nach, das Katya in meinen Kopf gepflanzt hatte.

Vampire sind nicht dafür gemacht, mit Menschen zusammenzuleben.

Ihre Stimme hatte zwischen meinen Gedanken Wurzeln geschlagen und streckte ihre Äste in jeden freien Raum aus. Obwohl ich mir immer wieder in Erinnerung rief, was Dylan gesagt hatte – dass viele Vampire mit Menschen auskamen –, konnte ich nicht aufhören, darüber nachzudenken, weil ich in zwei Richtungen gezerrt wurde. Ein Teil von mir hatte Angst und wollte Katya zustimmen– ein anderer war versucht, jedes Risiko einzugehen, um bei Winnie zu sein.

»Schwingst du große Reden oder lässt du lieber Taten sprechen?« Sasha unterbrach meine Gedanken, als wir die Haltestelle verließen und zu unseren Wohnungen liefen.

»Wie bitte?«

»Wenn dir etwas wichtig ist. Worte oder Taten?«

»Ähm, Taten?«

»Hmm.« Sie tippte auf ihr Handy. »Und was, würdest du sagen, ist deine Sprache der Liebe?«

»Meine was?«

»Sprache der Liebe.«

»…«

»Also, angenommen, du magst jemanden. Was wäre dir besonders wichtig? Berührungen? Geschenke? Zeit mit der Person verbringen? Anerkennende Worte? Hilfsbereitschaft?«

»Ich weiß nicht …«

»Das steht nicht zur Auswahl.«

»Woher kommen die Fragen?« Ich warf einen Blick direkt auf ihr Handy. »*Wie du herausfindest, ob ihr zusammenpasst – das ultimative Quiz.*«

Sasha sperrte sofort den Bildschirm und lief weiter neben mir her, als wäre nichts gewesen. »Winnie hat von der Arbeit Bagels und Kuchen mitgebracht, hat sie geschrieben. Willst du auch welche?«

»Ich habe keinen Hunger.« Das war nicht mal eine Lüge. Die Trinkpäckchen stapelten sich im Mülleimer meiner Küche.

»Bist du sicher? Oder willst du Winnie einfach nicht sehen?«

Ich verlangsamte meine Schritte.

Sasha blieb vor mir stehen, die Arme locker an den Seiten. »Ich hab angenommen, ihr hättet euch vertragen, als du am Montag mit zu Victor und Sōma gekommen bist. Aber seitdem hast du morgens immer an der Haltestelle der Bahn auf mich gewartet und jede Einladung abgelehnt, die dich in unsere Wohnung gebracht hätte. Winnie ist sehr privat mit solchen Dingen, und das ist völlig okay, sie braucht mir nicht alles zu erzählen, aber es ist anstrengend, dabei zuzusehen, wie ihr beide deprimiert seid, weil ihr nicht klären könnt, was zwischen euch steht.«

»Winnie ist deprimiert?«

Sasha hob einen Mundwinkel an. »Nicht dass sie es mir jemals sagen würde, aber ja, ich denke schon.« Sie rieb sich über den Nacken, plötzlich verlegen. »Ich weiß, wir kennen uns noch nicht lange, aber irgendwie fühlt sich mein Freundeskreis runder an, seit du dabei bist. Und ich weiß, dass es Winnie auch so geht – also, nicht *ganz genau so*, offensichtlich –, sie ist nur zu dickköpfig, über Differenzen hinwegzusehen, wenn sie das Gefühl hat, dabei verletzt werden zu können.«

Sie sah mich nicht an, während sie es sagte. Ihr Blick ging leicht an mir vorbei – über meine Schulter, fixiert auf einen unbestimmten Punkt hinter mir. Es war eines der wenigen Male, in denen sie in meiner Gegenwart ihr Lächeln ablegte. Sie wirkte älter, wenn sie es nicht trug. Nachdenklicher.

Sie umfasste die Gurte ihres Rucksacks, als suchte sie daran Halt. »Winnie ist zurückhaltend. Wenn wir uns streiten, vergibt sie mir immer als Erste, egal, wie blöd ich mich verhalten habe, aber braucht dann Wochen, bis sie wieder unbeschwert mit mir redet. Sie denkt, sie versteckt es gut, aber ich bin nicht umsonst ihre anhängliche kleine Schwester.« Ein stolzes Grinsen stahl sich auf ihr Gesicht. »Wir hatten nicht immer die beste Beziehung, und ich weiß, sie denkt, dass sie meine große Schwester sein muss und danach erst Winnie sein darf. Ich glaube, ich könnte ihr hundertmal zeigen, dass das nicht stimmt, und sie würde es trotzdem tun.«

Sasha machte eine Pause. Sie betrachtete mich mit diesem Blick, der zu erwachsen für eine Siebzehnjährige war. Ich fragte mich, was sie in meinem Gesicht las. Dann sah sie auf ihre Füße. Ihre Stimme war leiser, als sie weiterredete. Ich musste mich anstrengen, um jedes Wort zu hören.

»Winnie ist genauso chaotisch wie Sōma und Victor und ich und du und alle anderen Menschen hier. Sie ist stur und manchmal möchte ich am liebsten ausziehen, aber sie ist die wichtigste Person in meinem Leben. Und wenn ich mitten auf der Straße einen ewig langen Monolog halten muss, damit sie schnell wieder glücklich ist und ihr euch über das, was auch immer passiert ist, ausspricht, werde ich das tun.«

Ich brachte es nicht übers Herz, ihr zu sagen, dass es weit mehr als ein Streit gewesen war, der Winnie und mich einander meiden ließ. Ich war mir sicher, dass Sasha all das nicht gesagt hätte, wenn sie wüsste, wer ich war. *Was* ich war.

Und ich stellte fest ... Ich wollte nicht, dass sie ihre Worte zurücknahm. Ich mochte es, dass sie mich als Freundin betrachtete. Mich als eine Person sah, der sie genug vertraute, um ihr diese Dinge zu sagen.

Es war ein unbequemes Gefühl. Eins, das nicht gänzlich unter meine Haut passte. Das mehr Platz in meinem Kopf einnehmen wollte, als ihm zustand. Aber es war auch warm. Einnehmend.

In meinem Hals entstand ein Kloß, den ich nicht herunterschlucken konnte.

Sasha wartete nicht auf eine Reaktion von mir. Sie nickte zu unserem Gebäude, ihr Lächeln wieder dort, wo es immer war. »Also – Bagels und Kuchen?«

Ich lachte leise. Dann nickte ich und folgte ihr.

Winnie saß am Küchentisch, als wir zu ihr stießen. Mit der einen Hand umschlang sie eine dampfende Teetasse, in der anderen hielt sie ihr Handy. Sie kaschierte ihre Erschöpfung schnell, als sie Sasha hörte, aber ich sah, wie angespannt sie war. Wie schnell sie dafür sorgte, dass die Falten auf ihrer Stirn sich glätteten und ihre Mundwinkel sich nach oben bogen.

In der einen Sekunde war sie in ihren Gedanken versunken, in der nächsten überspielte sie es. Es fiel mir nicht zum ersten Mal auf, aber ich hatte es nie verstanden. Dank Sashas Worten ergab es Sinn.

Erst die große Schwester, dann Winnie.

Es war so offensichtlich, dass ich mich fragte, wie ich es bisher hatte übersehen können. Ich warf Sasha einen Blick zu – diesem siebzehnjährigen Mädchen, das immer zu lächeln schien. Und ich fragte mich, wie viel sie dahinter versteckte. Wie viele ungesagte Dinge zwischen den beiden Schwestern existierten, obwohl sie sich so nahestanden.

Was es war, das sie dazu gebracht hatte, einander solche Dinge zu verheimlichen?

Es stand mir nicht zu, hier und jetzt danach zu fragen. Winnie machte das deutlich – ihr Lächeln schwankte, als sie mich hinter Sasha bemerkte. Sie vertraute mir nicht. Natürlich nicht. Wenn es eine Konstante in unseren letzten Gesprächen gab, dann das mitschwingende Wissen, dass es nicht mehr war wie zuvor.

Ich konnte nicht zuordnen, was es war – dieses Stechen in meiner Brust. Ich wusste nur, dass ich es nicht mochte. Dass es zunahm, wenn Winnie mich ansah und ihre Wachsamkeit, ihre Vorsicht dabei nicht ablegte. Sie hüllte sich in einen Schleier aus Unantastbarkeit: ihr Körper angespannt, ihre Worte präzise gewählt. Als bemühte sie sich darum, nicht zu viel preiszugeben. Wie am Anfang.

Sie machte Platz für uns am Küchentisch. Klappte ein abgenutztes Notizbuch zu, bevor Sasha oder ich einen Blick darauf erhaschen konnten, rollte es zusammen und schob es in die Bauchtasche ihres Hoodies. Sie zog sich die Ärmel bis über die Finger und setzte sich auf den Platz gegenüber von Sasha und mir, während sie ihre Schwester über ihren Tag ausfragte und so tat, als wäre sie präsent, als wäre sie hier und hörte zu. Als wäre sie nicht mit ihren Gedanken hundert Meilen entfernt.

Sasha aß einen Bagel und ein Törtchen, ich ein kleines Stück Kuchen. Winnie rührte das Essen nicht an – vielleicht hatte sie schon gegessen, bevor wir gekommen waren. Aber sie war blass und berührte leicht ihren Bauch, als sie aufstand, und nach ihrer ersten Tasse Tee machte sie sich direkt noch eine.

Sie war müde. Ich hörte Sasha mit halbem Ohr zu, die das Schweigen im Raum füllte, als würde es ihr nicht auffallen.

»Ich bin mir nicht sicher, ob das mit dem Museum morgen was wird«, sagte sie gerade.

Winnie blinzelte. »Wir gehen jeden Samstag.«

»Ich weiß.« Sasha schob die Krümel auf ihrem Teller zusammen. »Aber die Woche war so lang, und am Sonntag helfe ich Vic dabei, einen Vortrag vorzubereiten … Ich glaube, ein freier Tag dazwischen, an dem ich nichts geplant habe, wäre nicht schlecht?«

Winnie nickte langsam. Nahm einen Schluck von ihrem Tee. »Okay.«

Sasha nahm sich ein Stück Kuchen und redete dann weiter, als wäre nichts gewesen. Ihre Hand war unter dem Tisch zur Faust geballt.

Ich korrigierte mich innerlich. Es war Sasha aufgefallen. Die Ringe unter Winnies Augen, wie sich ihre Schultern krümmten. Sasha sprach Winnie nicht darauf an, und ich glaubte zu verstehen, was sie gemeint hatte, als sie vorhin sagte, dass Winnie nicht aufhören würde, sich hinter Sasha anzustellen, selbst wenn diese ihr versicherte, dass sie das nicht brauchte.

Sie konnte Winnie nicht direkt darauf ansprechen, weil das nicht die Beziehung war, die sie hatten. Sasha war die kleine Schwester, Winnie die große, und der Umgang zwischen ihnen war davon offensichtlich geprägt. Also suchte Sasha Umwege. Und fand sie in kleinen Lügen, die Winnie die Freiheiten gaben, die sie sich selbst verbot.

Zwischen den beiden zu sitzen bereitete mir Kopfschmerzen. Ich verstand, weshalb sie sich verhielten, wie sie sich verhielten, aber es war schwer, dabei zuzusehen. In ihren Köpfen trafen sie beide noble Entscheidungen und machten sich ihre Leben damit unnötig schwer.

»Ich könnte mit dir gehen«, hörte ich mich sagen.
Was?
»Was?«, wiederholte Winnie meinen Gedanken.
»Ich könnte mit dir gehen.«
Waren wir uns nicht einig, dass es leichter ist, Winnie nicht zu sehen?
Und dann, bevor ich es zurücknehmen konnte, warf Sasha dazwischen: »Oh, wirklich? Das wäre großartig.«
Ich sah sie aus den Augenwinkeln an. Der Ton ihrer Stimme war zu bemüht ruhig. Sie konnte nicht darauf gehofft haben, dass ich auf diese Weise reagierte, oder?
Sie hob einen Mundwinkel an, als sie meinen Blick bemerkte.
Doch, dachte ich und schnaubte. Sie wusste genau, was sie tat. Oh Sasha, du böses Genie.
»Schon gut«, sagte Winnie. »Du kannst sicher auch einen freien Tag gebrauchen.«
»Wann geht ihr normalerweise los?«
Winnie verstummte.
Ich wartete ab. Sagte nichts mehr, übte keinen weiteren Druck aus. Ihre Entscheidung.
Sie sah mich an, mit ihren dunklen, dunklen Augen voller Geheimnisse. *Irgendwann*, versprach ich mir. *Irgendwann werde ich jedes einzelne davon kennen.*
»Um zehn«, willigte sie ein. Sie nahm einen Schluck Tee.
Ich ließ sie nicht das Lächeln sehen, das mich zu überfallen drohte. Es rang mit den Schuldgefühlen. Mit den Lügen. Mit dem Kribbeln in meinem Bauch. Ich nickte nur und aß den Rest meines Kuchens auf, bevor ich die beiden allein ließ und in meine Wohnung nebenan ging, die mir leerer vorkam als sonst. Einsamer.
Erst als ich im Wohnzimmer ankam, fiel mir auf, dass ich Sashas Buch immer noch bei mir trug. *The Lives of the Artists.*

Die Ecken waren abgestoßen, die Seiten längst vergilbt. Das Cover hatte Risse, und jemand hatte mit Tinte Anmerkungen an die Ränder geschrieben. Ein Wunder, dass die Bibliothek es noch nicht aussortiert hatte.

Ich las es in der Nacht. Ein Buch über die Leben toter Künstler. Menschen, die lange vergessen sein sollten, aber sich selbst unvergesslich gemacht hatten. Es berichtete von Leuten in Adelsfamilien, die Kunst an Orte brachten, aus denen sie verschwunden war. Von Sanftheit und Lebendigkeit in jedem Strich, der vor Jahrhunderten gesetzt worden und bis heute spürbar war. Der Autor sprach von Leidenschaft und Hass, als würden sie Hand in Hand gehen. Von dem Wunsch, sich selbst zu verewigen, den ich nicht verstand, weil er aus einer Verzweiflung geboren wurde, die einem zu kurzen Leben und zu wenig Zeit entsprang.

Das Buch zu lesen war bedrückend. Ich verstand nicht sofort warum. Weil diese Leben geendet hatten, bevor sie beginnen konnten? Nein, es fühlte sich scharfkantiger an. Weil sie Dinge erschufen, um ewig weiterzuleben und genau diese Ewigkeit sich in einer gähnenden Leere vor mir erstreckte.

Ich nahm an, dass man es mir ansehen konnte – die Dinge, um die sich meine Gedanken drehten –, als Winnie mich am nächsten Tag Punkt zehn Uhr vor dem Wohngebäude traf. Ich hatte darüber nachgedacht, vor ihrer Wohnung zu warten, aber es fühlte sich zu intim an, und der kalte Wind half, meine Gedanken zu klären. Jetzt stellte ich fest, dass der Ort völlig egal war. Es war der Gedanke, den Tag mit Winnie unterwegs zu sein, der mich nervös machte. Teil von etwas zu sein, das sonst exklusiv ihr und Sasha gehörte. Es half nicht, dass sie wirkte, als wäre sie gerade erst aus dem Bett gefallen. Ihr Zopf wirr, ihre Brille etwas schief auf der Nase, bis sie sie sich gerade schob. Sie war noch dabei, ihre Jacke zu schließen, als sie vor mir stehen blieb und mich mit einem leisen »Morgen« begrüßte.

Ich wollte es erwidern, aber aus meinem Mund kam nur ein undefinierbarer Laut, nach dem ich mich umdrehte und mit glühenden Wangen in Richtung Bushaltestelle lief.

Wir sagten nicht viel auf dem Weg zum Museum. Winnie verschwand in ihrem Schal und schaffte es trotzdem nicht, ihre rote Nase und ihre noch röteren Wangen zu verbergen. In meiner Jackentasche spielte ich mit dem winzigen Würfel. Ich wollte ihn Winnie geben – *bitte bring die Farben durcheinander* –, aber sie drehte sich weg, um aus dem Fenster zu sehen, und ich ließ ihn zurück in meine Tasche fallen.

Winnie hatte ein Dauerticket, stellte sich aber mit mir an, auf den Füßen vor und zurück wippend, als könnte sie es nicht erwarten, nach drinnen zu gehen. Sie lief durch das Museum, als hätte sie Farben in den Venen und Pinselstriche auf der Haut. Als wäre sie Teil der Ausstellungen oder würde es liebend gern sein.

Ich ertappte mich dabei, wie ich sie mehr betrachtete als die Gemälde oder Fotografien. Anders als die Menschen, die diese geschaffen hatten, war sie hier. Sie war echt und wirkte lebendiger, je mehr Zeit sie zwischen den Kunstwerken verbrachte.

Sie führte uns durch das Gebäude. Die Etagen rauf und runter, ins zwanzigste Jahrhundert, ins neunzehnte. Zu Kunstinstallationen, um die sich Menschentrauben sammelten, und in verwinkelte Ecken, in denen wir allein waren.

Schließlich setzte sie sich in die Mitte einer gepolsterten Bank, direkt vor Pablo Picassos *Les Demoiselles d'Avignon*. Fünf nackte Frauen, die aus eckigen, zersplitterten Ebenen bestanden.

Ich stand hinter Winnie, ein paar Schritte entfernt. Ich respektierte die Grenze, die sie zwischen uns gezogen hatte, und hoffte, dass sie sie selbst überqueren würde. Dass es überhaupt noch mal dazu kommen würde. Dass sie meine Hand halten, mich richtig anschauen, mir ihre Gedanken verraten würde.

»*Les Demoiselles d'Avignon*«, las ich laut vor. »Hat der Name eine Bedeutung?«

Sie reagierte nicht sofort, als müsste sie erst entscheiden, ob sie mit mir reden wollte oder nicht.

Dann seufzte sie leise.

»Eine Referenz zur Carrer d'Avinyó«, sagte sie. »Eine Straße in Barcelona, damals mitten im Rotlichtviertel der Stadt. Picasso hat es *Le Bordel d'Avignon* genannt, aber es wurde für eine Ausstellung umbenannt, weil die Öffentlichkeit solche Themen vor hundert Jahren genauso tabuisiert hat, wie sie es heute tut.«

Ihre Haltung veränderte sich, während sie sprach. Aufgerichtet, selbstbewusst. Ein Element, in dem sie sich wohlfühlte und ihre Vorsicht fallen lassen konnte.

»Danach hat es niemand zurückgeändert?«, fragte ich.

Sie zuckte mit den Achseln. Ihr weißes T-Shirt fiel über ihre Schulter, und sie zupfte es gerade. »Picasso hat es lange in seinem Studio behalten. Vielleicht war es ihm selbst peinlich, obwohl er die Umbenennung offiziell wohl nicht unterstützt haben soll. Es sollte im Louvre ausgestellt werden, aber der Mann, dem er es verkauft hat, hat es nach Picassos Tod an einen privaten Sammler abgegeben, und knapp zehn Jahre später ist es durch Lillie P. Bliss im MoMA gelandet. Der Name hat sich einfach durchgesetzt.«

Sie beugte sich nach vorne, als wollte sie aufstehen, schob sich dann aber lediglich ein paar Zentimeter auf der Bank nach links.

Sie sagte nichts. Ich sagte nichts.

Sie sah mich nicht an. Ich konnte nicht wegsehen.

Als ich mich nicht sofort rührte, tippte sie auf den freien Platz neben sich. Ich setzte mich mit einem Flattern im Bauch und holte den Würfel aus meiner Tasche, wog ihn in meinen Händen und hielt den Kopf gesenkt.

Mehrere Minuten vergingen.

Ihre Hand tauchte in meinem Blickfeld auf. Die Handfläche nach oben gedreht, die Finger gespreizt. Eine Aufforderung.

Ich gab ihn ihr vorsichtig. Meine Fingerspitzen berührten ihre Haut. Ich zog mich schnell zurück, und als sie daran drehte, als sie die Farben durcheinanderbrachte und keine Seite mehr wie die andere aussah, stieg Erleichterung in mir auf, so überwältigend, dass sie mich in die Knie gezwungen hätte, hätte ich noch gestanden.

Sie gab ihn mir zurück. Schaute zu, wie ich das Chaos innerhalb weniger Minuten wieder ordnete. Als ich fertig war, hielt ich den Würfel zwischen uns, konnte dabei gar nicht mehr aufhören zu lächeln. Aus den Augenwinkeln sah ich Winnie schmunzeln.

Sie brachte den Würfel durcheinander, ich ordnete ihn, und wir verbrachten den halben Vormittag damit. Ich tat es immer wieder, so lange, bis Winnie mir bedeutete, den Würfel einzustecken, damit wir endlich weitergehen konnten, weiter durch das Museum und Stunden später nach draußen, zurück nach Hause. Die ganze Zeit schien ihr das Lächeln leichter zu fallen, als hätten ihre Schultern nicht länger eine Last zu tragen, unter der sie jeden Muskel anspannte, um sie tragen zu können.

Wir liefen die Treppen zu unserem Stockwerk nach oben, langsam, als würden wir von einem langen Spaziergang im Sonnenschein kommen und wollten die letzten Momente auskosten. Für mich fühlte es sich so an. Winnie die Sonne, hell und sanft, und ich der Mond, der hoffte, ein paar Sonnenstrahlen zu reflektieren.

Sie blieb in der Tür stehen, ganz kurz nur, als ich nach dem Schlüsselbund suchte, der in irgendeiner meiner Jackentaschen sein musste.

Ich hörte sie etwas sagen. Bis der Inhalt ihrer Worte bei mir ankam, war sie bereits in der Wohnung verschwunden.

Mein Brustkorb wurde warm.

Bis später.

17

Geduld war eine Tugend, die ich nicht besaß. Kaum war ich in meiner Wohnung, warf ich meine Sachen von mir, hielt mich nur gerade so davon ab, sofort zum Balkon zu stürzen, um vorher in der Küche ein ganzes Trinkpäckchen zu leeren.

Mein Herz klopfte aufgeregt in meiner Brust. Aufgeregt und nervös und unsicher. Es konnte sich genauso wenig wie ich entscheiden, was es zuerst fühlen sollte.

Ich zog den Vorhang zur Seite, ging nach draußen. Schaute auf die Straße, um so zu tun, als wäre ich nur *zufällig* hier, falls Winnie bereits auf ihrer Seite saß und wartete. Ein paar Sekunden vergingen, ehe ich mich traute, hinüber zu sehen.

Enttäuschung machte sich in mir breit, als ich sie nicht dort stehen sah. Ich beugte mich über das Geländer, um sehen zu können, ob in ihrem Zimmer Licht brannte, und zuckte schlagartig zurück, als ich eine Bewegung sah.

Ich lehnte mich an das Geländer, Blick auf die Straße. An die Hauswand, verschränkte meine Arme vor der Brust, schob meine Hände in die Hosentaschen. Jede Position fühlte sich auf eine andere Weise unnatürlich an. Als das Fenster endlich aufging, erstarrte ich und blieb an die Wand gelehnt, in der Hoffnung, einen ruhigen Eindruck zu vermitteln.

Winnies Beine schoben sich nach draußen, der Rest ihres Körpers hinterher. Sie hatte ihre Jacke gegen einen dicken

Rollkragenpullover ausgetauscht und zog die Ärmel runter bis zu ihren Fingern. Ich verschränkte meine Hände miteinander, um zu verhindern, dass ich sie nach ihr ausstreckte.

»Ich wünschte, es wäre schon wieder Sommer«, sagte sie nach einigen Herzschlägen.

»Magst du die Kälte nicht?«

»Leute, die Kälte mögen, sind mir suspekt.« Sie schlang sich die Arme um den Bauch und zog die Schultern an, als suchte sie nach Wärme.

»Ich mag sie.« Die Jahreszeit zumindest. So anstrengend mir die langen Nächte, in denen ich allein mit meinen Gedanken war, aktuell auch vorkamen – normalerweise war das die Zeit, die diese Gemütlichkeit mit sich brachte, die im Sommer verloren ging. Wenn die Tage länger waren, wollten alle so viel wie möglich davon auskosten. Niemand kam je richtig zur Ruhe. Herbst und Winter dagegen? Alle kuschelten sich in Decken, in dicke Kleidung, verbrachten mehr Zeit zu Hause. Es kam mir friedlicher vor.

Winnie musterte mich wachsam. Ließ den Blick über mich wandern. Suchend. Dann nickte sie. »Passt zu dir.«

»Findest du?«

»Sonst hätte ich es nicht gesagt.«

»Stimmt.«

Die Steine der Hausmauer drückten gegen meine Schulterblätter. Ich presste mich fester gegen die Wand, in der Hoffnung, mich auf diese Weise davon abzuhalten, unsinnige Sachen zu sagen. Meinem Hirn war nicht zu vertrauen.

Winnie kratzte mit dem Fingernagel über einen losen Stein im Fenstersims. »Ich kann nicht so lange draußen bleiben. Meine Freundin ... Blair? Ich hab noch nie von Blair erzählt, oder?«

»Nicht dass ich mich erinnere.« Hätte sie etwas erwähnt, hätte ich mich daran erinnert. Es war nicht so, als könnte ich Dinge, die Winnie betrafen, aus meinem Gedächtnis löschen.

»Wir kennen uns schon ziemlich lange und …« Sie schüttelte den Kopf. »Warum erzähl ich dir von Blair? Ich sollte reingehen, mein Hirn hat –«

»Nein!« Ihr Kopf zuckte zu mir herum. Ich drückte mich zurück an die Hauswand. »Ich meine – du kannst von ihr erzählen. Wenn du möchtest. Wie lange kennt ihr euch denn schon?«

Ihre Antwort kam nicht sofort. Sie betrachtete mich abschätzend. Erwartete sie, dass ich mein Angebot zurücknahm?

»Seit der Middleschool«, begann sie zögerlich zu erzählen, als ich nicht weiterredete. »Ich hab sie in einem Forum im Internet kennengelernt. Eins von diesen, die so aussehen, als würde man sich alle drei Sekunden einen neuen Virus einfangen. Ehrlicherweise war ich die längste Zeit davon überzeugt, dass sie ein vierzigjähriger Mann ist.«

»Aber ist sie nicht?«

Winnie schmunzelte. »Nein, zum Glück nicht. Wir haben nach ein paar Monaten das erste Mal miteinander telefoniert – neun Stunden, wenn ich mich nicht täusche. Meine Mom war stinksauer, als sie die Telefonrechnung gesehen hat.«

»Worüber unterhält man sich neun Stunden lang?« Dylan und ich verbrachten nur selten so viel Zeit am Stück miteinander – von der gemeinsamen Zeit auf der Arbeit mal abgesehen. Und wenn wir es doch taten, dann für einen Filmabend wie zu Silvester, an dem wir beide irgendwann gedanklich auscheckten und nur noch nebeneinander existierten.

»Ich … hab keine Ahnung, um ehrlich zu sein. Ich weiß noch, dass sie zwischendrin versucht hat, mich zu beeindrucken, indem sie Fakten über Äthiopien zitiert hat, die sie im Discovery Channel gesehen hatte.«

»Das hat dich nicht beeindruckt?«

»Ich kann nicht behaupten, dass Fakten über Äthiopien meine größte Leidenschaft sind. Aber ich fand ihre Bemühungen, sich mit mir anzufreunden, sympathisch«, erklärte Winnie. Ihre Lippen verzogen sich zu einem kleinen, nostalgischen Lächeln, das aber schnell wieder verblasste. »Ich wünschte, sie würde nicht so weit weg wohnen. Seattle könnte genauso gut das Ende der Welt sein. Ich hab sie bisher nur zweimal getroffen, und das eine Mal war nur, als sie am Flughafen in Philly für drei Stunden festsaß und ich die Schule geschwänzt habe, um mit ihr die Zeit totzuschlagen.«

»Zweimal in, was, acht Jahren?«

»Neun. Letzten Oktober waren es neun Jahre.«

»Wow, das ist …«

»Traurig.«

»Beeindruckend«, sagte ich. »Auf eine traurige Weise.«

Ihr halbes Lächeln spiegelte meine Aussage wider. »Ich bin froh, dass es mittlerweile Skype gibt. Stell dir vor, wir müssten uns die ganze Zeit Briefe schreiben. Dinge per Hand zu schreiben dauert viel zu lange.«

»Ich dachte immer, die meisten Leute finden Briefe romantisch?«

»Sie zu bekommen, ja. Sie selbst zu schreiben? Nein, eher nicht. Stell dir vor, ich mache es ganz klassisch mit einem Füller. So wie ich mich kenne, würde er explodieren und die ganze Tinte auf meinen Klamotten landen, und meine Hände wären für eine ganze Woche blau gefärbt.«

»Ich bin mir fast sicher, dass es Möglichkeiten gibt, so was innerhalb von ein paar Sekunden wieder abzukriegen.«

»Nimm mir nicht mein Drama, Jo.«

Jedes Mal, wenn sie meinen Namen sagte, hielt ich unwillkürlich die Luft an. Hoffentlich bemerkte sie es nicht.

»Hast du auch so jemanden? Dem du alles erzählen kannst?«, fragte sie nach einer kurzen Pause.

»Dylan, ja. Sie war diejenige, die mich gefunden ...« Ich stockte, unsicher.

Winnie nickte und mied meinen Blick. Aber sie ging nicht sofort rein – das wertete ich als Erfolg. »Wie ist sie so?«

»Eigensinnig und dickköpfig«, waren die ersten Adjektive, die mir einfielen. »Sehr loyal. Sie ist die Art Person, die aus dem Bauch heraus spontane Entscheidungen trifft und es dann hinterher bereut.«

»Spontane Entscheidungen. Was ist das denn?«

»Ich wünschte, ich wüsste es. Sie beschließt alle paar Monate, sich die Haare ganz kurz zu schneiden, und beschwert sich dann wochenlang darüber, dass sie so langsam wachsen. Mittlerweile hab ich es als Teil ihrer Persönlichkeit akzeptiert.«

Winnie lachte leise über meine Erzählung. Zu gern hätte ich gewusst, was ihr durch den Kopf ging. Ob diese kleinen Einblicke in mein Leben ihr genauso besonders vorkamen wie mir. Ich hoffte es.

Wir verfielen daraufhin in ein Schweigen, das mir weniger angespannt vorkam als noch vor wenigen Stunden. Wenn es nach mir ginge, mussten wir nicht miteinander reden – ich war damit zufrieden, mit ihr hier draußen zu sitzen, als hätte es den Moment, als sie mich in meinem Wohnzimmer gefunden hatte, nicht gegeben.

Als sie wegen der Kälte zu zittern anfing, verabschiedete sie sich für den Abend und kletterte zurück in ihr Zimmer. Ich blieb noch eine Weile draußen. Lauschte dem Wind, der um die Häuser fegte, den Motorengeräuschen, die jederzeit durch die Stadt zu hallen schienen. Und zählte die Stunden, bis ich Winnie wiedersehen würde.

Danach wurde es leichter, Zeit mit Winnie zu verbringen. Es geschah natürlicher, ohne unsichere Blicke und langes Schweigen. Katyas Worte rückten mit jedem Tag mehr in den Hintergrund. Sie ließen mich nicht los, aber waren leichter zu ignorieren. Solange ich nicht daran dachte, weshalb ich bei Winnie und Sasha war, gab es keine Gefahr. Solange ich genügend Blutvorräte hatte, kam ich mit dem Durst aus.

Bekka bat mich, ausführlichere Berichte zu schreiben, jede Kleinigkeit, die mir in meiner Umgebung merkwürdig vorkam, festzuhalten, aber es passierte nichts Auffälliges. Ich ging mit Sasha zu Uni, war abends manchmal zum Abendessen bei ihnen zu Hause. Fast hätte ich mir einreden können, dass das hier mein normales Leben war, keine Aufgabe, die mir die Organisation zugeteilt hatte. Je mehr ich allerdings versuchte, mir das einzureden, desto größer wurden meine Schuldgefühle, weil es nicht so war. Weil ich ein Geheimnis vor Winnie und Sasha hatte, das sie beide persönlich anging. Ich hatte damit kein Problem gehabt, als ich sie noch nicht gekannt hatte. Aber jetzt? Wo Winnie ohnehin schon wusste, dass ich eine Vampirin war? Ihnen nicht zu sagen, weshalb ich neben ihnen eingezogen war, fühlte sich falsch an.

Ich versuchte, nicht darüber nachzudenken, aber die Wahrheit war, dass ich nichts anderes tat, wenn ich allein war. Entweder das, oder ich fragte mich, was Winnie durch den Kopf ging, wenn sie an mich dachte – ob sie tatsächlich Angst hatte, dass ich ihr oder Sasha etwas antun würde. Ob sie mich immer noch küssen wollte. Ich wartete ständig darauf, dass sie mich mit Fragen löcherte. Immerhin konnten sie sich nicht einfach in Luft aufgelöst haben.

Jedes Mal, wenn wir uns trafen – zum Abendessen, später draußen –, wartete ich darauf, dass sie es ansprach. Ich ließ ihr die Zeit, die sie brauchte, aber das Warten machte mich nervös. Seit unserem letzten Gespräch auf dem Balkon hatte sie sich zwar nicht wieder zurückgezogen, aber ich traute mich nicht, daran zu glauben, dass sie mein Geheimnis einfach geschluckt hatte.

Es passierte an einem Abend, als wir draußen saßen, Winnie auf der Feuerleiter, ich auf dem Balkon. In der vergangenen Woche war sie jeden Abend nach draußen gekommen, erst hatte sie auf ihrem Fenstersims gesessen, ein anderes Mal hatte sie gestanden. Manchmal saß sie auf dem kalten metallischen Boden, und der Abstand zwischen uns wurde mit jedem Abend kleiner.

Diesmal war sie in eine Kuscheldecke gewickelt, ihren Laptop auf dem Schoß, als wäre der Platz hier draußen eine Erweiterung ihres Zimmers. Ihre Knie lehnten an dem Geländer zwischen uns, und hätte ich die Hand ausgestreckt, hätte ich sie ohne Mühe berühren können. Meine Finger kribbelten, weil ich den Drang verspürte, es zu tun.

Sie hatte mir auch eine Decke angeboten, als sie mich in schwarzen Jeans und einem Pulli in der Kälte gesehen hatte, und die Stirn gerunzelt, als ich ihr erklärt hatte, dass ich keine brauchte.

Seitdem war eine halbe Stunde vergangen. Ich hatte keine Ahnung, was sie auf ihrem Laptop machte, und zögerte nachzufragen, weil ich das Gefühl hatte, dass hinter ihren zusammengepressten Lippen die Fragen warteten, die sich seit zwei Wochen aufbauten.

Ihre Finger tippten blitzschnell auf der Tastatur und hielten immer wieder mitten in der Bewegung inne. In den Pausen wurde die Falte zwischen ihren Augenbrauen tiefer. Dann warf sie mir einen flüchtigen Blick zu, und kurz darauf fing sie wieder an zu tippen.

Ich hatte ein offenes Buch auf meinem ausgestreckten Bein

liegen – *Gardner's Art Through the Ages: A Global History*. Nachdem ich Sasha ihr Buch zurückgegeben hatte, hatte ich mir selbst ein paar in der Bibliothek ausgeliehen. Die Nächte vergingen schneller mit ihnen als Ablenkung, außerdem hatte Winnie mir einen anerkennenden Blick zugeworfen, als sie meine Buchwahl bemerkt hatte. Ich freute mich heimlich darüber.

Mit der Zeit wurden Winnies Pausen häufiger und länger. Ich war mir ihrer so bewusst, dass ich ahnte, sie würde mir endlich eine Frage stellen, Sekunden bevor sie es tatsächlich tat.

»Frieren Vampire nicht?«

Ich las weiter in meinem Buch. Mir war aufgefallen, dass Winnie dazu tendierte, sich zurückzuziehen, wenn sich die Aufmerksamkeit auf sie richtete. Sie zog eine harte Grenze zwischen sich und allen anderen und blieb dahinter in Sicherheit. Zumindest nahm ich an, dass es das war, was sie damit erreichen wollte. Ich hatte noch nicht herausfinden können, weshalb sie es tat.

»Nicht wirklich«, sagte ich. Es war nicht so, dass ich keine Kälte spürte. Die Empfindung war nur abgeschwächt – es brauchte mehr als den New Yorker Winter, bis ich tatsächlich fror.

Ich wartete.

Winnie tippte drei-, vier-, fünfmal. Hielt inne.

»Kannst du richtig gut hören?«

»Noch nicht viel besser als du. Mehr mit der Zeit.«

»Was heißt das? ›Mehr mit der Zeit‹?«

»Unsere Sinne verändern sich, je älter wir werden.«

»Dein Gehör?«

»Nimmt langsam zu.«

Sie wartete. Tippte wieder. Hörte wieder auf.

»Was noch? Was nimmt noch zu?«

»Geruchssinn, Sehstärke, Kraft, Schnelligkeit.«

»Das alles? Je älter du wirst?«

Ich nickte.

»Warum?«

»Ich weiß nicht genau. Weil wir uns immer weiter vom Menschsein entfernen, je älter wir werden?« Zumindest war das die Erklärung, die ich von Dylan bekommen hatte.

»Wie alt wirst du?«

Ich betrachtete das Bild vom Tempel des Horus. Wartete, dass sie selbst darauf kam.

»Ah«, machte sie wenige Sekunden später. »Richtig. Vampire sind unsterblich.«

In ihrer Stimme schwang Ungläubigkeit mit. Ich fragte mich, wie lange es dauern würde, bis sie diese neue Realität akzeptieren konnte.

»Aber ... Was heißt das? Wie lange bist du schon ...«

»Zehn Jahre. Ich war einundzwanzig, als ich verwandelt wurde.«

Sie druckste herum. »Warum wurdest du verwandelt?«

Ich zögerte mit meiner Antwort. Ihre Frage war nicht ungewöhnlich – etwas, das ich an ihrer Stelle auch gefragt hätte. Nur brachte sie Erinnerungen und einen Nachgeschmack von Verzweiflung mit sich, den ich schon lange nicht mehr gespürt hatte.

»Ich weiß nicht«, sagte ich schließlich.

Wenn möglich, war das die Aussage, die sie am meisten verwirrte. Sie schüttelte langsam den Kopf. »Wie? Du weißt es nicht?«

»Ich weiß nicht, warum ich verwandelt wurde. Ich erinnere mich an den Moment, in dem ich aufgewacht bin, aber davor ist nichts.«

»Du erinnerst dich an *gar nichts*?«

Ich schüttelte den Kopf. »Niemand von uns.«

Ihr Mund ging auf und zu. »Warum?«

»Wegen der Verwandlung. Eine psychologische Reaktion auf das Trauma. Manche erinnern sich an einzelne Dinge, die meisten gar nicht.«

Winnie starrte mich sprachlos an. »Du sagst das, als wäre es nichts weiter. Wenn du mit einundzwanzig verwandelt wurdest, musst du doch einen Freundeskreis gehabt haben. Familie? Einen Ort, der dein Zuhause ist, einen Job oder ein Studium. Vielleicht warst du verliebt und in einer Beziehung, vielleicht ist da jemand, der dich mehr als alles andere vermisst, und du kannst dich nur nicht dran erinnern ...«

»Winnie.«

»Was?«

»Es ist zehn Jahre her, dass ich verwandelt wurde«, sagte ich leise. Ich wollte nicht darüber reden. Alles in mir sträubte sich dagegen, wieder darüber nachzudenken.

Sie runzelte die Stirn. »Ich versteh nicht.«

»Die Dinge, die du gerade aufgezählt hast? Es ist nicht so, als wäre ich mit einem leeren Kopf aufgewacht und hätte einfach beschlossen, dass sie mich nicht interessieren.«

Ein paar Sekunden schwieg sie. Wartete darauf, dass ich von allein fortfuhr. Als ich es nicht tat, fragte sie: »Das heißt ... du kennst deine Familie? Hast du ihnen erzählt, dass du ...«

... *eine Vampirin bist*. Der Rest des Satzes schwebte zwischen uns.

»Nein.«

»Nein?« Sie klang ungläubig. Ich konnte es ihr nicht verübeln, aber ich brachte es auch nicht über mich, weniger abgehackt zu antworten.

»Ich weiß nicht, wo meine Familie ist. Wie sie heißen, wie sie aussehen, ob ich Geschwister hatte. Ich weiß nichts, und es gibt keinen Weg, etwas darüber herauszufinden, weil ich keine Ahnung habe, ob die Leute, die mir vorher nahestanden, überhaupt hier leben oder am anderen Ende der Welt«, brach es aus mir hervor.

Die Frustration darüber war nie völlig verschwunden. Der Gedanke, dass da doch irgendetwas sein *musste*, tauchte immer wieder unerwartet aus der Versenkung auf. Einundzwanzig Jahre meines Lebens, an die ich mich einfach nicht erinnerte. Zu denen ich keinen Bezug hatte. Ich hatte nach Anhaltspunkten gesucht und wäre fast durchgedreht, weil ich keine gefunden hatte – oder sie sich im Nichts verloren.

Zehn Jahre ... Es war eine lange Zeit, um darüber nachzudenken, wer ich war. Lange genug, dass diese Fragen sich irgendwann weniger drängend angefühlt hatten.

Mir fiel erst auf, dass Winnie nicht reagierte, als ich mich durch mein Gedankenchaos zurück an die Oberfläche grub. Plötzlich fühlte ich mich schlecht, weil ich mich nicht zurückhaltender ausgedrückt hatte.

Der Wind pustete mir Haarsträhnen ins Gesicht. Ich schob sie hinter meine Ohren. »Tut mir leid.«

»Als du das erste Mal bei uns warst«, begann sie schließlich. »Du hast gesagt, du wärst von deiner Familie in Manhattan weggezogen, um allein sein zu können. Warum hast du gelogen? Du hättest einfach sagen können, dass du allein lebst.«

»Es war nicht direkt eine Lüge«, sagte ich. »Meine engste Freundin lebt dort. Ich hab dort eine –« ... *eine eigene Wohnung*, hatte ich sagen wollen. Ich verkniff es mir gerade so.

»Okay«, sagte sie leise.

Ich fragte mich, was ihr durch den Kopf ging. Dachte sie darüber nach, was ich ihr noch verheimlicht hatte? Ich verspürte den drängenden Wunsch, ihr zu versichern, dass es keine anderen Lügen gab – auch wenn es nicht stimmte. Nicht weil ich verhindern wollte, dass sie nachfragte. Sondern weil ich wollte, dass sie verstand, dass ich nichts lieber getan hätte, als ihr jetzt und hier alles über mich zu erzählen, was sie wissen wollte.

Ich tat es nicht.

Winnie hakte nicht nach. Stattdessen lenkte sie unser Gespräch in eine andere Richtung: »Was ist mit deinem Geschmackssinn?« Sie biss sich auf die Unterlippe. »Meine Suppe ...«

Ich atmete erleichtert aus. Das war leicht zu beantworten. »Hat nicht wirklich nach etwas geschmeckt. Ein bisschen bitter vielleicht.«

»Das nimmt also auch mit der Zeit zu?«

»Nein, es nimmt ab. Ziemlich schnell sogar.«

Die Verwirrung ging in Wellen von ihr aus. »Während alles andere zunimmt? Warum?«

»Weil unser Körper es nicht braucht. Ihr Menschen schmeckt fünf Grundaromen, weil ihr euch vielseitig ernährt. Euer Körper hat sich angepasst. Vampire ernähren sich einseitig. Die meisten Geschmackssensoren sind überflüssig.«

»Das heißt ... Was heißt das? *Einseitig*. Du schmeckst nur Blut? Wonach schmeckt Blut? Sind deine Trinkpäckchen wirklich voll davon? Woher bekommst du es? Musst du Menschen ...«

Ich hob den Kopf an. Winnie zuckte zusammen, als unsere Blicke sich trafen, und wandte sich schnell ab. Ihre Reaktion ... Ich biss mir auf die Innenseite meiner Wange. Zog die Beine näher an meinen Körper und schlang meine Arme darum.

»Stell keine Fragen, wenn du die Antworten nicht verträgst.«

Winnie zog die Schultern an. In meinem Magen türmten sich Schuldgefühle. Ich hatte mir vorgenommen, ihre Fragen zu beantworten. Jede einzelne, soweit es mir möglich war. Warum verhielt ich mich dann schon das zweite Mal in dieser kurzen Zeit so abweisend? In meinem ersten Jahr nach der Verwandlung hatte ich Dylan Löcher in den Bauch gefragt.

Aber es tat mir weh, zu sehen, wie sie zusammenzuckte. Wie sie einen Abstand zwischen uns ließ, als wollte sie mir nicht zu nahe kommen, als hätte sie Sorge, es sich selbst wie eine Krankheit einzufangen.

Als hätte sie ... Angst.

Offensichtlich hat sie Angst. Kannst du es ihr verübeln?

Nein. Nein, konnte ich nicht. Ich nahm es ihr nicht übel und konnte trotzdem nichts gegen das Brodeln in mir tun. Gegen den Wunsch, ihr zu erklären, wie sehr sie mit ihrer Meinung danebenlag, weil ich trotzdem einfach nur ich war.

Ich rieb mir über die Stirn.

»Ich will sie wissen«, sagte Winnie mit neuem Selbstbewusstsein. »Ich muss sie wissen, wenn ich Sasha ...«

Wenn ich Sasha beschützen will? War es das, was sie hatte sagen wollen? Hitze schoss meinen Nacken hinauf. Ich atmete sie weg.

»Okay.«

Sie klappte ihren Laptop zu und legte ihn neben sich. Drehte sich zu mir, den Kopf erhoben, wie eine Königin auf ihrem Schlachtfeld.

»Tötest du Menschen, um Blut zu bekommen?«

»Um es dann in Trinkpäckchen abzufüllen?«

»Das ist keine Antwort.«

»Wir kriegen Rationen zugeteilt.«

»*Wir.* Das heißt, es gibt mehr Vampire?«

»Ja.«

»Wie viele?«

»Einige.«

»Kannst du mir eine Zahl nennen?«

»Ein Vampir auf zehntausend Menschen.«

Winnie sog scharf die Luft ein. »So viele? In New York allein leben, was, acht Millionen Menschen. Achthundert Vampire?«

»Eher tausend.«

»Und wer teilt euch diese Rationen zu?«

Ich zögerte. »Es gibt eine Organisation hier in New York, die das übernimmt. Deswegen sind vergleichsweise viele hier.«

»Eine Organisation für … Vampire?«

»Sozusagen.«

Winnie seufzte. »Du machst mir das mit dem Fragen wirklich nicht leicht, Jo.«

»Tut mir leid.«

»Diese Organisation. Woher bekommen die das Blut?« Ihre Stimme wurde zum Ende hin leiser. Zögerlicher.

»Sie töten niemanden, falls du das denkst«, sagte ich. »Es gibt Leute, die es freiwillig spenden, Krankenhäuser, mit denen wir zusammenarbeiten. Normalerweise brauchen wir nicht unendlich viel Blut.«

»Wir.«

»Was?«

»Du hast gesagt: ›Krankenhäuser, mit denen wir zusammenarbeiten‹. Du arbeitest auch für sie?«

»Die meisten Vampire in New York tun das. Oder sind zumindest dort registriert.«

»Aber nicht alle.«

»Nein.«

»Was ist mit denen, die nicht bei euch arbeiten? Bekommen sie trotzdem Blut von eurer Organisation?«

»Wenn sie bei uns registriert sind, ja.«

»Und wenn nicht?«

»Dann nicht.«

»Woher bekommen sie es dann?«

Eine lange Pause.

Einige Vampire hatten sich nie registriert oder der Organisation den Rücken gekehrt, weil sie der Art, wie wir lebten – friedlich, im Verborgenen und gegen unsere Natur –, nicht zustimmten. Das waren diejenigen, gegen die wir etwas unternehmen mussten, um sicherzustellen, dass die Menschheit nicht von uns erfuhr. Vampire, bei denen wir davon ausgehen konnten, dass sie für die Entführungen verantwortlich waren.

Ich biss mir auf die Unterlippe. »Sie … beschaffen es sich auf anderen Wegen.«

Wieder sah sie weg. Es war so schwer, ihr einen genauen Überblick über meine Welt in einem einzigen Gespräch zu geben. Ohne die Möglichkeit, ihr irgendetwas davon zu zeigen.

»Es gibt kaum Vampire, die sich dafür entschieden haben, das zu machen«, erklärte ich. »Blutkonserven haben keinen Nachteil, außer, dass die Mengen, die wir bekommen, überwacht werden.«

»Aber sie existieren. Die Vampire, die Menschen töten.«

»Ja.«

Winnie lehnte den Hinterkopf an die Backsteinfassade des Hauses und starrte in den sternenlosen Himmel. Lange Zeit war es still, bis sie langsam ausatmete. Kleine Wolken tanzten vor ihrem Gesicht, bevor sie im Nichts verschwanden.

»Wie kann es sein, dass es ein Geheimnis ist? Dass es Vampire gibt?«

»Es ist sicherer so.«

»Für wen?«

»Euch. Uns.«

Die Formulierung fiel mir erst im Nachhinein auf. Euch und uns. Als hätte ich uns absichtlich voneinander abgegrenzt.

»Ein paar Menschen wissen, dass wir existieren. Wir könnten nicht allein dafür sorgen, dass es ein Geheimnis bleibt. Sei es, um jeden Monat genügend Blutkonserven zu beschaffen oder Morde mit Bisswunden zu vertuschen …« Winnie zog ihre Decke fester um sich. Ich räusperte mich. »Also … so was jedenfalls.«

Die Stimmung war drückend. Winnie wirkte erschöpft, und ich wollte nichts lieber, als ihr zu sagen, dass wir nicht jetzt über alles reden brauchten. Ich hatte nicht vor, in nächster Zeit wegzugehen. Allerdings kam sie mir zuvor.

»Ich komme einfach noch nicht ganz damit klar, dass ein Vampir neben mir sitzt.«

»Vampirin. Weiblich.«

»Eine Vampirin. Ich bin mit Geschichten über euch aufgewachsen. Fiktiven Geschichten. Erfundenen Geschichten.«

»Was meinst du, wer sie erfunden hat?«

Ihr Blick war so entrückt, dass ich auflachte. »Na … Menschen?«

»Bram Stoker war ein Vampir.«

»Bram Stoker lebt noch?!«

»Nein. Neunzehnhundertzwölf in London gestorben.«

»An Syphilis?«

»Wir können uns nicht mit Bakterien oder Viren infizieren. Er hat zu lange kein Blut getrunken, ist in einen Blutrausch verfallen und wurde von einem Vampirjäger getötet.«

Winnie starrte mich ungläubig an. »Du machst Witze.«

Ich schüttelte den Kopf.

»*Vampirjäger*«, wiederholte sie. »Ehrlich? Ich hatte nicht den Hauch einer Ahnung, dass es Vampire überhaupt gibt, und du sagst mir, es existieren Leute, die euch jagen?«

»Nicht mehr. In hundert Jahren hat sich einiges geändert.«

Winnies Mund stand offen. Sie brauchte ein paar Minuten, bis sie sich fing und ihn schloss. »Und dieser Blutrausch, den du erwähnt hast – was ist das?«

Ich zögerte meine Antwort hinaus. Winnie hatte die Wahrheit verdient, aber ich machte mir Sorgen darum, wie sie nach meinen nächsten Worten über mich denken könnte.

»Es gibt Vampire, die keine Kontrolle mehr über sich haben«, fing ich vorsichtig an und wartete ihre Reaktion ab.

»Erklär es mir?«, bat sie. Ich suchte in ihrem Gesicht nach Anzeichen dafür, dass ich sie mit jeder weiteren Aussage vergraulen würde, aber ich fand keine.

»Wir haben ein intaktes Herz. Je weniger menschliches Blut wir zu uns nehmen, desto langsamer schlägt es«, fuhr ich fort und überging, wie Winnie den Mund verzog. »Wenn wir über einen langen Zeitraum Blutdurst haben – also kein Blut zu oder zu wenig zu uns nehmen –, löst es einen Rausch aus. Einen puren Überlebensinstinkt – wie Hunger bei Menschen.«

Erst als sie zögerlich nickte, redete ich weiter. »Wir nennen Vampire, denen das passiert, Abtrünnige. Wenn das einmal passiert ist, ist es schwer, sich wieder zu fangen. Die Kontrolle über die Instinkte zu gewinnen und sich nicht nur von ihnen steuern zu lassen.«

»Der Instinkt ... Blut zu trinken?«

»Genau.«

»Das heißt, mich könnte zu jeder Zeit irgendwo ein Vampir anfallen – ein Abtrünniger?«

»Es gibt keine mehr«, versicherte ich ihr. »Ein paar Jahre nachdem die Organisation gegründet wurde, haben sie die letzten Abtrünnigen getötet. Zumindest die, die es nicht geschafft haben, sich von ihrem Rausch zu lösen.«

Ihr Schweigen zog sich unendlich lang. Vielleicht hätte ich das alles doch nicht erzählen sollen. Vielleicht war es zu viel gewesen für einen Menschen, der gerade erst von alledem erfahren hatte.

»Wow«, sagte sie dann. »Jede Antwort wirft zehn neue Fragen auf.«

»Tut mir leid.«

»Wieso entschuldigst du dich schon wieder?«

Weil deine ganze Welt sich auf den Kopf stellte, weil ich in deiner Nähe nicht Herrin meiner Sinne war. »Du müsstest nicht darüber nachdenken, wenn du mich nicht gesehen hättest.«

»*Ich* bin in *deine* Wohnung eingestiegen. Wenn überhaupt, sollte ich mich dafür entschuldigen.«

Das Problem war: Das Schuldgefühl hatte nicht ausschließlich damit zu tun, dass sie von der Existenz von Vampiren erfahren hatte. Es waren die Dinge, die ich *nicht* sagen konnte. Die Fragen, die sie nicht stellte, weil sie keine Ahnung hatte, weshalb ich neben ihr eingezogen war. Immerhin verheimlichte ich ihr, dass plötzlich nach Jahrzehnten Menschen, die das Gen in sich trugen, plötzlich spurlos verschwanden. Dass meine eigentliche Aufgabe nicht war, hier zu sitzen und mit ihr darüber zu reden, wie meine Welt funktionierte, sondern aufzupassen, dass die Liste der Vermissten nicht noch länger wurde.

Du könntest es ihr erzählen. Sie weiß ohnehin schon so viel.

Nur was, wenn sich ihre Panik damit vergrößerte? Wenn sie davon wusste, würde sie nicht hierbleiben. Sie würde sich Sasha schnappen und so weit wie möglich von hier fliehen, in Angst leben und beten, dass sie nie wieder einen Vampir zu Gesicht bekam.

Wie egoistisch konnte ich noch werden? Es war eine Sache, dass ich ihr nicht alles erzählte. Eine völlig andere, dass in meinem Hinterkopf die ganze Zeit die Sorge mitschwang, in dem Fall nicht mehr hier, auf diese Weise mit ihr reden zu können.

Ich konnte sie nicht einweihen. Vielleicht, wenn ich Bekka oder Dylan davon erzählte und mir irgendwie das Okay einholte ... Selbst dann würde unweigerlich die Frage aufkommen, was passierte, wenn herauskam, dass ein Mensch wegen mir von unserer Existenz erfahren hatte. Mit Winnie. Mit mir.

Meine Feigheit fühlte sich elendig erstickend an.

Also was? Lügst du sie weiter an?, summte es durch meinen Kopf.

Das verzweifelte Seufzen blieb mir in der Kehle stecken, als Winnie die Stimme erhob.

»An dem Tag ... Als ich dich in deiner Wohnung gesehen habe«, begann Winnie. Die Worte stiegen in die Luft und sanken zwischen uns auf den Boden. »Du hast anders ausgesehen.«

Ich neigte den Kopf, eine stille Zustimmung.

»Warum ist das passiert? Du hattest ...« Sie deutete vage in die Richtung ihres Mundes. »Und deine Augen waren rot.«

»Ich hatte Durst.«

»Oh.« Sie schluckte hörbar. »Hattest du keine Trinkpäckchen mehr?«

»Doch. Sie waren nur nicht ausreichend, um den Durst zu stillen.«

Durst. Winnie formte das Wort mit den Lippen nach. »Weil du ... zu wenig von der Organisation zugeteilt bekommen hast?«

Ich schüttelte langsam den Kopf. Betrachtete sie aus den Augenwinkeln, bis mich der Mut verließ und ich zur Straße guckte. »Ein anderer Auslöser.«

»Was für einer?«

»Du.«

»Ich?«

»Es liegt an dir.«

Sie wurde blass. »Warum?«

Wie sollte ich es ihr erklären? Mein Blutdurst, der mit meiner Anziehung zu ihr zusammenhing. Wenn ihr süßer Geruch mir in die Nase stieg, wenn ihr Shirt von ihrer Schulter rutschte, wenn sie ihre Haare hinter die Ohren strich und ich mir vorstellte, diejenige zu sein, die das tat. Ihre weiche Haut unter meinen Fingerkuppen.

Ich hob meine Hand vor den Mund und täuschte ein Husten vor, bevor ich mich wegdrehte. Meine Zähne wuchsen, mein Durst auch, und aus irgendeinem Grund wollte ich verhindern, dass sie etwas davon mitbekam. Das Trinkpäckchen trank ich, von ihr abgewandt, zur Hälfte leer und begegnete ihrem aufmerksamen Blick, als ich mich wieder zu ihr umdrehte.

In ihre Decke gewickelt sah Winnie verletzlich aus. Eine neue Seite, die sie mit mir teilte.

»Wenn es an mir liegt«, sagte sie leise, den Mund halb hinter dem Stoff der Decke versteckt. Ihre Brillengläser beschlugen mit jedem Atemzug. »Denkst du, es ist dann eine schlaue Idee, Zeit mit mir zu verbringen?«

Die Frage, die mir seit Tagen nicht aus dem Kopf ging. »Mache ich dir Angst?«

»Nein!«, rief sie. Ihre Lautstärke schien sie selbst zu überraschen. »Also. Ich meine ... Nein, ich meine wegen *dir*. Ist es nicht anstrengend? Was du aushalten musst, wenn wir hier zusammensitzen?«

Ich antwortete nicht sofort. Betrachtete Winnie eingehend. Der Mond war halb hinter Wolken versteckt, die Straßenlaternen sorgten nur für eine spärliche Beleuchtung, aber sie war mir nah genug, dass ich ihren Gesichtsausdruck nicht erraten musste. Ich erkannte Sorge darin. Sorge, mir Probleme zu bereiten.

»Es ist anstrengend«, gab ich zu. Stockte, bis ich den Mut fand, um weiterzusprechen. »Aber nicht so anstrengend, wie dich zu meiden.«

Winnie blinzelte. Eine tiefe Röte breitete sich auf ihren Wangen aus, über ihre Nase und dann in ihrem ganzen Gesicht. Ihre Verlegenheit machte mich verlegen. Am liebsten hätte ich die Worte aus der Luft gegriffen und zurück in meinen Mund gestopft.

»Tut mir …«

Winnie hob die Hand. »Sag bitte nicht, dass es dir leidtut.«

Ich hielt den Mund. Sie schob ihre Brille nach oben und rieb sich müde über ihre Augen. Wie spät war es?

»Möchtest du reingehen?«, fragte ich.

Sie ließ ihre Hände sinken. Versteckte sie wieder unter der Decke und zog diese dann fester um sich. »Möchtest du, dass ich reingehe?«

»Nein.«

»Gut.«

»Gut.«

Sie lächelte zurückhaltend. Mein Magen schlug Saltos. Ich suchte nach etwas, das ich sagen konnte, damit sie weiter lächelte.

»Hattest du einen guten Tag?«

Ihr Lächeln verschwand.

Gut gemacht, Jo.

Sie seufzte leise und legte ihre Wange auf die angezogenen Knie. »Ich hatte keinen *schlechten* Tag. Nicht direkt. Er war einfach lang, und das Wissen, dass Bram Stoker ein Vampir war, hilft nicht gerade dabei, mich zu entspannen.«

Ich schlug ihr nicht vor, schlafen zu gehen. Egoistischerweise hielt ich mich an ihrem Nein fest und hoffte, dass sie ihre Meinung die ganze Nacht hindurch nicht ändern würde.

»Ich treffe meinen Vater jeden Freitag. Seit ein paar Wochen.«

»Das ist …«

»Ein Geheimnis«, sagte sie schnell. »Sasha weiß nichts davon.«

»Warum verheimlichst du es ihr?«

Einige Sekunden starrte Winnie in die Luft. »Ich dachte … Anfangs hab ich mir eingeredet, ich mache es aus einem guten Grund«, begann sie. »Er hat uns verlassen, als Sasha und ich noch ganz klein waren. Und … Na ja, es hat mich nie losgelassen. Dass er einfach gegangen ist, ohne wenigstens an Geburtstagen anzurufen. Das macht man doch so, oder? Geburtstag, Weihnachten. Die großen Feiertage, um das eigene Pflichtgefühl zu besänftigen?«

Sie formulierte ihre Sätze nicht als Fragen, weil sie etwas von mir erwartete, sondern weil sie sich bei ihren Aussagen selbst nicht sicher war. Daher schwieg ich weiterhin.

»Er hat nichts davon getan. Er hat einfach aufgehört, für mich zu existieren«, sagte sie. »Deswegen bin ich mit Sasha nach New York gezogen.«

»Um deinen Vater zu treffen?«

»Ja. Ich hab herausgefunden, dass er hier lebt, und wollte einfach von ihm wissen, wo meine Erinnerungen aufhören und Träumereien anfangen. Ob ich mir eingebildet hab, dass wir Spaß zusammen hatten und ob er Sasha …« Sie brach ab.

»Ob er Sasha was?«

Ihre Lippen öffneten sich, aber sie gab kein Geräusch von sich und schüttelte schließlich den Kopf. »Nichts weiter.«

Offensichtlich steckte mehr dahinter. So viel mehr, als sie bereit war mir zu sagen. Lag es daran, dass sie mir nicht vertraute? Wie konnte ich ihr zeigen, dass sie es mit mir teilen konnte, ohne Wunden aufzureißen, die offensichtlich nicht gänzlich verheilt waren?

Das Gefühl überkam mich unerwartet heftig. Der Wunsch, sie zu trösten, sie aufzumuntern oder auch nur die Schulter zu sein, an die sie sich anlehnte. Ich schob mich über den Boden, bis mein Arm gegen das Geländer gepresst war. Ich wollte ihr helfen. Ich wollte ...

Winnie mied meinen Blick, als sie den Oberkörper in meine Richtung neigte. Die Decke öffnete sich einen Spalt, sie schob ihre Hand dazwischen hervor und durch eine Lücke im Geländer. Ihre Wangen waren nach wie vor leicht gerötet, was mich davon ablenkte, dass ...

Oh.

Ihr kleiner Finger stieß gegen meinen. Sie verkniff sich ein Lächeln, das ich trotzdem deutlich sah.

Meine Hand kribbelte, meine Gedanken flogen wild durcheinander.

»Wie war dein wöchentliches Treffen? Mit deinem Vater?«, fragte ich, um mich davon abzulenken.

Ein nachdenkliches Summen entkam ihr. »Halb okay, halb anstrengend. Ich meine, an sich war es gut. Toll. Ich glaube, er sucht immer Cafés aus, die mir gefallen könnten. Vielleicht ist das auch nur sein eigener Geschmack? Ich hab ihn nie gefragt, aber sie sind süß. Das Essen ist lecker.«

»Aber?«

»Ich hab nichts von einem Aber gesagt.«

»Ich hab trotzdem eins gehört.«

Ein schiefes Grinsen von ihr. »Er hat mich vor ein paar Wochen nach Sasha gefragt und vorgeschlagen, dass wir uns mal zu dritt treffen. Ich hab nicht sonderlich gut reagiert, und seitdem, keine Ahnung, tanzen wir um das Thema herum. Ich merke, dass er es noch mal ansprechen möchte, er weiß nur nicht, ob ich dann wieder einen Wutanfall bekomme ...«

»Und dass ihr euch zu dritt trefft, willst du nicht?«

»Nein.« Sie zögerte. »Doch? Rein rational weiß ich, dass das keine Entscheidung ist, die *ich* zu treffen habe. Aber ich genieße die Zeit, in der ich ihn nur für mich habe, so sehr. Diese Treffen mit ihm – sie geben mir das Gefühl, als hätte ich mir die Jahre, in denen er mit uns zu Hause in Philly gelebt hat, nicht bloß eingebildet.«

»Hast du ihn gefragt, weshalb er …«

»Gegangen ist? Nein. Doch, irgendwie schon. Ich hab ihn gefragt, warum er nicht versucht hat, wenigstens mit uns in Kontakt zu bleiben. Zu fragen, weshalb er gegangen ist, hab ich mich bisher noch nicht getraut.«

»Tut mir leid.«

Noch ein Lachen, diesmal lauter. Sie verschränkte unsere kleinen Finger und zog scherzhaft an meinem. »Sag noch mal ›tut mir leid‹, und du wirst schon sehen, was passiert.«

»Was, wenn ich es sehen will?«

Sie verdrehte die Augen, schüttelte den Kopf, aber ihr Grinsen war ansteckend. Eine Antwort gab sie mir nicht. Kurz war ich versucht, es darauf ankommen zu lassen, aber ich wollte nicht, dass sie sich von mir fortbewegte oder ihre Hand zurückzog.

In der Stunde, die wir noch draußen saßen, sagte Winnie nicht mehr viel. Irgendwann hob ich das Buch zurück auf meinen Schoß und sie schaute sich die Bilder an. Einige Absätze las ich laut vor, weil sie sie aus der Distanz selbst mit ihrer Brille nicht gut erkennen konnte. Als sie müder wurde, lehnte sie ihren Kopf gegen das Geländer. Ihr Finger blieb um meinen geschlungen, bis sie mit halb geschlossenen Augen zurück in ihr Zimmer kroch und sich dabei den Kopf am Fensterrahmen stieß.

Sie schüttelte den Kopf über sich selbst, warf mir einen schüchternen Blick zu und schloss mit einem leisen »Gute Nacht« das Fenster. Plötzlich fühlte es sich so an, als würde an meiner Seite etwas fehlen.

18

Dylan ließ sich mit einem lautstarken Stöhnen in den Autositz fallen. Sie sprach mir aus der Seele.

»Warum sind wir das einzige Unternehmen auf der ganzen Welt, das Meetings vor Ort abhält und nicht per Video?«

»Weil die alten Leute sich wehren zu lernen, wie man mit moderner Technik umgeht?«

Sie stöhnte direkt noch mal verzweifelt auf und startete das Auto mit energischen Bewegungen. »Wehe, ich muss in diesem Leben noch mal auf so eine Versammlung.«

»Ich möchte wirklich nicht Überbringerin von schlechten Nachrichten sein, aber ...«

Sie hielt den Zeigefinger hoch, um mich zum Verstummen zu bringen. »Sag es nicht.«

Ich sagte es nicht, dachte es dafür aber umso lauter: Wenn wir die Situation, wie sie gerade war, nicht bald in den Griff bekamen, war das hier die erste von vielen Versammlungen, die einberufen werden würden.

Frieda und Bekka hatten in den letzten drei Stunden versucht, hoffnungsvoll zu klingen, aber das Einzige, was zwischen ihrem »Wir tun alles in unserer Macht Stehende« zu mir durchdrang, war, dass wir bisher noch keinen Schritt weiter waren als zuvor.

Es war das erste Mal seit Monaten gewesen, dass ich Frieda

zu Gesicht bekommen hatte. Ihr Terminplan war voller als der von Bekka und Dylan zusammen – sie war ständig unterwegs, traf sich mit Leuten aus der Politik, die ich in meinen wildesten Träumen nicht kennenlernen würde, mit Krankenhausleitungen. Sie arbeitete Tag und Nacht; soweit ich wusste, schon seit sie die Organisation Mitte des neunzehnten Jahrhunderts gegründet hatte.

Sie war ein paar Zentimeter kleiner als ich, hatte hellrosa Haut, blaugrüne Augen und dunkelbraune Haare mit einem Rotstich, die ihr auf die Schultern fielen. Bisher hatte ich nicht viel mit ihr zu tun gehabt, aber auf mich wirkte sie immer so, als bräuchte sie mehrere Jahre Schlaf, um die Erschöpfung loszuwerden, die wie klebriger Kaugummi an ihr haftete. Ironischerweise schliefen Vampire niemals.

Dylan war kein Fan von Frieda, aber an den meisten Tagen gelang es ihr gut, ihre Abneigung zu verbergen. Zumindest solange sie in Friedas Nähe war.

»Hat es wirklich ein Meeting gebraucht, das so lange geht?«, beschwerte sie sich, als sie ihr Auto aus der Tiefgarage der Organisation manövrierte und den Weg nach Brookyln einschlug. Sie hatte darauf bestanden, mich nach Hause zu fahren, weil wir – laut ihrer eigenen Aussage – zu wenig Zeit miteinander verbrachten, seit ich nicht mehr im Büro arbeitete.

»Wenn du eine Beschwerde einlegst, bekommst du vielleicht nächstes Mal das Protokoll per Brief und kannst zu Hause bleiben«, sagte ich.

»Ich will gar nicht zu Hause hocken.«

Der Schwung, mit dem sie nach rechts abbog, warf mich gegen die Tür.

»Meine Zeit ist nur wesentlich wertvoller, als dass ich sie in stickigen Räumen mit Leuten verbringen will, die in ihrem Leben nichts erreichen wollen.«

»Na ja«, sagte ich und rieb mir über die Schulter. »Kannst du es ihnen verübeln? Die meisten von ihnen leben mindestens schon ein halbes Jahrhundert und haben noch viele weitere vor sich. ›Zeit‹ ist keine ausreichende Motivation, wenn du unendlich viel davon hast.«

Aus den Augenwinkeln bemerkte ich, wie Dylan die Stirn runzelte. Ihre Kiefermuskeln arbeiteten, dann atmete sie aus und lockerte den Klammergriff ums Lenkrad.

»Ziemlich weise für 'nen Babyvamp.«

Ich schnaubte. »Das hast du mal zu mir gesagt.«

»Ich weiß«, erwiderte sie grinsend.

»Wann kann ich dich dazu zwingen, mich nicht mehr als Babyvamp zu bezeichnen?«

»Hmm, gute Frage. Nachdem du zwei Jahrzehnte hinter dich gebracht hast?«

»Okay, Oma.«

»Oder sofort, wenn du mich dafür nie wieder Oma nennst.«

»Deal.«

Dylan nickte feierlich. Sie tippte einen Rhythmus aufs Lenkrad, der etwas schneller war als der Song, der leise aus dem Radio drang, und fuhr auf ihre gewohnt waghalsige Art die Strecke bis zu mir nach Hause. Das erste Mal, als ich zu ihr ins Auto gestiegen war, hatte ich Angst um mein Leben gehabt. Eine Kleinigkeit, die bisher noch nicht verschwunden war: die Angst vor dem Tod. Unendlichkeit war ein riesiges Konzept, das mein Hirn noch nicht völlig begriff. In manchen Situationen überkam mich die Angst, dass sie doch nur eine Wahnvorstellung war und ein Autounfall mich sehr wohl umbringen konnte.

»Hey Jo?«

Ihr Tonfall ließ mich aufhorchen. Es gab nicht viele Momente, in denen ich sie zurückhaltend erlebt hatte. Ich löste meinen Blick von der vorbeirauschenden Szenerie und richtete meine Aufmerksamkeit auf sie. »Ja?«

»Bereust du es manchmal?«

Mein Gehirn schaffte es nicht, ihre Frage in eine Kategorie einzuordnen. »Was denn?«

»Verwandelt worden zu sein?« Das Tippen ihrer Finger auf dem Lenkrad wurde schneller. »Wenn du die Wahl hättest, würdest du dich dafür entscheiden, wieder ein Mensch zu sein?«

Woher kam ihre Neugier? War es etwas, über das sie sich im Augenblick selbst Gedanken machte? Dylan hatte mir gegenüber nie etwas in dieser Richtung erwähnt – dass sie lieber ein Mensch wäre.

Sie hatte es fast beiläufig angesprochen, aber der viel zu schnelle Takt und ihre angespannten Schultern verrieten mir, dass mehr dahinterstecken musste.

»Ich denke ... nicht?« Ich sprach langsam. Wählte meine Worte mit Bedacht, weil ich auf keine Landmine treten und etwas auslösen wollte. »Es wäre eine Lüge, wenn ich sage, ich denke nie darüber nach. Ich wüsste gern, wer ich als Mensch war. Meinen eigentlichen Namen und solche Sachen. Aber Vampirin zu sein an sich? Es gibt nicht viele Nachteile, die mich wünschen lassen würden, ein Mensch zu sein.«

Meine Antwort war nicht gelogen – die Unsterblichkeit, niemals schlafen zu müssen. War es nicht das, was sich so viele Menschen wünschten? Mehr Stunden am Tag zu haben, um all die Dinge zu tun, die sie von ihrer Liste streichen wollten, bevor die Zeit sie dahinraffte?

Mittlerweile schlich sich dennoch hin und wieder Frustration in meine Gedanken. Wenn Winnie mich mit Vorsicht in den Augen betrachtete. Wenn wir zusammen waren und ich spürte, wie das Monster, meine Blutlust, überhandnehmen wollte. Ich konnte nicht anders, als darüber nachzudenken, wie viel einfacher es sein würde, wäre ich auch ein Mensch. Gleichzeitig bestand die Möglichkeit, dass ich weder Winnie noch Sasha als Mensch jemals kennengelernt hätte.

Vielleicht war das noch ein zweiter Nachteil des Vampirseins. Unendlich viele Tage und Nächte, in denen man sich den Kopf zerbrechen konnte.

Dylan hörte auf, ihren eigenen Takt zu schlagen. Sie starrte konzentriert auf die Straße, ließ sich meine Worte durch den Kopf gehen.

»Bereust du es denn?«, fragte ich, als sie nach einigen Minuten immer noch schwieg.

Ein Lachen brach aus ihr hervor. Fast klang es überrascht. »Gott, nein. Kein bisschen. Mein menschliches Leben war eine Shitshow, soweit ich weiß.«

Überraschung machte sich in mir breit. »Du hast mir nie erzählt, dass du weißt, wer du als Mensch warst.«

»Nicht alles«, erklärte sie. »Aber genug, um zu wissen, dass ich schwach war und draufgegangen wäre, wäre ich nicht verwandelt worden.«

»Weißt du, wer es war? Wer dich gebissen hat?«

Schweigen. Sie blieb mir eine Antwort schuldig, und bevor ich noch einmal nachhaken konnte, parkte sie das Auto vor meinem Wohnhaus.

»Trautes Heim und so«, sagte sie und lehnte sich mit dem Rücken gegen die Fahrertür. »Zeit, wieder Babysitterin zu spielen.«

»Sie sind gar nicht so viel jünger als ich«, sagte ich. »Wenn wir die zehn Jahre, in denen ich nicht gealtert bin, außer Acht lassen, ist Winnie sogar älter.«

»Ich zieh dich nur auf.« Sie klopfte ihre Hosentaschen ab, zog einen Lolli heraus und packte ihn aus. »Ist deine Schwärmerei denn noch aktuell? Brauchst du neue Vorräte?«

»Ich krieg in drei Tagen meine nächste Ration. Du hast mir die Erinnerungsmail geschickt.«

»Ach ja«, sagte sie grinsend. »Aber wir wollen doch sichergehen, dass es dich nicht noch mal kalt erwischt.«

Alles nur, um ein Brennen zu lindern, das immer wieder kommen wird.

Katyas Worte schossen aus dem Nichts in meine Gedanken. In den letzten Tagen hatte ich sie gut ignorieren und gemeinsam mit dem Wissen um Vampir-Mensch-Pärchen verstummen lassen können, aber jetzt drängten sie sich zurück an die vorderste Front meiner Aufmerksamkeit.

»Weißt du, ob es bei uns jemanden gibt?«, fragte ich zögernd. »Jemanden, den es schon mal kalt erwischt hat? Der, ähm …«

»Was? Einen Menschen leer gesaugt hat?«

Ich verzog das Gesicht. An den meisten Tagen schätzte ich Dylans Art, kein Blatt vor den Mund zu nehmen. Heute war keiner davon. »Ja, das.«

»Na ja, Vampire existieren schon wesentlich länger, als es die Organisation und die ganzen Zweigstellen gibt. Das heißt, es hat einen langen Zeitraum gegeben, in dem sie darauf angewiesen waren, sich ihre Nahrung anderweitig zu besorgen. Ist also ziemlich wahrscheinlich, dass auch welche bei der Organisation arbeiten, die schon mal ein bisschen zu weit gegangen sind.«

»*Ein bisschen zu weit*«, wiederholte ich murmelnd, schüttelte aber auf Dylans fragenden Blick hin den Kopf.

»Warum, kennst du jemanden, dem es passiert ist?«

»Nein. Es hatte mich nur interessiert.«

Dylan betrachtete mich eingehend. Dann setzte sie sich wieder normal in den Fahrersitz und legte die Hände zurück ans Steuer.

»Gut, dann steig endlich aus. Mein Jo-Tank ist aufgeladen, mehr Zeit mit dir zu verbringen, wäre nicht gut für mich«, sagte sie – locker und mit einem schiefen Lächeln, das mir zeigte, dass sie nur Spaß machte.

»Du wolltest mich nach Hause fahren.« Ich schnallte mich ab, schnappte mir meinen Rucksack und stieg aus dem Auto.

Sie lehnte sich über den Beifahrersitz zu mir. »Schreib mir, wenn was Spannendes passiert.«

»Mal sehen«, ärgerte ich sie zurück, schlug die Tür zu und machte mich auf den Weg zum Hauseingang.

Ich hörte sie in meinem Rücken »Ey!« rufen und lachen, dann, wie sie davonfuhr. Meine Wangen schmerzten wegen des breiten Grinsens, das ich auf dem gesamten Weg nach oben trug.

Bis ich die erste Etage erreichte und an Winnies und Sashas Tür vorbeiging. Bildete ich es mir ein, oder konnte ich Winnies Geruch tatsächlich ausmachen? Plötzlich war mir nicht mehr nach Lachen zumute. Katyas Stimme war wieder so deutlich in meinem Kopf, als stünde sie neben mir und redete direkt in mein Ohr.

Seit Winnie mich in meinem Wohnzimmer gefunden hatte, schwankte ich emotional hin und her, und ich hatte keine Ahnung, wie ich neutralen Boden unter meinen Füßen finden sollte.

Ließen mich die Ängste und Vorstellungen, was passieren könnte, nachts durch meine Wohnung laufen? Ja. Ohne Ausnahme.

Hielt mich das davon ab, dennoch ihre Nähe zu suchen? Ich wollte die Frage so dringend mit Ja beantworten. Aber die Wahrheit war: Nein, nicht im Geringsten. Sie zog mich an wie ein Magnet. Ich wartete jeden Abend auf dem Balkon. Ich benutzte Sasha als Ausrede, um ständig in der Wohnung zu sein. Bat um ihre Hilfe bei einem Projekt, bei Hausarbeiten, bei jedem Thema, das mir einfiel, weil Winnie dann in der gleichen Wohnung war und mir jeden Moment über den Weg laufen konnte. Alles, während ich mich innerlich selbst anschrie, um Abstand zu halten. Auf der sicheren Seite zu bleiben. Winnie endlich den ganzen Grund für meinen Einzug zu erzählen.

Natürlich fiel es Sasha auf. Als ich sie den dritten Tag in Folge um ihre Aufzeichnungen zur Ikonografie-Vorlesung bat, legte sie den Hefter zwischen uns auf den Couchtisch, die flache Hand darauf gedrückt, und starrte mich eine ganze Minute lang an, ohne zu blinzeln.

Ich wich ihrem Blick aus. Vermutlich machte es das nur schlimmer, aber ich wusste nicht, wie ich sonst reagieren sollte.

Sasha seufzte und hob ihre Hand, damit ich den Hefter nehmen konnte. Ich blätterte darin, ohne etwas zu lesen.

»Also«, sagte sie dann. »Wie lange willst du noch so tun, als wärst du nicht bis über beide Ohren in meine Schwester verschossen?«

Der Hefter fiel mir fast aus der Hand. Ich legte ihn vorsichtig vor mir ab. »Ich weiß nicht …«

»Was ich meine, schon klar«, fiel sie mir ins Wort. »Dafür, dass ihr beide so intelligent seid, stellt ihr euch ziemlich dämlich an.« Sie deutete auf den Hefter. »Ich weiß genau, dass du die Notizen nicht wirklich brauchst.«

Ich schaute zwischen meinen Wimpern zu ihr hoch. Sie saß mir aufrecht gegenüber, die Hände vor sich auf dem Tisch verschränkt, als wären wir bei einem Bewerbungsgespräch. Ihr Deckhaar hatte sie zu einem Dutt auf ihrem Kopf zusammengefasst, und sie trug einen dicken Wollpullover und einen langen Rock, weil sie sich weigerte, mehr als nötig zu heizen.

»Nicht?«

Sie verdrehte die Augen. »Du hast sie schon zweimal abgeschrieben! Du hättest dir wenigstens die Mühe machen können, mich nach unterschiedlichen Fächern zu fragen. Aber das war zwischen all den verliebten Schäfchenblicken, die du Winnie zugeworfen hast, zu viel verlangt, oder?«

Ich schwieg. Alles, was ich hätte sagen können, hätte nach Ausreden geklungen. Nicht zuletzt, weil es Ausreden waren.

»Warum schreibst du ihr nicht einfach? Du hast doch ihre Nummer. Du weißt, wo sie wohnt. Lad sie auf ein Date ein.«

Ich betrachtete angestrengt den Bleistift in meiner Hand. Sasha sagte das, als wäre nichts dabei. Als wäre es einfach, alles zu ignorieren, was dagegen sprach.

Sie schaute auf die Uhranzeige ihres Handys. »Ihre Schicht im Café geht noch bis fünf. Wenn du Glück hast, erwischst du sie und kannst sie direkt fragen.« Sie hob eine Schulter an. »Vielleicht sagt sie Ja. Vielleicht sagt sie Nein. Im schlimmsten Fall bin ich hier und wir schließen uns mit zu viel Essen in meinem Zimmer ein und gucken die ganze Nacht Romcoms.«

Ich konnte mir bildlich vorstellen, wie sie sich sofort mit mir in ihrem Zimmer einschließen und Essen bestellen würde, um mich aufzuheitern, falls sie bemerkte, dass es nicht gut gelaufen war. Für Sasha machte es keinen Unterschied, dass wir uns erst seit etwas über einen Monat kannten. Dass sie kaum etwas von mir wusste, weil ich früh gemerkt hatte, dass es schwerer war sie anzulügen, als gar nichts zu sagen.

Sasha vertraute mir. Ganz einfach, weil sie so gestrickt war. Sie hinterfragte mein Schweigen nie, sondern respektierte es mit einer Leichtigkeit, die mich sprachlos machte.

»Was für Dates mag Winnie?«, fragte ich.

»Hmm, lass mich überlegen. Ich glaube, sie würde auch die Klassiker machen: Ins Kino gehen, in einem Restaurant essen, einen Spaziergang machen ...« Sie tippte mit dem Zeigefinger gegen ihr Kinn. »Ich fände ja eine Bootstour auf dem Hudson River extrem romantisch. Die würde ich dir allerdings nicht für Winnie empfehlen, sie ist super anfällig für See- und Reisekrankheit. Mom hat einmal mit uns Urlaub in Venedig gemacht, und Winnie hat im Flugzeug das erste Mal gekotzt und auf dem Weg in die Stadt noch zweimal. Mom wollte unbedingt den Wasserweg nehmen.«

Ich verzog das Gesicht. »War der Rest des Urlaubs denn besser?«

»Oh ja. Überall Wasser, das Essen war großartig. Du hättest Winnie sehen müssen, Jo. Ich glaub, sie hat sich wegen der ganzen Museen gefühlt, als wäre sie im Himmel gelandet.«

»Und du?«

»Ich?«

»Du studierst Kunstgeschichte. Die Museen haben dich sicher auch beeindruckt?«

Sie drehte den Stift zwischen ihren Händen im Kreis.

»Sasha?«

Er kam mit einem Klacken auf dem Tisch auf. »Schwörst du mir, dass du das, was ich gleich sage, niemals Winnie erzählen wirst?«

Ich nickte langsam. Ihre Stimme war von jetzt auf gleich eindringlicher geworden. Ernster.

Sie strich sich eine Strähne hinters Ohr. Ihre Hand blieb am Hals liegen.

»Die meisten Museen hätte ich mir nicht ansehen müssen«, gab sie zu. »Sie waren interessant, wie Museen halt interessant sind, aber ich hätte in der Zeit lieber die Stadt weiter erkundet.«

»Warum hast du das nicht getan?«

»Weil ich zehn war. Und weil ich unbedingt etwas mit ihr teilen wollte.« Sie zögerte. »Wir hatten nicht viele Dinge, über die wir sprechen konnten, als wir klein waren. Und Winnie hat meistens alles für sich behalten. Ihre Interessen, ihre Gefühle, ihre Gedanken. Wie eine Fremde, die nur zufällig im gleichen Haus gelebt hat. Als wollte sie kein Teil der Familie mehr sein, nachdem Dad gegangen ist.« Sie packte den Stift, hielt ihn fest mit ihren Händen umklammert. »Mom hatte alle Hände voll mit mir zu tun. Unser Vater ist abgehauen, als ich quasi noch ein Baby war. Wäre er nicht gegangen, hätte sie sich nicht so zurückgezogen. Ich kann mich nur bruchstückhaft an ihn erinnern, aber es reicht, um zu wissen, dass Winnie ihn mehr als alles andere bewundert hat.«

Es war das erste Mal, dass sie von ihm sprach. In jedem Wort schwang unterdrückte Wut mit. Ganz im Gegensatz zu der Art, in der Winnie über ihren Vater gesprochen hatte. Verwirrt, aber da war auch diese Sehnsucht gewesen, die viel deutlicher herausgestochen hatte, als sie von ihren Treffen mit ihm erzählt hatte.

Bei Sasha spürte ich keinerlei Wehmut. Verärgerung, ja. Sie saß in der tiefen Falte zwischen ihren Augenbrauen. Aber nicht der Hauch von Trauer.

»Wieso hast du dann angefangen, Kunstgeschichte zu studieren?«

Sasha schwieg lange. Weil sie ihre Worte abwog oder plötzlich unsicher war, wie viel sie mit mir teilen wollte. Vielleicht beides. Ich wartete.

»Diese Leidenschaft zur Kunst«, begann sie schließlich. »Die Grundsteine für das ganze Wissen, das Winnie heute hat, die Faszination – das hat sie von unserem Vater. Er ist mit ihr ins Museum gegangen, als ich noch nicht mal richtig laufen konnte. Er hat ihr aus Büchern vorgelesen, bei denen ich sofort eingeschlafen wäre. Und nachdem er uns verlassen hat, war das alles, was wir von ihm noch hatten. Abgelaufene Eintrittskarten, Dutzende Bücher. Winnie hat sie alle gelesen. Es war lange alles, wofür sie Interesse gezeigt hat.«

»Und du wolltest …« Ich beendete den Satz nicht. Es fühlte sich nicht richtig an, es an ihrer Stelle auszusprechen.

»Unbedingt meiner großen Schwester näher sein«, sagte sie.

»Bingo.«

Ihre Finger hatten angefangen, statt mit dem Stift mit einer Ecke ihres Notizblocks zu spielen. Sie knickte ein Eselsohr hinein. »Versteh mich nicht falsch, ich hab Spaß an dem Studium. Ich hatte nichts, was ich unbedingt studieren wollte, und hier kenne ich mich zumindest schon ein bisschen aus.«

Sie glättete das Eselsohr. »Aber damals? Damals hab ich einfach jedes Buch gelesen, das sie mal in der Hand hatte. Ich hab mir Dokus angeschaut, die ich sie habe gucken sehen, und mich darüber gefreut, als sie überrascht war, wenn ich ihr davon erzählt habe. Oder wenn sie mich später gefragt hat, ob ich mir mit ihr eine Ausstellung ansehen wollte. Es war der einzige Zugang zu ihr. Eine Art, sie kennenzulernen und besser zu verstehen.«

Sasha hob eine Schulter an und lächelte leicht. »Deswegen … Ja. Kunst ist nicht meine größte Leidenschaft. Aber ich liebe sie dafür, dass sie mir die Möglichkeit gegeben hat, eine wichtige Person in Winnies Leben zu werden. Und das reicht mir.«

Warum hatte ich das Gefühl, dass Winnie eine ähnliche Story parat hatte, sollte ich sie je fragen, weshalb sie sich so gut mit Sasha verstand?

»Ihr beide …«

»Was?«

»Nichts, schon gut.«

Sasha erwartete keine Reaktion auf das, was sie mir erzählt hatte. Sie hatte mir ihr Geheimnis lediglich verraten, weil ich ihr eine Frage gestellt hatte und sie mir genügend vertraute, um so etwas mit mir zu teilen.

Das Wissen wog schwer. Nicht nur das. Ich fühlte mich schlecht deswegen.

Und in diesem Moment wurde mir auch klar, warum. Weil ich jemand sein wollte, dem Sasha vertrauen konnte. Ich wollte jemand sein, an den sie sich wandte, wenn sie das Bedürfnis hatte zu sprechen. Die Tatsache, dass ich sie über einen wichtigen Teil von mir anlog und Winnie dazu zwang, das Gleiche zu tun ... Wie sollte ich ihr jemals die Wahrheit sagen, wenn ich Gefahr lief, diese Freundschaft dadurch zu verlieren?

Gleichzeitig: Wie konnte ich ihr *nicht* davon erzählen? Wie konnte es sein, dass ich immer noch hier saß und nicht alle Karten auf den Tisch gelegt hatte?

Ein Gewicht drückte gegen meinen Brustkorb.

Und sobald ich an Winnie dachte, fühlte es sich unerträglich an.

»Du brauchst nicht weiter darüber nachzugrübeln«, sagte Sasha.

Für einen schmerzhaften Augenblick war ich der Überzeugung, sie konnte meine Gedanken lesen.

»Darüber, was ich gerade gesagt habe, meine ich.«

Ich atmete leise aus.

»Ich hab es dir erzählt, weil ich es wollte. Nicht, weil es ein super tragisches Geheimnis ist, das mich langsam zu ersticken droht«, sagte sie. »Ich mag mein Leben. Ich mag mein Studium. Nur deswegen habe ich Victor, Sōma und dich kennengelernt. Und wenn ich irgendwann bemerke, dass es mir nicht mehr gefällt, suche ich mir halt etwas Neues.«

Ihre letzte Aussage blieb bei mir hängen. Wenn sie so sprach, war es viel zu einfach, zu vergessen, dass sie erst siebzehn war.

»Lass uns lieber weiter darüber nachdenken, was du mit Winnie unternehmen könntest«, fuhr sie fort, bevor ich den Mut aufbringen konnte, endlich eine der vielen Wahrheiten auszusprechen, die sich in mir angestaut hatten.
»Du kannst mit mir reden«, sagte ich.
Sasha hob beide Augenbrauen an.
»Wenn du ein super tragisches Geheimnis haben solltest, das dich langsam zu ersticken droht.«
»Ich weiß«, sagte sie.
Ich weiß.
So einfach.
Ich weiß.
Es fühlte sich warm an.
»Warum hast du dich eigentlich für das Studium entschieden?«, fragte sie.
Ich zögerte, auf der Zunge die Wahrheit, auf den Lippen eine weitere Lüge.
»Ich hatte keinen besonderen Grund.«
»Da schwingt ein Aber mit, kann das sein?«
»Aber mittlerweile gefällt es mir«, gab ich zu. Seufzte innerlich erleichtert. Keine Lüge. »Und ich hatte nicht erwartet, dass ich es bis zum Ende durchziehen wollen würde.«
Nicht zuletzt, weil ich mir sicher gewesen war, dass ich nicht lange genug hier sein würde, um es zu beenden. Mittlerweile fragte ich mich, ob es doch eine Möglichkeit gab, es zu tun. Eine Möglichkeit, hierzubleiben, nachdem sich alles gelegt hatte. Mit Winnie. Mit Sasha.
»Also … das Date«, sagte sie nach einem Moment. Zurück zum eigentlichen Thema.
Eine Erinnerung an einen Ort, den Victor letztens erwähnt hatte, kam in mir hoch. »Schon gut. Ich glaube, du brauchst mir nicht helfen.«

Ihre Augen funkelten neugierig. »Das heißt, du hast eine Idee?«

Ich ignorierte ihren fragenden Blick und packte meine Sachen zusammen.

»Jo! Sag schon.«

»Vielleicht.«

Sie seufzte zufrieden und sah mir dabei zu, wie ich meine Tasche schulterte. »Viel Spaß!«, rief sie mir hinterher, als ich bereits halb aus der Wohnung war. »Um elf ist sie wieder zu Hause, hörst du!«

»Jaja.«

Ihr amüsiertes Lachen begleitete mich auf meinem Weg aus der Wohnung. Ich machte einen Zwischenstopp in meiner eigenen, um mir Trinkpäckchen in die Tasche zu stecken und zur Sicherheit schon vorab mehrere zu trinken, ehe ich nach Williamsburg fuhr. Vor dem Café, in dem Winnie arbeitete, blieb ich stehen. Fünf Minuten noch, bis ihre Schicht endete.

Ich konnte sie durch die Fensterfront sehen. Sie wischte einen Tisch in der hintersten Ecke sauber und trug die leeren Tassen und Teller auf einem Tablett hinter den Tresen. Sie lächelte, als ihre Kollegin etwas zu ihr sagte, und ich dachte: *Ich möchte dieses Lächeln für immer sehen.*

Winnie verschwand im hinteren Bereich des Ladens. Als sie wiederkam, hatte sie ihre Schürze und das Arbeitsshirt gegen Jeans und einen dicken Pullover getauscht. Unter ihrem Arm klemmte ein Buch. Sie deutete darauf, als sie an ihrer Kollegin vorbeiging, sagte etwas und nickte leicht.

Mit Sashas Erzählungen frisch im Gedächtnis sah ich Winnie vor mir, wie sie als Kind war: allein gelassen von der Person, die ihr am wichtigsten war.

Winnie versteckte ihre Einsamkeit tief in ihrem Innern, damit niemand sie sehen konnte. Sie trug sie mit sich herum und tat sich schwer damit, Vertrauen zu fassen.

Ich spürte etwas in mir weicher werden. Sanfter. Dann vertraute sie mir halt nicht sofort. Na und? Ich hatte nicht vor, direkt wieder aus ihrem Leben zu verschwinden.

Winnie kam aus dem Café. Sie hielt verblüfft an, als sie mich ein paar Meter entfernt stehen sah.

Die Worte sprudelten ungehalten aus mir heraus.

»Gehst du mit mir auf ein Date?«

19

Stille.

Sie starrte mich an und sagte nichts.

»Du kannst Nein sagen.« Ich trat einen Schritt zur Seite, um ihr Platz zu machen, falls sie gehen wollte. »Oder gar nichts. Wenn du lieber nach Hause möchtest.«

Winnie sah an sich herunter und strich sich die Haare glatt. »Jetzt? Hier?«

»Nicht hier. Ich hatte eine Idee, von der ich dachte, dass sie dir gefallen könnte«, sagte ich. Räusperte mich. Warum war es so nervenaufreibend, hier zu stehen und auf ihre Antwort zu warten? Als hätten die Abende, die wir zusammen auf der Feuerleiter verbracht hatten, nicht stattgefunden. Das hier sollte nicht anders sein.

Sollte. War es aber. Weil ich es aussprechen und warten musste und die Möglichkeit bestand, dass ich sie damit überfiel und sie genauso gut keine Lust haben könnte, nach einem langen Tag bei der Arbeit noch etwas mit mir zu unternehmen.

Eventuell hätte ich mir darüber vorher Gedanken machen sollen.

»Es ist sehr spontan«, ruderte ich zurück. »Und ich habe nichts Besonderes vorbereitet ... Vielleicht wäre ein anderer Tag doch besser.«

Sie lächelte. Versuchte, es zu verstecken, indem sie in eine andere Richtung sah. »Nein. Jetzt ist gut, ich habe heute nichts weiter vor.« Sie streckte den Arm aus, als wollte sie sagen: *Zeig mir den Weg.*

Ich machte einen Schritt in die Richtung des Busses. Wartete, bis sie aufgeschlossen hatte, und führte uns dann zur Haltestelle.

Der Bus tuckerte durch die Straßen, um uns herum waren Leute in Gespräche vertieft. Es roch nach chinesischem Essen, und wütendes Hupen dröhnte alle zwei Sekunden in meinen Ohren. Nirgends wäre ich in dem Moment lieber gewesen.

Ich spürte Winnies Blick in regelmäßigen Abständen auf mir. Jedes Mal, wenn ich versuchte, ihn zu erwidern, wandte sie sich abrupt ab. Sie fing an, an der Haut ihres Daumens zu kratzen, mit mehr Druck, wenn mehr Leute zustiegen oder die Gespräche lauter wurden. Als es ihr auffiel, ging sie dazu über, mit den Fingern die Kanten des Buchs in ihrem Schoß abzufahren, um ihre Hände beschäftigt zu halten.

Sie fragte nicht, wohin ich sie führte, sondern folgte mir, als ich an der Spring Street mitten in SoHo ausstieg. Es war Freitagabend, die Straßen gut gefüllt. Winnie wurde von einer Frau angerempelt und zog die Schultern an.

»Wir gehen aber in keinen Nachtclub, oder?«, fragte sie. Sie sah sich um und rieb sich abwesend über die Schläfen. »Ich bin für SoHo nicht modebewusst genug angezogen, um überhaupt in einen reinzukommen, befürchte ich.«

»Welcher Nachtclub hat ab siebzehn Uhr geöffnet?«

»Einer von der guten Sorte.«

»Verstehe«, sagte ich. »Aber keine Sorge. Kein Nachtclub.«

Wir verließen die Spring Street in südlicher Richtung. Die Leute um uns herum wurden nicht weniger, aber ich war mir sicher, dass die wenigsten von ihnen der unauffälligen Ausschilderung zum Hinterhof eines Wohngebäudes folgten. Sie führte uns durch eine schmale Passage zwischen zwei Häusern. Es hätte nicht viel gefehlt, damit meine Schultern rechts und links die gusseisernen Fassaden streiften.

Die Hauptstraße und den Hinterhof trennten nur wenige Schritte. Sie reichten aus, um das Gefühl einer ganz anderen Welt zu vermitteln. Die hohen Häuser rahmten alles ein und hielten den Lärm fern; lediglich die schallenden Laute von Sirenen drangen hin und wieder zu uns durch. Vermutlich wäre mir der veränderte Geräuschpegel nicht einmal aufgefallen, hätte ich nicht bemerkt, wie Winnie sich in der Stille entspannte.

Es war dunkel. Meine Augen brauchten ein paar Sekunden, um sich an die schwachen Lichtverhältnisse zu gewöhnen. Ich hörte Winnie leise hinter mir fluchen, als sie über etwas stolperte.

Der Hof war nicht viel größer als mein Wohnzimmer. Groß genug, dass um den Baum, der mittig stand, Staffeleien in einem Kreis aufgestellt werden konnten. Auf manchen Leinwänden war bereits Farbe zu sehen, aber der Großteil leuchtete weiß.

Jemand hatte Lichterketten in die kahlen Äste des Baums gefädelt, die schwach leuchteten. Ausgetretene Zigaretten lagen hier und da auf dem gepflasterten Boden, und dort, wo wir uns befanden – am Anfang des Hinterhofs – stand ein kleiner Hocker mit Pinseln und Farbe. Ein Zettel klebte auf der Sitzfläche: *Zum Verewigen. Ausstellung auf dem Dach.*

»Was ist das?«, fragte Winnie. Sie sprach leise, während sie den Blick über den Baum und die Staffeleien wandern ließ.

»Ein Projekt einiger Kunststudierenden der NYU. Es steht seit Anfang der Woche hier, und die Leute, die sich hierher verirren, können ein Teil davon werden, wenn sie möchten.«

Ich spürte deutlich, wie Winnie mich ansah. Ich nahm mir einen der Pinsel und lehnte mich über die Farbtuben, um die Auswahl besser zu erkennen.

Winnie stellte sich neben mich, fasste aber noch nichts an.

»Woher wusstest du hiervon?«

»Als wir letztens bei Sōma und Victor waren«, erklärte ich. »Sie hatten es erwähnt und du hast ausgesehen, als würde es dich interessieren ... Was?«

Sie starrte mich schon wieder an. Schüttelte den Kopf, ihre Wangen leicht gerötet. »Nichts, schon gut.« Sie betrachtete die Pinsel. »Das heißt, du möchtest, dass wir uns hier auch verewigen?«

»Wenn du Lust hast.« Ich nahm mir drei Farbtuben: Lila, Gelb, Blau.

»Ich hab noch nie versucht, selbst etwas zu zeichnen.« Trotzdem griff sie sich einen dünnen und einen dicken Pinsel und zwei Tuben, deren Farben ich nicht erkannte, bevor sie sie in ihre Jackentasche gleiten ließ.

Ich folgte ihr zu den hinteren Leinwänden, bei denen wir den Eingang zum Hinterhof im Blick und einen hohen Holzzaun im Rücken hatten. Dort stellte ich mich rechts neben sie und legte meine Farben auf die kleine Ablage der Staffelei.

»Warum nicht?«, fragte ich und drehte die erste Tube auf.

Winnie stand – die Hände in die Hüften gestützt – vor ihrer Leinwand und starrte sie an, als versuchte sie, mit ihr zu kommunizieren. Sie griff nach ihrer ersten Farbe und schmierte einen großen, roten Fleck mitten auf die weiße Fläche. Statt einen der Pinsel zu benutzen, strich sie ihn wie Fingerfarbe mit ihrem Daumen breit.

Ich war so damit beschäftigt, ihr dabei zuzusehen, dass ich mein eigenes Bild völlig vergaß.

»Es hat mich bisher nie gereizt«, sagte sie. »Was hätte ich davon? Ich kann dir, auch ohne es zu probieren, sagen, dass mein künstlerisches Talent mich niemals weit bringen wird.«

»Machen Menschen nur deshalb Kunst? Um etwas zu erreichen?«

Sie schwieg lange. »Nein. Vermutlich nicht.«

»Warum dann?«

Winnie stieß schulterzuckend die Luft aus. »Weil wir am Ende unseres Lebens irgendetwas auf der Welt zurücklassen wollen?«

»Also treibt eure Sterblichkeit euch zur Kunst?«

»Meinst du nicht? Angst, Wut, Lust, Liebe. Kunst entsteht aus Emotionen. Würde man die in dem Ausmaß fühlen, dass man daraus Kunst machen kann, wenn man wüsste, dass man alle Zeit der Welt hat?«

Sie warf mir einen fragenden Blick zu. Als interessierte sie meine Meinung dazu. Als wollte sie erfahren, wie es mir mit der Unsterblichkeit ging, die sich vor mir erstreckte.

Ich war mir nicht sicher, wie ich darauf reagieren sollte. Hätte sie mich vor einem halben Jahr gefragt – vor zwei Monaten selbst –, ich hätte ihr eventuell sogar zugestimmt. Das Wissen, dass ich für immer leben würde, dämpfte Antriebe und Motivationen vieler Vampire, je länger sie lebten. Irgendwann wirkten sie, als hätte man das Licht in ihnen einfach ausgeknipst.

Dennoch wäre es eine Lüge gewesen, zu behaupten, dass im Augenblick nicht genügend Emotionen in mir brannten. Jetzt, während Winnie neben mir stand. Während in mir der Wunsch anschwoll, durch ihre Haare zu streichen und sie in meinen Armen zu halten. Unsterblichkeit hin oder her.

»Du hast letztes Mal Bram Stoker erwähnt«, sagte sie. »Sind außer ihm noch andere Vampire für ihre Kunst bekannt?«

»Ein paar.«

»Nicht viele?«

Ich schüttelte den Kopf.

»Gibt es etwas, das sie gemeinsam haben? Etwas, in dem sie sich gleichen?«

Die Antwort kam mir in den Sinn, bevor sie zu Ende gesprochen hatte. Ich gab ein leises Lachen von mir.

»Viele von ihnen haben unter Menschen gelebt. Manche mit ihnen zusammen.«

Sie betrachtete mich mit einem Ausdruck im Gesicht, der deutlich sagte: *Da hast du's.*

Mir entkam ein weiteres Lachen. »Es gibt wirklich keinen Grund, so zufrieden deswegen auszusehen.«

Winnie ließ sich ihre gute Laune dadurch nicht nehmen. Sie grinste breit und gab zu ihrem roten Fleck einen braunen.

»Niemand wird als Vampir geboren, oder?«

»Nein, niemand.«

Eine Zeit lang konzentrierte sie sich nur auf ihre Leinwand. Ich tat es ihr nach, ließ das Weiß mit jedem Pinselstrich weiter verschwinden und genoss das meditative Gefühl, das es in mir auslöste.

»Jo?«

»Ja?«

Sie nahm ihre Hand von der Leinwand, kramte ein Taschentuch aus ihrer Jackentasche und rieb sich daran die Finger sauber.

»Du hast letztes Mal gesagt, dass du dich an nichts aus deinem Leben als Mensch erinnerst.«

Ich ließ meinen Pinsel sinken. Wartete.

»An gar nichts?«, hakte sie nach. »Nicht mal deinen Namen?«

»Ich hab einen Namen.«

Sie legte den Kopf schief. »Du weißt, was ich meine.«

Leider, ja. Denn es war eine Frage, die mir jahrelang keine Ruhe gelassen hatte. Jo war der Name, den ich mir selbst ausgesucht hatte. Ich identifizierte mich damit, trotzdem kam in mir hin und wieder die Frage auf, welchen ich davor getragen hatte.

Namen waren unendlich persönlich. Jedes Mal, wenn ich darüber nachdachte, stellte ich mir vor, wie viel mir mein früherer Name über die Person sagen könnte, die ich damals war.

»Ich hab ihn nie rausgefunden«, antwortete ich ehrlich.

Eine Weile sagte Winnie nichts. Ich mied ihren Blick, brachte Farbe auf mein Bild, obwohl schon alles voll war.

»Tut mir leid«, kam es leise von ihr.

Ich legte meinen Pinsel ab und strich mir meinen Pony aus der Stirn. »Braucht es nicht. Jo gefällt mir.« In meinem Kopf hörte ich Dylan und Winnie und Sasha ihn immer wieder sagen, in den unterschiedlichsten Klangfarben. *Jo, Jo, Jo, Jo.*

»Gibt es eine Geschichte dazu? Warum es ausgerechnet Jo geworden ist?«

»Dylan – die Freundin, von der ich erzählt hatte?« Ich wartete Winnies Nicken ab, ehe ich weitersprach. »Sie hat immer Filme und Serien mit mir geguckt, als ich kurz nach meiner Verwandlung noch nicht wirklich nach draußen konnte.« Zu viele Menschen, die immer wieder aufs Neue den Blutdurst ausgelöst hatten. Manchmal hatten wir mehrere Tage am Stück in ihrer Wohnung gesessen und gewartet, bis ich mich bereit fühlte. Dylan war meine Mentorin gewesen – es war ihre Aufgabe gewesen, ein Auge auf mich zu haben. In den Wochen und Monaten hatte sie viel von zu Hause aus gearbeitet und mir in ihrer Freizeit Gesellschaft geleistet.

»In einem der Filme kam der Name vor.« Ich wusste nicht mal mehr, welcher es war, so viele hatten wir uns angeschaut. »Er gefiel mir, also hab ich ihn übernommen.«

»Mir gefällt er auch«, sagte sie beiläufig. Hitze kroch meinen Nacken hinauf.

Ein paar Minuten vergingen, in denen wir uns schweigend unseren Leinwänden widmeten. Dann trat Winnie einen Schritt zurück, sah herüber und schenkte mir ein Lächeln. Sie hielt in jeder Hand einen sauberen, unbenutzten Pinsel. Ihre Hände dagegen waren mit braunen und roten Farbsprenkeln übersät.

»Ich bin fertig.« Sie legte den Kopf schief, ein Auge zugekniffen, und betrachtete ihr Kunstwerk. »Und vielleicht habe ich voreilig beschlossen, es in der Kunstszene nicht weit zu bringen.«

Ich stellte mich direkt neben sie. Legte den Kopf ebenfalls schief, und als das nicht half, fragte ich: »Was ist es?«

»Rate.«

So gern ich es wollte: Das Bild gab mir nicht sonderlich viele Hinweise, mit denen ich hätte arbeiten können. Das meiste war weiterhin weiß. In der Mitte der Leinwand hatte sie die rote Farbe auf einer Seite zu einem langen Strich breit geschmiert, der sich an beiden Enden kringelte. Auf der anderen Seite war ein braunes Durcheinander, das als eine gerade Linie angefangen hatte, dann aber von schiefen Rechtecken und Kreisen übermalt worden war.

»Es zeigt ... die Reinheit der abstrakten Kunst, die Platon schon in der Antike bemerkt hat?«

»›Gerade Linien sind nicht nur schön, sondern ewig und schön.‹« Winnie nickte. »Mir gefällt deine Interpretation.«

»Ist es denn die richtige?«

»Nope.« Sie grinste und deutete erst auf die eine, dann auf die andere Seite. »Braun bin ich, rot bist du.«

Ich stockte. Trat näher an die Leinwand. »Warum kringelt sich mein Strich am Ende?«

»Ich hab mir vorgestellt, wie du dich als Spionin verkleiden würdest, und mein erster Gedanke war ein Schnauzer.«

»Und du meinst, so etwas wird dich in der Kunstwelt hoch hinaus bringen?«

»Könnte. Du hast das perfekte Beispiel gebracht: Abstrakte Kunst spricht zu jeder Person, die sie betrachtet, anders. Man kann die Farben und Formen schätzen, ohne sofort zu wissen, worum es geht.«

Sie sagte es so ernst, dass ich meine Einwände für mich behalten wollte – bis ich bemerkte, wie ihre Augen funkelten und ihre Mundwinkel zuckten.

»Du ziehst mich gerade auf, oder?«

»Hundertprozentig.«

»Ich war bereit, mich von ganzem Herzen bei dir zu entschuldigen.«

»Das weiß ich sehr zu schätzen.« Sie lief in einem kleinen Bogen um mich herum und blieb vor meiner Staffelei stehen. Ich zählte im Kopf die Sekunden, die vergingen, bis sie sich wieder rührte. Vierunddreißig. In Sekunde fünfunddreißig zeigte sie anklagend auf die Leinwand.

»Entschuldige bitte, was soll das denn?«

»Was?« Ich sah mir das Bild an. Es hatte sich, entgegen meinen Erwartungen, in den letzten fünf Minuten nicht verändert.

Winnie deutete erst auf den Himmel, die lilafarbenen Wolken, dann auf das Meer, das in der untergehenden Sonne lila, pink und orange schimmerte.

»Natürlich kannst du malen«, beschwerte sie sich. »Du bist ja noch nicht attraktiv genug, nein, du musst auch noch künstlerisch begabt sein.«

Sie erwartete offensichtlich keine Reaktion von mir, sondern redete mit sich selbst. Andernfalls wäre ihr aufgefallen, wie still ich nach ihrer Aussage wurde.

Attraktiv.

Mir wurde warm. Meine Wangen taten vom Grinsen weh.

Winnie bemerkte es. Ihr Blick glitt über meinen Mund, zuckte zu meinen Augen, bevor sie sich ruckartig abwandte und räusperte.

»Auf dem Zettel vorne stand, dass es oben noch eine Ausstellung gibt, richtig?« Sie schnappte sich ihre Malutensilien, brachte sie zurück zu dem kleinen Hocker und nahm ein Kosmetiktuch aus der Packung, die neben den Farben lag, um sich die Hände zu säubern.

Ich legte meinen benutzten Pinsel etwas abseits, damit jemand ihn später einsammeln und säubern konnte, und folgte Winnie zu der Feuertreppe. An der Hauswand daneben hing ein Blatt Papier mit einem Pfeil, der nach oben deutete.

Sie kletterte vor mir Stockwerk für Stockwerk nach oben. Ihre Hand ließ sie dabei über den verzinkten Stahl des Geländers gleiten. Unsere Schritte hallten über den Hinterhof.

»Also«, sagte ich zwischen dem zweiten und dem dritten Stock. »Du findest mich attraktiv?«

Winnie stolperte über ihre eigenen Füße, fing sich und nahm danach je zwei Stufen auf einmal, bis sie das Dach erreicht hatte. Sie wartete am Rand, die Hände in die Hüften gestützt, und atmete schwer, bis ich sie eingeholt hatte.

Hier oben wurde ebenfalls alles mithilfe von Lichterketten erleuchtet. Jemand hatte sich die Mühe gemacht und sie in der Nachahmung eines Gehwegs auf dem Boden festgeklebt. Sie führten uns in einer Schlangenlinie von einer Staffelei zur nächsten, um deren Beine sie ebenfalls gewunden waren.

Winnie blieb vor dem ersten Bild stehen und nahm sich Zeit, um die Gruppe von Strichmännchen auf einer Wiese anzuschauen. Nicht nur, weil es das erste Bild war, zu dem der Weg uns führte, fiel mir auf. Vor jedem Bild blieb sie mehrere Minuten stehen, sah es sich schweigend an oder gab einen Kommentar ab, der keine Antwort von mir forderte. Egal, ob es sich dabei um eine Linie in den Farben des Regenbogens handelte, um Charaktere aus der Popkultur oder um detailreiche Zeichnungen von Tieren – jedes Bild bekam das gleiche Maß an Aufmerksamkeit.

Zumindest von ihr. Mein Blick ruhte die ganze Zeit auf ihr.

Sie räusperte sich. »Es überrascht dich doch nicht wirklich, oder?«, fragte sie leise, nachdem wir die ersten fünf Bilder gesehen hatten. Ich stand hinter ihr und konnte ihr Gesicht nicht sehen.

»Was meinst du?«

»Dass ich dich attraktiv finde.«

Sie klangen leicht, ihre Worte. Als störte es sie nicht, sie auszusprechen. Trotzdem hatte sie mir noch den Rücken zugewandt.

Hitze breitete sich in meinem Magen aus, in meiner Brust, meinem Nacken. Ein Rausch, der bis in meine Zehenspitzen schoss und mich schwindelig machte.

Bitte dreh dich um.

Sie tat es; zögerlich. Als hätte sie meine Gedanken gehört. Ihre Schritte verlangsamten sich, bis sie zwischen zwei Staffeleien stehen blieb, sich umdrehte, den Kopf gesenkt. Den Blick abgewandt, die Wangen gerötet.

Sie wirkte, als wollte sie etwas sagen, entschied sich jedoch im letzten Moment um. Ich wollte es ihr abnehmen, den Faden an ihrer Stelle weiterspinnen, aber in meinem Hirn herrschte ein statisches Rauschen, das jeden Gedanken übertönte.

Ich sah Winnie an und Winnie ihre Füße, und plötzlich fühlte es sich schwerer an, zu atmen, obwohl es nicht sein konnte, nicht, wenn Vampire gar nicht atmen brauchten, um zu überleben; wenn es nur eine Gewohnheit war, eine Erinnerung an meinen menschlichen Körper, die nicht gänzlich verschwunden war.

Winnie machte einen Schritt auf mich zu.

Rauschen.

Noch einen und noch einen, bis ich einsame Sommersprossen auf ihrer Nase sah, die mir bisher nie aufgefallen waren.

Sie hob den Kopf an, richtete ihren Blick auf mein Kinn. Er wanderte zu meinem Mund, zurück zu meinem Kinn, und hinterließ ein Kribbeln auf meiner Haut.

»Du …«, begann sie. Sie biss sich auf die Unterlippe, und in meinem Bauch zog es. »Wir sind auf einem Date.«

»Ich erinnere mich.«

Sie schnaubte leise, nickte. »Ein Date mit … Hintergedanken?«

»Hintergedanken?«

»Na ja, mit … mit dem Wunsch, dass es noch eins geben könnte?«

Oder zwei oder drei. Mein Herz hatte seinen Rhythmus völlig verloren. Mein Hals brannte, als würde er gleich in Flammen aufgehen, aber ich weigerte mich, mich von ihr wegzubewegen. Den Moment zu unterbrechen. »Ja. Wenn du möchtest.«

Sie nickte noch einmal. »Ich will nur sichergehen, dass wir das Gleiche denken.«

»Was genau denkst du?«

Sie öffnete den Mund. Kein Wort fand den Weg nach draußen. Ihr Zeigefinger kratzte über die Haut an ihrem Daumen.

»Zeig es mir?«

Sie erstarrte. Erwiderte meinen Blick und suchte etwas darin. Sie machte einen weiteren, einen letzten Schritt auf mich zu, umfasste den Stoff meiner Jacke am Ärmel, als traute sie sich nicht, nach meiner Hand zu greifen, und sah mich wieder an, fragend. Ihre Nase an meiner, ihr Atem auf meinem Gesicht, unsere Lippen nur Zentimeter voneinander entfernt. Ich hörte ihr Herz schlagen – schwach nur –, aufgeregt und schnell wie das eines Kolibris. Dann war ihr Mund an meinem und ich …

Ich hörte nichts mehr.

Spürte nichts mehr, bis auf diese Berührung.

Ihre Lippen.

Sie waren weich. Zögernd. Meine Hand an ihrer Taille. Mein geöffneter Mund. Ihre Zunge. Ihre Brust an meiner, mein Bauch an ihrem. Meine Knie wurden weich, und ich hörte ein Seufzen, ein Stöhnen, das von ihr kam oder von mir. Mein Kopf drehte sich, und ich wünschte, betete, dass die Zeit stehen blieb und ich Winnie nicht gehen lassen musste, weil das hier – genau das hier – sich so richtig anfühlte, so kostbar, dass der Gedanke an das Ende mir wehtat.

Unser Kuss wurde sanfter. Winnie drückte ihre Hände gegen meinen Rücken und lehnte ihre Stirn gegen meine.

Hupende Autos, Stimmengewirr. Sie drangen wie aus weiter Ferne zu mir. Winnie fühlte sich als Einziges real an. Ihre Augen waren geschlossen, kleine Fältchen um die Augenwinkel. Ich lehnte mich zurück. Ignorierte das Feuer in meiner Kehle und wartete, bis sie die Lider öffnete.

»Zeig es mir noch mal?«

Die Fältchen um ihre Augen vertieften sich mit ihrem Lachen. Sie kam meiner Bitte nach. Mit einem Kuss, der vorbei war, bevor er wirklich begonnen hatte, und dann – als sie meinen unbeeindruckten Gesichtsausdruck wahrnahm – mit einem, der sich tief in mein Gedächtnis brannte.

Erst als ich meine Eckzähne an meiner Unterlippe spürte, als Winnies Herzschlag in meinen Ohren dröhnte und mich fast wahnsinnig machte, löste ich mich von ihr. Stolperte ein paar Schritte zurück, drehte ihr den Rücken zu und nahm ein Trinkpäckchen aus meiner Tasche. Seit dem Vorfall auf dem Balkon hatte ich mir angewöhnt, immer welche bei mir zu haben.

Ich leerte drei Stück, bevor ich mich wieder normal fühlte. Bei dem Tempo, in dem ich meine Vorräte aufbrauchte, würde ich Dylan bald wieder um eine Extraration bitten müssen.

Die leeren Packungen ließ ich zurück in meine Tasche fallen. Ich wischte mir über den Mund, ehe ich mich zu Winnie umdrehte – sie sollte nicht sehen müssen, wie kräftezehrend der Durst wirklich wahr.

Ein »Tut mir leid« war alles, was mir einfiel.

Ihre Haare waren ein einziges Durcheinander. Als wäre sie zigmal mit den Händen hindurchgefahren. Sie sah mich an, dann starrte sie auf den Boden, zurück zu mir, wieder weg.

»Daran müssen wir uns beide wohl noch gewöhnen«, sagte sie, und grinste dabei ganz vorsichtig.

Meine Knie wurden weich, so erleichtert war ich. Die Angst, dass mein Anblick – die leiseste Erinnerung an das, was ich war – sie abschrecken könnte, hielt sich hartnäckig in meinen Knochen. Dass sie nicht schreiend davonrannte, dass sie hier war und mich anlächelte ... Ich konnte nicht beschreiben, wie gut sich das anfühlte.

Ich hielt ihr meine Hand hin, weil mein ganzer Körper sich danach sehnte, sie weiter zu berühren. Ich wartete, dass sie mir ihre gab, nervös und hoffnungsvoll, und verlor mich in dem Gefühl, das sich in mir ausbreitete, als sie ihre Finger mit meinen verschränkte. Ihre weiche Haut, ihr süßer Geruch in meiner Nase. Jeder Winkel meines Körpers schrie mir zu, wie gut es sich anfühlte, wie richtig, wie berauschend, dass es ihr genauso zu gehen schien.

Wir gingen weiter, wobei wir an jeder Staffelei anhielten. Schließlich erreichten wir das Ende der Ausstellung und gingen wieder zurück. Winnie sagte nicht viel, und als wir die Feuertreppe nach unten kletterten, fragte ich mich, ob *ich* etwas sagen sollte. Es dauerte, bis wir wieder an der Straße und unter Menschen waren, ehe ich herausfand, wie man noch mal sprach.

»Alles okay?«, fragte ich Winnie, als sie ihre freie Hand an die Stirn hob und über ihre Augenbraue rieb.

Sie ließ sie sinken. Mit der anderen Hand drückte sie meine, auch wenn ich mir nicht sicher war, ob sie es bewusst tat.

»Langer Tag.«

Ich hakte nicht sofort nach, sondern gab ihr die Möglichkeit, in ihrem eigenen Tempo darüber zu reden. Falls sie es mit mir teilen wollte. Sie brauchte eine ganze Weile, um weiterzusprechen. Wir standen an der Bushaltestelle, als sie es endlich tat.

»Ich hatte dir doch erzählt, dass ich mich aktuell regelmäßig mit meinem Vater treffe?«, sagte sie.

»Ja. Jeden Freitag in einem neuen Café.«

Winnie lächelte, aber es war schwächer als in den letzten zwei Stunden. Vor lauter Aufregung war mir nicht aufgefallen, wie erschöpft sie wirkte. Leichte Schatten unter den Augen, ihre Bewegungen langsamer, als müsste sie Energie sparen.

»Nur heute nicht, weil er einen wichtigen Termin hatte. Jedenfalls hatte er mir aber eine Person vorgestellt, von der er dachte, dass sie in die App, an der ich arbeite, investieren würde«, erklärte sie und sprach dabei so schnell, als wollte sie das ganze Gespräch zügig hinter sich bringen. »Hat sich allerdings herausgestellt, dass sie doch kein Interesse hat.«

»Oh nein.« Winnie redete nicht viel von ihrer App – das Meiste hatte ich von Sasha erfahren. Es hatte ausgereicht, um zu bemerken, wie wichtig ihr dieses Projekt war.

»Ja, na ja, weißt du. Es wäre nicht mal so schlimm, wenn sie es mir wenigstens selbst gesagt hätte«, fuhr sie fort. »Aber sie hat einfach aufgehört, auf meine Mails zu reagieren und meinem Dad gesagt, dass er mir eine Absage ausrichten soll. Wer macht so was?«

Leute, die die Zeit von anderen nicht zu schätzen wissen, dachte ich. Ich wollte es nicht aussprechen – es war nicht tröstlich.

»Keine Ahnung. Ich will mich nicht darüber aufregen.« Sie sagte es mit Nachdruck. Wollte den Teil der Konversation damit beenden, aber es kam mir falsch vor, es einfach so vom Tisch zu kehren. Vor allem wenn es offensichtlich war, dass sie sich allein weiter darüber aufregte.

»Du tust es trotzdem, oder?«

Ihre Hand zuckte in meiner. Sie machte Anstalten, ihre Finger von meinen zu lösen, und als ich es bemerkte, lockerte ich meinen Griff, sodass sie sie wegziehen konnte. Meine Handfläche fühlte sich kühl an, wo wir uns bis eben berührt hatten.

Winnie schob ihre Hände in die Jackentasche. »Nicht weil ich es möchte.«

»Das wollte ich damit auch nicht behaupten.«

Sie pustete sich eine Ponyfranse aus dem Auge und sagte nichts, bis der Bus kam. Auf dem Rückweg war es das Gleiche wie vorhin: zu viele Menschen auf zu engem Raum. Sich hier zu unterhalten und dabei ein gewisses Gefühl von Privatsphäre aufrechtzuerhalten war unmöglich. Deswegen sagten wir beide nichts, bis wir in Brooklyn waren, auf dem Weg zu unseren Wohnungen.

»Du brauchst nicht darüber reden, wenn du nicht willst«, tastete ich mich zögerlich vor. »Ich wollte dich nicht dazu drängen, falls es so gewirkt haben sollte.«

Sie hielt ihr Schweigen noch ein paar Sekunden lang aufrecht. Dann seufzte sie. »Hast du nicht. Ich ärgere mich nur, dass ich mich darüber ärgere. Es ist nicht so, als wäre sie der letzte Mensch auf der Welt gewesen, den mein Vater mir vorstellen konnte.«

»Aber ...«

»Aber dass sie sich nicht mal die Zeit dafür nimmt, mir das

persönlich zu sagen, nervt mich so sehr. Als würde sie es nicht für nötig halten, mir irgendeine Art von Respekt zu zeigen, nur weil sie mein Projekt nicht gut findet.« Sie schüttelte den Kopf. »Ich kenne sie nicht, also keine Ahnung, wie sie normalerweise drauf ist, aber wie dreist kann man sein?«

»Manche Menschen sind so empathisch wie Steine.«

Sie warf mir einen Blick zu. »Nur Menschen, hm?«

»Nein, Vampire auch. Die sogar noch mehr, weil sie mit der Zeit einfach komplett abstumpfen.«

»Klingt traurig.«

»Ja, finde ich auch.«

Winnie griff nicht wieder nach meiner Hand, aber sie lief danach näher an meiner Seite. Ihr Arm streifte meinen bei jedem Schritt. Jedes Mal zuckten kleine Blitze bis in meine Fingerspitzen.

Vor ihrer Wohnung blieben wir stehen. Sie ging nicht sofort nach drinnen, sondern suchte auffällig lange in ihren Jackentaschen nach ihrem Schlüssel und drehte ihn dann zwischen ihren Händen hin und her, statt aufzuschließen.

»Sasha hat mir vorhin geschrieben, dass sie den Abend bei Sōma und Vic verbringt«, sagte sie.

Mein erster Gedanke war, dass Sasha es vorhin mir gegenüber gar nicht erwähnt hatte und ...

»Du könntest noch mit reinkommen ... Wenn du willst?«

Mein Hirn setzte quietschend aus.

Ich ermahnte mich, dass es übertrieb, dass es keinen Grund dafür gab. *Winnie und ich sind nicht zum ersten Mal allein.* Aber so wie sie es sagte, nach dem Date, nach den Küssen, versetzte es mich in einen kurzen Schockzustand.

Die drei Trinkpäckchen von vorhin zahlten sich glücklicherweise aus. Ich konnte nicken und ihre Einladung annehmen, ohne zu befürchten, den größten Fehler der vampirischen

Geschichte zu begehen. Wenn ich Dylan das nächste Mal sah, musste ich ihr wirklich für die Extrarationen danken.

Wir betraten die Wohnung, die Stille ohrenbetäubend laut, und aus den Augenwinkeln bemerkte ich, wie Winnie nervös zu ihrem Raum schaute und dann das Wohnzimmer ansteuerte. Ich war froh darum – bis auf die wenigen Fetzen, die ich vom Balkon aus manchmal zu sehen bekam, kannte ich ihr Zimmer noch nicht. Hätte sie mich jetzt dort hingeführt, wäre ich vermutlich trotz Unsterblichkeit vor lauter Nervosität auf der Stelle tot umgefallen.

Sie setzte sich aufs Sofa und bedeutete mir, es ihr nachzutun, als ich mich nicht sofort vom Türrahmen fortbewegte.

Mehr Schweigen.

»Danke für das Date«, sagte Winnie irgendwann leise.

»Gern.«

Wieder Schweigen.

Zwischen uns war nur ein kleiner Abstand – ein, zwei Zentimeter vielleicht, von denen ich nicht wusste, ob eine von uns sie bewusst gewählt hatte oder es einfach passiert war.

Winnie lehnte sich nach hinten, rutschte auf dem Sofa nach unten, bis ihr Hinterkopf auf der Sofalehne zum Liegen kam. Ihr Kopf war in meine Richtung gedreht, ihre Wangen gerötet. Sie beobachtete mich die ganze Zeit. Abwartend. Neugierig.

Ein paar Haarsträhnen hatten sich aus ihrem Zopf gelöst, rahmten ihr Gesicht ein und lenkten meinen Blick zu ihrem entblößten Hals. Das Bild sollte nicht sinnlich sein, nicht verführerisch, und dennoch konnte ich nicht aufhören, sie anzusehen. Ich konnte das Brennen in meinem Hals genauso wenig verhindern wie die Bewegung meiner Hand, als ich sie nach ihr ausstreckte.

Ich sah mir selbst wie eine Außenstehende dabei zu. Als gehörte mein Körper nicht mir. Als wäre nicht ich es, deren

Zeigefinger über Winnies Unterkiefer glitt. Nicht ich, die die Hand ihren Hals hinunterführte. Nicht ich, die bemerkte, wie Winnie schwerer atmete.

Winnie streckte den Kopf, hob sich meiner Berührung entgegen und lächelte hinreißend, als ich mich zu ihr lehnte. Sie nahm meine Hand und zog mich an sich, so langsam, dass jede Bewegung sich in mein Gedächtnis brannte, jede Berührung mir eine Gänsehaut bereitete.

Mehr brauchte es nicht. Sie direkt vor mir, ihr Knie an meinem, zwischen unseren Körpern kaum Platz, zwischen unseren Mündern noch weniger. Sie hob herausfordernd eine Augenbraue, und ich sprang darauf an, weil es Winnie war, weil mein Kopf schwirrte und ich dieses Gefühl nicht loslassen wollte.

Sie legte ihre Hände rechts und links an mein Gesicht, ihre Daumen direkt unter meinen Kiefer. »Schließ die Augen.«

Es wurde dunkel um mich herum. Ich spürte ihren warmen Atem an meinem Hals, ihre kalten Finger, ihre Knie an meinen.

Ich wollte mehr. Ich wollte ihre Berührungen erwidern, ihre nackte Haut erkunden, wissen, ob sie so glühte wie ich. Sie atmete überrascht aus, als ich sie aufs Sofa drückte. Ihre Wangen waren gerötet, ihre Augen glasig, ihre Haare auf dem Kissen ausgebreitet. Ihr rechter Mundwinkel leicht gehoben. Der Anblick stieg mir zu Kopf.

Alles in mir sehnte sich nach allem an ihr.

Ich beugte mich über sie.

Das Feuer in meinem Hals. Das Feuer in meinem Bauch. Sie wollten beide das Gleiche. Winnie.

Ich senkte den Kopf, meine Wange an ihrer. Biss mir in den Handrücken, um das Brennen durch einen anderen Schmerz zu ersetzen. Es half nur bedingt.

Winnie drehte den Kopf, das Rascheln ihrer Haare auf dem Stoff des Kissens laut zwischen uns. Ihr Blick ruhte auf mir.

»Deine Augen.«

Ich kniff die Lider zusammen. »Ich weiß.« Versteckte mein Gesicht an ihrer Schulter, damit sie es nicht sehen musste. »Tut mir leid.«

Sie zeichnete mit den Fingern beruhigende Muster auf meiner Taille. »Schau mich an?«

Ich wollte nicht, dass sie es sah. Aber ihre Bitte war stärker als mein Wunsch, ihr nicht nachzukommen.

Ich öffnete die Augen. Zählte Winnies Atemzüge, achtete auf ihren Körper, auf ihr Gesicht, auf das geringste Zucken, das mir zeigen würde, dass sie Angst hatte.

Meine Suche war vergeblich. Ihre Fingerspitzen glitten über meine Wange und lösten eine Gänsehaut nach der anderen aus. Vor und zurück, vor und zurück.

»Sie passen zu dir«, sagte sie leise. »Rot.« Sie wickelte sich eine meiner Haarsträhnen um den Finger. »Ich mag Rot.«

Ihr Brustkorb hob und senkte sich gleichmäßig unter mir. Meine Hände kribbelten. Ich wollte sie an mich drücken und so lange umarmen, bis ich nicht mehr wusste, wo ich aufhörte und sie anfing.

»Macht es dir nichts aus?«, fragte ich. Meine Stimme war rau.

»Deine Augen?«

Ich nickte.

Sie summte nachdenklich. »Ich würde lügen, wenn ich Nein sage. Aber du hättest genügend Möglichkeiten gehabt, mich anzufallen, wenn du es gewollt hättest. Jetzt gerade auch. Stattdessen redest du mit mir darüber. Wirkt auf mich nicht wie ein Vampirin, die mir das Blut aussaugen möchte.«

Sie verstand es nicht. Dass es nicht ums Wollen ging, sondern um die Kraft, die ich jedes Mal aufbringen musste, um gegen meinen Durst anzukämpfen. Ich hatte Angst davor, dass ich einen Fehler machte, an einem Tag unvorsichtig sein und nicht genügend Trinkpäckchen dabeihaben würde. Etwas tun würde, das ich für den Rest meiner Ewigkeit bereuen würde.

»Winnie …«

Das Geräusch des Türschlosses ließ uns beide erstarren. Wir hörten, wie die Wohnungstür aufschwang und Sasha reingestürmt kam, und beeilten uns, uns nebeneinanderzusetzen, mit einem normalen Abstand zwischen uns und normalen Gesichtsausdrücken und – für mich – hoffentlich mit normalen Augen und ohne Fangzähne.

Sasha lief summend durch den Flur und stieß ein freudiges »Ah!« aus, als sie uns beide im Wohnzimmer fand. Winnie war zu sehr damit beschäftigt, angestrengt auf den Boden zu starren, daher bekam sie das amüsierte Funkeln in den Augen ihrer Schwester nicht mit.

»Warum hat mich niemand zu der Party eingeladen?«

»Keine Party«, sagte Winnie schnell, zog mich vom Sofa und schob mich vor sich her aus dem Wohnzimmer. »Jo wollte gerade gehen.«

»Ihr braucht nicht zu verheimlichen, dass ihr meine Geburtstagsfeier für morgen vorbereitet«, rief Sasha uns hinterher.

Winnie atmete erleichtert aus, aber ich war mir ehrlich gesagt nicht sicher, ob Sasha tatsächlich davon ausging, dass wir über ihren Geburtstag sprachen, oder ob sie es sagte, damit Winnie sich nicht unwohl fühlte.

»Natürlich nicht«, hörte ich Sasha sagen. »Ich geh auch heute nicht extra früher ins Bett, damit ihr für morgen alles heimlich vorbereiten könnt.«

»Gut, denn wir haben nichts vorzubereiten«, sagte Winnie mit Nachdruck. Es war so offensichtlich, dass sie log. Sie senkte die Stimme und sah mich an. »Nachher auf dem Balkon?«

Kaum dass ich Ja gesagt hatte, drückte sie mir einen Kuss auf die Wange und schob mich aus der Tür.

20

Mein Hirn hatte sich noch nicht wieder eingeschaltet, als ich in meiner Wohnung stand und den Kühlschrank anstarrte. Die Trinkpäckchen darin, um genauer zu sein. Rein rational wusste ich, dass ich den Arm ausstrecken und mir eins davon nehmen sollte. Emotional allerdings ... das war ein ganz anderes Thema.

Der gesamte Abend fühlte sich unwirklich an. Als wäre es eine entfernte Erinnerung, die ich von allen anderen abkapseln und in Sicherheit halten wollte, weil nichts, was sich so gut anfühlte, für immer halten konnte, oder?

Ich hoffte es trotzdem.

Betete, dass das Universum mir erlauben würde, es für lange Zeit auszukosten.

An meinen Handflächen spürte ich immer noch Winnies Körper. An meinen Lippen ihr Seufzen. Ich schnappte mir ein Kissen vom Sofa, drückte es an mich und starrte mit einem Grinsen, gegen das ich nichts tun konnte, Löcher in die Luft, bis mir einfiel, was Winnie als Letztes gesagt hatte: *Nachher auf dem Balkon.*

Das Kissen landete auf dem Boden, und ich stolperte in meiner Eile fast über meine eigenen Füße. Ich riss die Vorhänge vor der Balkontür auf und wurde von einem Déjà-vu überrollt, das mich kurz innehalten ließ.

Winnie wartete bereits, als ich nach draußen trat. Der Anblick war wie ein Schuss direktes Sonnenlicht in meine Adern.

Ich schüttelte den Kopf, amüsiert über mich selbst. Wann war ich zur Poetin geworden?

Das Lächeln verging mir, als ich bemerkte, dass Winnie ihre Stirn runzelte. Ich lehnte mich über das Geländer, so nah zu ihr, wie ich konnte, während sie auf ihrem Fenstersims sitzen blieb.

»Was ist los?«

Zur Antwort zog Winnie ihr Fenster heran und hielt es zu. Sie verschaffte uns mehr Privatsphäre, aber nicht, um mir zuhören zu können, sondern, um selbst etwas loszuwerden.

»Sasha hat morgen Geburtstag«, sagte sie, als wäre ich vorhin nicht dabei gewesen. Als hätte Sasha die letzten Wochen nicht ununterbrochen davon geredet.

»Hast du Angst, dass du nicht genügend Geschenke organisiert hast?«, versuchte ich die Situation aufzulockern. Winnie entlockte es nur ein müdes Lächeln. »Tut mir leid. Worüber machst du dir Gedanken?«

»Dad hat mir geschrieben. Uns beide für morgen oder übermorgen zum Essen eingeladen, um ihren Geburtstag zu feiern.«

»Dann hast du klären können, was du letztes Mal erzählt hast? Das Treffen mit Sasha gemeinsam?«

Winnie druckste herum.

»Das sieht nicht nach einem Ja aus.«

»Ich hab mich bei ihm für meine Reaktion entschuldigt, aber das ist es nicht mal.«

Ich schwieg, unsicher, worauf sie hinauswollte.

»Ich hab Sasha doch nie erzählt, dass ich mich mit ihm treffe.«

Ah.

»Und ich wollte …« Sie zögerte. Rang mit den Worten, die ihr auf der Zunge lagen. Ihre Augen baten mich, den Satz für sie zu beenden. Dafür zu sorgen, dass sie es nicht aussprechen musste – was auch immer es war. Ich wünschte, ich hätte es ihr abnehmen können.

Sie wandte den Blick ab. Ihre Stimme wurde fast vom Wind verschluckt, als sie wieder sprach. »Ich wollte es noch eine Weile für mich behalten.«

»Wovor hast du Angst?«, fragte ich, denn es war so offensichtlich, dass es das war, was sie davon abhielt, mit Sasha darüber zu sprechen. Man konnte es deutlich sehen: an ihren angezogenen Schultern, ihrem abgewandten Blick. Als würde sie sich zusätzlich noch dafür schämen.

Lange Zeit sagte sie nichts. Ich wollte sie dazu zwingen, gab ihr lieber die Zeit, die sie brauchte, um ihren Mut oder ihre Worte oder beides zu sammeln.

»Ich dachte«, begann sie langsam. Stieß ein Seufzen aus. »Ich dachte … Wenn ich ihr nichts davon erzähle, könnte ich ihn länger für mich allein haben.«

Kleine Puzzleteile setzten sich in meinem Kopf zusammen. Wie froh Winnie immer klang, wenn sie von ihrem Vater sprach. Sasha, die das komplette Gegenteil davon war und erzählte, dass Winnie zu ihm aufsah und er ihre Familie verlassen hatte. Bruchstücke einer Geschichte, die sich langsam zusammenfügten.

Sie seufzte direkt noch einmal. Lachte über sich selbst, auf eine verächtliche Weise. »Es ist so dumm. Gott, ich hab keine Ahnung, warum es mich so beschäftigt. Ich bin verdammt noch mal zweiundzwanzig Jahre alt, ich bin Sashas ältere Schwester, wenn überhaupt, sollte ich darüberstehen und einfach … einfach froh sein, dass er etwas mit uns beiden zu tun haben will, aber …«

»Aber du bist nicht froh«, beendete ich ihren Satz. Sie nickte schwach. »Und du bist auch *erst* zweiundzwanzig.« Sie öffnete den Mund, um mir zu widersprechen, aber ich kam ihr zuvor. »Du bist erst zweiundzwanzig und lebst seit einem halben Jahr allein und versuchst, Fuß zu fassen und deinen Weg zu finden, aber bist dabei unglaublich hart zu dir selbst.«

»Ich weiß nicht, ob ich es als ›hart‹ bezeichnen würde«, murmelte sie.

»Natürlich nicht«, stimmte ich ihr zu. »Ich bezeichne meine Probleme auch nicht so, weil es halt *meine* sind. Weil es für Menschen und Vampire und welche Wesen auch immer noch in unserer Gesellschaft leben, völlig normal ist, sich runterzureden und als schwach zu bezeichnen, wenn man Normen und Werte, die andere einem auferlegen, nicht erfüllen kann.«

Winnie presste die Lippen aufeinander, reagierte aber nicht weiter.

Ich wollte unbedingt, dass sie verstand, wie ich sie sah. Dass sie nicht in dem Gedanken ertrank, sie wäre nicht gut genug oder müsste irgendwem etwas beweisen – zuallerletzt sich selbst.

»Wenn du versuchst, dich nach den Regeln anderer zu richten, wirst du immer scheitern, Winnie.«

Sie sah mich an.

»Mach deine eigenen Regeln, solange du niemand anderen dabei verletzt«, sagte ich nachdrücklich. »Und wenn das bedeutet, dass du etwas brauchst, bis du bereit bist, Sasha davon zu erzählen, dass du dich mit eurem Vater triffst, dann …« Ich zuckte mit den Schultern. »Dann ist das halt so. Du denkst darüber nach, es zu tun, obwohl es dir schwerfällt. Ist das nicht schon eine Sache, die man feiern sollte?«

Stille.

Hatte ich zu viel gesagt? Ich überlegte fieberhaft, wie ich

meine Worte zurücknehmen konnte. Im gleichen Moment rutschte Winnie von ihrem Fenstersims. Ihre Füße waren in dicke Socken gehüllt – warum auch immer es das war, was mir jetzt gerade auffiel.

Sie tapste die wenigen Schritte über die Feuerleiter, bis sie vor mir stand, ihre Augen fast genau auf gleicher Höhe wie meine. Ihre Brille spiegelte das Licht der Straßenlaternen, und der Pullover, den sie trug, sah weich und einladend aus.

»Wüsste ich nicht, dass du eine Vampirin bist, würde ich dich jetzt fragen, ob du magische Kräfte hast«, sagte sie.

Ich runzelte die Stirn, wollte nachfragen, was genau sie meinte, vergaß die Frage aber genau in der Sekunde, in der sie ihre Arme um mich legte. Ihren Kopf seitlich an meiner Schulter. Ich spürte ihren Atem an meinem Hals und wie sie die Finger hinter meinem Rücken verschränkte, als hätte sie nicht vor, mich in den nächsten Minuten wieder loszulassen.

Nach ein paar Sekunden erwiderte ich ihre Umarmung. Drückte sie an mich und fragte mich, ob Winnie durch all die Schichten unserer Kleidung hindurch spüren konnte, wie mein Herz pochte.

»Gibt es echt noch andere Wesen?«, fragte sie irgendwann.

»Was?«

»Du hast gesagt: ›Menschen und Vampire und welche Wesen auch immer noch in unserer Gesellschaft leben‹.«

»Oh. Nein, ich weiß nur von Vampiren. Aber wenn es uns gibt, ist es nicht unwahrscheinlich, dass andere auch existieren, oder?« Auch wenn Dylan mit voller Kraft das Gegenteil behauptet hätte.

Winnie nickte. Ihre Haare strichen dabei über meine Wange. »Ist es merkwürdig, dass ich mich nicht mal mehr darüber wundern würde?«

»Nicht merkwürdiger, als eine Vampirin zu umarmen.«

Sie lachte und pikste mir mit dem Zeigefinger in die Seite. »Pass auf, was du sagst.«

»Tut mir leid.«

»Und hör endlich auf, dich für alles zu entschuldigen.«

»Tut mir –« Ich fing mich gerade so.

Ein paar Minuten blieb sie noch bei mir stehen, dann löste sie sich von mir. »Ich glaube, ich sollte wirklich rein. Sasha hatte dummerweise einen guten Riecher wegen der Vorbereitungen für ihre Party morgen. Ich glaube, sie ist schon im Bett.«

»Soll ich dir helfen?«

Ein dankbares Lächeln. »Nope, dann würde ich zu gar nichts kommen. Aber danke für das Angebot.« Sie ging zurück zu ihrem Fenster, hob sich auf den Sims. Statt in ihr Zimmer zu gehen, schaute sie runter auf den Gehweg, auf einmal tief in Gedanken versunken. Sie rieb sich über die Arme, als wäre ihr kalt, und ich wollte gerade ansetzen, sie zu fragen, warum sie nicht reinging, als sie mir zuvorkam.

»Die Sache mit meinem Dad …« Die Worte kamen ihr leise über die Lippen. »Kann ich dir schreiben, falls es nicht gut läuft, wenn ich Sasha davon erzähle?«

Dass sie das überhaupt fragte. Mein Brustkorb zog sich zusammen. »Natürlich.«

»Danke«, sagte sie und setzte an, mich auf dem Balkon allein zu lassen.

»Hey, Winnie?«

Sie hielt sofort inne. »Ja?«

»Du kannst auch zu mir kommen, wenn … falls irgendetwas ist. Ich hab nachts ziemlich viel Zeit.«

Ihr Blick war warm. Sanft. Sie schenkte mir ein weiteres Lächeln, das sich in mein Gedächtnis brannte und mir den Atem raubte. Dann war sie verschwunden.

Ich wartete, bis sie das Fenster hinter sich schloss, dann ging ich ebenfalls in meine Wohnung. Dort, in der Stille, mit Winnies Stimme noch frisch in meinem Kopf überfiel mich eine Angst, die ich zuerst gar nicht erklären konnte. In den letzten Tagen und vor allem heute war so viel passiert, das meine Gedanken füllte, dass ich eine Sache die ganze Zeit über verdrängt hatte: Meine Aufgabe war noch nicht vorbei. Ich enthielt Winnie und Sasha immer noch etwas vor, das nicht nur potenziell, sondern sehr sicher gefährlich war. Und das nur, weil ... ich Sorge hatte, dass Winnie wütend sein könnte? Das Gleiche tun würde wie ich an ihrer Stelle?

Oh, Jo. Wie feige du bist.

Wie oft hatte ich genau das schon gedacht? Heute fühlte ich meine Feigheit zum ersten Mal in jeder Faser meines Körpers.

Ich lief in meiner Wohnung auf und ab und versuchte, den Mut aufzubringen, jetzt sofort nach drüben zu gehen und ihnen alles zu erzählen. Jedes Mal schaffte ich es bis zur Wohnungstür, bevor er mich verließ. Ich redete mir ein, dass es nicht jetzt sofort sein musste, dass es bis morgen warten konnte. Ich es erst einmal mit Bekka abklären sollte, bevor ich noch mehr Geheimnisse ausplauderte, die ich niemals würde zurücknehmen können.

Der Tag brach grau und nebelig an. Mit Blitzen und Donnern, die die Wohnung vibrieren ließen und meinen emotionalen Zustand unterstrichen.

Ich setzte mich mit einem Trinkpäckchen an den Küchentisch, mein Handy in der Hand, um Bekka zu schreiben. Der Ton einer eingehenden Mail ließ mich zusammenzucken. Ich öffnete sie, als ich Bekkas Namen im Absender der Mail sah.

Von: bekka.smith@vamps.com
An: jo-e1603@vamps.com
Betreff: Fall Brown

Jo,
danke für deine bisherige Arbeit am Fall von Sasha Brown.
Für Sasha Brown, ebenso wie für alle weiteren Gentragenden, wurde heute nach einem weiteren Verschwinden der Beschluss gefasst, den Schutz und die Überwachung bis auf Weiteres in die Organisation zu verlagern.
Ich danke dir für deine Hilfe. Bitte melde dich am Montag um neun Uhr in meinem Büro, damit wir alles Weitere besprechen können.

Bekka Smith

Je häufiger ich es las, desto weniger Sinn ergab die Mail.
… der Beschluss gefasst, den Schutz und die Überwachung bis auf Weiteres in die Organisation zu verlagern.
Ich wählte Sashas Nummer.
Es klingelte, klingelte, klingelte.
Mailbox.
Meine Beine trugen mich quer durch den Flur, bevor ich richtig darüber nachgedacht hatte. Ich wählte Sashas Nummer erneut, wollte nach nebenan stürzen und sicherstellen, dass ich mich verlesen hatte. Ich riss die Tür auf und rannte in meiner Eile Winnie fast um, die direkt davorstand, die Hand zum Klopfen erhoben.
Ihr Blick war gehetzt.
»Ich kann Sasha nicht finden.«
Mein Herz rutschte in meinen Magen. Ich umklammerte mein Handy fester – wieder nur die Mailbox.

»Ich hab ihr von Dad erzählt, und Jo, sie war so verletzt, dass ich es ihr nicht vorher gesagt habe ... ich weiß nicht, was ... Ich dachte ... Ich hab angenommen ...« Ihre Stimme zitterte. Ihr ganzer Körper tat es. »Und dann ist sie gestern Abend gegangen, weil sie sich abkühlen und die Wäsche machen wollte, dort wo ihr mal zusammen wart, erinnerst du dich? Ich wollte warten und noch mal mit ihr reden, und dann bin ich eingeschlafen, und Sōma und Victor haben nichts von ihr gehört, u-und die Mitbewohnerin meiner Kollegin ist verschwunden und ...« Sie redete unendlich schnell, holte zwischen den Worten kaum Luft. Die Panik ging in Wellen von ihr aus, und ich spürte, wie sie mich selbst ergriff, wie ich mich von ihr davontragen ließ, als Winnie sagte: »Jo ... Was, wenn ihr etwas passiert ist? Ich weiß nicht, was ich tun soll, sie würde doch nicht einfach verschwinden, wenn i-ich ...«

Sie schaffte es nicht, den Satz zu beenden, bevor ihre Stimme versagte. Ihre Augen glänzten und füllten sich mit Tränen, die ihr über die Wangen rannen und vom Kinn tropften.

Die Ecken meines Handys drückten in meine Handflächen. Ich wollte es nicht sagen, nicht hier, nicht auf diese Weise, sondern mit den Worten, die ich mir die ganze Nacht zurechtgelegt hatte. Aber das hier – das hier war keine Situation, in der ich noch eine Wahl hatte.

»Ich weiß, wo sie ist.«

Winnie zog die Nase hoch. »Was?«

»Ich weiß, wo Sasha ist.«

Die Verwirrung stand ihr ins Gesicht geschrieben. Sie schaute über meine Schulter, atmete lange und leise aus und ließ die angezogenen Schultern sinken, als hätte ich ihr all die Last, die sie mit sich herumtrug, auf einmal abgenommen.

»Ist sie hier?« Sie fuhr sich mit beiden Händen über das Gesicht, holte tief Luft, um sich zu beruhigen. »Natürlich. Warum würde sie bis nach Chinatown fahren, wenn du nebenan wohnst. Kannst du sie herholen? Bitte? Ich will nur ... Ich will mich wirklich nicht mit ihr streiten, und vielleicht können wir heute Abend echt mit Dad essen gehen, das fände sie bestimmt auch schön.«

Mein Magen drehte sich um. Alles in mir sträubte sich, aber ich zwang die Worte aus mir heraus. »Sie ist nicht hier, Winnie.«

Es dauerte einige Sekunden, bis die Info zu ihr durchgedrungen war.

»Was?«

»Sie ist ...« Statt es auszusprechen, reichte ich ihr das Handy. Sie nahm es zögernd entgegen, las die Mail von Bekka.

»Was heißt das?«, fragte sie leise. »Gentragende, verschwunden, Beobachtung?«

Als sie zu mir aufblickte, konnte ich sehen, wie jeder einzelne Funken Vertrauen, den sie zu mir hatte, zerbrach. Schon jetzt sah sie mich anders an. Misstrauischer. Ich wünschte, das hätte es leichter gemacht, meine nächsten Worte auszusprechen. Stattdessen fühlte es sich an, als müsste ich jedes einzeln aus meinem Brustkorb reißen und vor Winnie ablegen.

»Ich bin hier eingezogen, weil ich ein Auge auf euch haben sollte«, sagte ich. Winnie zuckte zusammen, und der Anblick prägte sich mir ein. »Weil es in meiner Welt Leute gibt, die es auf jeden Menschen abgesehen haben, den sie zu einem von uns ... von ihnen machen können.«

»Was hat Sasha damit zu tun?«, fragte sie mit Nachdruck. Ihre Sätze wurden schärfer, ihr Blick schneidender. »Jeder kann verwandelt werden. Warum Sasha?«

»Nicht jeder«, erwiderte ich. Alles in mir schrumpfte unter ihren Fragen zusammen. »Es gibt Menschen, die ein Gen in sich tragen – eine Handvoll hier in New York. Wenn jemand von uns sie beißt, fangen sie an, sich zu verwandeln. Normale Menschen würden sterben.«

Winnie schüttelte den Kopf, immer wieder, als würde nichts von dem, was ich erzählte, Sinn ergeben. »Und Sasha – Sasha hat das? Dieses Gen? Und ihr wollt sie ...« Sie stockte. Machte ein würgendes Geräusch, als müsste sie sich übergeben. »Ihr wollt sie *verwandeln?*«

»Nein!«, rief ich sofort dazwischen. »Nein, nein, im Gegenteil, ich bin hier, um zu *verhindern*, dass sie verwandelt wird.«

Winnie ... Sie starrte mich an, als würde sie mich zum ersten Mal sehen. Angewidert. Die Sanftheit, die Wärme von gestern – hier und jetzt lag beides so weit von uns entfernt, dass es ein Traum hätte sein können.

»Sag mir, wo sie ist.«

»Bekka hat geschrieben, in der Organisation, also muss sie in Manhattan ... Winnie, warte, wo willst du hin?«

Sie hörte mir nicht zu. Sie rannte an ihrer Wohnung vorbei, die Treppen nach unten, ohne auf mich zu reagieren. Meine Wohnungstür krachte mit einem Scheppern zu, dann sprintete ich ihr hinterher. Bis zur Bushaltestelle lief ich ihr nach. Ich dachte, sie würde dort stehen bleiben und mir die Chance geben, etwas zu sagen, aber sie lief daran vorbei, einfach weiter.

Ich vergrößerte meine Schritte, um mit ihr mitzuhalten. »Was hast du vor?«

Nichts. Als wäre ich Luft.

»Winnie.«

Schritt, Schritt, Schritt.

»Winnie.«

Schritt, Schritt, Schritt.

»WINNIE!«

Sie hielt abrupt an. Atmete schwer, ihr Blick irrte umher.

Ich ballte die Hände zu Fäusten, um sie nicht nach ihr auszustrecken. Sie war so ... verloren. Panisch, mit jedem hektischen Atemzug mehr. Ihr ganzer Körper war angespannt, und ich – ich konnte nichts tun, weil das hier meine Schuld war, weil ich dafür gesorgt hatte, dass es so weit gekommen war.

Es donnerte. Regentropfen färbten den Boden dunkel; zuerst nur ein paar und dann so viele, dass mehr und mehr Leute sich unter Dachvorsprünge retteten.

Winnies Haare wurden nass und hingen ihr strähnig ins Gesicht. Sie rührte sich immer noch nicht. Ihr Zittern hörte nicht auf: vor Angst, vor Kälte, vor Wut. Obwohl sie direkt neben mir stand, hatte sich die Entfernung zwischen uns noch nie größer angefühlt.

Sie sagte nichts, als ich mein Handy aus der Hosentasche fischte und ein Uber rief. Starrte mich nur dabei an, als wünschte sie sich, dass ich in Flammen aufging, direkt vor ihren Augen.

»Lass uns hinfahren«, sagte ich. »Zur Organisation. Ich spreche mit Bekka – meiner Vorgesetzten. Sie wollen nur, dass sie in Sicherheit ist.«

Wut lag in jeder von Winnies Bewegungen. In jedem Blick. Der Regen prasselte laut auf den Asphalt.

»Winnie, dort arbeiten keine Monster.«

»Nein«, sagte sie, die Stimme gesenkt. »Nur Vampire.«

21

Das Uber hielt vor dem Hochhaus, in dem VAMPS saß. Winnie stieg aus, direkt in den Regen, und starrte den Eingang auf der anderen Straßenseite an.

»Wie komme ich rein?«, fragte sie ernst.

»Was meinst du?«

Sie deutete auf das Gebäude. »Sieht nicht aus, als würde es einen Hintereingang geben.«

»Du …« Ich biss mir auf die Zunge. »Ich brauche dich nicht nach drinnen schmuggeln. Auf den restlichen Etagen arbeiten Menschen. Ich meinte es ernst, als ich vorhin gesagt habe, dass es dort drin keine Monster gibt.«

Ihr Blick war starr auf das Gebäude gerichtet. Als ich nichts weiter sagte, wandte sie mir ihren Kopf zu und wartete, bis ich mich in Bewegung setzte. Wir liefen über die Straße in das Gebäude und dort direkt zu den Fahrstühlen. Niemand hielt uns auf. Niemand warf uns auch nur einen zweiten Blick zu, obwohl Winnie so angespannt war, als erwartete sie jede Sekunde, dass Vampire von der Decke fielen und sie angriffen.

Es war nicht fair – nicht angesichts der Umstände, meinen Lügen, ihrer Sorge um Sasha –, aber ich fragte mich, ob es das war, was Winnie tief in ihrem Inneren wirklich dachte. Wartete sie darauf, dass ich die Beherrschung verlor? Dass ich sie angriff und zu dem Monster wurde, das sie sich ausmalte, wenn sie an Vampire dachte? Waren es Albträume, die ihr als Erstes in den Sinn kamen? Dunkelheit und Blut und Tod, wenn sie meinen Namen hörte?

Ich drückte den Knopf für die oberste Etage.

Die rote Blume daneben brannte sich in meine Augäpfel. Die Frage, ob sie mit diesen Vermutungen wirklich falsch lag, in meinen Kopf.

Der Aufzug hielt, die schweren Türen schoben sich zu beiden Seiten weg. Winnie atmete tief ein, nahm eine aufrechte Haltung ein. Sie lief neben mir, starrte die Tische an und die Leute, die daran arbeiteten.

Bekka bemerkte uns schnell. Sie betrachtete Winnie eingehend, und ich erkannte den genauen Moment, in dem ihr klar wurde, wer neben mir lief. Sie stand von ihrem Platz auf, schloss die Tür hinter uns, nachdem wir ihr Büro betreten hatten, und obwohl ihre Bewegungen ruhig waren, obwohl kein Muskel in ihrem Gesicht zuckte, spürte ich ihr Missfallen.

Sie begrüßte Winnie mit »Ms Brown«, als wäre sie ständig hier, und noch bevor Winnie den Mund öffnete, sagte sie: »Sie haben erfahren, dass Ihre Schwester bei uns ist, nehme ich an?«

»Nein«, erwiderte Winnie trocken. »Ich dachte, es wäre witzig, mal ins HQ der Vampire zu marschieren und zu sehen, wer mich zuerst anspringt.«

Ihre scharfen Worte bohrten sich in meinen Brustkorb.

Bekka runzelte verwirrt die Stirn und warf mir einen flüchtigen Blick zu.

»Ich will meine Schwester sehen!«, schrie Winnie ihr ins Gesicht, als sie nicht sofort reagierte. »Was zur Hölle denken Sie sich dabei, eine unschuldige Person mitten in der Nacht zu entführen? Wenn die Öffentlichkeit davon Wind bekommt ...«

»Es täte Ihnen gut, wenn Sie mit solchen Drohungen nicht leichtfertig um sich schlagen, Ms Brown«, unterbrach Bekka sie.

Bekkas Ton ging selbst mir durch Mark und Bein – Winnie musste sogar ein Zittern unterdrücken. Sie ballte die Hände zu Fäusten und machte sich so groß wie möglich.

»Ich will …«

»Ihre Schwester sehen. Ich weiß.«

»*Dass Sie sie gehen lassen!*« Winnies Schrei hallte von den Wänden wider, grub sich tief in mein Gedächtnis.

Ich stand neben ihr und brachte kein Wort über die Lippen, aus Angst, Winnies Wut noch mehr auf mich zu ziehen oder Bekkas oder die von beiden, und Gott, wieso dachte ich immer noch nur an mich? Ich schämte mich so sehr, während Winnie um ihre Schwester kämpfte – in einer Welt, die sie nicht kannte.

»Natürlich werden wir sie gehen lassen. Das sind Vorsichtsmaßnahmen, die gelockert werden, sobald keine Gefahr mehr besteht.«

»Gefahr wovor?«, fragte Winnie. Sie kratzte ihre Daumen rot und blutig und schien es nicht mal zu bemerken.

»Das kann ich Ihnen leider nicht beantworten.«

»Sie haben meine Schwester entführt. *Meine Schwester.* Wenn Sie glauben, es ginge mich nichts an, was …«

»Wir können alles Weitere besprechen, nachdem Sie gesehen haben, dass es Ihrer Schwester gut geht, wenn Sie möchten.« Bekka hob ihr Handgelenk vor sich, um auf ihre Armbanduhr gucken zu können. »Bis zwölf Uhr ist noch genügend Zeit.«

Sie griff ihren Mitarbeitendenausweis vom Tisch und bedeutete uns, ihr aus dem Büro zurück zu den Fahrstühlen zu folgen. Winnie starrte ihr entgeistert hinterher, folgte ihr dann aber.

Der Fahrstuhl hielt auf unserer Etage. Bekka trat ein, gefolgt von Winnie und mir.

»Was ist um zwölf Uhr?«

»Meine Mittagspause«, sagte sie und drückte den Knopf für das Stockwerk direkt unter uns. »Ich lasse sie nicht gern ausfallen.«

Winnie sah aus, als wollte sie Bekka an den Hals springen. Ich berührte sie vorsichtig am Arm, doch sie schüttelte mich vehement ab und machte einen Schritt von mir weg.

Zwei Stockwerke tiefer öffneten sich die Türen. Vor uns breitete sich eine weit nach hinten reichende Bürofläche aus – im Gegensatz zu oben arbeitete hier niemand. Die Tische waren an die Wände geschoben worden. Jemand hatte den Boden mit Matratzen, Decken und Kissen ausgelegt, und zwischen den einzelnen Schlafplätzen war genug Abstand, um bequem an ihnen vorbeigehen zu können.

Ich zählte ohne Winnie fünfzehn Menschen. Die meisten waren jung, ungefähr in meinem Alter, manche sogar jünger. Ein Mädchen, vielleicht gerade achtzehn Jahre alt, saß auf der vordersten Matratze und fuhr sich immer wieder durch die langen, schwarzen Haare, als wollte sie sich selbst damit beruhigen. Direkt hinter ihr saß ein erwachsener Mann. Seine Haare verfärbten sich an den Schläfen langsam grau – von allen hier musste er der Älteste sein.

Keiner der Menschen wirkte verängstigt oder der Panik nahe. Verwirrt, ja, aber nicht so, als hätten sie gerade die traumatische Entführung durchgemacht, die ich mir bis zu diesem Moment vorgestellt hatte.

Sie alle lauschten der Ansprache des Vampirs, der vor ihnen stand – Daniel, bemerkte ich, als er den Kopf kurz in unsere Richtung drehte. Ein paar Schritte hinter ihm stand Scott, der sich uns zuwandte, als er Bekka bemerkte.

»Ich weiß, wir haben euch bisher nicht sonderlich viel erzählen können, und ihr habt sicher viele Fragen – die wir euch auch mit der Zeit beantworten werden. Bis es so weit ist, danke ich euch schon mal, dass ihr Teil unseres sozialen Experiments seid.«

Winnie stieß einen ungläubigen Laut aus. Ihr Blick wanderte über die versammelten Personen, vorbei an den zwei Frauen im hintersten Teil des Raumes, die sich skeptisch ansahen. Schließlich entdeckte sie Sasha, die am äußeren rechten Rand saß.

Winnie drückte sich an Bekka vorbei und lief schnellen Schrittes zu ihr, die verwirrten Blicke der anderen ignorierend. Sie fiel vor ihr auf die Knie, und bevor Sasha überhaupt reagieren konnte, hatte Winnie sie in eine Umarmung gezogen.

Ich folgte ihr langsam, sicher, dass sie mich von sich stoßen würde, wenn ich ihr oder Sasha zu nahe kam. Daniel war verstummt. Niemand sonst machte ein Geräusch. Alle Menschen schienen darauf zu warten, was als Nächstes passierte – rechneten vielleicht damit, dass es Teil dieses sozialen Experiments war, das von Daniel offensichtlich als Erklärung herangezogen worden war.

Keiner einzigen Person konnte ich länger als ein paar Sekunden in die Augen sehen. Ich redete mir ein, dass niemand von ihnen Angst hatte. Dass es einen guten Grund dafür gab, dass sie hier waren – zu ihrer eigenen Sicherheit. Aber nichts, rein gar nichts in diesem Raum konnte als Entschuldigung für Winnies besorgten, ängstlichen Gesichtsausdruck von vorhin durchgehen.

Ein paar Schritte von Sasha und Winnie entfernt blieb ich stehen. Sasha hatte mich noch nicht gesehen, sie hatte das Gesicht an die Schulter ihrer Schwester gedrückt. Ihre Worte waren daher auch gedämpft, aber gerade laut genug, dass ich sie verstand.

»Ich hab deinen Lieblingspulli im Waschsalon liegen lassen«, sagte sie. »Tut mir leid. Ich hab nicht dran gedacht, ihn mitzunehmen, als die zwei« – sie nickte zu Daniel und Scott – »aufgetaucht sind.«

Winnies Hände glitten über Sashas Körper, tasteten jeden Winkel nach Verletzungen ab, die die Decke und Sashas Kleidung verdecken könnten. »Haben sie dir wehgetan?«

»Nein.« Sasha schüttelte den Kopf. »Nein, niemand hat mir wehgetan oder mich zu was gezwungen oder so. Alle sind nett gewesen. Wir haben vorhin Pizza gegessen, und jetzt wollte Daniel gerade erklären, weswegen wir hier sind.« Sie stolperte unsicher über ihre letzten Worte, runzelte die Stirn.

Winnies angespannte Schultern wirkten, als kostete es sie jegliche Kraft, den Raum nicht zusammenzuschreien. Sie flüsterte Sasha etwas ins Ohr, das ich nicht hören konnte. Dann zog sie sie auf die Beine.

Als sie mich hinter sich stehen sah, war alles, was sie sagte: »Wir gehen.«

Ich schaute mich unsicher zu Bekka um. Sie hatte die Arme verschränkt und beobachtete uns. Sie würde Sasha nicht einfach gehen lassen. Nicht nach allem, was sie getan hatten, um fünfzehn von sechzehn verbliebenen Menschen mit Gen hier zu versammeln, Sasha eingeschlossen. Sie sprachen es ihnen gegenüber vielleicht nicht aus, aber für mich war es klar: Sie konnten niemanden gehen lassen, solange die Gefahr bestand, dass eine gentragende Person nach der anderen verschwand.

»Warte hier«, bat ich Winnie. Sie öffnete den Mund, um zu widersprechen, schien es sich dann aber anders zu überlegen. Mit einem knappen Nicken gab sie mir ihr Okay.

»Was habt ihr bitte vor?«, fragte ich mit gesenkter Stimme, als ich vor Bekka zum Stehen kam. »Wie lange wollt ihr die Lüge mit dem sozialen Experiment aufrechterhalten?«

Keine Antwort.

»Ihre Familien haben keine Ahnung, dass sie hier sind, oder? Die werden doch nicht einfach rumsitzen und Däumchen drehen, bis ihr sie gehen lasst. Die Polizei wird hier so schnell die Wände hochgehen, dass …«

»Das ist egal.«

Mir blieb der Mund offen stehen. »Was?«

»Es ist egal. Wir tun alles in unserer Macht Stehende, um zu verhindern, dass noch mehr Menschen verschwinden.«

Etwas störte mich an ihrer Aussage. An der Art, wie sie es vermied, mir direkt ins Gesicht zu sehen.

»Du glaubst selbst nicht, dass das hier die beste Idee ist, oder?«

»Das spielt keine Rolle.«

»*Bekka.*«

Sie presste die Lippen aufeinander. Erst wirkte sie, als wollte sie überhaupt nicht reagieren, aber ihre Entschlossenheit bröckelte mit jeder Sekunde mehr. »Was für eine andere Wahl haben wir gerade, Jo? In zwei Monaten sind fünf Menschen verschwunden. Fünf! Wenn es bedeutet, dass das nicht weiter passiert, bevor wir wissen, vor wen wir uns überhaupt in Acht nehmen müssen, ist mir völlig egal, ob die Polizei hier auftaucht.«

Ich wollte dagegen argumentieren. Ihr sagen, dass ihre Logik verquer war, dass wir mit dieser ganzen Aktion hier Gefahr liefen, unser größtes Geheimnis zu offenbaren, aber Bekkas Aufmerksamkeit richtete sich auf etwas über meiner Schulter. Kurz darauf erklang Winnies Stimme in meinem Rücken. Sasha stand hinter ihr, die Schultern angezogen. Sie betrachtete mich fragend. Ihr Blick ging zwischen Bekka und mir hin und her, als versuchte sie, das Rätsel auf diese Weise zu lösen.

»Wir gehen.« Winnies Stimme war fest, ließ keinen Widerspruch zu.

Bekka überhörte es einfach. »Wir können uns in Ruhe in meinem Büro unterhalten.« Sie wandte sich an Daniel. »Gib Frieda bitte Bescheid und frag sie, ob sie dazustoßen kann.«

»Wir gehen.«

Ich wusste, dass Winnie es tun würde. Sah, wie sie Sashas Hand drückte, sich nach rechts in Richtung des Treppenhauses lehnte und einen Fuß fester auf den Boden stellte, als wollte sie losrennen.

»Ms Brown«, sagte Bekka. »So leid es mir tut, wir können Ihre Schwester nicht gehen lassen, solange wir das Okay nicht haben.«

Winnie machte einen drohenden Schritt auf sie zu. »Ihr Okay ist mir scheißegal. Ob Sie Ärger mit Ihren Vorgesetzten bekommen könnte mich nicht weniger interessieren. Lassen Sie meine Familie in Ruhe, wenn Sie wollen, dass es weiterhin ein Geheimnis bleibt, was für Monster unter uns existieren.« Bekkas Augen weiteten sich. Winnie zog Sasha mit sich zum Ausgang. Ihr Blick streifte mich. Darin war nichts von der Wärme von gestern mehr zu sehen. Nicht ein einziger Funke, der darauf hinwies, dass sie mir das hier verzeihen konnte. Nur Wut. Nervosität. Enttäuschung.

Sie wandte sich viel zu schnell wieder von mir ab. »Und sorgen Sie dafür, dass nie wieder ein Vampir in unsere Nähe kommt.«

Sasha stolperte hinter Winnie her.

Ich wollte die Zeit zurückdrehen. Ich wollte eine zweite Chance, ich wollte mutiger sein, Winnie die Wahrheit sagen, verhindern, dass das hier passierte. Vor allem wollte ich, dass sie stehen blieb, denn ich wusste tief in meinem Inneren, dass ich nicht noch einmal mit ihr sprechen können würde, wenn ich sie jetzt gehen ließ. Sie würde tun, was sie konnte, um das zu verhindern.

»Winnie.« Ich erkannte meine Stimme kaum wieder. Leise und zitternd. Sie brach am Ende, und mein Brustkorb zog sich zusammen, weil das hier genau das war, von dem ich gehofft hatte, dass es nicht passieren würde – und es fühlte sich hundertmal schlimmer an als in meiner Vorstellung. »Winnie, ich …«

Weiter kam ich nicht. Die Türen zum Treppenhaus flogen auf und schlugen mit einem ohrenbetäubenden Knall gegen die Wände. Das Mädchen mit den schwarzen Haaren schrie. Mein Hirn kam nicht sofort hinterher, das, was passierte, zu verarbeiten. Schleifende Schritte. Bekka angespannt, das Vibrieren in der Luft.

Mein Körper spürte die Gefahr, noch bevor mein Hirn sie realisierte. Ich packte Winnies Hand, wollte sie und Sasha so weit wie möglich von den Türen wegstoßen, aber sie wehrte sich. Ihre Fingernägel bohrten sich in meinen Oberarm, sie versuchte, mich mit ihrem reinen Gewicht dazu zu zwingen, mich von ihr wegzubewegen, bis ich ihr Handgelenk umfasste und zudrückte, eine Warnung auf den Lippen, dass das hier nicht normal war und diese schleifenden Schritte auf meinen Armen eine Gänsehaut auslösten.

Aber es war zu spät.

Sie fielen in die Etage – drei von ihnen, angelockt vom Geruch der vielen Menschen, die sich hier auf einem Fleck befanden. Schwere Füße, durch und durch rote Augen. Unter ihrer Haut zeichneten sich die Adern schwarz ab und ihre Fangzähne waren unnormal groß und lang.

»Abtrünnige«, hörte ich Daniel ungläubig sagen.

Nein, schoss es mir durch den Kopf. *Das kann nicht sein.*

Es gab keine Abtrünnigen mehr – aber wenn ich nicht plötzlich angefangen hatte zu halluzinieren, befanden sie sich direkt vor mir.

Mein Atem dröhnte mir in der plötzlichen Stille in den Ohren. Selbst die Menschen merkten, dass etwas nicht stimmte. Dass das hier zu weit ging, um Teil eines Experiments zu sein. Keiner von ihnen machte einen Mucks.

Daniel und Scott sprangen den Abtrünnigen in den Weg, als sie losrannten. Die Abtrünnigen ignorierten sie völlig, ihr einziges Ziel die Menschen, deren Blut sie anlockte.

Ich riss Winnie und Sasha aus dem Weg und mit mir mit, stieß sie gegen die hinterste Wand, drückte mich an sie in der Hoffnung, ihren Geruch mit meinem zu überdecken, als die drei Abtrünnigen es an Bekka und den Männern vorbeischafften. Sie stürzten sich auf die Menschen. Panische Schreie erklangen. Wimmern. Schmerzerfülltes Stöhnen. Ich konnte nur daran denken, dass ich Winnie und Sasha sofort hier rausbringen musste. Niemals würde ich etwas gegen einen der Abtrünnigen ausrichten können.

Ich riss die beiden hinter mir her, rannte mit ihnen auf das Treppenhaus zu, als ein weiterer Abtrünniger auftauchte, zwischen ihm und uns nicht mehr als ein paar Meter. Er bewegte sich wie ein Tier auf der Jagd.

Er pirschte sich langsam an uns heran.

Ich atmete tief ein. Der eine Moment, in dem ich nicht feige sein durfte.

Als er auf uns zusprang, ging alles ganz schnell. Ich war bereit, ihn aufzuhalten – was auch immer es mich kostete. Wollte Winnie und Sasha zuschreien, dass sie rennen sollten, so schnell und so weit ihre Füße sie von hier wegtrugen, aber plötzlich stand er vor mir. Seine roten Augen leuchteten. Meine Stimme versagte.

Er warf mich beiseite, als würde ich nichts wiegen, mein Kopf knallte beim Aufkommen auf den Boden. Meine Sicht verschwamm, kurz wurde es dunkel. Das Nächste, was ich sah, war Winnie, wie sie sich ihm mutig in den Weg stellte, Sasha mit ihrem Körper schützte.

Panik fraß sich in meine Muskeln, gab mir die Kraft, mich vom Boden hochzudrücken, einen Schritt zu taumeln, noch einen, weil ich nicht dabei zusehen konnte, wie Winnie ... wie sie ...

Der Abtrünnige streckte seine Arme nach ihr aus, in meiner Wahrnehmung fast in Zeitlupe, die glühenden Augen auf ihr Ziel fixiert, die Zähne gebleckt, und ich wusste, ich würde es nicht rechtzeitig zu ihr schaffen. Vor meinem inneren Auge sah ich, wie er seine Fangzähne in ihr Fleisch schlagen und so lange von ihr trinken würde, bis ihr Herz aufhörte zu schlagen. Ich konnte nichts tun, und dann ...

Taumelte Winnie zur Seite. Fiel.

Es war Sasha, deren Schrei mich zerriss.

Sie schlug dem Abtrünnigen auf den Rücken, versuchte, sich zu befreien, aber ihre Schläge verloren schnell an Kraft und plötzlich – plötzlich bewegte sie sich nicht mehr.

Ich zwang mich aufzustehen, hinzusehen, aber es war nicht genug. Sasha fiel zu Boden, rührte sich nicht, und Winnie würgte ein paar Meter von ihr entfernt, die Augen weit aufgerissen. Sie kroch über den Boden zu ihrer Schwester, zog die Aufmerksamkeit des Abtrünnigen auf sich, und ich schrie bis meine Kehle wund war, in der Hoffnung, dass es etwas brachte. Er ignorierte mich völlig. Griff nach ihr und hob sie an, als wäre sie federleicht.

Ein Pfiff durchschnitt die Luft.

Die Abtrünnigen erstarrten zu Eis.

Winnies Füße baumelten mehrere Zentimeter über dem Boden. Ein weiterer Pfiff ertönte, und die Abtrünnigen liefen zwei auf den Ausgang zu, blutverschmierte, bewusstlose Menschen in den Armen und über die Schultern geworfen.

Ich wartete darauf, dass Bekka, Daniel oder Scott etwas unternahmen, aber alle drei lagen bewusstlos am Boden.

Mit letzter Kraft schleppte ich mich zu Winnie, ließ mein gesamtes Körpergewicht gegen den erstarrten Abtrünnigen fallen, der sie festhielt. Er ließ sie los, sie ging zu Boden. Statt sich weiter um Winnie zu kümmern, warf er sich Sasha über die Schulter und folgte den anderen.

Ich packte Winnies Pullover, als sie ihm folgen wollte.

»LASS MICH LOS!«, schrie sie mich an. Ihre Stimme drang verzerrt in mein Bewusstsein – meine Ohren fiepten seit meinem Fall. Sie schlug auf meine Hand, um sich loszumachen und in ihren sicheren Tod zu rennen, aber ich hielt sie fest, bis ihre Stimme brach, bis sie nicht mehr nach Sasha schrie, sondern ihren Namen nur noch leise wimmerte und in sich zusammensank.

Ihr Atem war panisch. Davon abgesehen war sie gespenstisch still. Ich schob mich zu ihr, legte meine Arme um sie und konnte meinen Blick selbst nicht vom Treppenhaus loslösen. Immer noch hatte ich Sasha vor Augen, wie sie über der Schulter des Abtrünnigen baumelte, bewusstlos. Blut, das von ihren Fingerspitzen tropfte und eine groteske Spur hinterließ, ihre verklebten Haare, die den Blick auf ihr Gesicht versperrten. Ich wollte die Zeit zurückdrehen, verhindern, dass sich dieses Bild in mein Gedächtnis brannte, dass Winnie herausfand, was ich war, dass ich mich für diesen Job freiwillig meldete.

Mein Wunsch ging nicht in Erfüllung.

Alles, was blieb, war Winnies heisere Stimme, die immer wieder ein Wort wiederholte:

Sasha.

EPILOG
Sasha

Blut.

Es war alles, was ich sah, als ich die Augen aufschlug. An meiner Kleidung, meinen Händen. Auf dem Boden neben mir in einer großen Lache. Die flackernde Deckenbeleuchtung spiegelte sich darin.

Meine Haut klebte. Lautes Surren bohrte sich in meinen Kopf.

Mein Hals brannte, und je mehr ich mich darauf konzentrierte, desto schlimmer wurde es.

Unter mir ein Bettlaken – vollgesogen mit Blut. Ich stieß mich davon weg, rollte über den Boden, meine Arme gaben unter mir nach. Das Surren wurde lauter.

Ich drückte meine Stirn auf den Boden, presste mir die Hände gegen die Ohren. Alles war laut. So unendlich laut. Ein Rauschen, ein Pochen, ein Husten, Atem, Schritte, Motorgeräusche. Ich hörte Gespräche, aber sie flossen zusammen zu einer Kakophonie, der ich nicht entkam. Meine Hände halfen kaum.

Ich riss an meinen Haaren, lenkte mich mit dem Schmerz ab, bis ich die Schritte näher kommen hörte. Tack, tack, tacktacktack.

Das Knarzen der aufschwingenden Tür kratzte an meinem Trommelfell.

Das Licht wurde heller. Ich kniff die Augen zusammen, aber

da war dieses Pochen. Das Rauschen, viel lauter. Das Brennen in meinem Hals war unerträglich, und dann, dann war da ein Körper, das Rauschen noch viel näher, das Pochen unendlich anziehend, und ich spürte einen Herzschlag, flatternd unter meinen Fingern, und endlich, endlich verschwand das Brennen in meinem Hals, und das Rauschen wurde leiser, immer leiser, bis es völlig verschwand.

Etwas schob sich in mein Blickfeld. Ich hob den Kopf an, sah ein Handtuch, eine blasse Hand, die es hielt und ein Gesicht, das mich anlächelte.

»Willkommen in deinem neuen Leben.«

Sie ließ das Handtuch zwischen uns fallen, als ich es nicht nahm. Schob ihre Hand in die Hosentasche. Kurze Haare, ein dünnes Brillengestell auf der Nase. Sie betrachtete mich wie jemand ein Bild in einem Museum betrachten würde: abschätzend. Neugierig.

Ein Stechen fuhr durch meinen Kopf.

Der Lolli in ihrem Mund klackte gegen ihre Zähne.

Sie hockte sich neben mich, pikste ihren Zeigefinger in die Hand der Person, die leblos vor uns lag. Keine Reaktion.

»Das ging schneller als erwartet.«

Ich starrte sie an, und starrte und starrte, und schaffte es nicht, zwischen all den Geräuschen, den Gerüchen, dem Brennen in meinem Hals einen klaren Gedanken zu fassen.

Sie griff in ihre Hosentasche und hielt mir einen Lolli hin. »Auch einen?«

Ich schüttelte den Kopf. Langsam, weil es sich mit jeder Bewegung so anfühlte, als drohte er zu zerspringen.

»Keine Sorge, das legt sich bald«, sagte sie. Sie steckte den Lolli wieder ein. »Oder nicht, bin mir nicht sicher. Kann nicht behaupten, dass wir die beste Quote haben, was gesunde, mental stabile Neulinge angeht.«

»Wir?«

Ich zuckte zusammen. Meine Stimme war ein Krächzen.

Sie stützte ihren Ellenbogen aufs Knie und das Kinn in ihre Hand. »Ja, du weißt schon. Ich und die anderen.«

Ich wusste nichts. Gar nichts. Ich hatte keine Ahnung, wo ich war. Wer sie war oder die anderen oder ... oder ...

»Woran erinnerst du dich?«, fragte sie, und das Stechen in meinem Kopf war zurück, so stark, dass mein Mageninhalt meine Kehle hinaufschoss und ich mich auf den Boden übergab.

Sie rümpfte die Nase.

Ich wischte mir mit dem Handtuch über den Mund.

»Also?«, hakte sie nach. »Wenn du's mir nicht erzählst, versuchen wir's als Nächstes mit den Bad Cops, und das will ich dir wirklich nicht antun. Sie sind etwas ungehalten, wenn, ähm ...« Sie nickte zu der Person vor uns und rümpfte die Nase. »Wenn ein Mensch einen halben Meter entfernt ausblutet.«

Ich folgte ihrem Blick. Ein junger Mann mit heller Haut. Er trug einen Pullover, der mehr rot war als beigefarben. Hellbraune Haare, hellbraune Augen.

Ich würgte.

Sie rutschte etwas von mir weg. Verzog angewidert das Gesicht. »Nimm's mir nicht übel, aber die Schuhe sind neu.« Dann drückte sie sich hoch. »Soll ich dir eine Tour geben? Neue Gesichter sind immer gern gesehen.«

Sie hielt mir ihre Hand hin, und ich nahm sie, weil ich nicht in Blut und meinem eigenen Erbrochenen sitzen bleiben wollte.

Ihre Knochen knackten unter meinem Griff, aber sie verzog kaum eine Miene. Hob nur eine Augenbraue an und schüttelte ihre Hand aus, als ich endlich stand. Dann lief sie vor mir aus dem Zimmer.

Es gelang mir kaum, mich auf den Beinen zu halten. Ich schwankte, rammte gegen den Türrahmen und musste mich draußen in dem schwach beleuchteten Flur an der Wand abstützen, um aufrecht zu bleiben. Die Tapete bröckelte unter meinen Fingern von der Wand. Ich legte den Kopf in den Nacken. Die Decken waren mehrere Meter hoch.

Alles drehte sich.

Gemälde hingen in regelmäßigen Abständen an der Wand.

»Schön, oder? Ziemlich staubig, aber keiner hat Lust, mehr zu putzen als unbedingt nötig«, erklärte sie. »Wir hatten mal einen Menschen, der für uns geputzt hat, aber ... nun ja. Der hat nicht so lang überlebt.«

Ich konnte meinen Blick nicht von den Bildern lösen. »Menschen ...«

»Du hast nicht vergessen, was Menschen sind, oder? Puh, wenn wir da anfangen müssen, dir die Welt zu erklären, geb ich dich an wen anderes ab.«

Ich schüttelte den Kopf. »Du bist kein Mensch?« Mit jedem Wort ging meine Kehle erneut in Flammen auf.

»Ich weiß nicht, wie du dazu stehst, aber ich hab noch keinen Menschen getroffen, der Blut trinkt und seine Knochenbrüche in ein paar Stunden heilen kann.« Sie hielt ihre Hand zwischen uns in die Höhe – die, mit der sie mir eben aufgeholfen hatte. Die beiden mittleren Finger waren angeschwollen und blau. »Hab zwar vorher auch noch keine Vampirin getroffen, die mir die Finger gebrochen hat, aber das ist noch mal ein ganz anderes Thema.« Sie musterte mich aufmerksam. »Wie willst du heißen?«

»Was?«

»Dein Name. Ich find ›die da‹ ein bisschen geschmacklos, wenn ich mit anderen über dich rede.«

»Ich ...«

Ich hatte einen Namen. Oder nicht?
Warum konnte ich mich nicht an ihn erinnern?
Warum konnte ich mich an *nichts* erinnern?
»Sasha«, sagte sie. »Falls du erst mal bei deinem alten bleiben willst.«
»Okay.«
Sasha.
Ich hörte es. Aus weiter Entfernung. Jemand, der meinen Namen sagte – so schwach, dass es in all den Geräuschen, die auf mich einprasselten, unterging.

»Wir haben bestimmt irgendwo ein Buch für Babynamen rumliegen, falls du's dir noch mal anders überlegst.« Sie grinste. Ihre Eckzähne waren spitz. »Du kannst jetzt sein, wer immer du willst.«

Sie lief weiter, die Hände in den Hosentaschen. Völlig entspannt, ihre Schritte ruhig, als hätte sie alle Zeit der Welt.

Ich folgte ihr. Bemühte mich, auf den Beinen zu bleiben, in meinem Kopf ein Gedanke, der an mir kratzte, der sich nach vorne drängen wollte, mir etwas mitteilen wollte, es aber nicht schaffte. Nicht, als wir bei der Doppeltür am Ende des Flurs ankamen, nicht, als sie sie aufstieß und mich Leute umringten, die ich nicht kannte.

Sie klopften mir auf die Schulter und reichten mir die Hand, begrüßten mich überschwänglich in ihrer Runde.

Ich ließ es über mich ergehen. Jede Berührung, jedes Gespräch.

Sie stand währenddessen in der Ecke, ihren Lolli noch immer im Mund, den Kopf schief gelegt, und betrachtete das Geschehen aus der Entfernung.

Ich fragte mich, wer sie war. Ich kannte ihren Namen noch nicht. Die anderen nannten mir ihre. Aber sie flogen vorbei, blieben nicht haften.

Mit jeder Minute wurden es mehr, wurden die Stimmen lauter, bohrten die Geräusche sich tiefer in meinen Kopf, nahm das Brennen zu. Keiner schien es zu bemerken, sie kreisten mich weiter ein, redeten und redeten, und ich wollte zurück in dieses Zimmer fliehen. Blutlachen und Erbrochenes kamen mir auf einmal wie die bessere Option vor.

Sie hörten nicht auf, mich anzufassen, mir Fragen zu stellen, als versuchten sie, Teile von mir zu beanspruchen, die ich nicht zu geben bereit war. Der Kreis wurde enger und enger, und ich wollte schreien, aber konnte es nicht. Eine Berührung an meiner Hand, und mein Körper reagierte von selbst: Ich stieß sie weg, ein Krachen folgte, ein scharfer Schmerz schoss meinen Arm hoch, und endlich, endlich hörten die Stimmen auf, hörten auf, auf mich einzuprasseln.

Schweigen.

Ich hörte sie in ihrer Ecke kichern. Sie kam auf mich zu und schob mich aus dem Raum, in einen anderen, der leer war und sauber. Stuckverzierungen an den Wänden, ein großes Bett an der Wand, der Boden mit Teppich ausgelegt.

»Ich mag dich, du bist interessant«, sagte sie. »Und das ist jetzt quasi unser Partner-Tattoo, oder?« Sie deutete auf meine Hand, auf die blauen, geschwollenen Finger. Ich konnte sie nicht ohne Schmerzen beugen.

»Ich hab das Gefühl, das könnte bei dir in ein, zwei Stunden schon verheilt sein. Aber vielleicht fasst du in der Zeit erst mal nichts weiter an. Glaub nicht, dass Nick mit der Delle im Kopf so glücklich sein wird.« Sie ließ mich mitten im Raum stehen und ging zur Tür. »Jemand bringt dir dein Abendessen in ein paar Stunden. Du kannst so lange … die Wände anstarren. Guck, hier hängt auch ein hübsches Bild.«

Ich drehte mich nicht um, um es anzusehen. Ich wollte nicht, dass sie ging. Ich wollte nicht allein sein.

»Wie heißt du?«

Da war er wieder, dieser abschätzende Blick. Sie sagte lange nichts, verließ aber auch nicht den Raum. Dann seufzte sie geschlagen.

»Dylan. Cool, oder? Hab ich mir selbst ausgesucht.«

Ich nickte. Dylan blieb noch zwei Sekunden stehen und ging dann ohne ein weiteres Wort.

Ihr Name geisterte mir durch den Kopf. Ich versuchte, ihn zuzuordnen, aber es gelang mir nicht.

Ich setzte mich auf den Boden, lehnte mich an die Wand und wartete darauf, dass sie zurückkam. Ich legte mir Fragen zurecht und starrte das Bild an. Ein Poster. Fünf nackte Frauen, die auf einem Hügel tanzten. Blauer Himmel, grüne Erde. Die Ränder waren geknickt und eingerissen.

Ich konnte mich nicht davon losreißen, mein Kopf schmerzte, und ich hörte wieder diese Stimme, hörte sie meinen Namen sagen – *Sasha, Sasha, Sasha* –, bis die Schmerzen so unerträglich waren, dass mir schlecht wurde.

Ich drückte mir die Handballen auf die Augen.

Hörte die Stimme in meinem Kopf verklingen.

Und dann war da die Frage. Die eine, die mich nie wieder loslassen würde:

Wer bist du?

Winnies und Jos Geschichte geht weiter …

A Night of Shadows and Betrayals
erscheint am 25. Juli 2023.